詩経・Ⅰ　恋愛詩と動植物のシンボリズム

加納喜光 著

汲古書院

はしがき

筆者が詩経の研究を始めてから三十年になる。最初は詩経学の方法論を模索する段階、次はそれを適用する段階、それから数年のうちに一気に自分なりの解釈を打ち立てることができた。従来の詩経研究はどちらかというと内容に偏り、形式の面がおろそかであったといえる。筆者の方法論は、簡単に言うとレトリック分析である。従来の詩経研究はどちらかというと内容に偏り、形式の面がおろそかであったといえる。そのためかえって詩の深い読み取りに欠けるものがあった。そのいい例は、いくつかに展開するスタンザの一番目だけに重きを置き、後のスタンザを付け足しの反復と見て、ほとんど無視することが多かった。形式の分析（詩形だけでなく、語句や文体の分析）がないと内容も正しく理解されない。

レトリック分析のほかに動植物のシンボリズムも詩経の研究には重要である。動植物の表すシンボルやイメージが詩と深くかかわっているからである。この分野は歴史は古いが、近代生物学以前であるため、問題点も多い。何よりもまず動植物の名を現代の学名に同定する基礎作業が必要である。筆者の詩経研究の原点はレトリックだけでなく、名物学の研究であった。というのは中国医学にも関心があって、医学─本草学─詩経名物学と、必然的に結びついたからである。

レトリックとシンボリズムを二大柱として、筆者は詩経の研究を行ってきた。本書はその一端を世に問うものである。ただしすでに本や雑誌に発表したものに手を加えて再編集したものであることをお断りしておく。

本書はⅠ・Ⅱの二分冊とする。Ⅰの第一、二章では、詩経国風の恋愛詩（婚姻詩を含む）のうち、動植物を詠み込んだ詩篇を選んで、解釈を行う。筆者の解釈によれば国風一六〇篇のうち恋愛詩が一三二篇ある。その中で動植物を詠み込む詩篇が一〇五篇ある。本書では動物を詠み込むもの二六篇、植物を詠み込むもの四二篇、あわせて六八篇を

はしがき

選んだ。この二章は、原文(底本に足利本・毛詩註疏、汲古書院、一九七三年を用いた)、訓読、翻訳、動植物の同定、語釈、詩の解釈、補説(必要に応じて)から構成されている。もともと『詩経・上』(学習研究社、一九八二年)に載せた訳注に手を加えたもので、動植物の同定に若干の変更があるが、解釈の基本は変わらない。第三章は詩経の動植物に関連する論考を集めた。主としてその物がどんなものであるか、そして詩経でいかなるシンボリズムを表しているかに焦点を当てている。

Ⅱでは詩経解釈の根拠をなす方法論に関する論考を収めた。序章はレトリック分析の方法や詩経の研究史について概説した。第一、二章はもっと詳しく形式の分析について紙筆を費やした。特にパラダイム変換、類型表現など、古代歌謡独特のテクニックの解明に努めた。第三章は詩経のモチーフに関する論考である。詩のテーマと密接にかかわる一八のモチーフを選び、詳しい考察を行った。モチーフは形式と内容の両面にかかわるもので、詩の解釈を左右するほど重要であるが、従来の詩経研究ではレトリックと同様あまり注目されていない課題である。なお参考文献、索引などはⅡの末尾に付した。

以上が本書の内容であるが、詩経研究の領域に一石を投ずることができれば幸いである。

謝辞

本書の刊行は、茨城大学人文学部の良き同僚

真柳誠
西野由希子

両氏の大きなご援助・ご協力を得て実現した。ここに深く感謝の意を表するものである。

目次

詩経・I 恋愛詩と動植物のシンボリズム

目　次

はしがき ……………………………………………………… 一

第一章　動物を詠み込む恋愛詩

1. 鳥——関雎　葛覃　鵲巣　行露　雄雉　匏有苦葉　旄丘　北風　鶉之奔奔　女曰雞鳴　晨風 …………………………………… 三

2. 獣——宛丘　候人　野有死麕　有狐　碩鼠　狼跋 …………………………………………………… 四六

3. 虫——草虫　新台　雞鳴　蜉蝣　衡門　九罭 ……………………………………………………………… 五七

4. 魚——汝墳　碩人　敝笱 …………………………………………………… 六九

第二章　植物を詠み込む恋愛詩

1. 草——卷耳　樛木　茮莒　漢広　谷風　牆有茨　桑中　載馳　芄蘭　河広　伯兮　中谷有蓷 ……… 八七

2. 木——摽有梅　何彼襛矣　柏舟　木瓜　将仲子　有女同車　園有桃　椒聊　綢繆　東門之池　東門之枌　防有鵲巢　沢陂　東門之墠　出其東門　溱洧　甫田　汾沮洳　葛生　采苓　桃夭　東門之楊　隰有萇楚　有杕之杜　車舝　終南 ……………………………………… 一七〇

目　　次

第三章　詩経の動植物とシンボリズム

1. 詩経の動植物概説 ……………………………… 二一五
   一―魚　二―虫　三―鳥　四―獣　五―草木
2. 詩経の動植物四題 ……………………………… 二一五
   一―逃げた大魚　二―恋愛のゲーム　三―男への鞘当て　四―イメージの発見
3. 詩経における動物象徴――性的メタファーを中心に …… 二二八
   一―「興」の手法　二―共感覚メタファー　三―獲物モチーフ　四―エロティック・モチーフ
4. 詩経名物学の一斑 ……………………………… 二三五
   一―鱣（てん）と鮪（い）　登竜門故事の真相　二―蜾蠃（からめいれい）と螟蛉　中国版昆虫記の虚実
5. 詩経の博物学的研究①――虫 ……………………… 二五一
   はじめに――名物学と詩学
   一―螽斯（しゅうし）・斯螽（しし）　二―草虫（そうちゅう）・阜螽（ふしゅう）　三―戚施（せきし）　四―蝤蠐（しゅうせい）　五―蓁（しん）・蜩（ちょう）・螗（とう）　六―蒼蠅（そうよう）・青蠅（せいよう）
   七―蜉蝣（ふゆう）　八―蟋蟀（しっしゅつ）・莎鶏（しょうけい）　九―蠨蛸（しょうしょう）
6. 詩経の博物学的研究②――魚 ……………………… 三〇五
   一―魴（ほう）　二―鱮（てん）・鮪　三―鰥（かん）　四―鰋（しょ）　五―鯉（り）　六―鱒（そん）

詩経篇名一覧 ……………………………………… 1

動植物図版出典一覧 ……………………………… 4

総目次

詩経・I　恋愛詩と動植物のシンボリズム
詩経・II　古代歌謡における愛の表現技法

序章　詩経の読み方と研究略史
一―詩経のおもしろさ　二―詩経の詩の特徴　三―詩のテーマ　四―テキストの由来　五―詩経の研究略史　六―詩経研究のタブーとルール

第一章　詩経の基本形式
1. 詩経とマザー・グース
一―自然界の無法者　二―罵倒の歌　三―幼年期の回想
2. 詩経における恋愛
一―年下の男への恋　二―愛の挑発　三―行動的な求愛　四―グロテスクな妨害者
3. パラダイグム変換詩の構造――詩経国風の基本詩形

第二章　詩経のレトリック
1. 中国古代詩学のレトリック――詩経国風の表現形式
一―基本詩形I　二―基本詩形II　三―進行形式　四―転調形式　五―比喩形式
2. 詩経における類型表現の機能
3. 定型句のパターンについて

一―定型句の定義　二―定型句の諸パターン
4．アナグラムとしての詩経
　一―アナグラムとは何か　二―アナグラム詩の可能性　三―皆川淇園の詩経学

第三章　詩経のモチーフ
1．動植物とかかわるモチーフ
　一―連理モチーフ　二―摘草モチーフ　三―束薪モチーフ　四―投果モチーフ　五―獲物モチーフ
　六―帰巣モチーフ　七―エロティック・モチーフ　八―グロテスク・モチーフ　九―妨害者モチーフ
　一〇―比翼モチーフ
2．自然・人事とかかわるモチーフ
　一―気象モチーフ　二―衣装モチーフ　三―食事モチーフ　四―贈与モチーフ　五―渡河モチーフ
　六―同車モチーフ　七―アイロニー・モチーフ　八―誘引・拒絶モチーフ

詩経・I　恋愛詩と動植物のシンボリズム

第一章 動物を詠み込む恋愛詩

1. 鳥

1. 鳥　關雎

關雎（かんしょ）（周南 1）　みさご鳥

I 關關雎鳩
在河之洲
窈窕淑女
君子好逑

　關關（かんかん）たる雎鳩（しょきゅう）は
　河の洲（す）に在り
　窈窕（ようちょう）たる淑女は
　君子の好逑（こうきゅう）

　くつくつと鳴くみさご鳥
　河のなかすで呼びかはす
　はるかゆかしい乙女ごは
　殿方のよき妻となるひと

II 參差荇菜
左右流之
窈窕淑女
寤寐求之

　參差（しんし）たる荇菜（こうさい）は
　左右に流る
　窈窕たる淑女は
　寤寐（ごびこれ）を求む

　高く低く水辺のあさざ
　右に左に流れゆく
　はるかゆかしい乙女ごは
　寝ても覚めても求めてやまぬ

III 求之不得

　之を求むれど得ず

　求めんとてかなはねば

雎鳩

第一章　動物を詠み込む恋愛詩

寤寐思服
悠哉悠哉
輾轉反側

IV
參差荇菜
左右采之
窈窕淑女
琴瑟友之

V
參差荇菜
左右芼之
窈窕淑女
鍾鼓樂之

寤寐に思服す
悠なる哉悠なる哉
輾轉反側す

參差たる荇菜は
左右に之を采る
窈窕たる淑女は
琴瑟之を友とせん

參差たる荇菜は
左右に之を芼る
窈窕たる淑女は
鍾鼓之を樂しまん

寝ても覚めてもひたぶるに
はるかはるかな我が思ひ
寝返りうちてもだへつつ

高く低く水辺のあさざ
右に左に摘んでとる
はるかゆかしい乙女ごは
琴を奏でてむつみ合はん

高く低く水辺のあさざ
右に左に摘んで煮る
はるかゆかしい乙女ごは
鐘と太鼓で楽しみ合はん

雎鳩　*Pandion haliaetus haliaetus*, ミサゴ。タカ目ミサゴ科の鳥。海や湖の岸に棲み、急降下して魚を捕る。大きさはトビぐらいで、下腹と頭部が白色、背部が暗褐色。鶚・魚鷹・王雎ともいう。この鳥のイメージは、猛禽だが雌雄の別を守る鳥（毛伝）とか、カップルが決まっていていつも並んで遊ぶ鳥（詩集伝）などとされる。

荇菜　*Nymphoides peltata*, アサザ。ハナジュンサイ。リンドウ科の多年生の水草。池や沼に自生する。長い茎は水中にあり、葉は水面に浮かぶ。根茎は食用になる。別名、接余・鳧葵。

荇菜

1．鳥　關雎

關關　調和した声で鳴くさま。雌雄が応じ合って鳴く様子をいう（集伝）。**窈窕**　奥ゆかしいさまという意味と、奥深くて探りがたいという意味を兼ね（皆川）、まだ見ぬ女性の秘められた姿のイメージを含蓄する。畳韻の語。**君子**　詩経（特に国風）ではしばしば夫や恋人などを指す常套語として用いられる。**好逑**　良き配偶者。

Ⅱ **參差**　高低が不揃いなさま。双声の語。**左右流之**　流れに従ってアサザを採ろうとして得られないことをいう（姚際恒）。毛伝では流を求と読むが、望文生義（文脈に引きずられた解釈）を免れない。之はリズムを調節する助辞と見て、ここでは読まない。**寤寐**　寝ても覚めても。寤は、目が覚める、寐は、眠る。

Ⅲ **思服**　常に思って、心から離れない意。服は「ぴったり身につけて離さない」の意味がある。衣服、着服、服用、すべてそのイメージを含む言葉である。**悠哉悠哉**　悠悠は、思いが続いて絶えないさま。「悠悠我思（悠悠たる我が思ひ）」（邶風・雄雉）と類似の句。2の「寤寐思服」と4の「輾轉反側」のセットは、陳風・沢陂の「寤寐無爲／輾轉伏枕（寤寐爲すこと無く、輾轉して枕に伏す）」と類似の句。**輾轉反側**　何度も寝返りをうつこと。輾は半回転、轉は一回転、反はうつ伏せ、側は横向きの動作（集伝）。

Ⅳ **左右朵之**　Ⅱ／2の変リフレーンを襲い、一語を変換する。変換された文字に重点が移る（次のスタンザも同じ）。Ⅱの「左右流之」も表面的な主語は荇菜であるが、裏に君子の行為が含まれている。**琴瑟**　琴は五弦または七弦の琴、瑟は二十五弦の琴。琴瑟の合奏は調和した調べとされ、調和・和合の象徴として用いられる（鄭風・女曰雞鳴）。

Ⅴ **左右芼之**　芼の読み方に、選び分ける（毛伝）、煮て供え物にする（集伝）、菜と肉を和えて羹にする（厳粲）などの諸説があるが、単に煮る意味とする説（姚際恒）がよい。**鍾鼓**　鍾は鐘と同じ。鐘と太鼓は合奏にも使われる打楽器。琴瑟よりも賑やかな楽器で、祭祀や宴会に用いられる。

第一章　動物を詠み込む恋愛詩

苦しみを経た愛の成就

スタンザは五つだが、押韻法やリフレーンの方式によれば、三つの部分に分けられる。Ⅱ・Ⅳ・Ⅴ（それぞれ第一のスタンザ、第四のスタンザ、第五のスタンザのこと、以下同じ）がパラダイムの変換形式に従った基調部、Ⅰがテーマを予示する客観表現、Ⅲが Ⅱを敷衍した転調部となっている。内容的には、Ⅰがテーマを予示する客観表現、他が主観表現に分けられる。

本詩に使われている四つのモチーフ（川、鳥、植物、音楽）は他の恋愛詩にも常用されるもので、川は邶風・匏有苦葉[34]や鄭風・溱洧[95]、鳥は邶風・雄雉[33]や秦風・晨風[132]、植物は鄘風・桑中[48]や唐風・采苓[125]などで用いられている。特に、雎鳩は鴛鴦（小雅・鴛鴦[216]）と同様に、匹鳥（カップルの鳥）あるいは比翼鳥（雌雄同体の鳥）の観念が投影されており、男女の結合の象徴となっている。また、植物摘みは愛の獲得を表すモチーフとして常用されるものである。

Ⅰでは、周囲を隔絶した世界にいる鳥が、将来結合されるべき男女の姿を象徴的に予示する。

Ⅱ・Ⅳ・Ⅴは漸層法で展開する一連のスタンザで、本詩の中心をなす。各スタンザは定リフレーン（1・2（第一句と第二句のこと、以下同じ）と3・4がパラレリズム（平行法、対照法）になっている。（2・4）を組み合わせて、一つの語または文が三回変換される。a列の語は、植物に関係する行為を表し、水とともに流れるゆえの採り難さから、やっと採集し、そしてそれをいっしょくたに煮るまでの順序になっている。しかもⅡでは音楽がなく、Ⅳで愛を語るにふさわしいしっとりとした音楽、Ⅴで結婚式にふさわしい賑やかな音楽のイメージが添えられている。b列の文は、異性を求め、結ばれ、和合していく順序になっている。

1．鳥　關雎

1　參差荇菜
2　左右[a]之
3　窈窕淑女
4　[　b　]

	II	IV	V
a	流	采	芼
b	寤寐求之	琴瑟友之	鍾鼓樂之

IIとIVとの間に、IIIの抒情句だけから構成されたスタンザがはさまれる。ここは愛を求める苦しみの感情が高まることを示す。

I〜Vはオーケストラのようなリズムの波がある。IIIで一度目のクライマックスとなり、IVでなだらかになり、Vで二度目のクライマックスとなる。反復形式は単調となりやすいので、IIIを挿入することにより、それを打ち破る効果が生まれる。もしII・IIIを一つのスタンザ、IV・Vを一つのスタンザにまとめると（鄭箋の説）、緩急の波が失われ、平板になってしまう。

本詩は形式の点で注目すべきものがある。詩の形式の発展を単純から複雑への展開とわりきるならば、まず反復の基本詩形（II・IV・V）の中で、すでに文のレベルのパラディグム変換という高度の手法が現れていることである。次に、冒頭にテーマの提示部を置き、また、基調部の間に余韻を与えるスタンザをわりこませるのは、さらに複雑になった手法であることがわかる。したがって、形式の点から見ても、恋愛詩のさまざまなモチーフを盛りこんだことから見ても、本詩は国風の初期の段階のものでないことは明らかである。

[補説]　古注（小序、鄭箋）は、貞淑な妃が君子（王、諸侯）のために妾を求める歌とする。新注（朱子集伝）は、文王の臣下が文王のために配偶を求めようと努める歌とする。ほかに、康王（文王から三代あと）と夫人が朝寝をしたため、昔の君子淑女はそうではなかったことを示して非難したとする説（三

第一章　動物を詠み込む恋愛詩

家詩）もある。いずれも歴史主義的、道徳主義的解釈であり、不自然なところがある。最近では、単純な恋愛詩とするか（聞一多、余冠英など）、または、婚姻の歌とするのがほとんどである。詩想の展開については、朱子などに従って三つのスタンザに分けるのは正しいと言えない（これについては亀井の見解が参考になる）。

葛覃（しゅうなん）(周南 2)

くずのつる

I　葛之覃兮　　　葛の覃びて
　施于中谷　　　中谷に施る
　維葉萋萋　　　維れ葉萋萋たり
　黄鳥于飛　　　黄鳥于に飛び
　集于灌木　　　灌木に集まり
　其鳴喈喈　　　其の鳴くこと喈喈たり

II　葛之覃兮　　　葛の覃びて
　施于中谷　　　中谷に施る
　維葉莫莫　　　維れ葉莫莫たり
　是刈是濩　　　是れ刈り是れ濩
　爲絺爲綌　　　絺と爲し綌と爲し

　　　　　　　くずのつる　延びて
　　　　　　　谷の木に　はひゆき
　　　　　　　葉はさかんに生じたり
　　　　　　　うぐひす飛びきたり
　　　　　　　群れ木につどひ
　　　　　　　あひ呼び鳴くよ

　　　　　　　くずのつる　延びて
　　　　　　　谷の木に　はひゆき
　　　　　　　葉は覆ひ隠したり
　　　　　　　そを刈り　そを煮て
　　　　　　　細ぬの　粗ぬのを作らば

黄鳥

8

1．鳥　葛覃

服之無斁　　之を服して斁(いと)ふことなし　身にまとふもうれし

Ⅲ 言告師氏　　言に師氏に告ぐ　　　　　ばあやに教へます
　 言告言歸　　言に告げ言に歸がん　　　結婚したいこと教へます
　 薄汙我私　　薄か我が私を汙ひ(いさ)　ふだん着を洗ふのと
　 薄澣我衣　　薄か我が衣を澣ひ(あら)　晴れ着を洗ふのと
　 害澣害否　　害(いづ)れか澣ひ害れか否(しか)せざらん　どちらにしませう
　 歸寧父母　　歸ぎて父母を寧(やす)んぜん　結婚して父母を安心させたいの

黃鳥　Oriolus chinensis diffusus. コウライウグイス。スズメ目コウライウグイス科の鳥。体長は二十五センチぐらい。羽は主に黄色、翼と尾は黒色が混じる。漢字の鶯はこの鳥。倉庚(そうこう)、黃鸝(こうり)ともいう。邶風・凱風[32]、豳風・七月[154]、小雅・出車[168]では、春の風物として姿と声の美しさが感興を引き起こしたり、恋情を発露するモチーフとなっている。また、秦風・黃鳥[131]、小雅・黃鳥[187]では、城市や村落に集まってくる黃鳥が、ある悲劇の発生の予徴、あるいは荒涼たる風景を造形するモチーフとなっている。

葛　クズ。第二章―1草・樛木篇参照。

Ⅰ 覃　延び広がって遠くに及ぶ意。**施**　移っていく。つる草が他の木に這っていくことをいう。**萋萋**　葉が一斉に揃うようにして生い茂っていくさま。**灌木**　密集して生える木。ここでは、葛に纏いつかれてこんもりとした木をいう(皆川)。**喈喈**　声をそろえて鳴くさま。また、応じ合って鳴くさま。

9

第一章　動物を詠み込む恋愛詩

II 莫莫　葉が覆い隠すようにして繁茂するさま。**濩**　器の中に入れて煮る。葛の繊維を取るための行為をいう。**絺**　葛の繊維から作った目の細かい布。**綌**　葛の繊維から作った目の粗い布。絺・綌は夏に着る衣であり、また、粗末な衣でもある（邶風・緑衣）。だから斁（飽いて捨てる）といっている。

III 言　リズムを整える助辞。「われ」という訓（毛伝）は採らない。**告**　結婚の事を父母に告げて許しを受けるという文脈で使われることがある（斉風・南山）。ただし本詩では、まだ迷っているので、先ず乳母に告げるのである。**師**　家庭教師。ここでは乳母をさしている。**歸**　国風では嫁ぐ意味に使われることが多い（周南・桃夭など）。**薄**　リズムを整える助辞。一種の囃子ことばであり、せかせるような急テンポを導く。**汙**　汚れを取り去る。**私**　ふだん着。ふだん着を洗うのは日常的な次元のこと。**衣**　私に対して晴れ着のこと。非日常的なこと、つまり、儀式（結婚式）を想定している。**害澣害否**　どれを洗い、どれを洗わないか。害は、曷・何と同じ。

春に目覚めて結婚の意思をいだく娘心

形式はI・IIが主調で、IIIは転調である。しかしテーマは転調部で明示される。I・IIは叙景的な表現の中に象徴的な意味をこめる表現法。自然が人事と関係づけて描写されるのは、詩経で普通の表現法である。葛のように他の木などに絡みつく植物は、国風では愛の象徴として常用されるモチーフとなることがある（豳風・東山[156]）。衣服も恋愛詩の常套的なモチーフである（鄭風・緇衣[75]、唐風・無衣[122]）。三つのモチーフは、葛と、葛に巻きつかれる木、その上に鳴く黄鳥、葛の成長と、それから作る布、最後に、衣を受けて衣服（ふだん着と晴れ着）というぐあいに、互いに関連しながら展開する。

I—つるを伸ばして他の木に絡みつく葛と、相手を求めて呼び合う黄鳥という風景を描き、恋の目覚めを暗示する。

II—葛のいっそうの繁茂を、萋萋→莫莫という擬態語のパラダイム変換で描き、恋の感情の高まりを暗示する。そ

1．鳥　鵲巣

鵲巣（じゃくそう）（召南 12）

I　維鵲有巣 　　維れ鵲に巣有り（こかささぎ） 　　かささぎの作った巣に
　　維鳩居之 　　維れ鳩 之に居る（きゅうこれ・お） 　　くわくこうが来て居坐る
　　之子于歸 　　之の子于に歸ぐ（ここ・とつ） 　　あの娘ごの嫁入りは
　　百兩御之 　　百兩もて之を御す（ぎょ） 　　車百台でぞろぞろと行く

II　維鵲有巣 　　維れ鵲に巣有り 　　かささぎの作った巣に
　　維鳩方之 　　維れ鳩 之に方ぶ（なら） 　　くわくこうが雌つれてくる
　　之子于歸 　　之の子于に歸ぐ 　　あの娘ごの嫁入りは
　　百兩將之 　　百兩もて之を將いにす（おお） 　　車百台にたっぷりと積む

して、葛を布地に変えて肌身につけたいという合体への願望が、次の結婚の意思表示の伏線となる。

III—間拍子の多用で軽快なリズムに変わる。それはうきうきした心理を表しているが、娘は、ふだん着と晴れ着の選択に迷うくらい、微妙に揺れる心理が錯綜するのである。

［補説］古注によれば、貴族の娘が結婚することを歌った詩で、葛が延びるのは女性の成長、その茂った葉は容色の美しさに喩えるとする（鄭箋）。新注は、妃が里帰りする時に自分で作った詩とする（朱子集伝）。これによると、植物や鳥には寓意がなく、単なる叙景ということになる。

鵲

第一章　動物を詠み込む恋愛詩

Ⅲ 維鵲有巣　　維れ鵲に巣有り　　かささぎの作った巣に
　維鳩盈之　　維れ鳩之に盈つ　　くわくこうの雛でいっぱい
　之子于歸　　之の子于に歸ぐ　　あの娘ごの嫁入りは
　百兩成之　　百兩もて之を成す　車百台でやっと仕上がる

鵲 *Pica pica sericea*. カササギ。スズメ目カラス科の鳥。カラスより小さく、尾は長い。上体はほぼ黒色、それ以外は白色。村落付近の高い木に大きな巣を作る。廊風・鶉之奔奔(じゅんし ほんほん)[49]では激しく求め合う性愛のモチーフ、陳風・防有鵲巣(ぼうゆうじゃくそう)[142]ではカササギの巣が愛を営む場所の隠喩となる。後世では、喜事の到来の象徴とされる。

鳩 *Cuculus canorus canorus*. カッコウ。鳴鳩(しきゅう)（曹風・鳴鳩[152]）と同じ。ホトトギス科の鳥で、ホトトギスよりはやや大きい。上体は黒灰色、下体はほぼ白色、自ら営巣せず、他の鳥の巣に托卵する習性がある。一名、郭公・布穀(ふこく)。曹風・鳴鳩では小鳥の巣立ちの模様が描かれ、成人する若者と対比される。

Ⅰ **居** ある場所に腰を落ち着ける。**之子于歸** 女性が結婚することを表す定型句（周南・桃夭、同・漢広、邶風・燕燕）。**御** 車を操って行く。通説では「迎える」と読むが、文字通りに取りたい。

Ⅱ **方** 両側に並ぶ。鳥の雄と雌が並ぶことをいう。通説では「送る」と読むが、將→成の変換は周南・樛木にもあり、「將、大也」とする毛伝がよい。**將** 大きくする。盛んにする。嫁入り道具などを盛大にすることをいう。**成** 完成する。婚儀にかかわる物の到来が完成すること、または、婚儀万端を仕上げることをいう。

Ⅲ **盈** いっぱいになる。鳥の雌雄のほかに雛でいっぱいになることをいう。

鳩

1．鳥　鵲巣

貴族の娘の嫁入りの仰々しさ

他家（他氏族）に入るのに煩瑣な手続を要する婚儀に対して、やや諷刺をこめて歌う。

本詩を祝婚歌と見るのはほぼ定説に近い。しかし自然と人間のパラレリズムの意味が重要である。パラレリズムの前項（自然の現象）に対して、後項（人事）に対して、単なる枕詞的な軽いものではなく、両者の間に発見されたメタファーが根底にある。人間界の女性と対比されているカッコウという小鳥の習性がわからないと、この詩は表面的にしかとらえられない。

カッコウは自分では巣を作らず、別種の鳥の巣を拝借し、孵化もその鳥にさせるという奇妙な習性がある。しかも先に孵化した雛はもとの主の卵を蹴落としてしまうという乱暴者である。英国のマザー・グースでは、この怠け鳥がもとの主の卵を食べることが歌われている。本詩では、他の鳥の巣に闖入して我が物顔に振舞うことがモチーフとなっているが、残酷、怠け者のイメージよりは、むしろひょうきん者、おどけ者のイメージのほうが強い。

このように、他の鳥の巣にかってに入りこむカッコウと、他の家族あるいは氏族に入っていく人間界の女性とが平行され、自然界の無法さ、言い換えればおうような、自由さと、人間社会（特に貴族）のうるさい儀礼とが対比されるところに、本詩のおもしろさがある。後世、他人の所をかってに占拠したり、他人の物を横取りしたりすることを「鵲巣鳩居（じゃくそうきゅうきょ）」というのは本詩に由来する。

本詩の形式は、周南・樛木[4]と同じパターンである。二つの場所でパラディグムを変換して三つのスタンザに展開する。a列では、鳥の占拠の仕方が次第に図々しくなり、巣に止まるだけでなく、居坐って、家庭を営むに至るシークェンスであり、三つの場面（シーン）をつなぐ時間はきわめて速い。b列では、同じ事態が三つの面からとらえられ、それほど速くは進行しない。しかし供回り、持参金、婚礼道具などが次第に盛大になっていくことが暗示されている。これは自然とは違った人間社会の手続きの煩雑さを、ゆっくりした進行で積み重ねていく、やはり漸層法の

第一章　動物を詠み込む恋愛詩

テクニックである。
1　維鵲有巣
2　維鳩[a]之
3　之子于帰
4　百両[b]之

	a	b
I	居	御
II	方	將
III	盈	成

[補説] 古注は、鵲が巣を造ることを、国君が功績を成し遂げることの比喩、郭公が巣に入ることを、立派な夫人が国君の室に入ることの比喩と見ている。そして詩のテーマを、「均一の徳」を持つ夫人を讃えることと解する。郭公は雛を育てる際、朝は上から下へ、夕方は下から上へと餌を与えるように、「平均、一の如し」(曹風・鳲鳩[152])の毛伝)の徳を持つとされる。朱子は、文王の后妃の感化を受けて、「専静純一の徳」を持つ諸侯の娘の結婚を讃える詩とする。毛伝、集伝とも、「徳」が重要なテーマになっているが、もし郭公の習性を知ると、このような儒教的解釈は崩れてしまう。

ウェーリーは、他家にやって来る花嫁が若い郭公に喩えられ、しかもその雛を養うことは、他の鳥にとって名誉なことだと解する。また、鵲のような大きな鳥が郭公を養うはずはないから、鵲は同音の雀の誤りではないかと、ウェーリーはいう。しかし陳風・防有鵲巣[142]にもあるように、巣造りの上手だとされる鵲の巣は、愛を営む場所の隠喩として用いられているのである。

行露(こうろ)（召南17）　　　道端の露

1. 鳥　行露

雀 *Passer montanus saturatus*. スズメ。スズメ目ハタオリドリ科の鳥。中国ではほかに黄雀(こうじゃく)と呼ばれるニュウナ

I 厭浥行露
　豈不夙夜
　謂行多露

II 誰謂雀無角
　何以穿我屋
　誰謂女無家
　何以速我獄
　雖速我獄
　室家不足

III 誰謂鼠無牙
　何以穿我墉
　誰謂女無家
　何以速我訟
　雖速我訟
　亦不女從

厭浥(ようゆう)たる行露(こうろ)
豈(あに)夙夜(しゅくや)なからんや
行(みち)に露多しと謂(い)はざらんや

誰(たれ)か謂はん雀に角(つの)無しと
何を以(も)て我が屋(おく)を穿(うが)つ
誰か謂はん女(なんじ)に家無しと
何を以て我が獄(ごく)に速(まね)かる
我を獄に速くと雖(いえど)も
室家足らず

誰か謂はん鼠(ねずみ)に牙(きば)無しと
何を以て我が墉(よう)を穿つ
誰か謂はん女に家無しと
何を以て我が訟(しょう)に速かる
我を訟に速くと雖(ま)も
亦(ま)た女に從はず

丸い玉なす道端の露
朝な夕なに道端に
しっとり置いた露の多さよ

(男)「雀に角がないとは言はせんぞ
　屋根の天辺に穴あけたのに
　お前に夫がないとは言はせんぞ
　掛け合ひの場に呼ばれたからに」
(女)「掛け合ひの場に呼ばれたとて
　夫婦のあかしが足りませぬ」

(男)「鼠に牙がないとは言はせんぞ
　塀の土手つぱらに穴あけたのに
　お前に夫がないとは言はせんぞ
　掛け合ひの場に呼ばれたからに」
(女)「掛け合ひの場に呼ばれたとて
　お前の言ふこと聞きはせぬ」

第一章　動物を詠み込む恋愛詩

イスズメがいる。スズメは人家や集落の周辺を縄張りとするが、ニュウナイスズメは人里を離れた山地などに棲息する。

鼠　ネズミ。第一章―2 獣・碩鼠篇参照。

Ⅰ **厭浥**　水分を中に閉じてふさいだ さま。双声かつ畳韻の語。**行露**　行は、道の意。**豈不夙夜謂行多露**　普通の読みは「豈夙夜せざらんや、行に露多しと謂ふ」であるが、意味が通らない。句跨りとして読み、「朝も夜も道端に何と露が多いではないか」の意味に取る。

Ⅱ **誰謂雀無角**　反問文。雀に角（つまり嘴）がないとしたら、何で私の家の屋根に穴をあけたのか。それを見ても、雀に嘴があるのは明白だ、の意。**家**　夫を家、妻を室で表すことが多い（周南・桃夭）。**速**　促して来させる。**獄**　裁判であるが、ここでは文字通りの意味ではなく、恋愛競争（歌合戦などを含む）の隠喩である（グラネ）。**室家**　夫婦であるが、ここでは夫婦となるべき理由や条件をいう。

Ⅲ **墉**　土を突き固めた垣根。**訟**　獄の言い換えである。

求愛の戯れ歌。誘引と拒絶の掛け合いで歌う恋のゲーム

形式はⅠを変則とするパラダイグム変換形式である。Ⅱでがらりと転調し、主調部になる。しかもリズムが前半（1～4）と後半（5・6）で再び変わる。これは男と女の掛け合いの台詞であり、二回反復される。

透明、湿濡、凝結といったイメージをもつ露は、しっとりとした恋の情緒、また、生理的な身悶えのモチーフとし

1．鳥　行露

て使われることがある（邶風・式微[36]、鄭風・野有蔓草[94]）。本詩では、閉じた完結性のイメージが男女の結合の象徴となっている。それだけではない。Ⅰは次の恋の駆け引きの結末を予示するとともに、露の真っ盛りのシーズン（おそらく秋の祭礼の頃）の到来を告げるのである。

Ⅱ・Ⅲでは、1・2／3・4がパラレリズムをなしている。まず「雀に嘴があることは、我々の裁判（恋遊びの歌合戦）の場に来ていることからして疑いのない事実である」ことと、「お前に許嫁の夫があることは、論理的に同定される。しかし女はこの論法を、「夫婦となるべき理由が十分ではない」と否定する。そこで男は、雀と屋根の穴の因果関係よりももっと強力な証拠固めを持ち出す。家の中に巣くっている鼠と塀の穴は自明の因果関係であり、それと同定される男女の事実関係はもはや否定し得ないくらいである。ところが女は「やはりお前に従わぬ」と拒絶しようとするが、拒絶の仕方は「室家足らず」のような具体的内容がなく、追い詰められた遁辞に過ぎない。

がんじがらめの論法で相手に迫るのが別段「強奪」なのでもなく、故意に抵抗するのが「貞潔」なのでもない（小序は本詩について「衰乱の俗微にして、貞信の教へ興る。彊暴の男も貞女を侵陵する能はず」と述べる）。あくまで許し合った二人が公の場で認めてもらう恋のゲームなのである。

[補説]　古注は、乱世に召伯のような賢君が現れて、男女の争い事を聞くようになったため、強暴な男も貞潔な女を犯すことができないと解している。鄭箋によれば、第一スタンザは、露が多いのは婚姻の正時である中春を過ぎたことを示し、こんな時に男が婚姻を求めても、女は拒む。第二スタンザ以下は、拒む理由が、男に結婚の儀礼が備わっていないからであることを示す。男は婚姻不履行の廉で裁判沙汰に及ぶが、夫婦になる道があって訴えたように見えても、実は夫婦になる道はない。それはあたかも、屋根を穿った雀に角があるように見えて実は角がないの

第一章　動物を詠み込む恋愛詩

と同じく、似て非なることだ。以上が古注の解釈であるが、明解とは言い難い。ほとんどの注釈家が、「獄」「訟」を文字通りに受け取るから、結婚に絡まる裁判沙汰という生真面目な（悪く言えば硬直した）解釈に陥っている。筆者は、春の祭礼において、夫婦約束のできている二人の男女の歌合戦の模様を歌った詩とするグラネの解釈が妥当だと考える。なお、グラネは第一スタンザも男（第一・二句）と女（第三句）の掛け合いの詞としている。

雄雉（邶風33）

雄きじ

Ⅰ　雄雉于飛　　　雄雉于に飛ぶ　　　雄のきじは飛んでいく
　　泄泄其羽　　　泄泄たる其の羽　　長くひいていく尾羽のあと
　　我之懷矣　　　我の懷ひは　　　　結ぼれた物思ひが
　　自詒伊阻　　　自ら伊の阻を詒れり　自ら別れを招いてしまった

Ⅱ　雄雉于飛　　　雄雉于に飛ぶ　　　雄のきじは飛んでいく
　　下上其音　　　下上する其の音　　上また下に音だけ残して
　　展矣君子　　　展びゆく君子は　　移り気なあの人が
　　實勞我心　　　實に我が心を勞す　私の心をくたくたにした

Ⅲ　瞻彼日月　　　彼の日月を瞻れば　月日の光を見るにつけ

雉

1．鳥　雄雉

雄雉

　　悠悠我思　　　悠悠たる我が思ひ　　いつまで続く物思ひ
　　道之云遠　　　道の云に遠き　　　　二人をへだてた道の遠さよ
　　曷云能來　　　曷か云に能く來らん　戻って来る日があるのかしら

Ⅳ　百爾君子　　　百爾の君子よ　　　　あなたがた男たちよ
　　不知德行　　　德行を知らず　　　　情けといふものをご存じない
　　不忮不求　　　枝はず求めざれば　　意地悪も浮気もしなければ
　　何用不臧　　　何を用て臧からざらん　ほんとに嬉しいはずなのに

雉　*Phasianus colchicus torquatus.* コウライキジ。キジ科の鳥。中国で普通に見られるキジである。首に白い輪があり、羽が美しい。雄は雌より大きく、尾も長い。体長は約九〇センチ。別名、山鶏（さんけい）・野鶏・邶風・匏有苦葉[34]、小雅・小弁[197]では求愛のモチーフ、王風・兔爰[70]では罠にはまる不運な存在の象徴に用いられる。小雅・車舝（しゃかつ）[218]では鶌（きょう）（オナガキジ）が帰巣モチーフに使われている。

Ⅰ　泄泄　長く伸びていくさま。羽ばたいて去る鳥の飛跡を形容する。**懷**　心の中に抱いて解けやらぬ物思い。**詒**　物をおくる。与える。また、あとに残す。**阻**　遠く隔たること。

Ⅱ　下上其音　邶風・燕燕にもある同一句。「泄泄其羽」は距離を視覚的にとらえ、「下上其音」は聴覚的にとらえる。**展矣君子**　展を「まこと」と読むのが通説だが、文のレベルのパラダイム変換で距離の移動を表現する手法である。転がるように移り去ること。「我の懷」と「君子の展」が対になる。君子は、夫転の意味に取る説（何楷）に従う。

第一章　動物を詠み込む恋愛詩

や恋人を表す常套語。**實勞我心** 邶風・燕燕にもある同一句。

Ⅲ日月 邶風・日月で用いられた常套表現を借りて、不変の愛、また、再び戻ってくる愛の象徴とする。**悠悠我思** 恋愛にまつわる思慕や憂愁の持続を表す定型句（邶風・終風、邶風・鄭風・子衿、秦風・渭陽）。悠悠は、長く続いて絶えないさま。**道之云遠** 男の去って行った空間的距離が遠いこと。云は、リズムを整える助辞。**曷云能來** いつ私のもとに帰って来ることができるだろうか。來は、情を通じる意図をもって来るという意味を帯びる常套語（王風・丘中有麻、鄭風・子衿）。

Ⅳ百爾 あなたがた。百は多数、爾は二人称代名詞。**德行** 女性に対する優しい振る舞い。愛情の行為をいう。德音（邶風・日月）と類似の常套語。**不忮不求** 忮は、意地悪をする意。正式の配偶者につらく当たることをいう。求は、正式の配偶者のほかに欲望の対象を求めることをいう。**何用不臧** どうして良くないことがあろうか。愛情の有無を表す定型句。臧・良・淑は愛情関係において良いという特殊な意味で用いられる（鄘風・載馳）。

遠く去って行く男の愛を繋ぎ止めることができない女の心の痛み

飛び去る雄の雉は女から離れていく男の隠喩となっている。

Ⅰ・Ⅱ―最初の二行（1・2）は、邶風・燕燕[28]の遠近法的表現と同じで、鳥の空間移動を表している。あとの詩行もパラレリズムになっていて、ともに原因（3）と結果（4）の関係である。寂しさや怨みの感情を抑えたにしろ、あっちこっちに飛んで行く移り気な男が、逆にまた自分の心をくたにさせる原因にもなる。女（ヒロイン）の心のディレンマである。

Ⅲ―日と月は時間の経過の暗示ばかりでなく、上から下を照らし覆う光が愛の隠喩として用いられている。サイクルのある日や月の光のように、男の心が再び戻ることは、時間ばかりでなく空間的にかくも遠く隔たったからには、期

1．鳥　匏有苦葉

匏有苦葉（邶風 34）

ふくべの苦い葉

I
匏有苦葉　　匏に苦き葉有り　　　　ふくべの葉は苦くなる
濟有深涉　　濟に深き涉し有り　　　済の渡しは深くなる
深則厲　　　深ければ則ち厲せよ　　深い所は石伝ひに涉れ
淺則揭　　　淺ければ則ち揭せよ　　浅い所は裾からげて渡れ

II
有瀰濟盈　　瀰として濟の盈つる有り　満々と済の水はみなぎって
有鷕雉鳴　　鷕として雉の鳴く有り　　けんけんと雌きじは鳴いてゐる
濟盈不濡軌　濟盈ちて軌を濡らさず　　みなぎる水に車を濡らさぬなんて
雉鳴求其牡　雉鳴きて其の牡を求む　　きじは雄を求めて鳴いてゐるのに

雁

IV——一般の男に対する呼びかけ。あなたがたは徳行というものを知らない。決まった相手をないがしろにせず、ほかに望みを移さないならば、女にとってどんなにか嬉しいことだろうにと、自分の体験を客観化して心の痛みを和らげようとする。

[補説] 歴史主義的解釈では、衛の宣公（紀元前八世紀）が淫乱のため政治を省みず、ために戦争がしばしば起こり、空閨を守る女性が怨んで、この詩を作ったとする。ただし新注は時代を特に限定しない。

待すべくもない。

第一章　動物を詠み込む恋愛詩

III

離離鳴鴈　離離たる鳴鴈　かりがね鳴いてやってくる
旭日始旦　旭　日始めて旦なり　朝日は今しも出る時分
士如歸妻　士如し妻を歸らば　若者よ　妻をめとらば
迨冰未泮　冰の未だ泮けざるに迨べ　氷の溶けないうちに

IV

招招舟子　招招たる舟子　舟が出るよと船頭さんの声
人涉印否　人は涉れど印は否し　人は渡っても私はまだよ
人涉印否　人は涉れど印は否せず　人は渡っても私はまだよ
印須我友　印は我が友を須つ　私はいい人待ってゐる

鴈 *Anser albifrons frontalis.* マガン。鴈は雁に同じ。カモ科の水鳥。体は褐色で、額は白い。雁はマガンのほか、サカツラガン、ハイイロガン、ハクガン、ヒシクイなどを含むこともある。サカツラガンは特に鴻雁とも呼ばれる。古代、人と会うとき、生きた雁を携えていく風習があった。また、婚礼では結婚相手に雁を贈った（鄭風・女日雞鳴[82]でも雁が登場する）。雁は一雌一雄制を守る鳥と見なされ、男女や夫婦の愛の証として用いられた。

匏 *Lagenaria siceraria var. depressa.* フクベ。ヒョウタンに似たウリ科の一年草。果実は扁球形で、径三〇センチ以上になる。古代中国では、これを婚礼の合卺（新郎新婦が二つに割ったフクベで酒を酌み交わす儀式）に用いた。

雉 キジ。コウライキジ。第一章―1鳥・雄雉篇参照。

I

済 河南省・山東省を流れ、渤海に注ぐ川。**厲** 早瀬の石を伝わって押し渉る。**揭** 衣の裾をからげて川を渉る。

匏

1．鳥　匏有苦葉

水が一面に満ちあふれるさま。**鷕**　雉の鳴き声を形容する擬音語。**軌**　車輪の中央に出ている軸の頭部。
Ⅲ **瀰瀰**　やんわりと和らぐさま。**旭日始旦**　日は日が現れる意。婚礼の最初の儀式が早朝に行われることへの連想である。
Ⅲ **離離**　成人した若い男。未婚の青年。**歸**　女が婚家に嫁ぐことだが、ここでは嫁がせる、つまり「めとる」と読む。**迨**、間に合う（召南・摽有梅）。
Ⅳ **迨冰未泮**　氷のまだ解けない時期を逃すな、の意。迨は、間に合う（召南・摽有梅）。
Ⅳ **招招**　手をあげて呼ぶさま。**卬**　一人称代名詞。**須**　待ち望む。待ち受ける。

婚姻の時期がどんどん過ぎてゆくのに相手がなかなか現れないで待っている女の焦り

テーマは召南・摽有梅[20]と似ている。本詩では、川または水のイメージが一貫し、求愛の象徴的行為である渡河のモチーフが次々に持ち出される。また、匏（フクベ）、雉、雁という動植物のイメージが効果的に用いられる。第一スタンザの第一詩行に婚姻と縁のある匏を前置し、テーマを導入する。

Ⅰ―1・2は婚姻の時節の到来を暗示する。苦葉と深渉は秋の風物であり、古代中国では秋は春とともに婚姻の正時とされた。3・4は1・2を承けて、川を徒歩で渡れる場合、渡れない場合にはこんな方法もあると、具体的に渡河の方法を述べる。

Ⅱ―1・Ⅱは各二対の対句で構成されている。したがって3／4は、車を乗り入れて愛の対象を求めるということをしない人間（男）と、求愛する動物がアンチテーゼとなっている。「だが誰も私のために車を乗り入れる冒険をする者がいない。雌の雉は雄を求めて鳴いているのに」というのが最後の二行の心。

Ⅲ―Ⅰ・Ⅱは形式（対句法、韻、リズム）の上で一まとまりだが、Ⅲで転調する。動物（雉→雁）を媒介として婚儀を幻想するスタンザの挿入である。雉から雁を連想し、エロティックなイメージから結婚に思いを馳せる。雁は一連の婚儀（六礼という）の最初に礼物として用いられる鳥である。「季節外れだが渡河の容易な冬の間に是非妻にして

第一章　動物を詠み込む恋愛詩

IV——時間はIIのあとに戻り、渡河の方法が車から舟へ接続する。婚姻の時はさらに過ぎた。車でも渡れない場合は舟がある。乗り遅れまいと急ぐカップルを乗せた最後の舟が出るが、売れ残った私（ヒロイン）は次のチャンスを待つことにする。

詩経の恋愛詩には、川・水・車・舟のモチーフがしばしば用いられる。比喩や象徴としてそれらが常用される背景には、川の近くで催された歌垣的な祭礼を想定することができよう。フランスのグラネは『中国古代の祭礼と歌謡』の中で、そういった祭礼を逆に詩経から読み解いている。

［補説］古注は、衛の宣公の淫乱を非難する歌とし、新注は時代を特定せず、一般に礼儀なしに婚姻を求めるのを非難した歌とする。

旄丘（邶風37）　　やくの丘

I　旄丘之葛兮　　　旄丘の葛
　　何誕之節兮　　　何ぞ誕びたる節なる
　　叔兮伯兮　　　　叔よ伯よ
　　何多日也　　　　何ぞ日の多き

　　やくの丘のくず
　　節がどこまで延びるやら
　　叔さんよ　伯さんよ
　　どうしてこんなに日が延びる

II　何其處也　　　　何ぞ其の處るや
　　必有與也　　　　必ず與にする有らん

　　音沙汰のないのはどういふわけ？
　　きっと一緒になるに決まつてる

流離

1．鳥　旄丘

何其久也　　　　　　いつまで待たせるのはどういうふわけ？
必有以也　　　　　　きっと挨拶するに決まってる

Ⅲ　狐裘蒙戎　　　　　　狐裘の蒙戎なる
　　匪車不東　　　　　　車の東せざるに匪ず　　毛皮がよれよれの旅人の
　　叔兮伯兮　　　　　　叔よ伯よ　　　　　　　車が東に来るには来たが
　　靡所與同　　　　　　與に同じくする所靡し　叔さんよ　伯さんよ
　　　　　　　　　　　　　　　　　　　　　　　車に乗ってる影もない

Ⅳ　瑣兮尾兮　　　　　　瑣たり尾たり
　　流離之子　　　　　　流離の子　　　　　　　ちっぽけだね　みじめだね
　　叔兮伯兮　　　　　　叔よ伯よ　　　　　　　ふくろふのやうな風来坊
　　褎如充耳　　　　　　褎として充耳の如し　　叔さんよ　伯さんよ
　　　　　　　　　　　　　　　　　　　　　　　耳に玉詰めた木偶の坊

旄　フクロウ。梟・鴞（きょう・きょう）の異名。函谷関より西の地方で梟を流離という。フクロウ科の鳥で、種類が多い。夜間に活動し、声が悪く、また、貪欲な性質をもつと考えられたので、凶兆の鳥とされる。陳風・墓門[141]や豳風・鴟鴞（しきょう）[155]では夫をたぶらかす者（妾や愛人）の象徴、大雅・瞻卬（せんきょう）[264]では城を傾ける悪女の象徴として用いられている。鴟鵂（りっきゅう）ともいい、成長すると母を食う鳥とされる（陸璣）。[補記]一説では、鴟は *Glaucidium cuculoides whiteleyi* [オオスズメフクロウ]（中薬大辞典）、または、*Asio otus* [トラフズク]（ニーダムら）に同定される。

旄　*Bos grunniens*. ヤク。牦牛（ぼうぎゅう）。ウシ科の動物。全身黒褐色の長毛で覆われ、肩部が特に隆起する。チベットなどの

旄

第一章　動物を詠み込む恋愛詩

狐　キツネ。第一章―2獣・有狐篇参照。

葛　クズ。第二章―1草・樛木篇参照。

I 旄丘　ヤクのように、前が高く後ろが低い丘。**誕**　伸び放題になる。むやみに伸びる（鄭風・檮兮、同・丰）。**叔兮伯兮**　特定の、あるいは一般の、名前を知らぬ男（単数または複数）に対する呼びかけの定型句（鄭風・檮兮、同・丰）。伯は年長、叔は年下の男。

II 何其處也　どうして落ち着いてしまって、動かないのか（行ったきり戻らないのか）。**必有與也**　きっと一緒になることになるだろう。與は、一緒にする、一緒になる意。畳韻の語。この形容詞は、士が旅行者であることを示す（カールグレン）。**匪車不東**　車が東にやって来ないではない。「車が東にやって来る」の緩徐表現で、期待をかけさせておいて、次にそれをくじこうとする効果を狙う。**靡所與同**（狐裘の士は人違いで）一緒に車に乗せて行く事態にはならなかった、の意。同車は、恋愛詩のモチーフとしてしばしば用いられる（鄭風・有女同車）。

III 狐裘　狐の毛皮で作った、士の着用する衣。ここでは「狐裘の士」という換喩的表現。**蒙戎**　くたびれてよれよれになったさま。畳韻の語。

IV 瑣兮尾兮　瑣尾は、ちっぽけで哀れなさま。また、落ちぶれたさま。瑣―尾は頭韻の語。瑣―尾は脚韻になっている。**流離之子**　流離はさすらいの意味があり、後で真心を捨てる男の比喩である。流離は頭韻の語。**褎如充耳**　盛んに飾り立てたは、初めうまい言葉で言い寄り、フクロウと掛詞になっている。小さいとき美しく、成長して醜くなるというこの鳥（毛伝）は、初めうまい言葉で言い寄り、後で真心を捨てる男の比喩である。褎は、大いに盛んなさま。充耳は、耳飾りの玉を意味するが、「耳に充つ」という字面から、同時に耳玉のようだ。

1．鳥　旄丘

恋人の出現に寄せる期待と失望

ある町にやって来た風来坊にはかない恋心を寄せ、嬉しい約束を交わすが、結局裏切られるという、小さな恋物語が想起できる。

Ⅰ―つる性の草が他の植物に絡みつく現象は、男女の愛の隠喩として常用される（例えば周南・樛木[4]）。葛が旄丘の斜面で延び放題に伸びていくだけで、絡みつく対象がないことを描くことによって、詩のテーマ（求愛とその不首尾）を予示する。絡みつく対象のない葛というモチーフは、王風・葛藟[71]にも見える。

Ⅱ―連絡をもらう日があまりに遅いのを怪しむ傍ら、きっと迎えに来てくれるに違いないと、かってに自分を納得させようとする。このスタンザだけ、三行目に定型句を欠き、自問自答のスタイルを取る。

Ⅲ―狐裘の士を乗せてやって来た車に胸をときめかすが、恋人は同乗していなかった。ここでやっと主人公は事の真相を悟る。

Ⅳ―男に対する罵りの言葉――「風来坊めの真実のなさは、耳にいっぱい玉を詰め込んだように、まるで耳の聞こえない木偶の坊だ」。このスタンザは、隠喩、直喩、頓呼法、掛詞、頭韻法、脚韻法という種々のレトリックを駆使して、きわめて効果的である。

[補説] 古注は、邶風・式微[36]と同様、衛に亡命した他国の殿様を、亡命した殿様の家来が責めた詩とする。しかし筆者は、カールグレンとともに、本篇を恋愛詩と読む。

第一章　動物を詠み込む恋愛詩

北風（邶風 41）

原文

I
北風其涼
雨雪其雱
惠而好我
攜手同行
其虛其邪
既亟只且

II
北風其喈
雨雪其霏
惠而好我
攜手同歸
其虛其邪
既亟只且

III
莫赤匪狐
莫黑匪烏
惠而好我

訓読

I
北風其れ涼たり
雨雪其れ雱たり
惠みて我を好まば
手を攜へて同に行かん
其れ虛なり其れ邪なり
既に亟れるかな

II
北風其れ喈たり
雨雪其れ霏たり
惠みて我を好まば
手を攜へて同に歸せん
其れ虛なり其れ邪なり
既に亟れるかな

III
赤きとして狐に匪ざるは莫く
黑きとして烏に匪ざるは莫し
惠みて我を好まば

きたかぜ

きたかぜ冷たく吹きつけて
あめゆき混じって降り進む
どうぞ私が好きならば
手に手をとって行きませう
偽り邪悪のがれるために
ぐづぐづしては間に合はぬ

きたかぜうなって吹きつけて
あめゆき混じって乱れ飛ぶ
どうぞ私が好きならば
一緒にどこかへ行きませう
偽り邪悪のがれるために
ぐづぐづしては間に合はぬ

赤いものはみなきつね
黒いものはみなからす
どうぞ私が好きならば

烏

28

1．鳥　北風

攜手同車　　手を攜へて車を同じくせん　　車でどこかへ行きませう
其虛其邪　　其れ虛なり其れ邪なり　　　　偽り邪惡のがれるために
既亟只且　　既に亟れるかな　　　　　　　ぐづぐづしては間に合はぬ

狐　キツネ。第一章―2獣・有狐篇参照。

烏　*Corvus monedula dauuricus*. コクマルガラス。スズメ目カラス科の鳥。頭と背は黒く、胸から腹にかけて白い。烏と鴉は区別するのが難しいが、『小爾雅』によると、反哺の習性をもつのが烏、もたないのが鴉だという。烏はコクマルガラス、鴉はハシブトガラス、またはハシボソガラスと考えられる。後世、カラスは慈烏・孝鳥とも呼ばれ、イメージのよい鳥となるが、詩経では凶鳥のイメージが強く、小雅・正月[192]では不祥のシンボルとされる。また、小雅・小弁[197]では鸒（ハシブトガラス）が帰巣モチーフに使われている。

I 雨雪　「雪を雨らす」と読むのが通説だが、風→雨と変化する気象のモチーフ（邶風・谷風）を考慮して、「雨と雪」と読む。雱　四方に広がっていくさま。滂・旁・放などと同系語。惠而好我　惠は、思いやりがある。好は、大切に可愛がる。同行　「行を同じくせん」と読んでもよい。同行→同車の変換は鄭風・有女同車にもある。虛　うつろである。真実がない。邪　よこしまで、ねじけている。虛―邪は句中韻。

既亟只且　もはや事態が差し迫っている。只且は、リズムを整える助辞。既―亟は頭韻。

II 喈　一斉に吹きつける風の音を表す擬音語。霏　入り乱れ、飛び散るさま。紛・菲などと同系語の語で、方向なく乱れるというイメージをもつ。歸　落ち着くべき所に行くこと。女が婚家に嫁いで行く意味も含む（曹風・蜉蝣）。

III 莫赤匪狐　赤いものは狐でないものはない。すべての赤が狐そのものだ、との意。狐の体色は赤とは少し違うが、

第一章　動物を詠み込む恋愛詩

最初の二行は、赤／黒（入声のK音を等しくする緩い韻）、狐／烏（脚韻）という、音声上、意味上のパラレリズムに重点がある。二つの動物の並列は、すべての色調を赤と黒に収斂させ、何かグロテスクな感じを醸し出す。

グロテスクな圧迫者から逃れようと焦る女の恋

夫の冷たい仕打ちに耐えがたく、もし本当に愛してくれているなら、一緒に駆け落ちしようと、女が他の男に呼びかける。

I・II—気象の変化は、男の変化する心理の隠喩である（邶風・終風[30]、同・谷風[35]）。風の状態は触覚的な表現から視覚的な表現にかわり（aの列）、雨と雪については、一定の方向性をもつ状態から、方角がなく入り乱れた状態へとかわり（bの列）、ますます荒れる気象のイメージが、夫の心理の悪化、冷たい仕打ちを暗示させるのである。

	a	b	c
I	涼	雰	行
II	喈	霏	歸
III	＊	＊	車

（＊印は破格であることを示す）

III—
1　北風其[a]
2　雨雪其[b]
3　惠而好我
4　攜手同[c]
5　其虛其邪
6　既亟只且

III—1・2は気象のモチーフを反復せず、動物のモチーフにかえる。心理状態という部分ではなく、人間の全体性を表現するための、文体上、また意味上、最も効果的な転調である。狐と烏は、動物のシンボリズムではともに不祥の物とされているが（詩集伝）、それだけではない。むしろ赤／黒という色彩の不調和の対比がグロテスクという意味

1．鳥　鶉之奔奔

鶉 之奔奔（じゅんし ほんほん）（鄘風 49）

うずら

	I	鶉之奔奔	鵲之彊彊	人之無良	我以爲兄
	II	鵲之彊彊	鶉之奔奔	人之無良	我以爲君

鶉の奔奔たる
鵲の彊彊（きょうきょう）たる
人の良きこと無き
我は以て兄と爲さん

鵲（かささぎ）の彊彊たる
鶉の奔奔たる
人の良きこと無き
我は以て君（きみ）と爲さん

うづらは激しくつがひを求め
かささぎは荒々しく恋をする
あなたはなんて冷たい人
そんなあなたを兄と呼ばう

かささぎは荒々しく恋をし
うづらは激しくつがひを求める
あなたはなんて冷たい人
そんなあなたを殿と呼ばう

鶉

今やグロテスクな圧迫者から早く逃れるために車のモチーフをもってくるが、c列の語群は恋の道行きを表すときに用いられる常套表現でもあり（鄭風・有女同車[83]）、その配列順序に男女の関係の深まりという意味が暗示されている。

鶉　*Coturnix coturnix japonica*. ウズラ。キジ科の小形の鳥。羽の色は赤褐色で、黄白色の斑紋がある。尾は短く、

を作り出すと考えられる。赤いもの一般、黒いもの一般が狐と烏に転移される提喩は、一人の人間のすべての属性を奪って、ただおぞましくグロテスクな存在に変貌せしめる比喩表現と解したい。

第一章　動物を詠み込む恋愛詩

鵲　カササギ。第一章—1鳥・鵲巣篇参照。

体はずんぐりと丸い。草むらに住む。本詩ではウズラは性愛の象徴として使われているが、魏風・伐檀[112]では貍（ヤマアラシ）とともに狩猟の獲物である。小雅・四月[204]に出る鶉はイヌワシで、国風のウズラとは別。

I 奔奔・彊彊　韓詩（詩経の異版の一つ）ではともに「乗匹」（つまり交尾）の形容語とする。鄭玄は、いつもペアになっている様子（毛詩箋）とか、激しく争う様子（礼記注）などと解するが、「乗匹」の一面だけを強調したに過ぎない。つまり、つがうことと、激しく争い求めることの両義を分離させては、奔奔、彊彊という擬態語の正しい解釈にならない。**人之無良**　無良を不良（道徳的に善でない）と解するのが通説であるが、実は、愛情が途絶えたことを意味する定型句である（邶風・雄雉）。人は、特殊（夫）を一般（人間）で置き換えた提喩。兄は夫に比べて血縁においては身近な存在であるが、性的関係では無縁の存在であり、次のスタンザの君（殿様）はさらに身分において縁遠い存在である。**我以爲兄**　愛情の途絶え

動物的な激しい愛の挑発

一般に詩経の詩を歴史的文脈でとらえる伝統的解釈では、本篇のテーマを、衛の夫人宣姜（せんきょう）が公子頑と姦通したことに対する公子の弟による非難と見なしたが、これが今でも通説となっている。そうするとこの詩は、「ウズラやカササギのような正しいカップルをもつ鳥の性にも劣る不倫の人を兄とし、君とするとは」という嘆きを歌ったことになる。しかし歴史上の人物と結びつけるのは何の根拠もないし、言語や文体の理解がおろそかという意外はない。詩を解く鍵は、動物の隠喩と、定型句の意味の解読にある。

各スタンザの1・2は、鶉と鵲という種も形態も違う二つの鳥を並列し、しかも類似した行動に焦点を当てる対照

1．鳥　女曰雞鳴

法である。鳥に関する擬態語がともに交尾のときの形容であることに注意すると、異性を激しく求める二種の鳥の並列は、人間の性に対するアンチテーゼとなっていることがわかる。

次に「人之無良」は「徳音無良」（邶風・日月[29]）や「人之不淑」（王風・中谷有蓷[69]）などと同類の定型句で、夫の緩んだ愛に対する妻の不満あるいは嘆きを歌った詩ということができる。もっとも非難というよりは諧謔、揶揄の調子であり、一種の戯れ歌と見たほうがよい。

女曰雞鳴（鄭風 82）

鶏が鳴いた

I 女曰雞鳴　　　女は曰く雞鳴と　　　　　　「鶏が鳴いたわ」と女いふ
　士曰昧旦　　　士は曰く昧旦と　　　　　　「まだ明け方だよ」と男いふ
　子興視夜　　　子興きて夜を視よ　　　　　女「あなた起きて夜をごらんよ
　明星有爛　　　明星爛たる有り　　　　　　明けの明星きらきらしてる」
　將翱將翔　　　將た翱し將た翔す　　　　　男「ほらばさばさと鳥が飛ぶ
　弋鳧與鴈　　　鳧と鴈とを弋せん　　　　　鴨と雁とを射止めてくるよ」

II 弋言加之　　　弋して言に之を加へ　　　　女「射止めてきたらお膳に供へ
　與子宜之　　　子と之を宜しとせん　　　　あなたと一緒に味はひませう
　宜言飲酒　　　宜しとして言に酒を飲み　　味はひつつお酒を酌み交はし

鳧

第一章　動物を詠み込む恋愛詩

與子偕老　　子と偕に老いん
琴瑟在御　　琴瑟御に在りて
莫不靜好　　靜好ならざるは莫し

III

知子之來之　　子の之を來るを知れば
雜佩以贈之　　雜佩以て之に贈らん
知子之順之　　子の之に順ふを知れば
雜佩以問之　　雜佩以て之を問はん
知子之好之　　子の之を好むを知れば
雜佩以報之　　雜佩以て之に報いん

共白髪までの誓ひたてませう
大琴小琴をお側に置いて
かき鳴らす音もなごやかに」

男「お前のねぎらひ分かったから
　　帯の玉を贈ります
　　お前のすなほさ分かったから
　　帯の玉で尋ねます
　　お前の好意分かったから
　　帯の玉で答へます」

雞　鶏（鷄）に同じ。*Gallus gallus domesticus*。ニワトリ。キジ科の鳥。原種のアカエリヤケイが馴化されたもの。中国では新石器時代にニワトリが飼育された。本詩や鄭風・風雨[90]、斉風・雞鳴[96]では妨害者モチーフとして用いられるが、王風・君子于役[66]では帰巣モチーフとして使われている。

鳧　*Anas platyrhynchos platyrhynchos*。マガモ。カモ科の大型のカモ。体長は約六〇センチ。雄は頭部が光沢のある緑色で、頸に白い輪がある。肉は美味で、狩猟の対象とされる。一名、野鴨・緑頭鴨。大雅・鳬鷖[248]ではカモメとともに平和の象徴となっている。

鴈　雁に同じ。マガン。第一章─1鳥・匏有苦葉篇参照。

1．鳥　女曰鶏鳴

I 雞鳴　にわとりが鳴く時刻を指す（姚際恒）。**昧旦**　まだ薄暗く夜が明けきらない頃。鶏鳴よりは遅い時刻。**明星**　明けの明星。金星。啓明ともいう。**爛**　きらきらと輝くさま。**將翱將翔**　翱翔という一語を間拍子で分けた表現。「頡之頏之」（邶風・燕燕）と同類。翱は、鳥がはばたいて高く飛ぶこと。翔は、羽を張ったまま滑るように飛ぶこと。鄭風・有女同車にも同一句がある。**弋**　矢に紐をつけて獲物を絡め捕るように美しいこと。

II 加　上にのせる。**宜**　形や程度がちょうどよい意だが、ここでは、味覚においてよろしいの意。**與子偕老**　老後まで夫婦の関係を全うしたいとの誓いを表す定型句（邶風・撃鼓、邶風・君子偕老、邶風・谷風、鄭風・風雨）。**琴瑟**　二つの琴の合奏は夫婦の和合の隠喩になる（周南・関雎）。**御**　侍って仕える場所。**靜好**　調べの音色がしんと澄んだように美しいこと。

III 來　面倒を見ていたわる。ねぎらう。労来の来（＝勑）とする説（王引之）による。**雜佩以贈之**　帶玉のプレゼントによって男が女に対して愛を告白したり、好意を受け入れたり、結婚の同意を示す定型句（衛風・木瓜、王風・丘中有麻、秦風・渭陽）。雜佩は、いろいろの玉をあしらって作った帶玉。**好**　大切に可愛がる。愛する（衛風・木瓜）。**報**　好意に対して、お返しをする（衛風・木瓜）。**順**　素直に言うことを聞く。**問**　意向を尋ねる。

男女の掛け合いによる求愛

相愛の男女が後朝の別れのときに結婚の意思を確かめることを歌う。スタンザは男女の掛け合い（I）、女（II）、または男（III）の台詞で構成されている。

I──互いに掛け合いをしつつ、鶏鳴→昧旦→明星→飛び立つ鳥というぐあいに、次第に時間が経過していくことが暗示され、夜の時間を惜しむ気持ちが表されている。動物の活動の時刻から昼の世界に転じ、婚礼の祝儀に用いる雁のモチーフ（邶風・匏有苦葉[34]）が次のスタンザの伏線となる。

第一章　動物を詠み込む恋愛詩

Ⅱ——男が捕ってきた鳥を料理し、一緒に酒を酌み交わすのは、偕老同穴の誓いの準備であり、琴瑟の隠喩でもって夫婦として和合したいという女の願望が述べられる。

Ⅲ——女の気持ちに対する男の意思表示。女の意思は来、好という言葉で示され、男は雑佩でもって贈、問、報という答え方をする。来の内容は料理、順の内容は偕老同穴の誓い、好の内容は琴瑟の「静好」と照応し、夫婦としての和合である。このスタンザの均整の取れた列挙法は、男の意思と女の意思のぴったりした一致を表現するのに効果的である。

[補説] 朱子（詩集伝）は、賢明な夫婦が朝早く起きて、仲良く睦み合い、賓客をもてなすと、Ⅰ・Ⅱは夫婦の情愛の様子、Ⅲは夫の招いた友人に妻が帯玉を贈る情景ということになり、Ⅲは余計な付け足しの感がある（毛伝では、Ⅱも賓客のもてなしの準備を述べたものとする）。単純に解して、新婚の楽しみ（聞一多）とか、夫婦の対話（余冠英）などと見るのが、まだしもよい。なお、科白の分け方には諸説があるが、筆者は余冠英の説を採る。

晨風（しんぷう）（秦風 132）

Ⅰ　駄彼晨風
　　鬱彼北林
　　未見君子
　　憂心欽欽
　　如何如何

　　駄（いつ）たる彼（か）の晨風（しんぷう）
　　鬱（うつ）たる彼（か）の北林（ほくりん）
　　未だ君子を見ず
　　憂心欽欽（きんきん）たり
　　如何（いかん）ぞ如何ぞ

このり鳥

　　さっと飛び去るこのり鳥
　　こんもり茂る北の森
　　姿を見せぬ背の君に
　　心は憂ひにふさがれる
　　どうしたの　どうしたの

晨風

1. 鳧　晨風

　　忘我實多　　　　　　我を忘るること實に多し　　　　　いつも私を置いてきぼり

II
山有苞櫟　　　山に苞櫟有り　　　　　　　　　　　山にあるのはくぬぎ
隰有六駁　　　隰に六駁有り　　　　　　　　　　　沢にあるのはかごのき
未見君子　　　未だ君子を見ず　　　　　　　　　　姿を見せぬ背の君に
憂心靡樂　　　憂心樂しむこと靡し　　　　　　　　心は憂へて楽しまず
如何如何　　　如何ぞ如何ぞ　　　　　　　　　　　どうしたの　どうしたの
忘我實多　　　我を忘るること實に多し　　　　　　いつも私を置いてきぼり

III
山有苞棣　　　山に苞棣有り　　　　　　　　　　　山にあるのはにはざくら
隰有樹檖　　　隰に樹檖有り　　　　　　　　　　　沢にあるのはまめなし
未見君子　　　未だ君子を見ず　　　　　　　　　　姿を見せぬ背の君に
憂心如醉　　　憂心醉へるが如し　　　　　　　　　心は憂へて酔ったやう
如何如何　　　如何ぞ如何ぞ　　　　　　　　　　　どうしたの　どうしたの
忘我實多　　　我を忘るること實に多し　　　　　　いつも私を置いてきぼり

晨風　*Accipiter nisus nisosimilis.* 晨は鷐と同じ。タカ科のタカの一種。上体は灰褐色、下体は白色。山林に棲息し、飛ぶのが速い。小鳥を捕食する。雄は雌よりも小さい。雄を鷂（コノリ）、雌を鶰（ハイタカ）という。一名、雀鷹。

櫟　*Quercus acutissima.* クヌギ。ブナ科の落葉高木。山野に自生し、高さは一〇メートルに達する。樹皮は縦に裂

檖

駁

第一章　動物を詠み込む恋愛詩

ける。丸いどんぐりが生る。**枸**（陳風・東門之枌[137]、唐風・鴇羽[121]）と同じ。

駁　*Actinodaphne lancifolia*. カゴノキ。クスノキ科の常緑高木。高さは二〇メートルに達する。樹皮が脱落して鹿の子模様を呈する。一名、豹皮樟。

棣　*Prunus japonica*. ニワザクラ。バラ科サクラ属の落葉低木。中国の原産。ニワウメと同種。淡紅色の八重咲きの花を開き、非常に美しいので観賞される。また、萼が堅牢で、花が落ちても枝に残っているという（植物名実図考）。単弁のものを郁李（ニワウメ）、複弁のものを常棣（ニワザクラ）と呼び分ける。豳風・七月[154]に鬱（郁李と同じ）、小雅・常棣[164]に常棣が見える。

檖　*Pyrus calleryana*. マメナシ。バラ科ナシ属の落葉小高木。中国・朝鮮に分布する。葉は卵形。果実は梨に似て食べられる。一名、山梨・鹿梨。

I **駛**　すり抜けるように速く飛ぶさま。**鬱**　木がこんもりと茂るさま。駛と鬱は類韻になっている。**未見君子**　「未見君子〜／既見君子〜」という定型句の下の部分を欠いた形。前の体験と後の体験における感情の落差を浮き彫りにする形式だが、前の句だけを独立させることにより、解放されない緊張感の持続を表現する（周南・汝墳、召南・草虫、秦風・車鄰）。**欽欽**　気分がふさがるさま。**如何**　どうしてか。どういうわけか。問い詰める気持ちを表すことば。

II **山有苞櫟**　「山有〜／隰有〜」という句形で、自然の存在と人間の存在を対比させ、その環境にふさわしい自然の在り方が、人間のふさわしい存在の仕方のメタファーとなる定型句。恋愛詩では良いカップル同士の調和、和合を暗示させる。しかし自然と人間の亀裂が意識されることも多く、この場合は自然の存在が人間存在のアンチテーゼとなる（邶風・簡兮、唐風・山有枢、鄭風・山有扶蘇）。苞は、枝葉が包むようにこんもりと茂る意。**六駁**　六は、多数の意で、多く集まることを示す（竹添）。

Ⅲ樹檖　樹は、一つ立つさまを表す形容語（聞一多）で、前のスタンザの六と対応する。一説に、樹檖は檖樹の倒置とされる。

古巣に帰らぬ恋人（または夫）を待つ辛さ

最初の二行で定型を示し、後はパラダイグム変換形式に従うのは、召南・草虫[14]などと同例である。この規則外の部分に、テーマの提示がある。すなわち、晨風と北林を並べる対句法で示された鳥の帰巣のモチーフである（王風・君子于役[66]）。雄の鳥は男（または夫）のメタファーとして用いられることがある（邶風・雄雉[33]）。次のスタンザから冒頭二行（a列、b列）に「山有～／隰有～」という定型句をもってくる。山沢の植物を列挙する表現は、その場所にふさわしい物の存在を意味する。そのような自然界の物が、人間界における男女の出会いの予示となるのである。しかし「未見君子～／既見君子～」という定型句の後半が現れないから、いずれも予想を裏切り、鳥の帰巣のモチーフも、植物の列挙表現も、アンチテーゼになることが明らかとなる。ここでは自然と人間は鋭く対立する。

1．鳥　晨風

1 山有[a]
2 隰有[b]
3 未見君子
4 憂心[c]
5 如何如何
6 忘我實多

	a	b	c
Ⅰ	*	*	欽欽
Ⅱ	苞櫟	六駮	靡樂
Ⅲ	苞棣	樹檖	如醉

c列に置かれる「未見君子」の時の感情表現は、緊張の解放がないために、時間とともに、次第に酔ったように茫

第一章　動物を詠み込む恋愛詩

然と自制を失った状態（王風・黍離[65]にも同じ表現がある）へと陥って、もとに戻ることはもはやない。

［補説］古注は、賢者を忘れて招かない康公を非難した詩としたが、朱子新注はそれを排して、単に夫を思う妻の歌とした。

宛丘（えんきゅう）（陳風 136）

中くぼの丘

I
子之湯兮
宛丘之上兮
洵有情兮
而無望兮

子（し）の湯（とう）たる
宛丘（えんきゅう）の上（うえ）
洵（まこと）に情有り
而（しか）も望（ぼう）無し

あなたの揺らめくお姿が
今しも見える丘の上
ほんとに気をそそられるけど
高望みもいいとこ

II
坎其撃鼓
宛丘之下
無冬無夏
値其鷺羽

坎（かん）として其（そ）れ鼓（つづみ）を撃（う）つ
宛丘の下
冬と無く夏と無く
其の鷺羽（ろう）を値（た）つ

ポンと鼓をたたくお姿が
今しも見える丘の下
冬も夏もかはりなく
しらさぎの羽根を翻し

III
坎其撃缶
宛丘之道
無冬無夏

坎として其れ缶（ほとぎ）を撃つ
宛丘の道
冬と無く夏と無く

ポンとほとぎをたたくお姿が
今しも見える丘の道
冬も夏もかはりなく

鷺

40

1．鳥　宛丘

高嶺の花に思いを寄せる恋歌

音楽と舞踊は恋愛詩でよく用いられ（邶風・簡兮[38]、王風・君子陽陽[67]）、本篇では、恋情をかきたてられるモチーフとなっている。

値其鷺翿　其の鷺翿（ろとう）を値（た）つ　しらさぎのかざしを翻し

鷺　Egretta garzetta garzetta．コサギ。サギ科シラサギ属の鳥。全長は約六〇センチで、全身が白色。繁殖期に二本の冠毛が生える。沼や田圃に棲息し、群居を好む。ほかに中国ではダイサギやチュウサギなどが見られる。一名、白鷺（はくろ）。

I **子**　男または女を親しく呼ぶ称。ここでは女を指す。**湯**　ゆらゆらと揺れ動くさま。蕩と同系の語で、蕩と書くテキストもある。舞踊する様子をいう（余冠英）。**宛丘**　中央が凹んで四方が小高い形をした丘の名。陳国の歓楽の場所であったらしい。**情**　相手を恋い慕う気持ち。あるいは、エロティックな気分（鄭箋）と解してもよい。**望**　本詩の文脈では、相手の恋を得たいという願望。

II **坎其**　坎は、重く沈んだ音声を表す擬音語。其は、リズムを整える助辞。**無冬無夏**　冬であろうが、夏であろうが。**鷺羽**　しらさぎの羽。舞い手の行列を指図するための道具（竹添）。**値**　ぴたりと手にあてがう。手に立てて持つ。植（まっすぐ立てる）―置（立てておく）と同系の語。

III **缶**　腹が丸く膨れた土製の酒器。それを叩いて音楽のリズムをとるのに用いられた。**鷺翿**　翿は、舞い手が頭上にかざして舞を導く道具（王風・君子陽陽）。

第一章　動物を詠み込む恋愛詩

形式は、Ⅱ・Ⅲがパラディグム変換の定型をなすが、Ⅰだけリズムを異にする。Ⅰは叙事句（1・2）と抒情句（3・4）から成り、Ⅱ・Ⅲがテーマを提示し、叙事句はⅡ・Ⅲの叙事のスタンザへつがるという構造をなしている。

1 坎其撃[a]
2 宛丘之[b]
3 無冬無夏
4 値其鷺[c]

	a	b	c
Ⅰ	*	上	*
Ⅱ	鼓	下	羽
Ⅲ	缶	道	翿

Ⅰの3・4は胸をときめかす女の姿と、到底かないそうにない高望みが、対句法で表現される。Ⅱ・Ⅲはその女の姿をもう少し具体的にとらえる。非常に目立つ白鷺の羽根をかざして、舞い手の先頭に立つ彼女は、他の女たちを従えつつ進んでいく。b列の語群は、丘の上から下へ、そして町に通ずる道へという空間移動の表現である。国いちばんの踊り子に対する切ない恋は、心情を交えずに、舞い姿だけを描く手法によって、かえって効果的に表されている。

［補説］古注は、女色を楽しみ政治を乱す幽公を非難する詩とするが、朱子新注は歴史上の人物と関係づけない。いずれも湯を遊蕩の意に、望を威望の意に取る。最近では、陳国で盛行したという巫風の習俗と結びつける解釈（余冠英、白川）も出ている。

候人（こうじん）（曹風151）

接待役

Ⅰ 彼候人兮　　接待役は勢揃ひ
　彼の候人（かこうじん）は

1. 鳥　候人

何戈與祋	戈と祋を何ふ	鉾と警棒担いでる
彼其之子	彼の其の子は	お慕ひ申すかの人は
三百赤芾	三百赤芾	赤い前垂れ三百の中
Ⅱ		
維鵜在梁	維れ鵜は梁に在り	「やなの上のぺりかんは
不濡其翼	其の翼を濡らさず	翼を濡らさぬ意気地なし
彼其之子	彼の其の子は	お慕ひ申すかの人は
不稱其服	其の服に稱はず	服に似合はぬ意気地なし」
Ⅲ		
維鵜在梁	維れ鵜は梁に在り	「やなの上のぺりかんは
不濡其咮	其の咮を濡らさず	くちばし濡らさぬ意気地なし
彼其之子	彼の其の子は	お慕ひ申すかの人は
不遂其媾	其の媾を遂げず	情を通じぬ意気地なし」
Ⅳ		
薈兮蔚兮	薈たり蔚たり	もくもくと立ち上る
南山朝隮	南山に朝隮あり	南の山の朝の虹
婉兮孌兮	婉たり孌たり	くねくねとなまめかしい
季女斯飢	季女斯れ飢ゑたり	若い乙女のひもじさよ

鵜

第一章　動物を詠み込む恋愛詩

鵜 Pelecanus philippensis crispus. ハイイロペリカン。ガランチョウ。鵜鶘。ペリカン科の大形の水鳥。中近東からモンゴル、中国に分布する。体長は一メートルぐらい。羽の色は銀灰色。大きなくちばしの下の袋に魚を掬って蓄える。貪欲のイメージが強く、淘河鳥(とうか ちょう)の異名がある。

I 候人 道路で賓客を送迎する係の官吏。**何** 荷(になう)の原字。**戈** ほこの一種。長い柄の上部に、直角に諸刃の剣をつけた武器。**殳** ほこの一種。殳(衛風・伯兮)と同じ。先端には金属の刃がなく、人払い用である。一説に、通行者を止める羊の皮という。**彼其之子** 固有名詞を使わずに、特定の恋人や、意中の人を指す定型句(王風・揚之水、鄭風・羔裘、魏風・汾沮洳、唐風・椒聊)。「之子」(親しく呼ぶ称)を敷衍した形で、男女いずれをも指す。**赤芾** 赤い前垂れ。芾は、ひざを覆う衣類で、韠(檜風・素冠)と同義。

II 梁 川の水を一か所に集めて魚を捕る装置。愛の対象を得る場所の隠喩として常用される(斉風・敝笱)。**稱** 釣り合いが取れる。**服** 具体的には、赤帯を指す。人前で目立つ派手な装い。

III 婣 男女の交合。**覯**(召南・草虫)と同義。**朝隮** 朝の虹。虹と一緒に雨をもたらす気象は、一夜悶々としてまだ覚めやらぬエロティックな気分の象徴である(鄘風・蝃蝀)。**婉兮變兮** 婉は、しなやかで美しいさま。變は、なまめかしいさま。斉風・甫田にも同一句がある。婉─變は脚韻。

IV 薈兮蔚兮 薈は、草木が集まり茂るさま。蔚は、草木がこんもりと茂るさま。薈蔚とつながって、蒸気などがもくもくと盛んに湧き起こるさまをいう。双声の語。**季女** 若い娘(召南・采蘋)。**飢** 性の不満足の隠喩として用いられる常套語(周南・汝墳、王風・君子于役)。

好意に応えてくれぬ男への面当て

1．鳥　候人

立派ななりをした接待役だが、女に手を付けようとしない意気地なしだと詰る。ただし、直接に男に訴えるのではなく、打ち明けられなくて悶える女の目から描いた客観表現である。

中間の二つのスタンザだけがパラダイグム変換の形式に従う（周南・巻耳[3]と同じ形式）。Ⅰは男と女の関係、Ⅳは女について述べる。

Ⅰ―前半は候人について一般的に言い、後半はその中の特定の人に焦点を当てる。単数・複数を逆にした表現がおもしろい。

Ⅱ・Ⅲ―前半と後半は対照法をなす。たくさんの魚を二度にパクリと大きな口に入れるペリカンが、最も獲物を狙いやすい場所にいながら、くちばしを濡らさない。一方、他人を愛想よくもてなす男なのに、近くで好意を寄せる女に知らん振りして手出しをしない。

翼から味への変換は、対象に一段と近づく積極的な行為を暗示する。「不稱其服」から「不遂其媾」への文のレベルのパラダイグム変換は、外見と中身が一致しないという遠回しの風刺から、ずばりと本音を吐くことへと、次第に深まる感情の動きを暗示し、最後のスタンザの「飢え」の伏線となる。

Ⅳ―古代人の観念では、虹は淫奔の象とされる。雨を伴う朝の虹は、一晩中の悶えの名残を暗示する。しかも薈蔚（わいうつ）という擬態語の挑発を表し、それと平行される婉孌（えんれん）という擬態語は、女のエロティックな姿態のイメージを濃厚にもつ（斉風・猗嗟[106]）。

45

第一章　動物を詠み込む恋愛詩

2. 獣

野有死麕（召南 23）

死せるくじか

Ⅰ　野有死麕　　野に死麕有り　　　　　野原に死せるくじかあり
　　白茅包之　　白茅之を包め　　　　　白いちがやで包むがよい
　　有女懷春　　女有り春を懷ふ　　　　春に目覚める女あり
　　吉士誘之　　吉士之を誘へ　　　　　良き男よ　誘ふがよい

Ⅱ　林有樸樕　　林に樸樕有り　　　　　林に小さな薪の木
　　野有死鹿　　野に死鹿有り　　　　　野原に死せる鹿あり
　　白茅純束　　白茅純束せよ　　　　　ちがやで鹿を　なはで薪を
　　有女如玉　　女有り玉の如し　　　　しっとり可憐な女あり

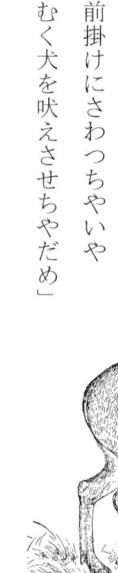

Ⅲ　舒而脱脱兮　舒ろにして脱脱たれ　　「そっとそっと忍んで来て
　　無感我帨兮　我が帨を感かしむる無かれ　前掛けにさわっちゃいや
　　無使尨也吠　尨をして吠え使むる無かれ　むく犬を吠えさせちゃやだめ」

麕　　　白茅

2．獣　野有死麕

麕 *Hydropotes inermis*. キバノロ。クジカ。シカ科の動物。体長は約一メートル。毛は黄褐色。角はなく、雄の犬歯は発達して牙となる。群れを作らず、単独かつがいで棲む。性質は注意深く敏捷であるという。長江流域に産し、これから上質の草を製する。一名、獐。

鹿 シカ。本詩では麕の言い換えである。鹿は国風では豳風・東山[156]で荒野を造形するモチーフ、平和の象徴などに使われているが、小雅の鹿鳴[161]、吉日[180]、小弁[197]、大雅の霊台[242]などで仲間を求めるモチーフ、平和の象徴などに使われている。

尨 むくいぬ。犬の一品種。ペキニーズのような多毛の愛玩犬が詩経の時代から飼育されていた。尨也の也は接尾辞。ほかにイヌの品種に斉風・盧令[103]の盧（黒い狩猟犬）、秦風・駟驖[127]の獫（口先の尖った狩猟犬）・歇驕（鼻づらの短い狩猟犬）が見える。

白茅 *Imperata cylindrica var. major*. チガヤ。イネ科の多年草。高さは約八〇センチ。山野に群生する。茎は細長く白色。春、葉より先に円柱形の白い花穂をつける。その「つばな」を荑（邶風・静女[42]、衛風・碩人[57]）また茶（鄭風・出其東門[93]）といい、女性美の形容に用いる。また、古代では葉を祭りの供物や礼物を包むのに用いた。

樸樕 普通名詞としては、薪になる小さな木。木の名としては槲と同じ（本草綱目）。*Quercus dentata*. カシワ。ブナ科の落葉高木。樹皮は灰褐色で、縦の溝がある。果実はどんぐり。大木であるが、薪用にもなる。

吉士 立派な青年。士は未婚の男子。

Ⅰ **懐春** 春に感じて恋心を抱く。あるいは、結婚したいと思う。（目加田）

Ⅱ **白茅純束** 白茅は死鹿を承け、純束は樸樕を承ける。白茅で鹿を包み、紐で薪を束ねること。純束は、束ねて一つにまとめる意。**如玉** 男にも用いられる形容語（魏風・汾沮洳、秦風・小戎）。潤いがあり、温かい感じの美

第一章　動物を詠み込む恋愛詩

のイメージである。

脱脱　そっと足音を忍ばせるさま。**撼**（うごかす）とほぼ同義。

悦　腰の周りに垂らす布切れ。または、エプロンの類。**感**　ショックを与えて揺り動かす。

春に目覚める女心の変化

　男の誘惑と、女の表面的な拒絶が、召南・行露[17]と似たところのある作品である。

　Ⅰ・Ⅱはパラダイム変換形式の非常に変わった型で、類似の文が詩行を一つずつずらして対応する。しかしⅡの一行目が付け加わったため、Ⅰの四行目に対応する詩行が無くなる。その代わり、転調するⅢが内容上それと対応する形になっている。

Ⅰ―クジカ（キバノロ）はすばしっこいが臆病な動物という。これは警戒心がとれて無抵抗な状態になった娘を象徴している。人目を引かぬ場所に隠されていたクジカが、野原で死んだ獲物は、立派な青年こそ得るにふさわしい。

Ⅱ―薪のモチーフは婚姻の詩でよく用いられ、それを束ねる行為が男女の結合の象徴になる（周南・漢広[9]、斉風・南山[101]）。野原の近くの森から薪を切ってきて束ね、死んだ鹿（クジカ）を白いチガヤで包むことは、結合の暗示である。

Ⅲ―形式、内容ともに転調する。リズムは軽快な五音節にかわる。象徴的に暗示していた誘惑の勧めが、具体的な実行に移るのであるが、神秘的で聖なるイメージのクジカが俗っぽいお座敷犬にかわるのも、効果的である。しかも男の誘惑をはねつける言葉を吐きつつ、一方では受け入れるという、矛盾した女の心理を描いて余すところがない。

[補説]古注の解釈によると、乱世の婚礼は儀礼を省略できるが、それでも貞女は礼のない男に求められるのを憎む、

48

2．獣　有狐

有狐（ゆうこ）（衛風63）　　きつね

I　有狐綏綏　　狐 有りて綏綏（すいすい）たり　　きつねがそろりそろりと
　　在彼淇梁　　彼の淇（き）の梁（りょう）に在り　　淇の川のやなの上
　　心之憂矣　　心の憂ひ　　ああ　ひやひやするよ
　　之子無裳　　之の子裳（しょう）無し　　あの娘スカート外した

II　有狐綏綏　　狐有りて綏綏たり　　きつねがそろりそろりと
　　在彼淇厲　　彼の淇の厲（れい）に在り　　淇の川の浅瀬に
　　心之憂矣　　心の憂ひ　　ああ　ひやひやするよ
　　之子無帯　　之の子帯（おび）無し　　あの娘帯ほどいた

III　有狐綏綏　　狐有りて綏綏たり　　きつねがそろりそろりと
　　在彼淇側　　彼の淇の側（そく）に在り　　淇の川の岸辺に

それは狩の獲物でさえ清潔な白茅で包むようなものだ。この解釈では、第三スタンザは文字通りの拒絶の辞となる。新注（朱子集伝）もだいたい同様の解釈である。最近では恋愛の歌と見るのが普通になっている。聞一多は、鹿の皮を男が女に与える贈り物とする。カールグレンは、「密かに誘惑される少女が、猟者に注意深く包み隠された貴重な獲物に喩えられている」と述べている。

狐

第一章　動物を詠み込む恋愛詩

狐　*Vulpes vulpes*。キツネ。アカギツネ。イヌ科の動物。体長は約七〇センチ。毛の色は赤褐色、または、黄褐色。尾は長く、先端が短い。夜行性で、穴の中に住む。キツネの脇の下の白い部分で作った狐裘（邶風・旄丘[37]、秦風・終南[130]、檜風・羔裘[146]）は珍重される。キツネは邶風・北風[41]ではグロテスク・モチーフ、斉風・南山[101]ではエロティック・モチーフとして使われている。

I　綏綏　尾をぶらぶらと垂らすさま。綏はもともと、車中で垂らしてつかまる紐のこと。ペアで行くさま（毛伝）、相手を求めて一人で行くさま（詩集伝）などの読み方は望文生義である。**淇**　衛を流れる川の名。恋愛詩によく出る歌枕的な場所である。**梁**　川の両岸をつなぎ、水を中央に集めて、魚を捕る装置。獲物を捕らえる所は愛の獲得の隠喩として常用される（邶風・谷風、斉風・敝笱）。**心之憂矣**　恋にまつわる憂愁や懊悩を表す定型句（邶風・柏舟、同・緑衣、魏風・園有桃、曹風・蜉蝣）。**裳**　下半身に着るスカート状の衣類。

II　厲　石が現れていて水勢の激しい浅瀬。石伝いに早瀬を渡るという動詞の用法もある（邶風・匏有苦葉）。**服**　裳に対するのは衣であるが、服は両者を含めた一般的な呼称である。

III　側　川の岸や堤防の付近を指す。

心之憂矣　　心の憂ひ

之子無服　　之の子服無し

　　　　　　ああ　ひやひやするよ

　　　　　　あの娘服脱いだ

恋の駆け引きを歌った戯れ歌

第三者の目を通して、誘惑する者とされる者の緊張関係を打ち出して、遊戯的雰囲気を高めるための歌垣的な詩と考えられる。

2．獣　有狐

スタンザの前半に自然、後半に人事を置くパラレリズムの手法によって、エロティックな仕種で獲物を狙う狐と、人間のドンファンの姿をオーバーラップさせる。獲物を狙うドンファンの場所と、狙われる獲物（女性）の衣服の関係が、この詩の見所になっている。したがって場所と衣服に関する語の配列の意味が重要である。

1 有狐綏綏
2 在彼淇[a]
3 心之憂矣
4 之子無[b]

	a	b
I	梁	裳
II	厲	帶
III	側	服

パラディグム表のa列では、獲物を狙うのに都合のよい場所から、次第に狙いにくくなる場所への空間移動であり、b列では、下方、中央、全体という衣服の序列である。スタンザの展開につれて、映画や絵本のように、狐が場所を移し、娘が衣服を脱いでいくという二つの平行するシーンが連続して動く。

このような解釈から詩の全体の意味をとらえると、最初の緊張のあと誘惑する者が後退するにつれ、誘惑される者が逆に誘惑者となって相手を焦らすという駆け引きを、第三者が危なっかしく見るということである。

[補説] 古注では、独身者が配偶を求める歌と解釈し、注は古注を踏まえて、国が乱れて配偶が得られない時代に、独身の狐や衣裳を結合の象徴とみて、ペアの狐や衣裳を結合の象徴と見ているようである。朱子新注は古注を踏まえて、国が乱れて配偶が得られない時代に、独身の女が独身の男と結婚したいと思うが、男に衣服が調わないのを悲しむ詩と解している。最近では、男女誘引の歌とする説（目加田など）が出てきたが、言葉（パラディグム）の変換の技巧に注意を払わない。しかし旧説を守る注釈者（兪樾、亀井など）がすでにそれを指摘している。

51

第一章　動物を詠み込む恋愛詩

碩鼠（せきそ）（魏風113）

大ねずみ

I

碩鼠碩鼠　　　碩鼠よ碩鼠よ
無食我黍　　　我が黍を食らふ無かれ
三歳貫女　　　三歳女（なんじ）に貫れしに
莫我肯顧　　　我を肯へて顧（あ）みること莫（な）し
逝將去女　　　逝（こ）に將（まさ）に女を去り
適彼樂土　　　彼の樂土に適（ゆ）かん
樂土樂土　　　樂土よ樂土よ
爰得我所　　　爰（ここ）に我が所を得ん

II

碩鼠碩鼠　　　碩鼠よ碩鼠よ
無食我麥　　　我が麥を食らふ無かれ
三歳貫女　　　三歳女に貫れしに
莫我肯德　　　我に肯へて德あること莫し
逝將去女　　　逝に將に女を去り
適彼樂國　　　彼の樂國に適かん
樂國樂國　　　樂國よ樂國よ
爰得我直　　　爰（ちょく）に我が直を得ん

大ねずみよ　大ねずみよ
私のきびを食べちゃやだめ
三年お前となじんだけど
ちっとも目を掛けてくれなんだ
さあ　お前のもとを立ち去って
憂ひのない土地へ行かう
ああ　楽土よ楽土
安らぎの地を得たいから

大ねずみよ　大ねずみよ
私の麦を食べちゃやだめ
三年お前となじんだけど
ちっとも情けを掛けてくれなんだ
さあ　お前のもとを立ち去って
憂ひのない国へ行かう
ああ　楽国よ楽国
いい人を見つけたいから

鼠

2．獣　碩鼠

Ⅲ

碩鼠碩鼠　　　　　　　大ねずみよ　大ねずみよ
無食我苗　　　　　　　私の苗を食べちゃだめ
三歳貫女　　　　　　　三年お前となじんだけど
莫我肯勞　　　　　　　ちっともいたはってくれなんだ
逝將去女　　　　　　　さあ　お前のもとを立ち去つて
適彼樂郊　　　　　　　憂ひのない村へ行かう
樂郊樂郊　　　　　　　ああ　樂郊よ樂郊
誰之永號　　　　　　　嘆きの歌はもうよさう

鼠　*Rattus norvegicus*. ドブネズミ。ネズミ科の動物。人家やその周辺に棲息する。夜行性で、性質は荒く、壁に登ったりする。クマネズミ（*Rattus rattus*）は欧州原産で、船舶に潜んで中国に入ってきたという。鄘風・相鼠[52]ではグロテスクな存在のイメージに用いている。なお、碩鼠は肥え太った鼠の意味であるが、召南・行露[17]ではグロテスクな動物のイメージ、種の名という説もある。

麥　ムギ。コムギ、またはオオムギ。第二章―1草・桑中篇参照。

黍　*Panicum miliaceum*. キビの一種。モチキビ。イネ科の一年草。稈に毛が密生し、種子に粘り気がある。五穀の一つ。また、酒などを造る。粘り気のないウルキビは稷（しょく）（王風・黍離[65]、唐風・鴇羽[121]）という。

Ⅰ 三歳貫女　貫は慣と同義で、「なれる」と読む。なじみ親しむ意。通説では「つかえる」（毛伝）と読むが、採らない。この句は衛風・氓の「三歳食貧（三歳食貧し）」と関連をもつ。女は、汝と同じ。

莫我肯顧　肯は、心の中で肯い

黍

第一章　動物を詠み込む恋愛詩

て。顧は、目を掛けて大切にする。「寧不我顧（寧ぞ我を顧みざるや）」（邶風・日月）や「亦莫我顧（亦た我を顧み しようとする意。**所** ここでは、落ち着くべき場所のこと。**逝將去女** 逝は、リズムを整える助辞。將は、これから何かを ること莫し）」（王風・葛藟）などと類似の常套表現。

II 德 愛、または愛のある行為を表す常套語（邶風・谷風、衛風・氓）。徳音（邶風・終風）や徳行（邶風・雄雉） も同類の常套語。**直** まともに当たるという意味を含み、本詩の文脈では、ぴったり当てはまる相手、カップルとな るにふさわしい相手のこと。**廊願・柏舟の「特」（かけがえのないたった一人の人）と似た意味。

III 勞 気を遣いいたわる。尽くしてくれたことに対して慰めることをいう。鄭風・女曰雞鳴の「知子之來之」の來と 同義。**樂郊** 郊は、都城の周辺の地域。**誰之永號** 誰が嘆きの歌を長々と歌おうか。強い否定を表す。誰は、特定の 人（ここでは作者自身）を一般化する表現（陳風・墓門）。この詩句は召南・江有氾の「其嘯也歌」と似ている。通 説では、「樂郊では悲痛の声をあげるものが誰もいない」と解する。

虐げられた人の、憂いのない国への夢想

　テーマは右の通りだが、詩の意味は両義的である。通説では、古注以来、鼠を悪い領主の隠喩と見、農民が虐政 から逃れ、安楽な土地を求めるという意味に解釈されてきた。しかし鼠を下劣な人間の隠喩と見れば、妻が夫の虐待か ら逃れたいと祈る歌と解釈することもできる。その根拠は独特の表現の仕方である。嫌な夫をグロテスクな動物に喩 える例（魏風・園有桃[109]）、食べる行為がしばしば性の隠喩になること（魏風・園有桃[109]）、また顧・徳などの常套 語的な使用法を考慮に入れると、本詩を恋愛詩と解することも十分に可能だろう。a列の語群は、日常の必需の食物になる穀類 形式はパラダイム変換形式だが、IIIの最終行だけ定型から外れる。c列では、夢想するユートピア であり、それを食うことの禁止は、性欲を満足させる肉体の提供の拒絶を意味する。

2．獣　狼跋

狼跋（豳風 160）　おおかみ

I
狼跋其胡　　　おほかみ其の胡を跋み
載疐其尾　　　載ち其の尾に疐く

1 碩鼠碩鼠
2 無食我[a]
3 三歳貫女
4 莫我肯[b]
5 逝將去女
6 適彼[c]
7 [c・c]
8 爰得我[d]

	a	b	c	d
I	黍	顧	樂土	所
II	麥	德	樂國	直
III	苗	勞	樂郊	*

[補説]　本詩を、重税で民を苦しめる暴君を非難する歌と解することでは、諸家異論がない。定説をあえて否定するつもりはないが、この詩の場合、一義的に捉えるのは躊躇される。それは、魏の歌を、狭小な土地に生活する世知辛い風俗と結びつけて捉える歴史主義的、倫理主義的解釈に同調できないという理由にもよる。何よりも、表現分析に意を用いるべきであり、言語外のことからテーマを導き出すべきではないのである。

が次第に範囲を狭め、現実世界に近くなるにつれて、逆に現実より遠ざかるというパラドックスを示し、最後の破格（転調）の詩行で諦めに到達するのである。

狼跋　其の胡を跋み　　おほかみはしたくびを踏み
載ち其の尾に疐く　　　自分のしつぽにけつまづく

第一章　動物を詠み込む恋愛詩

公孫碩膚
赤舃几几

狼躍其尾
載跋其胡
公孫碩膚
徳音不瑕

公孫碩膚なり
赤舃几几たり

狼其の尾に躍き
載ち其の胡を跋む
公孫碩膚なり
徳音瑕あらず

公孫はでっぷり太り
赤い靴がしゃなりしゃなり

おほかみはしっぽにけつまづき
自分のしたくびを踏みつける
公孫はでっぷり太り
優しい言葉がお上手

II
狼　*Canis lupus*. オオカミ。イヌ科の動物。体色は、背部が黄灰色、腹部が白色。吻は犬よりもとがり、尾は後肢の間に垂れる。走るのが速く、走るときは尾を持ち上げる。性質は兇暴で、群居する。一般に豺（アカオオカミ）とともに、獰猛な動物としてイメージされる。斉風・還[97]では狩猟の対象として登場する。

I　胡　したくび。あごの下に垂れた肉。オオカミにこんなものはないが、肥え太ったイメージを作り出すために、胡をもってきた。**載**　リズムを整える助辞。**公孫**　公子の子。ここでは、身分のある若い男に対する敬称。**碩膚**　体がでっぷりと肥えていること。碩は、肉付きがよく豊かの意（衛風・碩人）。一説に、膚は臚と同じで、太鼓腹をいう（聞一多）。**赤舃**　木や革で二重底にした上等の赤い靴。**几几**　落ち着いて重々しいさま（集伝）。一説に、靴の飾りを形容する擬態語（毛伝）、または、靴の音を現す擬音語（馬瑞辰）。

II　徳音不瑕　徳音は、男が女に対して与える愛情のある言葉を意味する常套語。不瑕は、欠けたところがない意。「徳

狼

56

3．虫 草蟲

相手をからかいつつ**愛情を示す戯れ歌**

Ⅱの三行目まではパラダイグム変換形式で進んできて、最終詩行で規則を外す。これは転調であり、転調部分にテーマが凝集されるのが通例である。

Ⅰでは、勇猛なはずの狼が太ったあまり、前足であごの肉を踏みつけ、後ろ足でしっぽにけつまずく——誇張法によって作られた滑稽なイメージは、狼の一郎の掛詞によって、碩膚（せきふ）という言葉で形容される公孫のイメージとオーバーラップする。次に、狼の足から公孫の足に視点を移し、洒落た赤い靴と、気取った歩き方を描き、公孫の愛嬌ぶりが暗示される。

Ⅱでは、滑稽なイメージが反復されるが、愛嬌ぶりを伏線として、公孫の女性に対する優しさが告げられる。徳音とは、特定の女性（つまり本詩の作者）に対する愛情を含意し、逆にこれを受け止める女性の愛情が含蓄されている。表面的なからかいは、実は深い愛情の表現だったのである。

3．虫

草蟲（そうちゅう） （召南 14）

Ⅰ 喓喓草蟲	雄ばった
喓喓（ようよう）たる草蟲（そうちゅう）	ヨーヨーと鳴く雄ばった

（音〜という形で、男の愛情が持続すること、あるいは冷却することを表す類型表現がある（邶風・日月、邶風・谷風、鄭風・有女同車）。

第一章　動物を詠み込む恋愛詩

趯趯阜螽　　趯趯たる阜螽　　　　ぴょんと跳ねる雌ばった
未見君子　　未だ君子を見ず　　　背の君にお会ひせぬとき
憂心忡忡　　憂心忡忡たり　　　　突き上げてくる心の憂ひ
亦既見止　　亦た既に見　　　　　やうやうお会ひもし
亦既覯止　　亦た既に覯へば　　　また睦み合ひもした今
我心則降　　我が心則ち降れり　　心の憂さは降りました

II
陟彼南山　　彼の南山に陟り　　　南の丘に登りゆき
言采其蕨　　言に其の蕨を采る　　わらびの芽を摘んでとる
未見君子　　未だ君子を見ず　　　背の君にお会ひせぬとき
憂心惙惙　　憂心惙惙たり　　　　遣り場のない心の憂ひ
亦既見止　　亦た既に見　　　　　やうやうお会ひもし
亦既覯止　　亦た既に覯へば　　　また睦み合ひもした今
我心則說　　我が心則ち說けり　　心のしこりは解けました

III
陟彼南山　　彼の南山に陟り　　　南の丘に登りゆき
言采其薇　　言に其の薇を采る　　のんどうの葉を摘んでとる
未見君子　　未だ君子を見ず　　　背の君にお会ひせぬとき
我心傷悲　　我が心傷悲す　　　　つらく悲しい心の痛み

薇　　　　　蕨　　　　　草虫・阜螽

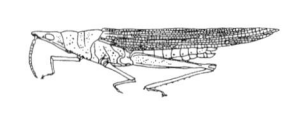

3．虫　草蟲

亦既見止　亦た既に見　やうやうお会ひもし

亦既覯止　亦た既に覯へば　また睦み合ひもした今

我心則夷　我が心則ち夷（たいら）げり　心の波は凪ぎました

草蟲・阜螽　二つとも同じ昆虫の名で、バッタやイナゴの類。『爾雅』によると、草蟲は負螽、阜螽は螽（ふはん）であるという。螽に負われるものが負螽ということであろう。そうすると、負螽（草蟲）は雄、螽（阜螽）は雌ということになる。バッタは交尾するとき小さな雄が大きな雌の背に乗る。負螽は和名のオンブバッタと命名の発想が似ている。周南・螽斯[5]の螽はトノサマバッタに当てられ、子孫繁栄の象徴に用いられる。

蕨　*Pteridium aquilinum* var. *latiusculum*. ワラビ。イノモトソウ科のシダ植物。山野に自生する。茎は長く地中に這う。春先、地下茎から出る若葉は食用になる。

薇　*Vicia hirsuta*. スズメノエンドウ。マメ科の二年草。山地に自生する。高さは一〇～三〇センチ。茎はつる状をなし、先端に巻きひげがある。古くは茎・葉が食用にされた。一名、小巣菜（しょうそうさい）。和訓をゼンマイとするのは誤り（牧野）。一説では、大巣菜、すなわちカラスノエンドウとする（本草綱目）。

Ⅰ　**喓喓**　虫の鳴く声を表す擬音語。**趯趯**　高く躍り跳ねるさま。**未見君子**　既見君子（五、六行目はその異型）とセットになる定型句（秦風・晨風）。二つの体験の間の他の体験を省略することにより、相反する感情を浮かび上がらせる表現法。**忡忡**　胸を突き刺すような感じを形容する擬態語。**覯**　単に「あう」だけでなく、男女が交わるという意味がある。曹風・候人の「媾」と同義。

Ⅱ　**言采其蕨**　「言采其～」「采～采～」の形で、恋愛の場を造形する定型句。植物を摘む行為がパターン化され、恋愛

第一章　動物を詠み込む恋愛詩

の雰囲気を作り出す。それぞれの詩に違った植物が織り込まれ、独特のイメージやシンボルを表すことが多い（鄘風・載馳、魏風・汾沮洳、唐風・采苓）。**惙惙**　思いがずるずると続いて絶えないさま。**說**　ばらばらに解ける。悅（しこ）りが解ける）とほとんど同義。

Ⅲ**傷悲**　心が傷つくほどに悲しむ。**夷**　平らかになる。

久しく待ち望んだ恋人に再会したときの心の解放

形式はⅠの最初の二行を変則とするパラダイム変換形式の異型である。この二行がテーマを予告する導入部となっている。すなわち、誘うがごとく鳴く雄バッタに雌バッタが躍って付き従うという昆虫の求愛のモチーフが、後半における男女の結合の象徴となるのである。奇抜なモチーフであるが、バッタやイナゴは生殖的、ないしセクシュアルなイメージを与えられることがある（周南・螽斯[5]）。Ⅱ・Ⅲでは常套的な植物摘みのモチーフにかわる。

象徴的な叙景・叙事の句（1〜2）のあとに、抒情の詩句（3〜7）が来る。ここは定型句を効果的に使って、悲しみと喜びを際立たせる表現である。定型句の「既見君子」を5・6の二つに分化させたのも、7の歓喜を盛り上げる効果が大きい。b列、c列のパラディグムはすべて精神の状態を表す言葉である。これらの語群は、胸に突き上げたものが、心につながっているしこりが解け、心の痛みが平らに凪ぐというぐあいに照応し（横の関係）、悲しみの度合いが増幅するのと平行して、精神的解放の度合いが増大していくのである（縦の関係）。

1　陟彼南山
2　言采其[a]
3　未見君子
4　憂心[b]

b	a	
忡忡	＊	Ⅰ
惙惙	蕨	Ⅱ
傷悲	薇	Ⅲ

3．虫　新臺

新臺（邶風 43）

新しいうてな

	I		
籧篨不鮮	燕婉之求	河水瀰瀰	新臺有泚
籧篨鮮なからず	燕婉（えんえん）を之（こ）れ求む	河水瀰瀰（びび）たり	新臺泚（し）たる有り
しこめも少なからず混じつてる	美女探しの恋の遊びに	黄河の水は漲りわたる	新しいうてなは水で潤ひ

5　亦既見止
6　亦既覯止
7　我心則[c]

| c | 降 | 說 | 夷 |

語の変換のテクニックはおおむね空間と時間の移動を表現する場合が多いが、本詩では全く同一の事態が三回反復されるだけである。言ってみればテレビのビデオのごとく再演される。しかし語の微妙な言い換えは、精神の世界では、悲しみが大きくなるほど、対照的に喜びが大きくなるというドラマが演じられていることを読者に示すのである。

[補説]　古注は、大夫に嫁ぐ女性が、道中、夫に迎え入れられるかどうかを心配するが、礼をもって待っていてくれたので安心する、といった解釈のようである。それに対し、新注（朱子・詩集伝）は、大夫の妻が時物の変化に感じて、行役中の夫を思い、その帰還を喜ぶ歌と解している。そうすると、第一スタンザは秋の情景、第二・三スタンザは恐らく春の情景となり、三回の事態が詠まれていることになり、やや不自然である。それを解決するために、四行目以下を仮設・空想の辞として読む説も出ている（屈萬里、高田など）。しかしこのような読み方は定型句の機能と効果を無視したものであり、興趣を殺ぐことおびただしい。

戚施

第一章　動物を詠み込む恋愛詩

Ⅱ　新臺有洒　　　　　新しいうてなは水で洗はれ
　　河水浼浼　　　　　黄河の水は豊かに流れる
　　燕婉之求　　　　　美女探しの恋の遊びに
　　籧篨不殄　　　　　しこめもちよつぴり混じつてる

Ⅲ　魚網之設　　　　　魚網を之れ設く
　　鴻則離之　　　　　鴻則ち之に離く
　　燕婉之求　　　　　美女探しの恋の遊びに
　　得此戚施　　　　　此の戚施を得たり

戚施　蟾蜍と同じ（本草綱目）。*Bufo bufo gargarizans.* アジアヒキガエル。カエル目ヒキガエル科の両生類。体長は十センチぐらい。四肢は短く、全身にいぼがある。漢方薬の蟾酥はこのヒキガエルの分泌物である。ひどく醜い人の隠喩として使われる。

鴻　*Cygnus cygnus cygnus.* オオハクチョウ。古名はクグイ。カモ科の大形の鳥。体長は一・五メートル以上。羽は純白色で大きく、飛ぶのが高く、速い。水生植物や魚介類を主食にする。一名、鵠・天鵝・鹓鸑・九罭[159]でも愛の対象を求める男の隠喩として用いられている。

Ⅰ　新臺　新しく建てられた物見の高台。臺は、四方を高くして見晴らしのきく場所、また、そこに建てた建物。洒　水がにじみ出て潤っているさま。水を撒いてあるさま。浼浼　水が満ちているさま。燕婉　たおやかなさま。泚　水たおやか

鴻

3．虫　新臺

さが美女そのものに転義した提喩。叙表現は、多いと少ないの中間を表す。

Ⅱ 洒　水で洗い清めたさま。**浼浼**　水が盛んに流れるさま。**不殄**　殄は、尽きる意。少ないとゼロの中間を表す。

Ⅲ 離　「かかる」と読み、魚の代わりに鴻がかかった意外性を見るのが通説だが、鳥と魚の関係を狙うものと狙われるものという性的関係に比喩する例（曹風・候人、豳風・九罭）があるので、鴻が網にとりついて魚を得るという意味に解し、「つく」と読む。

美女が欲しかったのに醜女が当たったとふざける戯れ歌

歌垣のような遊戯的空間が詩の背景にあると考えられる。通説では、息子の嫁を奪おうとする殿様への諷刺がテーマであるとするが、疑問である。川―魚―鳥は恋愛詩のモチーフとして常用される。

Ⅰ・Ⅱ―始めの二つのスタンザは、パラダイグムの変換で展開する定型に従っている。a・b列の語群はすべて水に関係のある擬態語で、これから恋のゲームを繰り広げる舞台が清らかな水で祝聖されることを示す。c列では、醜女が少なくはないと、全くいなくはないが少なくはない、美女と醜女のバランスを次第に落とし、美女への期待を大きくさせる。これは次の逆転への伏線である。

1 新臺有[a]
2 河水[b]
3 燕婉之求
4 籧篨不[c]

	Ⅰ	Ⅱ
a	泚	洒
b	瀰瀰	浼浼
c	鮮	殄

籧篨　竹で編んだでこぼこのある筵。醜女の隠喩。**不鮮**　少なくはないという緩

第一章　動物を詠み込む恋愛詩

―定型を破って転調する。1・2は乱痴気騒ぎの開始を告げることのアレゴリー。この動がI・IIの静と対比されている。いよいよ始まったゲームで、何といちばんひどい醜女に当たったと、ドンデン返しを食らわす。

[補説] 古注は、衛の宣公を非難する詩とする。宣公は息子の伋のために斉から妻を輿入れさせたが、彼女の美貌に目が眩み、むりやり自分のものにした。この詩は、宣公が黄河のほとりに新台を築き、その女性を迎え入れようとするのを描き、国の人々が憎しみを表した歌とされる。

雞鳴（斉風 96）　鶏が鳴いた

I　雞既鳴矣　　　　雞（にわとり） 既に鳴けり　　　　　女「鶏が鳴いたわ
　　朝既盈矣　　　　朝既に盈（み）てり　　　　　　　　もう朝ですわ」
　　匪雞則鳴　　　　雞則ち鳴くに匪（あら）ず　　　　男「鶏は鳴かない
　　蒼蠅之聲　　　　蒼蠅（そうよう）の聲　　　　　　　　はへの声だよ」

II　東方明矣　　　　東方明けたり　　　　　　　女「空が明けたわ
　　朝既昌矣　　　　朝既に昌（あき）かなり　　　　　　朝日の光」
　　匪東方則明　　　東方則ち明くるに匪ず　　　男「空は明けない
　　月出之光　　　　月出の光　　　　　　　　　　　　月の光さ」

III　蟲飛薨薨　　　　蟲飛んで薨薨（こうこう）たり　「虫はぶんぶん飛び交って

3．虫　雞鳴

甘與子同夢　　　子と夢を同じくするに甘んず
會且歸矣　　　　會ひて且く歸らんとす
無庶予子憎　　　庶はくは予が子に憎まるること無からん

「共寝の甘い夢破る
　会ったらすぐに別れのつらさ
　お前の恨みが残らぬやうに」

蒼蠅　*Calliphora lata.* オオクロバエ。クロバエ科のハエ。体は比較的大きい。目は赤く、腹部は藍色。声は勇壮とされる（本草綱目）。人畜の糞に発生する。蠅は妨害者モチーフのほかに、人間関係を破壊する言語の暴力のシンボルとしても用いられる（小雅・青蠅[219]）。

雞　ニワトリ。第一章—1鳥・女日雞鳴篇参照。

I 朝　通説では朝廷の朝と解するが、I・IIの一行目との関係から、時刻の名（あさ）とするのが妥当である。盈　夜の時間から朝になるまでの刻限がいっぱいに発生する。つまり、まもなく朝になることをいう。通説では、朝廷に人がいっぱいになること。蒼蠅之聲　生物の音声という点では同じだが、鶏と全く似ていない音声をもってきたのは、わざと鶏鳴を打ち消そうとするユーモアである。鶏の声と聞き間違えたとする解釈は、まともすぎてかえっておかしい。

II 昌　日が明るく輝く。月出之光　前のスタンザの鶏鳴／蒼蠅の関係と同じく、朝日の光に対して、それをわざと打ち消すために、月の光をもってきた。時刻からいっても、光線のぐあいからいっても、間違えるはずもないが、もっと夜であって欲しいという願いをこめて、蒼蠅よりも更に時間的にさかのぼる月光をもちだしたのである。甘　結構だと思う。味を甘く感じるように満足する意。無庶予子憎　読み方に諸説があるが、無庶

III 薨薨　上から覆い隠すように音を立てて群がり飛ぶさま。會　通説では、朝廷で会合する者。しかし文字通り「あう」の意に読む。甘　結構だと思う。味を甘く感じるように満足する意。無庶予子憎　読み方に諸説があるが、無庶は庶無の倒置、予子は親愛の称とする説（厳粲）に従う。どうか私のお前に憎まれることがないように、との意

後朝(きぬぎぬ)の別れを惜しむ歌

最初の二つのスタンザは、男と女の掛け合いから成り、語または文のレベルのパラダイグムの変換で展開する。

Ⅰの鶏鳴は朝の時間の告知者として恋愛詩で用いられる常套語である（鄭風・女日雞鳴[82]、同・風雨[90]）。この恋路の妨害者は、女のもとに忍ぶ男にとって、夜の時間をいくらかでも持続させるために否定さるべき存在である。男は蠅の声だと答えるが、時間はごまかされない。

Ⅱでは生き物の声という聴覚イメージから、光という視覚イメージにかえられる。光も音と同様、恋人たちにとって現実世界に連れ去る悪に過ぎない。しかしいくら否定しようが朝日の光は有無を言わせず現実世界を照射する。視覚・聴覚イメージで捉えられた虫たちの活動が、まだ夢の世界をまどろみたい恋人たちと対比される。しかし別れの時が来た。最後の一行は、物足りずに時間に抵抗した男の、逆に相手の心に対する思いやりを示したものである。

[補説] 通説では、夫を早く起こして、怠慢に陥らせないように努める賢夫人を褒める歌とする（古注、新注）。しかし、単に恋人たちの問答の歌とする説（ウェーリー、目加田、田所）が妥当である。

蜉蝣(ふゆう)（曹風 150） かげろう

Ⅰ 蜉蝣之羽　　　蜉蝣(ふゆう)の羽　　　　かげろふの羽
　衣裳楚楚　　　衣裳楚楚たり　　　　　愛らしい衣
　心之憂矣　　　心の憂ひ　　　　　　　気になるお前
　於我歸處　　　我に於(お)いて帰り処(お)れ　私のもとへおいで

66

3．虫　蜉蝣

Ⅱ　蜉蝣之翼　　采采衣服　　心之憂矣　　於我歸息

蜉蝣の翼　　采采(さいさい)たる衣服　　心の憂ひ　　我に於いて歸り息(いこ)へ

かげろふの翼　　美しい衣　　気になるお前　　私のもとでいこへ

Ⅲ　蜉蝣掘閲　　麻衣如雪　　心之憂矣　　於我歸說

蜉蝣の掘閲(くつえつ)　　麻衣(まい)雪の如し　　心の憂ひ　　我に於いて歸り說(やす)へ

かげろふの入る穴　　真つ白い麻の衣　　気になるお前　　私のもとで安らぎを

蜉蝣　カゲロウ。*Ephemeroptera*（カゲロウ目）の昆虫の総称。体は弱々しく、羽は半透明。夏、水辺に群飛する。成虫は寿命がはなはだ短い。古来、短命の象徴とされる。

麻　タイマ。アサ。第二章—1草・丘中有麻篇参照。

蜉蝣　すっきりしたさま。さっぱりしたさま。最初の二行は、カゲロウの羽を衣裳に喩えるとする説（集伝）と、その逆に取る説があるが、むしろ両者のイメージが一つに重なっていると見るのがよい。**心之憂矣**　恋愛詩で常用される定型句（衛風・有狐）。**於我**　私という場所において、つまり、私と一緒に。幽風・九罭の「於女」と似た語形。**處**　ある場所に腰を落ち着ける。安らかに落ち着く。常套語として、男が女を優しく扱うという意味にも使われる（邶風・日月、唐風・

歸　落ち着くべき所に帰ること。常套語として、女が嫁ぐ意味もこめられている（檜風・素冠）。

蜉蝣

第一章　動物を詠み込む恋愛詩

葛生)。

II **采衣服**　采采は、彩りの華やかなさま。この詩句は、I／2の変リフレーンであるが、韻の関係で倒置したもの(鄭風・狡童、唐風・葛生)。

息　息をする意から、休息の意に転義し、また、精神的、肉体的な満足を意味する常套語として用いられる(鄭風・狡童、唐風・葛生)。

III **掘閲**　穴の意(俞樾)。一説では、穴を掘る意(馬瑞辰)、または、抜け殻の意(胡承珙)とする。**麻衣**　麻で作った衣。ここでは、喪服を指す(皆川)。古代の葬式には、染めない麻衣を用いた。**說**　心のしこりが解ける(召南・草虫)。**如雪**　楚楚(召南・采采には色彩感が含まれるが、この直喩は無色、あるいは、色の脱落が強調される。

薄命の女性に対する憐憫と恋慕

形式は変則を含むパラダイム変換の定型である。IIIの1・2だけ特殊な微妙な破格をなし、意味の上では予期しない語に換わる。「掘閲」は羽と翼のイメージを断ち切り、「麻衣如雪」は蜉蝣の体の弱々しい女性のイメージと結びつけられる。言葉として、蜉蝣は浮游と同源であり(陸佃・埤雅)、畳韻語とともに、ふわふわと浮かびさまようイメージをもつ。自然の存在の中に人間のイメージを発見し、冒頭の一行にぽつんと提出する表現法は、衛風・芄蘭[60]と似ている。

思慕する人を衣裳で置き換えるのは、国風の常套表現である(檜風・素冠[147])。a・b列のパラダイム変換を見ると、Iでは衣裳の清楚な可憐さ、IIでは色彩の華やかさ、つまり、やがて生を終える前の一時的な輝きを描く。美しい羽が消え、地面の穴(暗さのイメージ)にはまりこんだ蜉蝣のむくろが現れ、普通の衣裳の代わりにIIIで暗転する。

ところがIIIで暗転する。美しい羽が消え、地面の穴(暗さのイメージ)にはまりこんだ蜉蝣のむくろが現れ、普通の衣裳の代わりに、穴(墓穴)の縁語として白い喪服が現れる。これは幻視の表現である。幻視・幻想をはさむ作品に周南・巻耳[3]、秦風・蒹葭[129]などがあるが、IIIの最後の二行では再び前の抒情句を反復する。しかしc列のパラ

ディグムはIIIの説に至って、憐憫と恋慕を交えた抒情を一層高めるのである。

1 蜉蝣 [a]
2 衣裳 [b]
3 心之憂矣 [b]
4 於我歸 [c]

	I	II	III
a	羽	翼	（掘閱）
b	楚楚	采采	（如雪）
c	處	息	說

[補説] 古注では、曹の昭公を非難する詩とする。昭公の家来は詰まらない人が多く、衣裳に心を寄せるだけで、はかない蜉蝣のように国が滅びかけているのを知らない。これに対し、朱子新注は必ずしも歴史と関係づけないで、単に、小さな楽しみに耽り、将来の思いを忘れるのを、蜉蝣に比して歌ったと解する。最近では、恋愛詩と見る説が普通になってきた（聞一多、ウェーリー、カールグレン、目加田、田所など）。

4．魚

汝墳（じょふん）（周南 11）

４．魚　汝墳

I 遵彼汝墳　　　彼の汝墳(かのじょふん)に遵(したが)ひ
　伐其條枚　　　其の條(じょう)枚(ばい)を伐(き)る
　未見君子　　　未だ君子を見ず

汝の川の堤

汝の川の堤に沿うて
細枝と太枝を切る
背の君にお会ひせぬとき

第一章　動物を詠み込む恋愛詩

惄如調飢　　　　　惄（でき）として調（ちょう）飢（き）の如し　　朝のひもじい物思ひ

II 遵彼汝墳　　　　彼の汝墳に遵ひ　　　　　　　　　　　　汝の川の堤に沿うて
　伐其條肄　　　　其の條（じょう）肄を伐る　　　　　　　　　細枝とひこばえを切る
　既見君子　　　　既に君子を見る　　　　　　　　　　　　背の君にお会ひした今
　不我遐棄　　　　我を遐（か）棄せず　　　　　　　　　　見捨てられぬ嬉しさを知る

III 魴魚赬尾　　　魴魚（ほうぎょ）赬（てい）尾　　　　　　　ひらうをの尾は真赤に染まる
　王室如燬　　　　王室燬（や）くが如し　　　　　　　　　　王の戦はひどくなる
　雖則如燬　　　　則ち燬くが如しと雖（いえど）も　　　　　王の戦がひどいとて
　父母孔邇　　　　父母は孔（はなは）だ邇（ちか）し　　　　どうか父さん母さんを安心させて

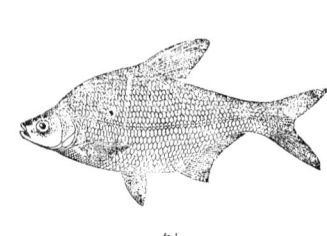

魴 Megalobrama terminalis. トガリヒラウオ。コイ科の淡水魚。鯿（ヘン）（ヒラウオ）と似ている。長さは約五十センチ。体色は銀灰色で、ひれと尾が赤い。脂肪が乗って非常に美味な魚という（徐鼎）。詩経では魴は美味な魚の代表（小雅・魚麗[170]）、上等な性愛の対象を表す隠喩やエロティック・モチーフ（斉風・敝笱[104]、陳風・衡門[138]、豳風・九罭[159]、小雅・采緑[226]）、また豊饒の象徴（大雅・韓奕[261]）として用いられる。

I **汝墳**　汝は、川の名。河南省に源を発し、淮水に注ぐ。墳は、土の盛り上がった堤防。**條枚**　條（条）は、細長い

魴

4．魚　汝墳

木の枝。枚は、杖にするくらいの太さの枝。**未見君子**　「既見君子」とセットになる定型句（秦風・晨風）。君子（夫や恋人）と会えないときの感情と、君子に会えたときの感情とを対比させて述べる形式。**調飢**　調は朝の当て字で、朝の空腹。朝食は性の満足を表すことがあり（陳風・株林）、朝飢はその反対を意味する隠喩である。

II **條枿**　枿は、切った木の後に生える短い枝。「枚を切る」のと「枿を切る」の間に一年が経過したことを示す（集伝）。

遐棄　遠くへ見捨てる。

III **魴魚赬尾**　魴は、性愛の対象を表す隠喩として常用される（陳風・衡門）。Iの飢の連想からうまい魚をもってきた。赬尾は、赤い尾。肥えた魚の赤い尾はエロティックの象徴になる（聞一多）。一説に、人民の疲労のたとえ（毛伝）。また、もともと白かった尾が疲労のために赤くなったとする説もある（正義）。**王室如燬**　王室は火で焼けるようだ、の意。燬は、焼き尽くす意、または火の意（毛伝）。王朝が戦争で混乱し、徴発がしきりに行われることをいう。一行目の赤色の連想から、火の直喩をもってきた。**父母孔邇**　父母が身近にいるから、戦争に行かないようにと哀願する言葉である。父母を思うあまりに王事を怠るな（鄭箋）とか、父母のような徳を備えた文王が近くまで助けに来ているいる（詩集伝）などと解する説もある。

慌しい時世の下で得たしばしの邂逅の喜び

形式は基本詩形からかなり発展した異型である。I・IIは、第一句のほかのすべての詩行が、語または文のレベルでパラダイム変換を行って展開したスタンザである。a列の、植物体の部分を表す語を言い換えて時間の推移を暗示する手法は、国風で普通の表現法である。b列は、セットになる定型句で、異なった時間における二つの心理的体験を同時に示すことによって、それを浮き上がらせる手法である。本詩では二つのスタンザにまたがるが、一つのス

71

第一章　動物を詠み込む恋愛詩

タンザで用いられることが多い（例えば召南・草虫[14]）。この定型句のあとにはふつう抒情句が入る。c／Ⅰでは再会した時の喜びと安堵感が、否定形というひどく抑えた調子で表現される。

1 遵彼汝墳
2 伐其條 [a]
3 [b]
4 [c]

	Ⅰ	Ⅱ
a	枚	肄
b	未見君子	既見君子
c	惄如調飢	不我遐棄

Ⅲは、リズムは変わらないが、反復形式を破った一種の転調である。再会したあとの女性が、楽しみを味わう間もなく、王朝の仕事に駆り出される夫に、再び旅立たないようにと懇願する。一行目の鮎は性愛の対象を表す隠喩として常用されるもので（陳風・衡門[138]、豳風・九罭[159]）、Ⅰの飢えの連想からうまい魚をもってきた。真っ赤に燃えるような婚姻色が邂逅のあとの満たされた喜びを表している。二行目は一転して運命の不吉な影、つまり夫を奪おうとする戦争におびえ、四行目では、一緒にいたいという主観的な説得の代わりに、両親の世話を訴えることによって、夫の心を引き留めようとする。Ⅲはきわめて難解で、諸説入り乱れているが、満足と緊張と哀願の錯綜したヒロインの抒情のスタンザと解したい。

[補説] 通説では周初の詩とする。朱子集伝によれば、汝水付近の国は文王の感化を受けた土地であり、当地の君子が征役から帰ってきたのを妻が喜んで作った歌である。殷の紂王を討つために徴発された夫の労をねぎらい、「たとい殷の政治がまだひどくても、やがて文王がやって来ます」と、夫を励ましたのだという。

4. 魚　碩人

詩の制作年代を限定する必要はないし、またそれは不可能でもあるが、周の東遷（紀元前七七〇年）以後に設定する説（崔述）も何ら不自然ではないり後の詩と考えてよい。本詩は詩形や内容から見て、国風ではかな

碩人（衛風 57）　麗しき人

I

碩人其頎　　碩人其れ頎たり　　　　　麗しき人はすらりと高く
衣錦褧衣　　錦を衣て褧衣す　　　　　錦の晴れ着に薄い内掛け
齊侯之子　　齊侯の子　　　　　　　　斉の君の娘にて
衞侯之妻　　衞侯の妻　　　　　　　　衛の君の妻となる方
東宮之妹　　東宮の妹　　　　　　　　斉の太子の妹君
邢侯之姨　　邢侯の姨　　　　　　　　邢の君のおん義妹
譚公維私　　譚公は維れ私なり　　　　譚の君はお義兄さま

II

手如柔荑　　手は柔荑の如く　　　　　手の柔らかさはつばなのやう
膚如凝脂　　膚は凝脂の如く　　　　　肌の艶やかさは獣の脂身
領如蝤蠐　　領は蝤蠐の如く　　　　　細いうなじはてつぱうむし
齒如瓠犀　　齒は瓠犀の如く　　　　　白い歯並びはゆふがほの実
螓首蛾眉　　螓首蛾眉　　　　　　　　蟬のやうな額　蛾のやうな眉
巧笑倩兮　　巧笑倩たり　　　　　　　にっこり笑へば愛らしく

鱣　　　　　　　蝤蠐

73

第一章　動物を詠み込む恋愛詩

美目盼兮　　　　　美目盼たり　　　　　　黒い瞳の涼やかさ

III　碩人敖敖　　　　碩人敖敖たり　　　　　麗しき人はのびのびと
　　說于農郊　　　　農郊に說けり　　　　　郊外の野に一休み
　　四牡有驕　　　　四牡驕たる有り　　　　勇み立つは四頭の車馬
　　朱幩鑣鑣　　　　朱幩鑣鑣たり　　　　　赤いくつわも軽やかに
　　翟茀以朝　　　　翟茀以て朝す　　　　　カーテン掛けて御殿入り
　　大夫夙退　　　　大夫よ夙に退き　　　　家来たちよ　はよ罷り出よ
　　無使君勞　　　　君をして勞せしむる無かれ　わが殿を煩はしたまふな

IV　河水洋洋　　　　河水洋洋たり　　　　　黄河の水は満々と
　　北流活活　　　　北に流れて活活たり　　北に流れて悠々と
　　施罛濊濊　　　　罛を施せば濊濊たり　　網を投げればごぼごぼと
　　鱣鮪發發　　　　鱣鮪發發たり　　　　　てふざめ掛かってぴちぴちと
　　葭菼揭揭　　　　葭菼揭揭たり　　　　　葦と荻は高々と
　　庶姜孽孽　　　　庶姜　孽孽たり　　　　齊の美女たちうじやうじやと
　　庶士有揭　　　　庶士揭たる有り　　　　迎への男ども武者震ひ

鱣　*Huso dauricus*．ダウリアチョウザメ。チョウザメ科の魚。体長は五メートルに達する。黒竜江などに棲息する。

瓠

鮪

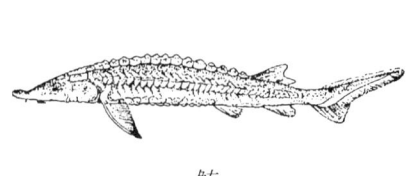

4．魚　碩人

鮪　*Acipenser sinensis*、カラチョウザメ。チョウザメ科の魚。黒竜江・長江などに産する。体長は三〜四メートルぐらい。肉は美味で、卵も珍重される。一名、黄魚・鱣魚。肉は鱣に次いで美味という。

蟾蜍　（カミキリムシ）の幼虫、テッポウムシ。

蛾　セミの一種。額が広くて四角い。

蛾　鱗翅目の昆虫。蝶と似ている。ほかにセミの種類に蜩（豳風・七月[154]、小雅・小弁[197]）などが見える。

翟　鷸に同じ。*Syrmaticus reevesii*。オナガキジ。頭と頸は白色、羽は赤、白、褐色などの斑紋があって美しい。尾は長く、一メートル以上。羽を衣服の飾りものや、舞いの道具に用いる（鄘風・君子偕老[47]、邶風・簡兮[38]）。鷸（小雅・車舝[218]）は異名同物。

瓠　*Lagenaria siceraria var. hispida*。ユウガオ。ウリ科のつる性一年草。白い花が咲く。果実は大きな円柱形で、長さは六〇〜九〇センチ。容器にしたり、また干瓢を製する。一名、扁蒲・瓠瓜。種子を瓠犀といい、潔白かつ整斉なので、歯並びの美しさに喩えられる。

荑　白茅（チガヤ）の花穂。つばな。第一章—2獣・野有死麕篇参照。

葭　アシ。第一章—1草・河広篇参照。

菼　オギ。第二章—1草・大車篇参照。

I **碩人**　肉づきのよいふくよかな女性。碩は、充実して大きい意。**頎**　背が高いさま。**衣錦褧衣**　きらびやかな錦の衣の上に、薄い内掛けを羽織る意。婚礼の道行きの衣装である（鄭風・丰）。**齊**　今の山東省にあった諸侯国の河南省にあった諸侯国。**姨**　妻の姉妹。**譚**　山東省にあった諸侯国。**私**　姉妹の夫。**邢**　今

第一章　動物を詠み込む恋愛詩

Ⅱ 凝脂　獣の固まった脂肪。白く、柔らかく、しかも艶がある。領　えりくび。首の後ろの部分。蛾眉　蛾の触角のように細い曲線を描いた眉　倩　笑みを含んだ口元の美しさを形容する語。盼　目の黒い部分と白い部分がはっきり分かれて涼やかなさま。

Ⅲ 敖敖　屈託がなく、伸び伸びしたさま。説　馬を車から解き放して、休息する。この意味の説は後世では税と書く。

農郊　田畑のある郊外。四牡　四頭立て馬車の、四頭のおす馬。驕　馬が首を高く上げて勇み立つさま。朱幩　馬のくつわの赤い房飾り。鑣鑣　軽やかに進むさま。翟茀　雉の羽で飾った婦人車の後方のカーテン。朝　朝廷に入って君主と会う。大夫　身分が卿より下、士より上の官吏。無使君勞　新婦と対面する儀式のため、君主を公務にかからわせて疲れさせるな、との意。

Ⅳ 河水洋洋　「汶水湯湯（汶水湯湯たり）」（斉風・載駆）などと同類の、祝婚歌に用いられる定型句。洋洋は、水がいっぱいに満ちているさま。北流　紀元前七世紀以前の黄河は、衛（河南省）の付近で、北の方に向きを変えて流れていた。だからこのようにいう。活活　水が勢いよく流れるさま。罛　魚を捕る網。濊濊　水がクァックァッと音を立てて流れるさま。網の目を通る水の音の形容。發發　生き生きと跳ねるさま。魚が網に掛かる形容。揭揭　高く上がるさま。背丈が高く長くなるさま。庶姜　多くの姜姓の女性たち。姜は斉の姓であり、美女の代名詞ともされる（鄘風・桑中）。孽孽　いくらでも湧き出るように、数が多いさま。孽は、切り株から生え出るひこばえのこと。五行目の植物の縁語。庶士　多くの男たち。庶姜が斉から送って来る女たちであるのに対し、庶士は衛の出迎えの男たち。揭　息を切らして進む意から転じて、奮い立つさま（衛風・伯兮）。

貴族の女性の婚礼の道行き

同じようなテーマをもつ邶風(はい)・泉水[39]などに見られる女の運命への嘆きはなく、全篇の調子は賛辞と祝福に満ち

4．魚　碩人

これは作者が衛国の立場から、もっぱら国と国の結びつきを強める婚姻の機能を念頭に置いているからである。

I——女性のおおまかな容姿と婚礼衣装から導入し、女性の高貴な出自をいろいろな国との婚姻関係で明らかにする。斉と衛の結びつきにおいて、一人の女性の偉大な役割が強調される。

II——女性の容姿のディテールを直喩の列挙で描写する。女性の肢体と類似性を発見されるものは、意外な動物や植物である。後世では陳腐な隠喩になるものもあるが、当時は斬新な表現だったに違いない。肢体から上体へ描写の視点を移していく手法もみごとである。

III——輿入れの道行きの場面。女性のおっとりした身構えと、衛の君主の緊張ぶりは、両国の力関係、どちらが婚姻に積極的であるかを暗示している。

IV——1〜5は叙景の中に象徴をこめる表現である。衛は黄河の西、斉は東にあり、遠い両国を結ぶものとして、黄河の水が象徴となる。また、網に掛かる魚は婚姻の対象を象徴する常套的な表現法。大きな魚が斉の姫君であることは言うまでもない。水—魚のイメージに、繁茂する植物のイメージを重ね、婚姻の成就と両国の繁栄をことほぐ。最後の二行は、斉の女性一般に対する褒め言葉で、姫君にあやかりたいという衛の男の気持ちを憶測して、代わりに述べたものである。

［補説］古注によると、衛の荘公が妾に惑い、正夫人の荘姜を愛しなかったのを憐れんだ歌という。朱子新注もほぼ同じ。荘姜のことを歌ったとする点では、ほとんどの注釈者が一致しているが、言外に憐れみの意をこめたとする説（厳粲ら）と、憐れみの意は全くないとする説（何楷ら）に分かれている。

第一章　動物を詠み込む恋愛詩

敝笱（へいこう）（斉風104）

破れびく

I
敝笱在梁
其魚鲂鰥
齊子歸止
其從如雲

敝笱梁に在り
其の魚は鲂（ほう）と鰥（かん）
齊（せい）の子（こ）歸（とつ）ぐ
其の從（じゅ）は雲の如し

やなに仕掛けた破れびく
入る魚は　ひらうを　ばううを
斉の娘は嫁ぎ行き
お供の女衆華やかに

II
敝笱在梁
其魚鲂鱮
齊子歸止
其從如雨

敝笱梁に在り
其の魚は鲂と鱮（しょ）
齊の子歸ぐ
其の從は雨の如し

やなに仕掛けた破れびく
入る魚は　ひらうを　しため
斉の娘は嫁ぎ行き
お供の男衆引き続く

III
敝笱在梁
其魚唯唯
齊子歸止
其從如水

敝笱梁に在り
其の魚は唯唯たり
齊の子歸ぐ
其の從は水の如し

やなに仕掛けた破れびく
魚らはすいすい逃れ去る
斉の娘は嫁ぎ行き
お供衆らは遠く去る

鰥 *Elopichthys bambusa*. 鱤（かん）と同じ。ボウウオ。コイ科の淡水魚。体はやや丸くて長く、銀白に黄色を帯びる。体長は一～二メートル。

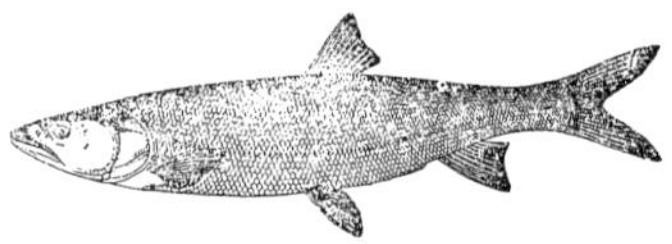

鰥 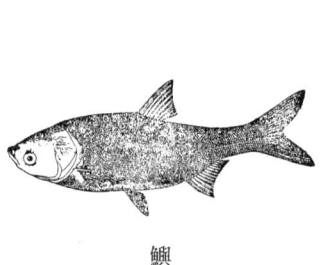　　　　　　　　　　　鱮

4．魚　敝笱

鰱　Hypophthalmichthys molitrix．シタメ．ハクレン．コイ科の淡水魚．銀灰色で、長さは１メートルぐらいになる．一名、鏈魚（れんぎょ）．鮎に似ているが、鮎ほど旨くはないという（陸璣）．

鮊　トガリヒラウオ．第一章―4魚・汝墳篇参照．

敝笱　笱は竹を曲げて作った魚を捕らえる道具．魚は愛の対象の隠喩に用いられ（邶風・新台）、魚を捕らえる笱は愛を営む場所の隠喩となる（邶風・谷風）．反対に、破れた笱は愛の不首尾を意味する．

Ⅰ　敝笱　後に続いて行くさま（鄭箋）．毛伝では「自由に出入りするさま」とするが、韓詩では遺遺と書かれ、斜めにずれて続く様子をいう．**如水**　雨の縁語として水をもってきた．魚が引き続いて去るのと、すべての従者が斉の子とともに水のように去ってとどまらないのとが対比される．

Ⅱ　如雨　雲の縁語として雨をもってきた．雲から雨が発生するように、物事が更に続いて増えるありさまを形容する．したがってⅡの従者は添い嫁のほかに他の従者を含む．

Ⅲ　唯唯　後に続いて行くさま（鄭箋）．毛伝では「自由に出入りするさま」とするが、韓詩では遺遺と書かれ、斜めにずれて続く様子をいう．**如水**　雨の縁語として水をもってきた．魚が引き続いて去るのと、すべての従者が斉の子とともに水のように去ってとどまらないのとが対比される．

従　従者．高貴な身分の結婚には添い嫁（娣または姪）が正夫人について行くのが、古代の風習である．雲のイメージは白さ、軽やかさ、盛んなさまであり、華やかな女性の一団を捉える．直喩は女性の形容である（鄭風・出其東門）．**如雲**　この直喩は女性の形容である（鄭風・出其東門）．

梁　石や木で川をせきとめ、中央に仕掛けた笱に水を集めて魚を捕るようにした装置．獲物（愛の対象）を狙う場所の隠喩となる（衛風・有狐）．

好きな女を逃した失恋者の心残り

１・２は自然によって人事を隠喩的に表現する手法である．その意味を解読しないと詩のテーマはわからない．ただⅠ・Ⅱでは最初の二行が暗示破れた魚捕り器から魚が出ていくのと、女が余所に嫁ぐのとが対比されるのである．

第一章　動物を詠み込む恋愛詩

的なので読み手はあいまいのままだが、Ⅲで魚のように逃れる女というテーマが明らかになる。

パラダイムの変換を見ると、a列では、まず魚の種類を示し、最後に魚の行為を示すが、「唯唯」という変則的な変換が重要である。魚の種類は美味な魚と大きな魚であり、いちばん欲求の強かった愛の対象である斉の子に喩える。陳風・衡門[138]では最も旨い魚を鲂、最も美しい女を斉の姜と表現している。このような美味な魚も大きな魚も相連なって逃げ去ることが「唯唯」という擬態語で描かれる。

b列では、雲→雨→水という順序のある語が、従者のイメージを変えることに効果を発揮する。従者の行列が次々に視界に入り、最後に水の流れのように一直線になり、そして視界から消えていくイメージも描くことができる。

1　敝笱在梁
2　其魚[a]
3　齊子歸止
4　其從如[b]

	a	b
Ⅰ	魴鰥	雲
Ⅱ	魴鱮	雨
Ⅲ	（唯唯）	水

[補説]　通説では、斉風・南山[101]と同じ文脈で、この詩をとらえる。すなわち、兄と近親相姦を犯した魯の桓公の夫人である文姜を非難した詩とする。鄭箋によると、敝笱は夫人を監視できない桓公の比喩、雲・雨・水は文姜に倣って悪事をなす従者の比喩とされる。朱子新注は若干違い、裏公に会いに里帰りする文姜を、彼女の子である荘公が制止できないのを非難したと解する。ウェーリーやカールグレンは単に婚姻の詩と見ている。彼らの見解によると、

作者の心情は述べられていないが、破れた魚捕り器のふがいなさ、大きな魚を逃した悔しさ、美しい添い嫁たちを従えた妬ましさ、遠くに去る別れの悲しさが、言外にあふれている。

4．魚　衡門

魚は豊饒多産の象徴であり、罠に捕らえられる魚は至福の暗示であり（ウェーリー）、あるいは、花嫁の子孫の繁栄を表す（カールグレン）。しかし、「敝」という語をウェーリーは無視し、カールグレンは魚捕りかごが破れるほどに魚が豊富だとするなど、やや無理な解釈である

衡門（こうもん）（陳風 138）　かぶき門

I
衡門之下　　衡門の下　　　　　　かぶき門の家でも
可以棲遲　　以て棲遲すべし　　　暮らしはできる
泌之洋洋　　泌の洋洋たる　　　　小さい泉の水でも
可以樂飢　　以て飢ゑを樂すべし　飢ゑはしのげる

II
豈其食魚　　豈其れ魚を食らふに　魚を食らふに
必河之魴　　必ずしも河の魴のみならんや　黄河のひらうをと限るまい
豈其取妻　　豈其れ妻を取るに　　妻をめとるに
必齊之姜　　必ずしも齊の姜のみならんや　斉の美女と限るまい

III
豈其食魚　　豈其れ魚を食らふに　魚を食らふに
必河之鯉　　必ずしも河の鯉のみならんや　黄河のこひと限るまい
豈其取妻　　豈其れ妻を取るに　　妻をめとるに

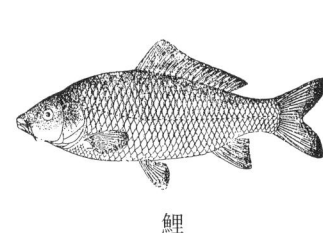

鯉

第一章 動物を詠み込む恋愛詩

高嶺の花を求める諦め

必宋之子　必ずしも宋の子のみならんや　宋の娘と限るまい

鯉　Cyprinus carpio. コイ。コイ科の淡水魚。体長は九〇センチに達する。口角に二対のひげがある。側線鱗は三六枚。河川や湖沼にすむ。鮎を先にし鯉を後にしたのは、最も美味な魚の子は斉の姜よりも貴いとする説（皆川、亀井）があるが、「降格して次を求める」手法（銭鍾書）と見るのがよい。鯉は鮎よりも、宋の

鮎　トガリヒラウオ。第一章―4魚・汝墳篇参照。

I 衡門　二本の柱の上に横木を掛けただけで、屋根のついていない門。冠木門。上等でない門をいう。棲遲　くつろぎ休む。畳韻の語。泌　細い水流。小さな泉の流れ。邶風・泉水の泚（狭い隙間から水が流れるさま）と同系の語。洋洋　水の流れがやまないさま（亀井）。樂飢　樂を「いやす」と読む説（鄭箋など）に従う。古くは樂に疒をつけた字（療の古字）と書いたテキストがあったらしい。飢えは性的欲求の不満足の隠喩として常用される（周南・汝墳、王風・君子于役）。

II 豈其　豈は、どうして〜であろうか。反問を表すことば。其は、リズムを整える助辞。齊　周代、今の山東省にあった諸侯国の名。姜　齊の王室の姓。美女の代名詞として用いられることが多い（鄘風・桑中、鄭風・有女同車）。

III 宋　殷の遺民を集めて建てた国の名。今の河南省の商邱県にあった。亡国の民として差別を受けた。子　宋の王室の姓。姜（美女）に対して、単なる子（娘）の意味を含む。一種の掛詞と考えてよい。

4．魚　九罭

九罭（きゅういき）（豳風 159）

Ⅰ 九罭之魚　　　九罭の魚は
　鱒魴　　　　　鱒と魴
　我覯之子　　　我之の子に覯ふ
　袞衣繡裳　　　袞衣繡裳

細目の網

細目の網にかかる魚は
あかめに　ひらうを
私が出会ったあの方は
きんきら衣裳の貴公子さま

形式はⅡ・Ⅲのスタンザだけパラディグム変換の定型に従い、Ⅰを孤立させた形である。各スタンザはすべてパラレリズム（平行法、対照法）から成る。

衡門は粗末な門のことである。門は隣接関係で家の意味にかわり、家（または室）は含有関係で妻を表すことが多い。ここには二重の換喩のレトリックがある。また、飢えをしのぐ水は性欲の満足の隠喩である。かくて前半（1・2）と後半（3・4）のパラレリズムは、分に過ぎた欲望の自制というテーマを提示するのである。

Ⅱ・Ⅲの各スタンザの前半は、Ⅰの後半を承け、小さな泉と大きな河、欲望を満たす対象と大きな対象が対比され、後半はⅠの前半を承け、詰まらない妻と高貴の女とが対比される。大きな対象を持ち出しながらそれを否定するのは、小さな対象に十分に満足し得ないということを示すと同時に、高嶺の花から次の花へと、次第に程度を下げる逆漸層法によって、無理に諦めようとするコンプレックスを示しているとも言える。

[補説] 陳の僖公を励ます歌とする歴史主義的解釈を排した朱子（詩集伝）は、隠者が自ら楽しみ、欲望をもたないことを歌った詩と解した。近代になって、ウェーリーは恋歌とし、第一スタンザを、町の門の周りをうろつく娘を手に入れることで欲望を満足させると解釈している。由来、これが通説になっている。

第一章　動物を詠み込む恋愛詩

Ⅱ　鴻飛遵渚
　　公歸無所
　　於女信處

Ⅲ　鴻飛遵陸
　　公歸無復
　　於女信宿

Ⅳ　是以有袞衣兮
　　無以我公歸兮
　　無使我心悲兮

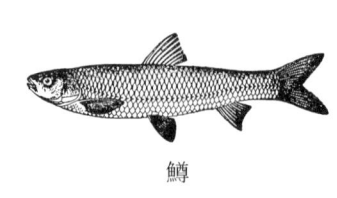

鱒　*Squaliobarbus curriculus*。カワアカメ。コイ科の淡水魚。体長は約三〇センチ。銀灰色で、目が赤い。赤眼魚、赤眼鱒（せきがんそん）ともいう。マスは国訓である。

魴　トガリヒラウオ。第一章―4魚・汝墳篇参照。

鴻　オオハクチョウ。第一章―3虫・新台篇参照。

Ⅰ　九罭　目の細かい網。一尺四方に九つの網目があるから九という（竹添）。一説に、九は大きな数で、多くの目のある網。または、九つの袋のある網ともいう。**我覯之子**　豳風・伐柯にもある定型句。覯は、会うだけではなく、男女

鴻は飛んで渚に遵ふ
公は歸らば所無からん
女に於いて信處せん

鴻は飛んで陸に遵ふ
公は歸らば復せざらん
女に於いて信宿せん

是を以て袞衣有り
我が公を以て歸らしむる無かれ
我が心をして悲しま使むる無かれ

白鳥は中州の方へ飛んで行く
公子さまはどこへ帰るのかしら
貴方ともう一晩ご一緒しましょ

白鳥は陸地の方へ飛んで行く
公子さまはまた来て下さるのかしら
貴方ともう一晩ご一緒しましょ

着物があるのはそんなわけ
公子さまを帰してはだめ
私の心を悲しませないで

鱒

84

4．魚　九罭

の交わりを含意する（召南・草虫）。之子は、特別の人を表す常套語で、ここでは男を指す。**袞衣繡裳**　袞衣は、竜の模様をつけた貴族の衣服。繡裳は、刺繡をした裳（下半身につけるスカート状の衣服）。秦風・終南の「黻衣繡裳」と類似の句で、服装でその人を表す表現法。

Ⅱ **渚**　川の中にある中州。「なぎさ」は国訓。**無所**　所在が分からなくなる。どこに居るか分からない。**於女**　女は汝。あなたという場所において、つまり、あなたと一緒に、の意（ウェーリー、カールグレン）。「於我」（曹風・蜉蝣）と似た語形。**信處**　Ⅲの信宿と同義であるが、處は異性によって安息を得ることを意味する常套語でもある（唐風・葛生）。

Ⅲ **不復**　もう二度と帰って来ない意。**信宿**　日を延ばして、もう一泊する。

お忍びの貴族とのかりそめの恋

魚・鳥・衣は恋愛詩の常用のモチーフである。魚と鳥の関係は、求められる対象と、求めるものの隠喩的表現である（邶風・新台[43]、曹風・候人[151]）。衣は、それを着た人を換喩的に表現するテクニックとして使われる。

Ⅰ—九罭はどんな小さな魚でも逃さない網であり、鱒と鮑は美味な魚の代表である。それが網にかかることは、恋の虜になった女性を象徴する。第四句で、その男の身分が暗示される。

Ⅱ・Ⅲ—獲物を得た鳥が飛んで行く姿は、女性のもとを去る男のイメージとオーバーラップさせる。一旦去ったら再び会えないので、女性は男を引き留めようと努力する。この二つのスタンザだけパラダイム変換の形式を取っている。

→陸の変換が、次第に遠くへ飛び去る鳥の空間移動を表現する。

Ⅳ—ここのスタンザは二通りの解釈ができる。公子を引き留めようとする。あるいは、引き留められなかったために、衣だけが残って、それを衣によって暗示し、もっと引き留めようとする気持ちを「～

第一章　動物を詠み込む恋愛詩

無かれ」という禁止の表現で述べる。Ⅱ・Ⅲの飛び去る鳥のイメージから考えると、後の解釈がよいかもしれない。しかもⅣはリズムが召南・野有死麕[23]と同じで、ドンデン返しを食らわす効果から見ると、やはり後の解釈がよいと思われる。

[補説]聞一多は、宴会の時に主人が客を引き留めるのを歌った詩と解し、恋歌における魚の象徴語は、ここでは原義とは関係なく借用されたという。ウェーリーとカールグレンはともに恋愛詩とする。カールグレンによれば、公爵の随員である若い貴族が、ある女性と恋をするが、その女性が、公爵と一緒に帰らないでくれと訴える詩とする。この説は大いに参考になるが、三人の人物を設定するところにやや不安が感じられる。

86

第二章 植物を詠み込む恋愛詩

1．草

卷耳（周南 3）

おなもみ

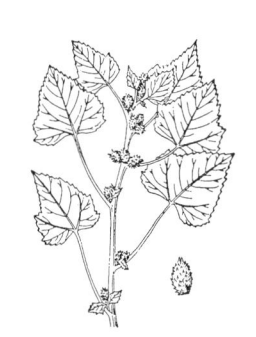

Ⅰ 采采卷耳
不盈頃筐
嗟我懷人
寘彼周行

Ⅱ 陟彼崔嵬
我馬虺隤
我姑酌彼金罍
維以不永懷

Ⅲ 陟彼高岡

卷耳を采り采る
頃筐に盈たず
嗟ああ我人を懷ひて
彼の周行に寘く

彼の崔嵬に陟れば
我が馬は虺隤たり
我姑く彼の金罍に酌み
維れ以て永く懷はざらん

彼の高岡に陟れば

をなもみ摘めども
手かごに満たぬ
ああ 人を思ひつつ
道の辺にかごを置く

小高い丘に登ったら
わが馬は腰がふらついた
しばらく金の樽に酌み
いつまでも思ふのはよさう

高い山の尾根に登ったら

卷耳

1．草　卷耳

Ⅲ 陟彼高岡

彼の高岡に陟れば

彼の高岡に陟れば

87

第二章　植物を詠み込む恋愛詩

我馬玄黄
我姑酌彼兕觥
維以不永傷

Ⅳ
陟彼砠矣
我馬瘏矣
我僕痡矣
云何吁矣

わが馬は目がくらめいた
しばらく角さかづきに酌み
いつまでも悲しむのはよそう

彼の砠に陟れば
我が馬は瘏めり
我が僕は痡めり
云何せん吁ああ

石山に登れば
馬は倒れ伏し
しもべはへたばりぬ
いかにせん　いかにせん

巻耳　*Xanthium sibiricum*. オナモミ。キク科の一年草。路傍に生える雑草である。茎の高さは三〇〜九〇センチぐらい。果実に刺があり、人畜に付いて遠くへ運ばれる。古代では葉と種子が食用になった。一名、蒼耳・枲耳・常思。

馬　*Equus caballus*. ウマ。ウマ科の動物。太古に野馬が家畜化された。農耕や祭祀のほか、運輸・戦争・狩猟・雑役などに利用された。殷の甲骨文字にも馬が登場する。魯頌・駉[297]では、毛色などの違いでさまざまな馬の名称（漢字一字名）が見える。

兕　中国に棲息していたといわれる古代獣で、インド犀の類。ただし、犀と同一物とする説、犀の雌とする説、兕は一角のものをいうとする説などがある（本草綱目）。

Ⅰ　采采巻耳

「采采苤苢（苤苢を采り采る）」（周南・苤苢）と同類の句で、恋愛の場を造形する定型句である「言采其〜」や「采〜采〜」の異型（召南・草虫）。**頃筐**　前が低く、後ろが高く、斜めになったかご（召南・摽有梅）。頃

兕

1．草　巻耳

は、傾に通じる。一説に、一杯になったら他の器に移すための、持ち運びに便利なかご（皆川）。**懐**　いつまでも思いを胸に抱く。思慕する。**人**　特定の人（恋人や夫）を一般化していう用法。**周行**　大きな道。一説に、周へ通じる道。

II **崔嵬**　岩石が盛り上がって、むっくりとうずだかい小山。畳韻の語。

金罍　青銅で作った酒器。罍は、雷紋を描いた酒樽の一種。

III **高岡**　上部が平らで高い尾根。**玄黄**　目がくらくらするさま。双声の語。東条・聞一多）に従う。通説では、馬が疲れる形容。**兕觥**　兕の角で作った大杯。一説に、兕の形と同じとする説（皆川・ひどく悲しむ。傷は懐（いつまでも思いを胸にいだく）よりも程度が深くなる（皆川・亀井）。

IV **砠**　岩石の積み重なっている山。**瘏**　疲れ切って進めない。**痡**　どっと地上にのびて動けない。吁を盱と書くテキストにどうしたらよいか、驚いたり、悲しんだりするときに発する声。盱は、従えば「云何ぞ盱ふる」（何と悲しいことか）と読む。矣は、リズムを整える助辞。

云何吁矣　云何は、

遠くに在る人を思う女の幻想

形式の上からI／II・III／IVに三分され、内容からはI／II／III・IVに二分される。「我」がIではヒロイン自身であるが、II〜IVではヒロインの幻想に現れた人である。幻想のシーンは魏風・陟岵[110]に描かれたのと似ている。もっとも同篇では実際の情景であり、家族が兵士の幻想として現れる。詩想の類似から、本篇も逆に兵士の幻想と解することも可能であろう。

I──摘みやすい路傍の草が、満ちやすい手かごに満たない──草摘みという恋愛詩のモチーフを使い、草の摘み難さから、再会の困難な人への切ない思慕を導入する。種子が旅人と共に遠くへ運ばれるオナモミには象徴的な意味もこ

第二章　植物を詠み込む恋愛詩

Ⅱ・Ⅲ—リズムが変わり、恋愛詩の情調が暗転する。幻想のシーンは殺風景な荒地である。パラダイムの変換で二つのスタンザを反復するが、崔嵬→高岡の言い換えは、魏風・陟岵の岵→屺→岡と同様の空間移動を表している。次のスタンザへの言い換えも含めて、次第に人の世界を遠く離れていくことを暗示する。

Ⅳ—リズムがまた変わる。己の心を慰めつつ山を越えてきた男は、石山の上でついに哀れな溜息をもらす。馬も下僕も完全にダウンしてしまうのだ。最終詩行で、絶望する顔のクローズアップと照応しつつすべてが女性の幻想の中の出来事であった。

[補説]　歴史主義派は奇妙な解釈をしている。古注によれば、妃が君主のために賢者を求める苦労を述べた詩で、Ⅰの「我」は妃、Ⅱ〜Ⅳの「我馬」「我僕」の「我姑酌」の「我」は君主とする。それに対して朱子は、全篇の「我」を妃とし、外に出ている君子を思い、心の憂いを晴らそうとする詩と解している。しかし妃が山に登り、大杯で酒を飲むというのも不思議な光景である。

樛木[4]

I	
南有樛木	南に樛　木有り
葛藟纍之	葛藟之に纍る
樂只君子	樂しいかな君子
福履綏之	福履之を綏んず

しだれ木

南の国のしだれ木に
かづら草のはふといふ
喜びあふるる殿方に
良き人の幸もたらさる

90

1．草　樛木

Ⅱ　南有樛木　　　南に樛木有り
　　葛藟荒之　　　葛藟之を荒(おお)ふ
　　樂只君子　　　樂しいかな君子
　　福履將之　　　福履之を將(おお)いにす

Ⅲ　南有樛木　　　南に樛木有り
　　葛藟縈之　　　葛藟之を縈(めぐ)る
　　樂只君子　　　樂しいかな君子
　　福履成之　　　福履之を成す

　　　　　　　　　南の国のしだれ木に
　　　　　　　　　かづら草の覆ふといふ
　　　　　　　　　喜びあふるる殿方に
　　　　　　　　　良き人の幸みたされる

　　　　　　　　　南の国のしだれ木に
　　　　　　　　　かづら草のめぐるといふ
　　　　　　　　　喜びあふるる殿方に
　　　　　　　　　良き人の幸とげられる

葛　*Pueraria lobata*. クズ。マメ科のつる性植物。茎の長さは八〜一〇メートルに達し、他の物に絡みついて繁殖する。茎の繊維から葛布を造る。根は薬用になる。葛藟の藟はつる草の総称であるが、二字でクズを指すと見てよい。一説では、葛藟をウコギ科の藤本類キヅタ（*Hedera rhombea*）、あるいはブドウ科の藤本類ギョウジャノミズ（*Vitis flexuosa*、千歳藟）に当てる。葛は周南・葛覃[2]、邶風・旄丘(ぼうきゅう)[37]、王風・葛藟(かつるい)[71]、同・采葛[72]、齊風・南山[101]、唐風・葛生[124]などにも出て、結合の象徴に使われる。

Ⅰ　樛木(キュウコウ)　幹がもつれるように曲がりくねり、枝が垂れている木。南国によく見られる榕樹（ガジュマル）や雀榕（アコウ）はまさにそのような木である。枝が高く上がった喬木（周南・漢広）や喬松（鄭風・山有扶蘇）と反対に、つる性の植物に絡まれやすい木である。

架　次々と上に重なる。

樂只君子　只はリズムを整える助辞であるが、哉と同

葛

91

第二章　植物を詠み込む恋愛詩

じく詠嘆の語気を含むものとして読む（厳粲）。君子は、夫・恋人などを表す常套語。**福履**　幸福。履は、禄の意（毛伝）。

II **荒**　**綏**　安らかに落ち着かせる、または、ある場所に垂れて止まる。下を見えなくするほど覆う。『説文解字』に「草の地を掩ふなり」とある。**將**　大きくする（毛伝）。壮（さかんにする）と同系の語。

III **縈**　周囲の全体に巻きつく。『説文解字』では詩経の異版を引いて、縈に草冠をつけた字に作り、草のぐるぐる旋る様子と解する。

女の積極的な愛を受ける男の幸福

本詩は国風の基本詩形の典型を示している。四つの詩行から成るスタンザが、a、bの二か所でパラディグムの変換を行い、三つのスタンザに展開する。パラディグムの性質は、a列では植物が他の木にまつわりつくこと、b列では幸福が対象に定着することを表す動詞である。各列のパラディグムは決して同じ意味ではないが、それらは意味の深まる順序に配列されていて、一続きにつなげると、連続した動作になるのである。a列では、二つの植物の絡み方が部分から全体へ、始まりから終わりへ至るシークェンスを、b列では、女の男に対する愛が次第に濃厚になっていくシークェンスを読み取ることができる。

1　南有樛木
2　葛藟［a］之
3　樂只君子
4　福履［b］之

	a	b
I	纍	綏
II	荒	將
III	縈	成

92

1．草　芣苢

芣苢（周南 8）　　　　　おおばこ

Ⅰ　采采芣苢　　　　芣苢を采り采る　　　摘むよ　おほばこ
　　薄言采之　　　　薄か言に之を采る　　それ摘め　可愛い指で

一つのスタンザ内では、1・2と3・4がそれぞれパラレリズム（平行法、対照法）をなすという特徴が見られる。前半で自然を描き、後半で人間がそれと並列されている。この手法は、自然と人間の両世界におけるメタファーの発見が前提となっている。すなわち、文体においても対照的である。この手法は、自然と人間の両世界におけるメタファーの発見が前提となっている。すなわち、二つの絡み合う植物は、洋の東西を問わず、男女の愛の象徴となるのである。国風では特に葛が結合の象徴として常用されている。中国では、菟糸（ネナシカズラ）や女蘿（サルオガセ）なども象徴的な植物として後世の文学作品にもよく登場する。枝や幹を絡み合わせる二つの（または、二つが一つに合体している）植物は、後世「連理木」という名で呼ばれ、広い意味で和合・調和の象徴となっている。后妃と衆妾が親しみ合って嫉妬の心のないのを褒め称えた詩とか、君子を祝頌する歌（屈萬里）などとされている。近代では、この儒教的な解釈はさすがに受け入れ難くなり、新婚をことほぐ歌（聞一多）とする。

［補説］古注も新注も、パラディグムの変換に「先後深浅」の違いがあるとするのは姚際恒である。胡承珙は更に詳しく、葛藟が初めて生じるとき蔓を延ばし、次第に成長して繁茂し、最後に盤結するという順序があると述べている。同様の説は亀井にもある。ただ惜しむらくは、亀井のほかは、なり、最後に成就するという順序があると述べている。この見方を他の詩にもあまり及ぼさない。

第二章　植物を詠み込む恋愛詩

采采芣苢　　芣苢を采り采る
薄言有之　　薄か言に之を有つ　　それ囲へ　可愛い腕に
　　　　　　　　　　　　　　　　摘むよ　おほばこ

Ⅱ
采采芣苢　　芣苢を采り采る
薄言掇之　　薄か言に之を掇ふ　　摘むよ　おほばこ
采采芣苢　　芣苢を采り采る　　　それ引け　手先の方へ
薄言捋之　　薄か言に之を捋む　　摘むよ　おほばこ
　　　　　　　　　　　　　　　　それつまめ　力をこめて

Ⅲ
采采芣苢　　芣苢を采り采る
薄言袺之　　薄か言に之を袺る　　摘むよ　おほばこ
采采芣苢　　芣苢を采り采る　　　それ入れろ　裾をからげて
薄言襭之　　薄か言に之を襭む　　摘むよ　おほばこ
　　　　　　　　　　　　（つまばさ）　それはさめ　帯の間に

芣苢　*Plantago asiatica*. オオバコ。オオバコ科の多年草。原野・路傍・川辺に普通に見られる。根元から大きな葉が出る。夏に穂状の小さな花をつける。一名、車前・馬舄。種子は車前子といい、利尿などの薬用になる。懐妊に効あり（毛伝）とか、難産を治す（陸璣）ともされるが、詩経の時代にも果たしてそう考えられていたかは明らかでない。

Ⅰ采采芣苢　采は、指でつかみ取る。「采采卷耳（卷耳を采り采る）」（周南・卷耳）と類似の表現。これらは恋愛の場

芣苢

94

1．草　芣苢

1　采采芣苢
2　薄言[a]之
3　采采芣苢
4　薄言[b]之

	a	b
I	采	有
II	掇	捋
III	袺	襭

女性たちのズミカルな草摘みの風景

リフレーンと言葉の言い換えが、この詩の特徴のすべてである。一つのスタンザでは、1・2が3・4に反復され、脚韻の一字だけをかえる。または軽やかなテンポを導く囃子ことばである。このような単純な構造をとるスタンザが、aとbの二か所でパラダイムを変換して、三つのスタンザに展開する。変換される語は、すべて手に関する動詞である。Iでは、取る動作（采）と、しまう動作（有）を一般的にいう。IIではIの采を受けて、すべて取る動作、IIIではIの有を受けて、すべてしまう動作になっている。いずれもIの一般に対して特殊な動作である。また、II→IIIの展開は時間的継起の順序に従う。

以上のように簡単なリフレーンの形式に、技巧を弄したパラダイム変換の手法を盛り込み、芣苢という植物を摘む動作の万華鏡が繰り広げられる。

を造形する定型句「言采其～」「采～采～」の異型と考えられる（召南・草虫）。**薄言**　薄も言もリズムを調節する助辞。急なテンポ、または軽やかなテンポを導く囃子ことばである。

II **掇**　次々とつないで集める。綴（つづり合わせる）と同系の語。一説に、実をもぎとる指先でねじってつまみ取る。一説に、実をもぎとる（集伝）。

III **袺**　衣の褄を持ち上げて、その中に物を詰め込む。

有　手で囲い込む。抱え込む。

捋　衣の褄を帯に挟んで、落ちている実を拾い集める（毛伝）。**將**

襭　衣の褄を帯に挟んで、その中に物を詰め込む。

第二章　植物を詠み込む恋愛詩

この詩の社会的な背景は知るよしもないが、もし祝祭的な空間（歌垣）を想定するなら、一連の身振りが安産の祈願といった呪術的な意味を表しているのかもしれない。いずれにしても、草摘みという恋愛詩のモチーフを使い、恋愛の場を造形しているから、本詩を恋愛詩のジャンルに入れることができよう。古代人の観念では、恋愛―結婚―出産は一つながりの出来事ととらえられた。

［補説］古注は、子供ができるようにと祈りつつ、女性が草摘みをすることを歌った詩とするようである。朱子は、何の目的かは分からないが、美しい風俗と円満な家庭における女性が楽しげに草摘みをするのを、ありのままに述べた詩とする。聞一多によれば、芣苢と胚胎は諧音（地口）をなし、芣苢という一語に詩のすべての鍵があるという。ウェーリーは、西洋にもオオバコの薬物信仰があるが、安産と結びつくのは中国独自のものだといい、古注の解釈に従って訳している。ただしテーマの分類は婚姻に入れる。

漢廣（かんこう）（周南 9）　　漢は広い

I
南有喬木　　　南に喬　木有り　　　南の国ののっぽの木
不可休息　　　休息すべからず　　　木陰がなくては休めない
漢有游女　　　漢に游女有り　　　　漢のほとりに出遊ぶ女
不可求思　　　求　思すべからず　　求めたづねる当てもない
漢之廣矣　　　漢の廣き　　　　　　「漢は広いのさ
不可泳思　　　泳ぐべからず　　　　泳いで渡れるものか

1．草　漢廣

江之永矣
不可方思

江の永き
方すべからず

江は長いのさ
いかだで渡れるものか」

Ⅱ
翹翹錯薪
言刈其楚
之子于歸
言秣其馬
漢之廣矣
不可泳思
江之永矣
不可方思

翹翹（ぎょうぎょう）たる錯薪（さくしん）
言に其の楚（そ）を刈る
之の子于（ここ）に歸（とつ）ぐ
言に其の馬に秣（まぐさか）はん
漢の廣き
泳ぐべからず
江の永き
方すべからず

翹翹（ぎょうぎょう）たる錯薪（さくしん）
言に其の楚を刈る
之の子于（ここ）に歸ぐ
言に其の馬に秣（まぐさか）はん
漢の廣き
泳ぐべからず
江の永き
方すべからず

ちぐはぐでそろはぬ薪
にんじんぼくを刈り集む
あの子は嫁に行つちまふ
馬に飼ひ葉を差し入れん
「漢は広いのさ
泳いで渡れるものか
江は長いのさ
いかだで渡れるものか」

Ⅲ
翹翹錯薪
言刈其蔞
之子于歸
言秣其駒
漢之廣矣
不可泳思
江之永矣

翹翹たる錯薪
言に其の蔞（ろう）を刈る
之の子于に歸ぐ
言に其の駒（こま）に秣はん
漢の廣き
泳ぐべからず
江の永き

ちぐはぐでそろはぬ薪
よもぎぐさを刈り集む
あの子は嫁に行つちまふ
駒に飼ひ葉を差し入れん
「漢は広いのさ
泳いで渡れるものか
江は長いのさ

蔞

第二章　植物を詠み込む恋愛詩

「不可方思　方すべからず　いかだで渡れるものか」

蔞 *Artemisia vulgaris* var. *vulgatissima*. ヤマヨモギ。オオヨモギ。キク科ヨモギ属の多年草。蔞蒿（ろうこう）ともいう。高さは約二メートル。葉は古代では食用にされた。また、もぐさの原料になる。

楚 ニンジンボク。第二章—2木・綢繆篇参照。

馬 ウマ。第二章—1草・巻耳篇参照。

Ⅰ **南有喬木**　周南・樛木の「南有樛木」と類似の表現。喬木は、枝葉が上に上がっている木で、樛木（曲がりくねって、枝葉が垂れ下がっている木）と対する。**游女**　気ままに出歩く女。游は遊と同じ。**求思**　思を助辞とするのが通説だが、思想の思とする説（馬瑞辰）に従う。休息／求思は対語であり、休—求、息—思は韻を踏む。息を4の求思と合わせて思に変え、6・7と同様、句末の助辞とすべきだという説（正義など）があるが、韓詩以外はすべて思に作るから、文字通りに読む。**漢**　漢水。陝西省に源を発し、漢口で長江に注ぐ川。**江**　長江。揚子江。**漢之廣矣　方思**　廣は、横幅の長いことで、永（上下に長い）と対する（毛詩抄）。矣は、リズムを整える助辞。思は、リズムを調節する助辞。方は、木を並べて造ったいかだ。また、いかだで川を渡ること。

Ⅱ **翹翹**　枝や葉が飛び出てそろわないさま。**錯薪**　ぎざぎざと乱れて重なっている薪。きちんと束ねられていない薪。**之子于歸**　恋愛・婚姻の詩によく用いられる定型句（召南・鵲巣）と対する語。**束薪**（王風・揚之水、唐風・綢繆）と対する語。**之子于歸**　恋愛・婚姻の詩によく用いられる定型句（召南・鵲巣）。之子は、特定の女を親しく呼ぶことば。

Ⅲ **駒**　小形の馬。高さが六尺以上を馬、五尺以上を駒という（毛伝）。

98

高嶺の花を求めて得られぬ男の自嘲

1．草　漢廣

形式はIの最初の四行を変則とするパラダイグム変換形式の異型である。スタンザは変リフレーンの前半（1〜4）と、定リフレーンの後半（5〜8）に分けられ、後半はすべての詩行の末尾に囃子ことば（矣や思）をつけたリズムに変わる。

I—孤立した最初の四行は、テーマの提示部である。1・2／3・4はパラレリズム（平行法）をなし、高くて木陰のない木と、手の届かない高嶺の花とが対比される。枝葉を広げて木陰をつくる木はちょうどそれと反対の意味を表している。また、水辺でさまよう女性のイメージは、秦風・蒹葭[129]の水辺で女性を求める幻想と共通するものがある。定リフレーン部は恋愛詩における渡河のモチーフ（邶風・匏有苦葉[34]）をもってきて、あまりにも広くて長い漢水と長江の渡河の不可能が、分相応でない高嶺の花に対する求愛の不可能を暗示しつつ、第三者の目から揶揄し、あるいは自嘲するのである。

II・III—1・2で結合の不首尾が別のモチーフに換えて示される。薪を束ねようと努力するが、植物自体がよくないため、思い通りにならない。高嶺の花は今や他の所に嫁こうとするので、せめて思いを告げたいと焦る。婚姻の道具立てである彼女の馬に飼料を与えようとする行為は、食事が性的な意味を含む隠喩となるのを踏まえた婉曲な意思表示である。

結婚する女性への未練というテーマは斉風・敝笱（へいこう）[104]にもある。

パラダイグムの変換を見ると、a列では楚よりも粗悪で薪にもならない蔞（ろう）に換わり、b列では馬よりも小さな駒に換わるというふうに、程度を落としていく逆漸層法になっている。植物と動物の語彙を巧みに配し、希望を打ち砕くことを暗示する手法におもしろさがある。

第二章　植物を詠み込む恋愛詩

[補説] 歴史主義派の解釈では、文王の徳が南国にも及んだため、賢女が川のほとりに遊びに出ても、礼を犯してまで彼女を求めようとするものがないというものである（古注）。朱子の解釈もほぼ同様であるが、江漢の風俗はもともと遊びを好み、乱れていたのだと注記している。誘惑に乗らない女の貞潔というテーマを見る毛詩に対し、三家詩では、遊女を漢水の女神とし、二人の女神と青年の恋物語と本詩を結びつけていたようである。しかし三家詩の解釈は、一般に本歌取り的な使い方が多く、必ずしも国風の本来の文脈そのままではない。

	a	b
II	楚	馬
III	蔞	駒

翹翹錯薪
言刈其[a]
之子于歸
言秣其[b]

谷風（邶風 35）　　谷の風

I
習習谷風　　　習習たる谷風
以陰以雨　　　以て陰り以て雨ふる
黽勉同心　　　黽勉として心を同じくす
不宜有怒　　　宜しく怒り有るべからず
采葑采菲　　　葑を采り菲を采るに
無以下體　　　下體を以てする無かれ

谷の風が荒れ狂ひ
空は曇り雨となる
努めてあなたに合はせてきたのに
今さらそんなに荒れることないわ
かぶら・だいこんは葉も捨てぬ
根だけ食べるものぢやない

1．草　谷風

徳音莫違　　　　　徳音違ふこと莫く　　　　優しいお言葉かはりなく
及爾同死　　　　　爾と死を同じくせん　　　　ともしらがまでと誓ったのに

Ⅱ
行道遲遲　　　　　道を行くこと遲遲たり　　　足も進まぬ別れ道
中心有違　　　　　中心違ふ有り　　　　　　　心もそむきあてどなく
不遠伊邇　　　　　遠からず伊れ邇く　　　　　遠くとは言はぬ　ただせめて
薄送我畿　　　　　薄か我を畿に送れ　　　　　門口まででも見送って！
誰謂荼苦　　　　　誰か謂はん荼は苦しと　　　のげしは苦いと誰がいふ
其甘如薺　　　　　其の甘きこと薺の如し　　　なづなのやうなその甘さ
宴爾新昏　　　　　爾の新昏を宴しみて　　　　新たな妻と戯れて
如兄如弟　　　　　兄の如く弟の如し　　　　　兄弟のやうな睦まじさ

Ⅲ
涇以渭濁　　　　　涇は渭を以て濁すも　　　　濁り川が清川に入っても
湜湜其沚　　　　　湜湜たる其の沚　　　　　　澄んだみぎははまだ目立つ
宴爾新昏　　　　　爾の新昏を宴しみて　　　　新たな妻と戯れて
不我屑以　　　　　我を以てするを屑しとせず　私にはもう目もくれず
母逝我梁　　　　　我が梁に逝く母かれ　　　　私のやなに行かないで！
母發我笱　　　　　我が笱を發く母かれ　　　　私のうへを開けないで！
我躬不閲　　　　　我が躬すら閲れられず　　　自分の身ひとつ許されぬ今

菲　　　　　　　　　　　　　　　葑

第二章　植物を詠み込む恋愛詩

違恓我後　　　　我が後を恤ふる違あらんや　　あとさき案じるゆとりもない

IV
就其深矣　　其の深きに就きては　　　　　　川が深けりや
方之舟之　　之を方にし之を舟にす　　　　　いかだで渡ろ　舟で渡ろ
就其淺矣　　其の淺きに就きては　　　　　　川が浅けりや
泳之游之　　之を泳ぎ之を游ぐ　　　　　　　潜つて渡ろ　泳いで渡ろ
何有何亡　　何か有り何か亡き　　　　　　　あれば良し　なければないで
黽勉求之　　黽勉として之を求む　　　　　　がむしやらに求めたわ
凡民有喪　　凡そ民は喪へる有れば　　　　　いつたい人は物をなくせば
匍匐救之　　匍匐して之を救ふ　　　　　　　慌てふためいて取り戻すもの

V
不我能慉　　我を能く慉はざるに　　　　　　私を愛しもしなかつたくせ
反以我爲讎　反て我を以て讎と爲す　　　　　かへつて私をかたき呼ばはり
既阻我德　　既に我が德を阻み　　　　　　　私の好意も拒んだあげく
賈用不售　　賈の用て售れず　　　　　　　　まるで売れ残りの品物扱ひ
昔育恐育鞠　昔恐に育し鞠に育し　　　　　　苦しい日々を暮らした昔
及爾顛覆　　爾と顛覆せしに　　　　　　　　二人でがむしやらに励んだのに
既生既育　　既に生し既に育して　　　　　　なりはひできた今になつて
比予于毒　　予を毒に比す　　　　　　　　　私を毒のやうに見るなんて

薺　　　　　　　　　　　　　　荼

1．草

Ⅵ 谷風

我有旨蓄　　　　　我に旨蓄有り　　　　　　　　　　私のおいしい食べ物で
亦以御冬　　　　　亦た以て冬を御ぐ　　　　　　　　厳しい冬をしのいできたわ
宴爾新昏　　　　　爾の新昏を宴しみて　　　　　　　新たな妻と戯れるまで
以我御窮　　　　　我を以て窮を御ぐ　　　　　　　　私で飢ゑをしのいだのね
有洸有潰　　　　　洸たる有り潰たる有り　　　　　　当たり散らしどなり散らし
既詒我肄　　　　　既に我に肄を詒れり　　　　　　　痛手はたっぷりいただいた
不念昔者　　　　　念はずや昔者　　　　　　　　　　お忘れか　昔あのころ
伊余來墍　　　　　伊れ余に來り墍ひしを　　　　　　私のもとで休らったこと

葑 *Brassica rapa.* カブラ。カブ。アブラナ科の二年草。ヨーロッパ原産。古くから栽培される。根は多肉質の球形をなす。葉は食用になる。一名、蕪菁・蔓菁。廓風・桑中[48]、唐風・采苓[125]にも見える。

菲 *Raphanus sativus.* ダイコン。アブラナ科の一年・二年草。根が肥大するので、古名をオオネ（大根）といった。根と葉は食用になる。一名、萊菔・蘆菔・蘿蔔。

荼 *Sonchus oleraceus.* ノゲシ。キク科の一年・越年草。山野に自生する。葉は切れこみがある。茎・葉を切ると白い汁が出、味が苦い。若い茎・葉は食用になる。一名、苦菜・滇苦菜。大雅・緜[237]に「菫荼飴の如し」、同・桑柔[257]に「なんぞ荼毒たる」とあり、苦いものの代表とされる。鄭風・出其東門[93]の荼（つばな）とは同名異物。

薺 *Capsella bursa pastoris.* ナズナ。アブラナ科の越年草。田畑・路傍に自生する。春、白い小花を多数つける。果実が三味線のばちに似るので、ペンペングサの異名がある。若芽は食用になる。一名、浄腸草。

第二章　植物を詠み込む恋愛詩

I　習習　重なるように襲いかかるさま。**谷風**　うつろな穴から出る大風。風は大きな穴から発生するという古代信仰があった（大雅・桑柔）。**黽勉**　無理に努めるさま。双声かつ畳韻の語。**無以下體**　取り立てて下体を構うな、下体だけを問題にするな、との意。下体は体の下の部分、植物なら茎や根、人間なら下半身である。**德音莫違**　女に対する男の愛情の持続あるいは冷却を表す定型句（邶風・狼跋）。德音は、愛情のある言葉や行いをいう常套語。**及爾同死**　夫婦関係を全うしようという誓いを表す定型句（鄭風・女曰雞鳴）。

II　畿　門の内（家と門の間）。**新昏**　新しく迎えた妻。昏は婚と同義。

III　涇・渭　ともに陝西省を流れる川の名。濁った涇水は澄んだ渭水に注ぐ。**湜湜**　まっすぐ底が透き通って見えるさま。**沚**　水流の止まる岸辺。**筍**　やなの中央に施して、魚が出られないようにした道具。うえ。**閱**　許容する。**梁**　川に仕掛けて魚を捕る装置。やな。**不我屑以**　私を全然無視する意。不屑は、つまらないこととして意に留めない意。この句は「不屑我以」または「不屑以我」の破格。**遑恤我後**　自分の将来を心配するゆとりがあろうか。遑は反語に読む。

IV　方　いかだで川を渡ること。**泳之游之**　区別すると、泳は、水中に永く潜っておよぐ、游は、水面に浮かんでおよぐ。**匍匐**　地面に腹をつけて這うこと。慌てて行動する様子をいう。双声の語。**救**　手元に引き寄せて助ける。

V　惜　愛する。畜（大切にかばう）と同類の常套語。**何有何亡**　何があり何がないかを見極めて。**德**　愛情を示す行為。德音（邶風・日月）や德行（邶風・雄雉）と同類のことば。**買用不售**　商品が売れ残る。価値が下がり、扱いがぞんざいになることのアレゴリー。**昔育恐育鞫**　不安の中で生き、困窮の中で生きる。育は、生活する意、鞫は、行き詰まりの意。**及爾顛覆**　あなたと共に一生懸命に励んだ、の意。顛覆は、何が何だか分からずに慌てふためくこと。**旣生旣育**　やっと生活ができるようになる、の意。

104

1．草　谷風

Ⅵ **窮**　生活の行き詰まり。**洸**　猛々しいさま。威張り散らすさま。**潰**　激しく怒るさま。**肆**　長い間の苦労。**來墍**　休息する。來は動詞の前につける助辞。

新しい妻を迎えた男に棄てられた女の未練がましい恨みつらみ

風、植物、川、食物などの象徴・比喩を挟みながら抒情を展開する長篇である。

Ⅰ―風の隠喩で導入される男の怒りをなだめようと努力し、また、徳音に期待して何とか男の心を繋ぎ止めたいと願う。植物の下体だけを旨いとする（要するに、肉欲だけに関心がある）男に対して無駄な願いと知りつつも、風が雨雲と雨をもたらす気象の激変は、男の変わりやすい心理のメタファーである。同様のメタファーは邶風・終風[30]にもある。

Ⅱ―結局家を追い出され、せめて門の付近まで送ってほしいと頼むが、夫と新妻が兄と弟のように睦み合う姿を後ろに見るだけである。

茶（ノゲシ）が薺（ナズナ）のように甘いという直喩は、いかなる植物の苦さよりもなお苦い棄てられた女の心の苦しみを強調する。この苦さは植物の甘さよりもなお甘い新婚の楽しみと対置されている。

Ⅲ―新妻と古妻の葛藤。濁り川に入れられた元の川は、自分のアイデンティティー（存在資格）を失いそうになるが、辛うじて水辺の清らかさにより自己を主張する。川に仕掛けた最後のとりでが新妻に奪われようとするのを見て、「営んできた愛の古巣に立ち入るな」と切羽詰まった抗議を投げつける。

二つの川は出会いや分離の象徴としてしばしば用いられる（召南・江有汜[22]）。濁り川が澄んだ川に土足で入り込むことは、新妻と古妻の出会いを表している。また、魚を捕る仕掛けは恋の獲得の隠喩として常套化されている（斉風・敝笱[104]）。

第二章　植物を詠み込む恋愛詩

Ⅳ——古妻と夫の愛の回顧。「始まりはどんな冒険をしても一緒になろうとした仲だった。たといあなたが一時的に気を移しても、私は愛を失うまいと努力してきた。一度得たものを失ったら、慌てて引き戻そうとするのが人情というもの」

Ⅲでは二つの川の出会いのモチーフを挿入することにより少し時間をさかのぼらせる。さらに時間をさかのぼらせることによって、Ⅳでは渡河のモチーフを提示することによって、さらに時間をさかのぼらせる。渡河は愛の冒険であり、馴れ初めの時を予想させる。水の深浅に応じてさまざまの渡河方法を示すことは、どんな困難を冒しても求愛を遂げる決意の表明である。

Ⅴ——「それなのに今や夫は私を仇敵のように見る。昔、不安と困窮の中で共に頑張ってきたが、生活が楽になると、私をまるで毒物扱いにする」

時間は現在と過去が交錯する。努力して苦しい生活を共にした過去と、恩情の無くなった現在とが対比されている。

Ⅵ——「その毒物も昔は旨い食物として、あなたは苦しい冬をしのいだのだ。新妻を楽しむまでの仮のふさぎとして私を利用しただけだったのか」

ここでは現在の毒と、過去の旨蓄とが対比されている。旨蓄は食欲から性欲に転義する隠喩を踏まえたものである。

いわゆる棄婦怨の詩として類似の長篇に衛風・氓[58]があるが、谷風篇は物語詩的な要素が比較的乏しい。しかし代の一時しのぎに利用される女にたとえる。苦しい冬をしのぐ旨い食物は、言うまでもなく、苦しい時象徴・比喩の常套的表現を多用して時間・場面の転換を起こす手法に氓篇と共通するものが見られる。

牆　有茨（鄘風 46）

Ⅰ　牆有茨　　　　　　はまびし

　　牆有茨　　　　　　牆に茨有り

　　　　　　　　　　　垣根に生えてるはまびしは

106

1. 草　牆有茨

I
牆有茨　　　　牆に茨有り　　　　　　垣根に生えてるはまびしは
不可埽也　　　埽くべからず　　　　　掃いてはいけない
中冓之言　　　中冓の言は　　　　　　秘めたベッドのむつごとは
不可道也　　　道ふべからず　　　　　漏らしてはいけない
所可道也　　　道ふべき所なれど　　　漏らしていけない法はないけど
言之醜也　　　言の醜き也　　　　　　他人が聞くとみっともない

II
牆有茨　　　　牆に茨有り　　　　　　垣根に生えてるはまびしは
不可襄也　　　襄ふべからず　　　　　払ってはいけない
中冓之言　　　中冓の言は　　　　　　秘めたベッドのむつごとは
不可詳也　　　詳かにすべからず　　　打ち明けてはいけない
所可詳也　　　詳かにすべき所なれど　打ち明けていけない法はないけど
言之長也　　　言の長き也　　　　　　他人が聞くとうんざりする

III
牆有茨　　　　牆に茨有り　　　　　　垣根に生えてるはまびしは
不可束也　　　束ぬるべからず　　　　束ねてはいけない
中冓之言　　　中冓の言は　　　　　　秘めたベッドのむつごとは
不可讀也　　　讀むべからず　　　　　言ひふらしてはいけない
所可讀也　　　讀むべき所なれど　　　言ひふらしていけない法はないけど
言之辱也　　　言の辱しき也　　　　　他人が聞くとげんなりする

茨

第二章　植物を詠み込む恋愛詩

茨　*Tribulus terrestris*. ハマビシ。ハマビシ科の一年草。砂丘や道端に自生する。茎は灰白色の柔毛に覆われ、地面を這う。菱に似た三角形のとげが人を刺す。一名、蒺藜。和訓の「いばら」はとげのある木の総称である。

I　牆　石や土などで造った垣。**中冓之言**　夫婦（または男女）の寝室の睦言。中冓は、木を組んで人の目を遮った奥の寝室のこと。**言之醜也**　寝室の睦言はみっともなくて聞きづらい意。それを聞いた第三者の気持ちを述べたもの。以下、各スタンザの最終行も同じ。

II　襄　邪魔ものをわきに払いのける。**言之長也**　愛の言葉の内容が第三者にとって冗長であり、気分的に悠長だ、との意。

III　**言之辱也**　辱は、くじけてがっくりする気持ち。

あつあつの新婚夫婦（あるいは恋人同士）を冷やかしからかった戯れ歌

六行の詩行から成るスタンザがパラダイムの三回の変換で反復される。1・2/3・4は対比的表現法である。茨は二つの世界（内部と外部）の境界を示すものとして用いられ、境界を取り除く禁止（1・2）と、それの違犯がもたらす結果が最後（5・6）に述べられている。

「内部世界を遮蔽する垣根の茨を取り去ってはいけない。取り去れば内部があらわになる。秘奥の世界の甘いささやきは外部に漏らしてはいけない。外部に漏らすと、当事者にとっては快くても、第三者にとっては聞くに堪えない」このようなスタンザの意味が、パラダイム変換の手法で、b列では、道（しゃべる）→詳（内容の細かいところまで明かす）→読（うんざりする）→辱（げんなりする）へと、だんだんとエスカレートし、c列では第三者の気分が醜（いやになる）→長（読）→辱へと、からかいの度は増幅する。

1. 草　桑中

桑中（鄘風 48）

I
爰采唐矣　　　爰に唐を采る
沫之鄉矣　　　沫の鄉に
云誰之思　　　云に誰をか之れ思ふ
美孟姜矣　　　美なる孟姜
期我乎桑中　　我を桑中に期し

1 牆有茨
2 不可[a]也
3 中冓之言
4 不可[b]也
5 所可[b]也
6 言之[c]也

	a	b	c
I	埽	道	醜
II	襄	詳	長
III	束	讀	辱

「〜してはいけない」という禁止が男女の熱愛ぶりを暗示していると言えるが、見方によっては、第三者の気持ちを表した言葉が実は本気ではなく、わざとやっかむことによって、新婚夫婦をけしかけたと言えなくもない。おそらく解放された遊びの場（祭礼や婚礼の無礼講）で歌われた歌であろう。

[補注] 古注によれば、衛の恵公（紀元前七世紀）の庶兄である頑が、恵公の母と姦通したのを、世人が非難した詩という。由来、たいていの注釈家が道徳的なまじめな解釈を下している

桑畑

かづら摘む　かづら摘む
沫の村で摘む
恋しく思ふ人はだれ？
美しい孟家の姉娘
デートするのは桑畑

唐

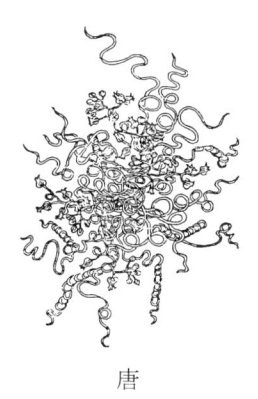

第二章　植物を詠み込む恋愛詩

要我乎上宮
送我乎淇之上矣

我を上宮に要へ
淇のほとりまで送る

迎へ入れるは森の小屋
淇のほとりまで送ってくれた

Ⅱ
爰采麥矣
沬之北矣
云誰之思
美孟弋矣
期我乎桑中
要我乎上宮
送我乎淇之上矣

爰に麥を采る
沬の北に
云に誰をか之れ思ふ
美なる孟弋
我を桑中に期し
我を上宮に要へ
我を淇の上に送る

麥を摘む　麥を摘む
沬の北で摘む
恋しく思ふ人はだれ？
美しい弋家の姉娘
デートするのは桑畑
迎へ入れるは森の小屋
淇のほとりまで送ってくれた

Ⅲ
爰采葑矣
沬之東矣
云誰之思
美孟庸矣
期我乎桑中
要我乎上宮
送我乎淇之上矣

爰に葑(ほう)を采る
沬の東に
云に誰をか之れ思ふ
美なる孟庸(もうよう)
我を桑中に期し
我を上宮に要へ
我を淇の上に送る

かぶら摘む　かぶら摘む
沬の東で摘む
恋しく思ふ人はだれ？
美しい庸家の姉娘
デートするのは桑畑
迎へ入れるは森の小屋
淇のほとりまで送ってくれた

麥

110

1．草　桑中

唐　*Cuscuta chinensis.* ハマネナシカズラ。ヒルガオ科ネナシカズラ属の一年草。海岸に自生する。マメダオシも菟糸に当てられることがある。後世、男女の結合の象徴として用いられる。他の植物に巻きついて寄生する。一名、菟糸（とし）。ただし、マメダオシも菟糸に当てられることがある。

麥　*Triticum aestivum.* コムギ。または、*Hordeum vulgare.* オオムギ。中近東の原産で、太古に中国に伝わったという。ムギの象形文字が「來」で、「麥」はこれを含む。漢字一字で書くと、コムギが麳（らい）、オオムギが麰（ぼう）である。來と麥は ml~ という複子音をもつ同源の言葉とされる。

葑　カブラ。カブ。第二章―1草・谷風篇参照。

桑　クワ。トウグワ。第二章―2木・将仲子篇参照。桑のイメージは、中国神話では性やエロスと関係があり、歴史的には養蚕の発生した上代から女性の労働と結びついている。したがって古代歌謡の時代、桑畑は男女の恋のゲームの行われる歌垣的な聖地とされたと思われる。魏風・十歩之間（じっぽしかん）[11]でも桑摘みにまつわる男女の恋遊びが歌われている。

I 爰采唐矣　恋愛の場を造形する定型句（召南・草虫）。爰は、リズムを調節する助辞。沬　衛（河南省を中心とする諸侯国）の邑の名。云誰之思　恋しく思う人は誰か。邶風・簡分にもある定型句。云・之は、リズムを整える助辞。

美孟姜矣　美女に憧れ、求めようとする気持ちを表す定型句（鄭風・有女同車、陳風・東門之池）。孟は、長女。姜は、姜を姓とする娘。孟姜は美女の代表として用いられる常套語である。

期　デートの約束をする。要　待ち受ける。待って迎える。上宮　建物の上。宮は農作業用の小屋（豳風・七月の「宮功」の宮）。あるいは、若者宿のような建物かもしれない。なお、古注などが桑中、上宮を地名とする通説を採らず、姚際恒の説を採る。

淇之上　淇は、衛国を流れる川の名。上は、ほとりの意。

第二章　植物を詠み込む恋愛詩

Ⅲ爰采葑矣沫之東矣　唐風・采苓の「采葑采葑／首陽之東」（葑を采り葑を采る、首陽の東）」と似た句で、恋愛詩の類型表現の一つ。**孟庸**　庸家の長女。

男女が相手選びをして結ばれる恋のゲーム

スタンザの前半（1～4）は、恋愛の予備的な段階として、植物摘みのモチーフ、場所の設定、恋人選びを導入する。後半（5～7）は一字も変えない定リフレーンであり、恋の成就を場所のシークェンス（桑中→上宮→淇）によって表現する。

スタンザは三か所におけるパラダイム変換によって展開する。a・b・c の各列の語の順序にそれほどの意味はなさそうだが、Ⅰ／a の変換語のトップは、他と意味が若干異なるようである。つまり、唐（ハマネナシカズラ）はほかの木に絡みつく植物であり、絡まる二つの植物は男女の結合の象徴として、詩経ではポピュラーなものである（例えば周南・樛木[4]）。したがって唐を採ることはテーマの提示となる（同様の例に王風・采葛[72]がある）。さらにⅠ／b の郷は北・東を含めた大きな範囲の場所であり、Ⅰ／c の孟姜は美女の代名詞である。以上のようにテーマを示されたⅠから、パラダイムの変換でⅡ・Ⅲへ展開させることは、同じような男女の行為の列挙表現であり、その効果は集団的な祭礼の雰囲気を造形することである。

1 爰采[a]矣
2 沬之[b]矣
3 云誰之思
4 美孟[c]矣

	a	b	c
Ⅰ	唐	郷	姜
Ⅱ	麥	北	弋
Ⅲ	葑	東	庸

112

1．草　載馳

[補説] 古注、新注とも、衛の公室の淫乱を非難した詩とする。位に在る者までが互いに他の妻妾を盗んで桑中で密会したという。後世、淫奔の詩の代表のようにされ、「桑中の喜び」という成句までできたが、右の解釈はあまりにも窮屈な道徳主義的解釈である。

載馳（よう風 54）

馬にむちあて

I
載馳載驅　　載ち馳せ載ち驅り　　　　　　馬にむちあて　車を飛ばし
歸唁衞侯　　歸りて衞侯を唁はん　　　　　衞侯を弔ひに帰らうと
驅馬悠悠　　馬を驅りて悠悠と　　　　　　馬を走らせはるばると
言至于漕　　言に漕に至るに　　　　　　　漕のあたりへ来たところ
大夫跋渉　　大夫跋渉す　　　　　　　　　ご家来衆に追ひつかれ
我心則憂　　我が心則ち憂ふ　　　　　　　どうなることかと気がめいる

II
不能旋反　　旋り反ること能はず　　　　　今さらなんで帰れやう
視爾不臧　　爾の臧からざるを視る　　　　情けを知らぬあなたゆゑ
我思不遠　　我が思ひ遠ざからず　　　　　思ひの消え去ることもない
既不我嘉　　既に我を嘉せず　　　　　　　あなたに嫌はれたこのわたし

III
既不我嘉　　既に我を嘉せず　　　　　　　あなたに嫌はれたこのわたし

113

第二章　植物を詠み込む恋愛詩

　　不能旋濟
　　視爾不臧
　　我思不閟
Ⅳ　陟彼阿丘
　　言采其蝱
　　女子善懷
　　亦各有行
　　許人尤之
　　衆穉且狂
Ⅴ　我行其野
　　芃芃其麥
　　控于大邦
　　誰因誰極
　　大夫君子
　　無我有尤
　　百爾所思
　　不如我所之

旋り濟ること能はず
爾の臧からざるを視る
我が思ひ閟ぢず
彼の阿丘に陟り
言に其の蝱を采る
女子善く懷ふ
亦た各　行有り
許の人は之を尤めたり
衆いに穉にして且つ狂なりと
我の其の野に行けば
芃芃たる其の麥
大邦より控りて
誰に因り誰に極らん
大夫よ君子よ
我をして尤有らしむる無かれ
百の爾の思ふ所は
我が之く所に如かず

今さらなんで帰れやう
情けを知らぬあなたゆゑ
思ひの晴れやることもない
小高い丘に登りゆき
ははくりの花摘んでとる
女の物思ひ解けやらぬ
だれもが背負ふ身の定め
許の人　わたしを責め立てる
幼く狂った振る舞ひと
国に通じる野道を行けば
こんもり茂つた麦畑
大国衛から退いて
だれを頼りにできやうか
ご家来衆よ　わが夫よ
わたしに罪を着せなさるな
世の殿方のさかしらは
わたしの振る舞ひわかるまい

蝱

1．草　載馳

蝱 *Fritillaria thunbergii*. アミガサユリ。ハハクリ。バイモ（貝母）。ユリ科の多年草。中国の原産。高さは五〇〜八〇センチほど。四月ごろ淡黄色の花を開く。中国医学で、メランコリーの治療に効のあるとされる薬草。ただし、詩経の時代にも薬草にされていたかどうかは明らかでない。

麥 ムギ。コムギ。または、オオムギ。第二章—1草・桑中篇参照。

馬 ウマ。第二章—1草・巻耳参照。

I **唁** 弔問する意。結婚した女性は親の喪に里帰りできるが、本詩では婚家の拒否に遭っているから、親の弔問は口実であることがわかる。**漕** 衛の地名。**大夫** 諸侯の家老。**跋涉** 道のない所を進むこと。細かく分ければ、跋は草を踏み分けて進む、涉は水を渉って進むこと。正規のルートによらないで行くのは、近道をとって追跡するためである。

II **既不我嘉** 私を良しとして受け入れてくれないからには。**旋反** 向きを変えて戻る。**視爾不臧** 夫の愛が失われていることを意味する定型句（邶風・雄雉）。

III **旋濟** 許から衛に入るには黄河を渡ってきたから濟（わたる）という。**不閟** 終わりにならない。

IV **阿丘** 片側だけが小高くなった丘。**懷** 心に深く思いをいだき解けやらないこと。次の詩行の「行」にまつわる事柄が思いの内容である。**亦各有行** 女には親兄弟と離れて他国や他氏族に嫁いでいく定めがあるということを述べる定型句（邶風・泉水、衛風・竹竿、鄘風・蝃蝀）。行は、嫁に行くべきおきて。**許** 衛の南方にあった小国。**衆穉且狂** 「衆〜且〜」は事態の累加を示す文法形式である。なお、「衆穉且狂」は尤めの内容であって、衆人（許の人びと）が稺であり狂であると解する通説には従えない。

V **芃芃** 草木がこんもり茂るさま。**大邦** ヒロインの故国である衛の美称。**因** 何かをもとにして、それにのっかる。

第二章　植物を詠み込む恋愛詩

頼りにする。**極**　行きつくところまで行く。**大夫君子**　許の家老と夫に対する呼び掛けの言葉。**無我有尤**　私に過ちを犯させるな、過ちをさせたのはあなたがたのせいだ、との意。作者は自分の行動を過ちとはせず、大夫や君子（夫）がそのようにまっすぐな行いに及ばない、過ちとして非難しているだけだと考えている。**百爾所思不如我所之**　多くの男たちの思慮は、私のまっすぐな行いに及ばない、との意。女の運命に思いを寄せない男たちは、女の思い切った行動を理解できないのである。百爾は、あなたがた（邶風・雄雉）。之は、まっすぐに行く意味で、ここでは、ひたむきで一途な行いをすることをいう。

婚姻にまつわる女の苦悩

他国に嫁した衛の女性が、夫に愛されず、里帰りを試みるが途中で引き止められ、引き返さざるを得ない苦衷を述べる。他国に嫁いだ女性は親の喪のとき以外に里帰りできないというのが古代社会の婚姻の掟であった。里帰りをテーマとする詩はほかにもある（邶風・泉水[39]など）。

Ⅰ——衛侯を弔問するのを口実に、衛の領内まで車を駆って来たが、婚姻先の許の大夫に追いつかれる。五行目まで叙事風に進め、最後の一行に抒情句を置く。

Ⅱ・Ⅲ——夫の愛を失っているからには、もはや引き返すことはできないと思い、心が沈む。Ⅰの「憂」を承け、パラディグム変換の手法を用い、「憂」の根源にさかのぼって、Ⅰの行動を起こさざるを得なかった葛藤と苦悩を提示する。

Ⅳ——「女には厳しい掟があり、他国に嫁いだ女は、親兄弟、故郷、運命などについて、物思いがあるものだ。だが許の人たちは、私の思い余ってやった行動をきちがい沙汰だと非難する」

1・2は草摘みモチーフで、摘まれる対象は、中国医学でメランコリーに効のあるとされる薬草である。本詩のテーマにふさわしい植物であるが、本詩が逆に薬物のシンボリズムを生み出した可能性も否定できない。

116

1．草　芄蘭

芄蘭（がんらん）（衛風 60）

　　　　　　　　　　ががいも

I　芄蘭之支　　芄蘭の支（えだ）　　　　ががいもは　大きな実をぶら下げる
　童子佩觿　　童子觿（けい）を佩（お）ぶ　　　小わっぱめは　くじりを帯に差し挟む
　雖則佩觿　　則ち觿を佩ぶと雖（いえど）も　　くじりを挟んで大人のつもり
　能不我知　　能（よ）く我を知らず　　　　　　でも　わたしを求めぬ憎いやつ
　容兮遂兮　　容（よう）たり遂たり　　　　　　おっとりどっしり構へてみても
　垂帶悸兮　　垂帶悸（すいたい）たり　　　　　帯が震へてさまにはならぬ

II　芄蘭之葉　　芄蘭の葉　　　　　　　　　　　ががいもは　大きな葉をなびかせる
　童子佩韘　　童子韘（しょう）を佩ぶ　　　　　小わっぱめは　ゆがけを帯に差し挟む

V—「衛に戻れずに引き返したら、頼るものとてない。しかし私に過ちをさせたのは大夫や夫のほうだ。世の男たちは、女の私が示した行いを理解しもしないだろう」

IV・Vでは冒頭の二行に恋愛・婚姻の詩に用いられる類型表現をしつつ、結婚の破綻に対するアンチテーゼの役割を果たす導入句と考えてよい。

[補説]古注によれば、許穆夫人の作という。夫人は宣公の太子頑と継母との間に生まれた人である。許に嫁いだ夫人は、衛が滅びかけたとき、故国を救いに行こうとしたが、果たせなかった。本詩はこの出来事を歌ったといわれるが、史実については疑わしい。

芄蘭

第二章　植物を詠み込む恋愛詩

雖則佩觿　　則ち觿を佩ぶと雖も
能不我甲　　能く我に甲まず
容兮遂兮　　容たり遂たり
垂帶悸兮　　垂帶悸たり

ゆがけを挟んで大人のつもり
でも　わたしに触れぬ憎いやつ
おっとりどっしり構へてみても
帯が震へてさまにはならぬ

芄蘭　*Metaplexis japonica.* ガガイモ。ガガイモ科のつる性の多年草。葉は心臓形。茎が他物に絡んで生えのびる。茎を切ると白い乳液が出る。一名、蘿摩（らま）。

Ⅰ支　枝と同じ。ガガイモの枝とは、ここでは実を指している。獣の角に似た大きな実が生る。**童子**　子供の意であるが、鄭風・狡童の「狡童」や、鄭風・褰裳の「狂童」と同じく、好きな相手をわざと貶めた呼称である。**觿**　くじり。紐の結び目を解くための、先の尖った道具で、成人が着用する。それを帯に垂らした形が、さかさに垂れたガガイモの実と似ている。花嫁の帯の結び目を解く権利の象徴と見る説（ウェーリー）もある。**知**　男女の性的な関係を含意することば（檜風・隰有萇楚）。**容**　ゆったりと構えるさま。**遂**　どっしりと落ち着いたさま。**悸**　震え動くさま。
Ⅱ韘　ゆがけ。弓の弦を引くときに指にはめる道具。後方が湾曲し、先が細まった形は、ガガイモの葉と似ている。ゆがけを帯に掛けるのは戦士の資格の象徴である（ウェーリー、カールグレン）。**甲**　狎と同義。なれなれしくする。男女の親密な関係を示すことば。

年下の男に思いの通わぬ女のコンプレックス
女性が自分の恋心をかなえてくれぬ年下の相手をじれったく思いつつからかう戯れ歌である。

パラディグムを変換することによって二つのスタンザが反復される。変換の順序にそれほど重大な意味はないが、実（本詩では枝）から葉への変換は周南・桃夭[6]にも例があるし、知から甲への変換には意味上の深まりが認められる。

各スタンザの一行目と二行目は、植物と人間のパラレリズム（平行法、対照法）であり、二つの存在の間にメタファーが発見されたところに、本篇のおもしろみがある。支／觿、葉／韘という音声上の類似だけでなく、形態上の類似の発見が、この詩を成立させるモメントとなっている。さらに、茎の弱い植物が不当にも大きな実と葉をつけ、重みに堪えかねたように垂れた姿と、成人と戦士たる資格を誇示しながら、胸の動悸を隠しかねるように帯の震えている童子の姿の滑稽な対比が、みごとに形象化されている。「童子」ということばに、好きであると同時に憎たらしく思うアイロニーがこめられており、単なる貶称と見ては、詩の意味を読み損ねてしまう。

[補説] 古注は、臣下が傲慢な君主をそしる歌と解し、朱子新注は詩意不明としている。最近では、恋愛詩と見る説が多いが、聞一多を除けば、あまりに真面目に取りすぎているようである。「童子」という言葉にこめられているアイロニー――罵って突き放すと同時に慕わしく思うアンビバレンス――を読み取る必要がある。ここに詩の鍵がかかっている。

1. 草 河廣

河廣（かこう）（衛風 61）

I
誰謂河廣　　誰か謂ふ河は廣しと　　河が広い
一葦杭之　　一葦もて之を杭（わた）る　　葦の葉あれば越せるのに
誰謂宋遠　　誰か謂ふ宋は遠しと　　宋が遠いとだれが言ふ

第二章　植物を詠み込む恋愛詩

誰謂河廣
曾不容刀
誰謂宋遠
曾不崇朝

跂予望之　　跂ちて予之を望む

II
誰か謂ふ河は廣しと
曾て刀を容れず
誰か謂ふ宋は遠しと
曾て朝を崇へず

河が広いとだれが言う
刀一本入らない
宋が遠いとだれが言う
ちょつとの暇もかからない

背伸びすれば見えるのに

葦　*Phragmites communis*. アシ。イネ科の多年草。水辺に群生する。茎は円柱形で節がある。生長に従って呼び名が変わる。小さいものから順に蒹(けん)、薕(かん)、葭(か)、蘆となり、最も生長したものは葦と呼ばれ、高さは二〜三メートルに達する。蘆のほかは召南・騶虞[25]、衛風・碩人[57]、秦風・蒹葭[129]、豳風・七月[154]などに見える。アシの葉は笹のように水に浮かべると舟の形に似ている。後世「一葦」は小舟の比喩に使われることがある。

I 杭　水の上をまっすぐに進む意。航と同義。**宋**　黄河を挟んで、北に衛、南に宋の国があった。**跂**　踵を上げて、足の指先で立つ。

II 曾　強調を表すことば。**刀**　反り身になっている刀は舟に似ている。後世になると舟の意に転義し、舠という字も作られたが、本詩では本来の意味に取るのがよい（屈萬里）。**曾不崇朝**　朝の終わらないうちに。朝食が終わらない間という説もある。

葦

1．草　河廣

不可能事を可能とする愛の力

好きな人と一緒なら、困難をものともせず、どこまでもついて行くと歌った恋歌。スタンザの構造は、1／3と2／4の各詩行がそれぞれパラレリズム（平行法）をとり、2と4が、文のレベルにおけるパラダイム変換をして次のスタンザに展開する。

1　誰謂河廣
2　[a]
3　誰謂宋遠
4　[b]

	I	II
a	一葦杭之	曾不容刀
b	跂予望之	曾不崇朝

変換された文を見ると、表の横の軸は文体で関連し、縦の軸は意味で関連するという特徴がある。aでは、舟との形態的類似性から葦と刀を持ってきて、葦による河渡りから、刀を容れないほどの一跨ぎへと、誇張法がさらに程度を強める。bでは、宋までの距離を測る手段が目から足にかわるが、その順序自体に大した意味はないし、極端な誇張法でもない。しかしaにおけるナンセンスな誇張法はbにも作用し、宋に行く困難が河渡りのように何でもないのと同じことになる。渡河は恋愛詩で常用されるモチーフである（周南・漢広[9]、邶風・匏有苦葉[34]）。

[補説] 古注も新注も、宋に嫁いで離縁された衛の女性（宋の桓公の夫人、襄公の母）が宋を思う歌と解しているが、ナンセンスにも見える誇張法は深刻な気分ではなく、むしろ遊戯的な恋愛詩の雰囲気を感じさせる。

第二章　植物を詠み込む恋愛詩

伯兮(はくけい)（衛風 62）

I 伯兮朅兮　　　　伯よ朅たり　　　　　　　　　伯さんは堂々と進んで行った
　邦之桀兮　　　　邦の桀なり　　　　　　　　　国いちばんの勇士として
　伯也執殳　　　　伯や殳を執り　　　　　　　　伯さんはほこを掲げて行った
　爲王前驅　　　　王の前驅と爲る　　　　　　　王様の先駆けとなって

II 自伯之東　　　　伯の東に之きしより　　　　　伯さんが東に行ってから
　首如飛蓬　　　　首は飛蓬の如し　　　　　　　わたしの頭はよもぎ髪
　豈無膏沐　　　　豈膏沐の無からんや　　　　　香油・香水はあるけれど
　誰適爲容　　　　誰に適ひて容を爲さん　　　　だれに見せやうお化粧姿

III 其雨其雨　　　　其れ雨ふれ其れ雨ふれ　　　　雨雨降れ降れと祈っても
　杲杲出日　　　　杲杲として日出づ　　　　　　日はかんかんと照りつける
　願言思伯　　　　願ひて言に伯を思へば　　　　いちづに伯さん思ひつめ
　甘心首疾　　　　首疾に甘心す　　　　　　　　じっとこらへる頭の痛み

IV 焉得諼草　　　　焉にか諼草を得て　　　　　　どこにあるのか忘れ草
　言樹之背　　　　言に之を背に樹てん　　　　　背中に立てる憂さ晴らし

諼草　　　　　　　　蓬

122

1．草　伯兮

願言思伯　　願ひて言に伯を思へば　　いちづに伯さん思ひつめ
使我心痗　　我が心をして痗ま使む　　ますます心がむすぼれる

蓬　*Agriophyllum arenarium*. アカザ科の一年草。沙蓬。高さは二〇～五〇センチ。細い枝が密生し、秋に枯れると風に吹かれて、根元から折れ、散乱して飛ぶ。さすらう旅人や乱れた髪の比喩に用いられる。召南・駉虞[25]の蓬（ヨモギの一種、ヤナギヨモギ）とは同名異物。和名がないので、仮にヨモギと訳しておく。

諼草　*Hemerocallis fulva*. カンゾウ。ホンカンゾウ。後に萱草と書く。ユリ科の多年草。葉は短い根元から叢生して長くのびる。花や若芽は食用になる。これを食うと憂いを忘れさせるという。諼は忘れる意で、ワスレグサの異名はこれに由来する。一名、忘憂草・宜男草。

I　伯兮　伯は、恋人を指す常套語。ここでは特定の恋人（または夫）を指す。兮は、リズムを調節する助辞。

II　膏沐　髪を整える油や水。誰適爲容　だれに見てもらうために化粧をしようか。反問文。適は、ともに向かう意。

III　杲杲　日が白く輝くさま。願言思伯　願は、一途に思い詰めること。言は、リズムを調節する助辞。「願言思子（願ひて言に子を思ふ）」（邶風・二子乗舟）、「願言則懷（願ひて言に則ち懷ふ）」（邶風・終風）などと同類の句。甘心　結構だと心に満足する。もうこれ以上は嫌だという意味の緩徐的表現。

IV　言樹之背　背を後方の意とし、「北堂（主婦の座所）の庭に植える」と解するのが通説だが、文字通り背中とするのがよい（皆川）。背中は心臓に近く、そこに心の憂いを除く植物を立てるのは一種の呪術的行為である。痗　メラン

前驅　行列の先頭で露払いを務める人。

桀　ひときわ抜き出て優れた人。殳　手で立てて持つ刃の無いほこ。

アハアと息せき切って進むさま。勇み立つさま（衛風・碩人）。

第二章　植物を詠み込む恋愛詩

コリーになる。

戦争に行った恋人に対する切々たる思慕

Ⅰの邶風・撃鼓[32]のような叙事詩的な始まりが軽快な響きをもつが、Ⅱから一転して沈痛な響きをもつ抒情詩にかわる。以下、植物のイメージと心理・生理の平行関係に注意すべきである。

Ⅱでは、頭髪の潤いの無さが飛蓬で直喩される。髪は部分によって全体（すなわち女性そのもの）を表す提喩となっている。

Ⅲでは、枯れた植物のような髪（つまり体）に、せめて潤いを与えてほしいと、雨に呼びかけるが、返ってくるのはただ日照りである。

最後のスタンザでは、そのような乾き（また渇き）を癒してくれる植物に思いを馳せるが、せいぜい頭痛という体の痛みに甘んじていたのが、今や心の病に進んでしまうほど、恋情は深くなる。

中谷有蓷（王風69）

めはじき

Ⅰ 中谷有蓷	中谷に蓷有り	谷間に生えてるめはじきは
嘆其乾矣	嘆として其れ乾く	日照りの空にひからびる
有女仳離	女有りて仳離す	男と別れた女がひとり
嘅其嘆矣	嘅として其れ嘆く	嘆く吐息で喉も嗄れよと
嘅其嘆矣	嘅として其れ嘆く	嘆く吐息で喉も嗄れよと

蓷

1．蓷　中谷有蓷

遇人之艱難矣　　人のひどい仕打ちのおかげ

II 中谷有蓷　　中谷に蓷有り　　谷間に生えてるめはじきは
暵其脩矣　　暵として其れ脩し　　日照りの空にも伸びていく
有女仳離　　女有りて仳離す　　男と別れた女がひとり
條其歗矣　　條として其れ歗く　　恨みの口笛長々と
條其歗矣　　條として其れ歗く　　恨みの口笛長々と
遇人之不淑矣　　人の不淑に遇へば　　男の冷たい仕打ちのおかげ

III 中谷有蓷　　中谷に蓷有り　　谷間に生えてるめはじきは
暵其濕矣　　暵として其れ濕ふ　　日照りの空にも生き返る
有女仳離　　女有りて仳離す　　男と別れた女がひとり
啜其泣矣　　啜として其れ泣く　　目から涙がひつきりなし
啜其泣矣　　啜として其れ泣く　　目から涙がひつきりなし
何嗟及矣　　何ぞ嗟くも及ばん　　いくら嘆いてももう遅い

蓷　*Leonurus japonicus*、メハジキ。シソ科の二年草。山野、渓辺などに生える。茎は四角形で、一メートルほどの高さになる。一名、茺蔚・益母草。中医学（漢方）で女性薬として用いられる。親孝行で知られる曾子は「益母」という名に感じ入ったと伝えられるが、詩経の時代にも母と関係づけられた名称があったかどうかは明らかでない。

ただし本詩の文脈では、日照りにも生長する生命力のある草が重要なイメージとなっている。

I 暵 日照りで天候がからからに乾くさま。**仳離** 別れる。離婚する。**嘅** はあっと溜息を吐くさま。**人之艱難** 男（夫）が与えるつらい目、ひどい仕打ち。「人」は特定の人物を指すのに一般化して言う婉曲語法。

II 脩 細長い。修と同義。**條** 細々と長く続くさま。**歗** 口をすぼめて細く長く声をひく。嘯と同義。**人之不淑** 定型句（邶風・雄雉）。不淑は、よくない意であるが、特に男（夫）が女（妻）に愛情を与えないという不幸を指す。「人の淑からず」と読んでもよい。

III 濕 水分でしめる。水は植物にとって生命を回復させるものであり、Iの乾とは正反対である。「暵其濕矣」という表現が一見矛盾しているので、湿は水で痛められてだめになる意とか、甚だしくは乾と同義と見る説があるが、乾―脩―湿を枯渇から再生へと連続的にとらえれば、別に矛盾しない。**啜** はなや涙をずるずると続けてすする。

夫婦別れして悲嘆にくれる女の心

語または文のレベルにおけるパラディグム（転調）になっている。転調の部分には中心テーマが打ち出されるのが普通である。また、自然と人間の対比という――IIIの最後の一行だけ破格レトリックの常法は、1・2／3・4のパラレリズム（平行法）を構成する。二つの関係を読み解くのがきわめて重要である。

Iでは、メハジキも女の心も共に乾いているが、IIでは、植物はもともと水分のある谷間に生えているゆえ、だんだん生長していくのが見てとれる。IIIでは、植物が水分に潤って完全に生命を蘇らせたのに対し、女は嘆きの結果である水分（すなわち涙）を得ただけであり、心は依然枯渇したままである。最後の一行に、もはや再生し難い男と女

1．草　采葛

采葛（さいかつ）（王風 72）　　くず

I　彼采葛兮　　　　彼に葛（くず）を采（と）らん　　くずを摘みに行きませう
　一日不見　　　　一日見ざれば　　　　　　　　あなたに一日会はないと
　如三月兮　　　　三月の如し　　　　　　　　　三月もたつたやうだもの

II　彼采蕭兮　　　　彼に蕭（しょう）を采らん　　よもぎ摘みに行きませう
　一日不見　　　　一日見ざれば　　　　　　　　あなたに一日会はないと
　如三秋兮　　　　三秋の如し　　　　　　　　　三つの秋がたつたやうだもの

III　彼采艾兮　　　　彼に艾（がい）を采らん　　　よもぎ摘みに行きませう
　一日不見　　　　一日見ざれば　　　　　　　　あなたに一日会はないと
　如三歳兮　　　　三歳の如し　　　　　　　　　三年もたつたやうだもの

の愛のはかなさが集約されている。

[補説] 夫の不幸（飢饉や死亡など）に遭って離別した妻の嘆きと解するのが通説である。その場合、植物の枯渇は不幸の隠喩ということになる。しかし陸生の植物が水ぎはに生えるため枯れ萎むという誤解（毛伝）や、乾―脩―湿を同じような意味に取る曲解などがあって、満足できる解釈は少ない。

蕭

艾

127

第二章　植物を詠み込む恋愛詩

蕭　*Artemisia capillaris.* カワラヨモギ。キク科の多年草。河原や海岸の砂地に生える。薬用に栽培もされる。一名、茵陳蒿。それを燃やすと香気を発するので、祭祀のときの燭に用いられたという（陸璣）。

艾　*Artemisia argyi.* キク科の多年草。中国に産するヨモギの類。高さは一メートルほど。一名、艾蒿（がいこう）・灸草（きゅうそう）。もぐさの原料となる。孟子に薬草として見える植物で、非常に古くからお灸に用いられた。

葛　クズ。第二章・1草・樛木篇参照。

I　彼采葛兮　恋愛の場を造形する定型句。「言采其～」「采～采～」などと類似の表現（召南・草虫）。

II　三秋　三か月、または三年。九か月という説もある（正義）。三月―三秋―三歳は、月、シーズン、年と言い換えることにより、時間の順序を示した（亀井）。

女の求愛の歌

特定の植物を詠みこんで、ますます思いを募らせる。葛は愛または合体の象徴として、詩経では常用されている。

また、草摘みの行為は恋愛詩でしばしば現れるが、葛という植物をトップに置いたことは、廊風・桑中[48]の「爰采唐矣（愛に唐を采る）」と同様、恋の成就（の願い）というテーマを象徴的に提示したのである。

形式は極めて単純であるが、植物と期日のパラダイグムを暗示する仕方は、他の詩篇にも見られるように、植物と期日のパラダイグムを三つ言い換えることにより、恋愛感情が高まっていくことをよせた恋歌と解するのも自由だが、詩経ではおおむね植物がメタファーないしシンボリズムとして用いられることが多いから、古注のような歴史主義あるいは道徳主義に基づいた象徴的解釈法を採らないにしても、シンボリズムの解釈自体は棄てるに及ばない。

1．草　大車

本篇では、aの列で、まず合体の予徴としての植物、次に恋の成就の祈りをささげるための植物、最後に恋の病を癒すための植物へと変換され、それと平行して、bの列で、一日を次第に長く感じる内的時間の体験が、それほどの誇張法と意識させずに告白される。

1　彼采[a]兮
2　一日不見
3　如三[b]兮

	a	b
I	葛	月
II	蕭	秋
III	艾	歳

表の縦軸では意味的類似性の語群、横軸では音声的類似性の語群にびっしり配列された形式が、右に述べたような意味を含みうるということは、文字言語ならではの芸当であろう。

[補説] 朱子新注は、古注の風刺詩とする説を改め、淫奔者の相手への思い入れが深くなることを歌った詩とした。その際、植物摘みは、単に淫奔者が会いに行くための口実とされている。

大車（王風 73）　　大きな車

I　大車檻檻　　　　　大車檻檻たり　　　　　　　　大きな車ががらりがらりとやつて来た
　毳衣如菼　　　　　毳衣菼の如し　　　　　　　　主はきんきら飾りの青衣装
　豈不爾思　　　　　豈爾を思はざらんや　　　　　あなたが好きでたまらないのに
　畏子不敢　　　　　子の敢へてせざるを畏る　　　あなたに勇気がないのが怖いだけ

菼

第二章　植物を詠み込む恋愛詩

Ⅱ　大車啍啍　　大車啍啍たり
　　毳衣如璊　　毳衣璊の如し
　　豈不爾思　　豈爾を思はざらんや
　　畏子不奔　　子の奔らざるを畏る

Ⅲ　穀則異室　　生きては則ち室を異にするも
　　死則同穴　　死しては則ち穴を同じくせん
　　謂予不信　　予信ならずと謂はば
　　有如皦日　　皦日の如きもの有り

大きな車がずしんずしんとやって来た
主はきんきら飾りの赤衣装
あなたが好きでたまらないのに
あなたが駆け落ちしないのが怖いだけ

生きてる間は夫婦になれなくたって
死んで同じ穴の中で結ばれたいわ
わたしが本気でないとおっしゃるの
お天道様に誓ってうそぢやない

荻　*Miscanthus sacchariflorus.* オギ。イネ科の多年草。水辺や湿地に群生する。高さは二・五メートルに達する。葉は長くとがる。青色の芽を出したときの荻をいうことば。衛風・碩人[57]にも見える。

Ⅰ　大車　牛に引かせて荷物を運ぶ車。大夫の車という説（毛伝）もあるが、小雅・無将大車には、車輪の音を和らげる装置がついていない。　檻檻　車のがらがらという振動音を表す擬音語。旅行車でない大車には、車輪の音を和らげる装置がついていない。　毳衣　動物の細い毛で織った衣。役所または宗廟で着用する服。　畏子不敢　「子を畏れて敢へてせず」と読むのが通説だが、ウェーリーとカールグレンの読み方に従う。　璊　赤い色をした玉。　奔　正式の手

Ⅱ　啍啍　ずっしりと重い感じを表す擬態語。車がのろのろと重々しく進むさま。　璊　赤い色をした玉。

1．草　大車

続きを踏まないで夫婦になる。

Ⅲ室　奥部屋。一般に、家は夫、室は妻の換喩になる（周南・桃夭）。**同穴**　古代には夫婦を合葬することもあったといわれる。**不信**　真実でない。**有如皦日**　白く輝く太陽のように、明白で偽りがない。

女の熱烈な求愛の歌

正式な結婚では結ばれない男女が駆け落ちの約束をするが、男の態度があいまいなのを見て、自分の愛情にいささかの変わりはないと、女が訴える。Ⅰ・Ⅱは二人の会合の場面、Ⅲはこの世で結ばれないならあの世でという必死の気持ちの告白である。

形式はⅠ・Ⅱがパラダイム変換の定型に従うが、Ⅲで転調する。a列の語は、車の鈍い音の擬音語から遅い走行の様子の擬態語への言い換え。車は恋の道行きの小道具として常用されるが、本詩では、鈍重な音声と走行のイメージがこれから駆け落ちしようとする意気込みをくじけさせる。しかもb列の衣装の直喩になる語は、その衣装が恋の逃避行にふさわしくないことを暗示する。このように、直接に人を描かずに乗り物と着物を描くことにより、男の心理を表現する技法はみごとである。c列では、一般的な行為を示す敢奔（駆け落ちする）へと言い換え、この露骨な一語で初めて二人の恋の経緯が明らかになる。ここで反復の形式を破り、新しいスタンザに切り替え、男の躊躇に対して自分の心をすべて投げ出して迫るというクライマックスへ進める。

1　大車[a]
2　毳衣如[b]
3　豈不爾思

	Ⅰ	Ⅱ
a	檻檻	啍啍
b	菼	璊

131

第二章　植物を詠み込む恋愛詩

4 畏子不 [c]

| c | 敢 | 奔 |

[補説] 古注は、礼服を着て車に乗った威厳のある大夫を見ると、淫奔者も恐れて逸脱しないという昔の事態を描くことにより、現在の風紀の乱れを風刺した作品と解する。朱子の新注もほぼ同じだが、現在の事態を歌ったものとする。いずれも、第一、二スタンザの最終行を「子を畏れて……」と読んだ上での解釈である。ウェーリーは、この詩から一篇の恋物語を読み取った。それは、愛していた男女が添い遂げられぬまま、同じ墓に葬られ、生前意思が確認できなかったが、死後（死者の科白として）愛情の変わらなかったことを告白するという解釈のようである。

丘中有麻（王風 74）

麻畑

I
丘中有麻
彼留子嗟
彼留子嗟
將其來施施

　丘の中に麻有り
　彼に留まるは子嗟
　彼に留まる子嗟よ
　將に其れ來りて施施たれ

　丘の中の麻畑
　かくれんぼするのは子嗟さん
　かくれんぼする子嗟さん　見ーつけた！
　慌てないでゆっくりおいで

II
丘中有麥
彼留子國
彼留子國
將其來食

　丘の中に麥有り
　彼に留まる子國
　彼に留まる子國
　將に其れ來りて食へ

　丘の中の麥畑
　かくれんぼするのは子国さん
　かくれんぼする子国さん　見ーつけた！
　ちよつと来て一緒に食べやう

麻

1．草　丘中有麻

丘中有麻
彼留之子
彼留之子
貽我佩玖

　　丘の中のすもも畑
　　かくれんぼするのは　ほらあなた
　　かくれんぼするあなた　見ーつけた！
　　帯の玉を贈ってちやうだい

Ⅲ 丘中有李

彼留之子
彼留之子
貽我佩玖

　　丘の中に李 有り
　　彼に留まる之の子
　　彼に留まる之の子よ
　　我に佩玖を貽れ

麻 *Cannabis sativa.* タイマ（大麻）。アサ。アサ科の一年草。高さは一～三メートルで、茎は直立する。中央アジアの原産で、紀元前に中国に伝わった。アサの実を苴といい、食用、または油を製した（豳風・七月[154]）。また、繊維を取って衣料に用いられた。斉風・南山[101]、陳風・東門之枌[137]、同・東門之池[139]などにも見える。

麥 ムギ。コムギ、またはオオムギ。第二章―1草・桑中篇参照。

李 スモモ。第二章―2木・何彼襛矣篇参照。

Ⅰ **彼留子嗟**　「彼に子嗟を留む」と読んでもよい。子嗟は、男子の名前。留を村名として「彼の留の子」と読む説、留を姓として「彼の留子嗟」と読む説もあるが、採らない。**將其** さあ〜しなさい。其は、リズムを整える助辞。**施施** ゆるゆると移動するさま。

Ⅱ **子國**　男子の名前。**食** 食事は性的欲望の隠喩としての常套表現である（鄭風・狡童）。

Ⅲ **之子**　特定の男子または女を、親しみをこめて呼ぶ常套語（衛風・有狐）。**貽我佩玖**　愛を告白する定型句（鄭風・女曰雞鳴）。佩玖は、帯につけるアクセサリーの宝石。男が愛情のしるしとして女に贈るプレゼントの一つ。玖は、黒色の美しい宝石（衛風・木瓜）。

第二章　植物を詠み込む恋愛詩

恋愛のゲームでお目当ての相手を選ぶ女の戯れ歌

祝祭的な雰囲気を背景にもつ作品は比較的多い。本篇を含めて、詩の意味はしばしば定型句や常套語で暗示され、また、言葉遊び的な要素がある。

パラディグム表の a 列の語群は、遊戯の行われる場所にある植物であるが、象徴的な意味を帯びて配列されている。おいしくない実をもつ麻は、大して気のない誘い方と対応する。普段の食料になる麦は、性欲の隠喩になる食欲を連想させる。次に李は生殖→結婚というイメージにつながり、結婚の意思表示の伏線となる。

b 列の語群は固有名詞と普通名詞の違いがある。固有名詞で呼ばれた二人はただ浮気な誘惑の対象に過ぎないが、本名ではなく親愛の慣用語で呼ばれた人こそ、結婚を申し込まれる意中の相手だったのである。好きな人を選ぶのに他の人を誘惑するように見せかけ、最後に本音を吐露するのはいかにも恋の遊びにふさわしい。形式上も Ⅲ の最終行が破格（反復の中止）になっているのは、ドンデン返しの効果を盛り上げ、一気にクライマックスに高めるためである。

1 丘中有 [a]
2 彼留 [b]
3 彼留 [b]
4 將其來 [c]

	a	b	c
Ⅰ	麻	子嗟	施施
Ⅱ	麥	子國	食
Ⅲ	李	之子	＊

［補説］古注は、留子嗟（留子国はその父）という大夫が朝廷を追われ、瘠せた土地に麻などを植えて開墾し、善政を敷いたのを、その土地の人が慕って歌った詩とする。朱子新注は、このような歴史主義的な解釈を排し、単純な恋

1．草　山有扶蘇

山有扶蘇（鄭風 84）　枝のこんもりした木

愛詩とする。つまり、ある女性が子嗟や子国とデートしたいと思うが、なかなか現れないので、別の女性に引き留められているのではないかと疑うというのである。

I
山有扶蘇　　　山に扶蘇有り　　　　　　山には枝のこんもりした木
隰有荷華　　　隰に荷華有り　　　　　　沢には葉のどっしりした蓮
不見子都　　　子都を見ずして　　　　　子都さんには会はないで
乃見狂且　　　乃ち狂を見る　　　　　　会つたは何とこのおばかさん

II
山有喬松　　　山に喬松有り　　　　　　山にはすらりと高い松
隰有游龍　　　隰に游龍有り　　　　　　沢にはひよろりとのつぽの蓼
不見子充　　　子充を見ずして　　　　　子充さんには会はないで
乃見狡童　　　乃ち狡童を見る　　　　　会つたは何とこのお茶目さん

荷　*Nelumbo nucifera*。ハス。ハス科の多年草。池や沼に生える。地下茎（蓮根）は泥中を走る。肥大して多くの節があり、食用とする。花は淡紅色。葉は円く直径六〇センチぐらいになる。後世は蓮と称される。蓮は憐と諧音（地口）をなし、恋愛や恋人の象徴とされる。陳風・沢陂

龍

荷

第二章　植物を詠み込む恋愛詩

[145]にも荷が見える。

龍　龍に同じ。花穂は数個、点頭または下垂する。

松　*Pinus tabulaeformis*. 中国産のマツの一種。ユショウ（油松）。マツ科の常緑高木。高さは二五メートルに達する。樹皮は灰褐色。衛風・竹竿[59]にも見える。小雅・天保[166]、斯干[189]では永遠性の象徴に用いられている。

I 山有扶蘇　「山有～／隰有～」は定型句（秦風・晨風）。扶蘇は、木の枝が四方に広がるさまを表現する擬態語から転じて、そのように形容される木のこと。枝を広げて上からすっぽりと覆い包む形態は、身をそこに任せたいほど頼りになる人物のイメージにつながる。**子都**　男の名。美男を表す常套語的な表現。都は富都（豊かで上品）の意（亀井）。**乃見狂且**　狂且は狂童とあるところを韻の関係で助辞にかえてある。乃は、意外、余裕、ためらいなどの気分を示す接続詞。**II 喬松**　枝が高く上がった松。**游龍**　游は、定着せずふらふらするさまを表す形容語。**子充**　男の名。充は、顔が豊満で身体が肥えているという説（亀井）よりも、むしろ長、高の意味（聞一多）に取りたい。背丈が伸びて高い植物の連想から名づけられた架空の固有名詞である。**狡童**　可愛げがあって、しかも小憎げな少年。愛を知りながら、なかなか承知しないで（または、知らぬ風を装い）、相手を焦らす意地悪な少年をいう（鄭風・狡童）。Iの狂（鄭風・褰裳では狂童）もほとんど同義である。

期待の外れた恋のゲーム

　恋人選びの遊戯で、理想の男性が得られずに、変なのに当たったとふざける戯れ歌。同様のテーマをもつ詩に邶風・

136

1．草　東門之墠

東門之墠 （鄭風 89）

東門の広場

I 東門之墠　　　東門の墠
　茹藘在阪　　　茹藘阪に在り

　　　　　　　　男「都の東門には広場があるけど
　　　　　　　　　あかね草は坂の上に生えてゐる

形式は各詩行の末尾で二音節語が変換される。「山有〜／隰有〜」はその場所にふさわしい物の存在を表す定型句である（邶風・簡兮[38]、衛風・氓[58]）。自然と人間の対照法により、自然の世界にふさわしい存在が人間世界の存在の隠喩となる。したがって、枝や葉の安定した広がりを示す植物のイメージから、頼もしく品のある理想的男性が導かれ、丈の高い植物からスマートな男性像が描かれる。しかし当の女性にとって自然はアンチテーゼとなり、期待外れな結果に終わる。

王風・丘中有麻[74]では意中の人を選ぶため二人の男がだしに使われるが、本詩では二人のような理想像を望みながらうっちゃりを食うところにユーモアがある。ところが実は狡童こそ意中の人だったという二重のドンデン返しが裏にある。狡童を文字通りの意味に取ると詩のアイロニーが失われてしまう。

[補説] 朱子新注のように、恋の歌とすることに問題はないが、朱子は「ひそかに愛する人に戯れる」と言っているから、「狂童」や「狡童」をストレートに罵倒の言葉と取るのは、融通の利かない儒者的な理解である。もっとも、アイロニーを理解していたのかもしれない。カールグレンは、前半の二詩行を叙景と見、若い男に誘惑されたいと期待して散歩する少女が、意の添わぬ男に出会うが、彼が用心深く冷淡な振りをするので、「ばかなやつ」と呼ぶと解釈している。この説によると、女よりも男の心理が屈折していることになる。

新台[43]がある。

137

第二章　植物を詠み込む恋愛詩

其室則邇　　其の室は則ち邇く
其人甚遠　　其の人は甚だ遠し

住む家は近くに見えるけど
あの人の心は遠くてつかめぬ

Ⅱ
東門之栗　　東門の栗
有踐家室　　踐たる家室有り
豈不爾思　　豈爾を思はざらんや
子不我即　　子我に即かず

女「東門にはくりの木もあり
　　その側に家と室が並んでます
　　貴男を思はぬことがありません
　　ただ貴男が来てくださらぬだけ」

栗　クリ。第二章—2木・車鄰篇参照。

茹藘　*Rubia cordifolia.* アカネ。アカネ科の多年草。一名、茜草。根は黄赤色。茎に逆さの刺があり、他物に絡みつく。二つの絡み合う植物は合体のシンボルとして常用される。また、絳（こう）（深い赤色）に染めるので、女性美への連想をもつ植物である。

Ⅰ東門　鄭の都の東門。東門は北門（邶風・北門）に対し、明るく開放的なイメージをもつ。本詩や鄭風・出其東門にもあるように、踊りの広場があり、人が集まる賑やかな空間である。墠　草木を取り払い、土を平らに均した広場。踊りや祭りなどの目的で、そのようにした舞台装置をいう。室　住む家という意味のほかに、妻の居る部屋のことから、妻の換喩となる（周南・桃夭）。豈不爾思　あなたを愛していることを強調する定型句（王風・大車）。即　側にくっつく。寄り添ってくる（斉風・東方之日）。

Ⅱ踐　並びそろっているさま（檜風・隰有萇楚）。家室　住む家。また、夫婦の換喩となる

茹藘

1．草　出其東門

男女が互いに意中を打ち明ける掛け合いの歌

スタンザは始めの二詩行が謎かけの叙景、後の二詩行が叙情である。堺／阪、栗／家室はともに空間の隣接性に基づくが、前者は平坦な人工の空間と傾斜した自然の空間との対立を表し、後者は並列という意味の類似性で結ばれている。

Ⅰ―妻として求めたい人はあかね草によってイメージされる。人々が浮かれ騒ぐ遊戯の場ではなく、手の届かぬ坂の上にあるあかね草（によって象徴される女性）は、ただ眺めるだけで、心を通わす術がない。

Ⅱ―東門には広場だけでなく栗の並木があり、その傍らに一そろいの家と室があるという歌い出しは、一緒に夫婦になろうとの謎かけである。

「其の人は甚だ遠し」は空間的な距離に対する心理的な距離感を表しており、詩経には心の届かぬ人を意味する「遠人」（斉風・甫田[102]）という言葉もある。

[補説] 朱子新注は、女が男を思うが、叶えられぬことを歌った詩とする。しかし男女の贈答の詞と見る説（方玉潤、ウェーリー、陳子展など）が妥当である。ただ、これらの注釈家も朱子のように、前半二詩行を「賦」（詩の六義の一つで、比喩を用いない直叙の方法）とし、叙景の寓喩性、また、「室」や「家室」という言葉にこめられた隠喩を解さないため、平板な解釈に終わっているものが多い。

出 其 東 門 （鄭風 93）

Ⅰ
出其東門　　其の東門を出づ
有女如雲　　女有りて雲の如し

東門のあたり

東門のあたりに集ふ
雲かと紛ふ女たち

第二章　植物を詠み込む恋愛詩

I　東門

雖則如雲　　則ち雲の如しと雖も
匪我思存　　我が思ひの存するに匪ず
縞衣綦巾　　縞衣綦巾
聊樂我員　　聊か我を樂しましめん

II　出其闉闍

出其闉闍　　其の闉闍を出づ
有女如茶　　女有りて茶の如し
雖則如茶　　則ち茶の如しと雖も
匪我思且　　我が思ひに匪ず
縞衣茹藘　　縞衣茹藘
聊可與娛　　聊か與に娛しむべし

雲かと紛ふ女でも
心にかなふ人ぢやない
白い衣に青いスカーフ
彼女ならさぞ気に入らう

外の郭に出て集ふ
つばなのやうな女たち
つばなのやうな女でも
心にかなふ人ぢやない
白い衣に赤いエプロン
彼女とならさぞ和めやう

茹藘　アカネ。第二章―1草・東門之墠篇参照。

茶　白茅(はくぼう)(チガヤ)の花穂、つまりつばなのこと。茶(つばな)のイメージは、白く、柔らかく、ふわふわと軽く飛ぶ感じである。衛風・碩人(せきじん)[57]の黃と同じ。ただし邶風・谷風(こくふう)[35]の茶(ノゲシ)とは別である。

I　東門　鄭の都城の東の門。東門は祝祭的な雰囲気をもつ詩語(歌枕)として用いられている(鄭風・東門之墠)。如雲　雲のイメージは、白く、湧き出るように多く、軽やかに飛翔する感じである(齊風・敝笱)。匪我思存　私が思ひをかける対象ではない意。縞衣　縞は白い生絹で織った織物で、質素な着物をいう。綦巾　薄緑色のスカーフ。聊樂

140

1．草　出其東門

我員　聊は、しばらく。何とはなしに。積極的ではない願望の気分を含むことば。員は、リズムを調節する助辞。訓読では読まない。

Ⅱ闍闍　闍は、城門の外に設けられた防護用の外郭の門。闍は、外郭の門の上に造られた物見台。二字合わせて、外郭の門を意味する。**匪我思且**　且は、リズムを調節する助辞。韻の関係でⅠの存を且にかえたもの。**茹藘**　アカネの根は絳（深い赤色）の染料になるので、ここでは赤色の膝覆いを指す（馬瑞辰）。茶との色彩上の対比、鄭風・東門之墠とのテーマの類似から、茹藘という植物が選ばれた。同篇における茹藘の象徴性と、茹藘と衣服の隠喩とを重ね合わせた効果は、「ともに娯しむ」相手であることを最後のスタンザで浮き彫りにさせる。

都会のデカダンスに厭き、質素で可憐な娘に魅かれる男の求愛

テーマは、鄭風・東門之墠[89]の、祭りの広場とは反対の近寄り難い場所に咲いた花を求めるのと似ている。本詩でも植物のイメージが重要である。

東門に集まる女性たちは白色のイメージで捉えられ、軽やかに舞う姿態はしなやかであり、容色は美しく垢抜けしている。彼女たちはまるで遊女のごとく、デカダンなイメージが濃厚である。それに対比された一人の娘は、同じ白色でも生絹の無地の質素さと、それとバランスの取れた薄緑のスカーフに深紅のエプロンを配した可憐さが、得も言われぬ風情である。

スタンザの展開について見ると、一行目の空間移動（東門→闍闍）は「絵の如し」と言った人もいる（竹添）。しかし五行目（綦巾→茹藘）の、上から下へと視点を移動させる表現法も含めて、筆者は「映画の如し」と評したい。

第二章　植物を詠み込む恋愛詩

溱洧(しんい)（鄭風95）

溱と洧の川

I
溱與洧　　溱(しん)と洧(い)
方渙渙兮　方(まさ)に渙渙(かんかん)たり
士與女　　士(し)と女(じょ)
方秉蕑兮　方(まさ)に蕑(かん)を秉(と)る
女曰觀乎　女は曰(い)ふ既(すで)に觀(み)んか
士曰既且　士は曰ふ既にせり
且往觀乎　且(しば)らく往きて觀んか
洧之外　　洧の外
洵訏且樂　洵(まこと)に訏(おお)いにして且つ樂し
維士與女　維(こ)れ士と女
伊其相謔　伊(こ)れ其れ相謔(あいたわむ)れ
贈之以勺藥　之に贈るに勺(しゃく)藥(やく)を以てす

II
溱與洧　　溱と洧
瀏其清矣　瀏(りゅう)として其れ清し
士與女　　士と女
殷其盈矣　殷(いん)として其れ盈(み)てり

溱と洧の川
氷が溶けて
男と女
ふぢばかま摘む
「見に行きませう」と女がいへば
「もう行つて来た」と男がいふ
「でもちょつとでいいから
洧の川の向かうは
広々と楽しいところよ」
かうして男と女は
戯れ合つて
契りのしるしに芍藥贈る

溱と洧の川
清くみなぎり
男と女
あふれるばかり

蕑

勺藥

1．草　溱洧

女曰觀乎	女は日ふ觀んか
士曰既且	士は日ふ既にせり
且往觀乎	且く往きて觀んか
洧之外	洧の外
洵訏且樂	洵に訏いにして且つ樂し
維士與女	維れ士と女
伊其將謔	伊れ其れ將に謔れ
贈之以勺藥	之に贈るに芍藥を以てす

「見に行きませう」と女がいへば
「もう行って来た」と男がいふ
「でもちょっとでいいから
　洧の川の向かうは
　広々と楽しいところよ」
かうして男と女は
戯れながら
契りのしるしに芍藥贈る

蘭 *Eupatorium japonicum*．フジバカマ。キク科の多年草。一名、蘭草・佩蘭。水辺や湿地に生じ、二月に苗を出して叢生する。茎の高さは二メートルに達する。香りが邪気を払うと信じられ、三月に男女が川辺に集まって、この草を採ったという。もっともこのような習俗が記録されたのは漢代である。詩経のこの詩が発信源かもしれない。陳風・沢陂[145]にも出ている。

勺藥 *Paeonia lactiflora*．シャクヤク。キンポウゲ科の多年草。後に芍薬と書く。高さは六〇～八〇センチ。初夏、大形の美しい花を開く。色は紅、白、紫など。この植物のシンボリズムについては、恩情を結ぶもの（鄭箋）、別離の贈り物（韓詩外伝）、五味を和するように調和する喩え（陸璣）など、諸説がある。しかし薬の字を用いているのを見ても、古代にすでに薬用にされたらしいから、西洋のマンドレークのようなマジカルな薬草で、媚薬（聞一多）または「愛の持続の象徴」（ウェーリー）とされたようである。

第二章　植物を詠み込む恋愛詩

I 溱・洧　鄭の国を流れる二つの川。鄭城の付近で溱は洧に合流する。**渙渙**　氷が溶けて、水が四方に広がるさま。春に桃花水が流れてくる様子を形容した語。**士**　未婚の若い男。**女**　未婚の若い女。**既且**　もはや済んだの意。且は、リズムを整える助辞。**洧之外**　洧の川の外側。人の集まる場所を避けて、相手を別の場所に誘うのである（亀井）。**洧**

II 瀏　「洧～且～」は、累加を示す文法形式。許は、大きくて広い意。**殷**　中身が詰まって、いっぱいになるさま。豊かに多いさま。**伊其將**　水が底まで透き通るほど清く深いさま。**譴**　定リフレーンの部分でここだけ、「相」から「將」に換わっているので、同音による誤記であろうという説（集伝など）がある。しかし微妙な音の違い（声母が違い、韻母が同じ）でもって、微妙な意味の変化を実現させるテクニックを見るべきである。「相」は相互の関係において行為を捉える言い方だが、「將」はその行為が進行してやまないことを表している。

川のほとりでの恋遊び

スタンザの構造は1～4が変リフレーン部、5～12が非常に長い定リフレーン部（ただし11の相／將のみ変則）であり、内容から見ると、変リフレーン部が男女の集まる場面、定リフレーン部のうち5～9が誘いの問答、10～12が情を通じる場面と、三分される。1・2は3・4と対照法をなし、単なる叙景にとどまらず、象徴性を付与する意図がある。すなわち溱と洧は衛風諸篇（淇奥[55]、氓[58]、竹竿[59]、有狐[63]）の淇と同様、恋歌の歌枕であって、召南・江有汜[22]の江と沱、邶風・泉水[39]の淇と泉水のように、二つの水の合流が会合、結合の象徴となるのである。

2と4の詩行だけで文のレベルのパラダイムを変換して二つのスタンザに展開している。変換の四文は、まず横の軸がそれぞれ文体上ほぼ同一で、Iでは水と植物のイメージで同一の季節を提示し、IIではますます深くみなぎる

水と、ますます満ちあふれる人たちという同一のモチーフを並べる。次に縦の軸では、同一の主題の時間的な継起が表現される。すなわちaではちょうど氷が溶けて水が広がることから、豊かに静かに流れることへ、bでは植物を摘み始めることから、川辺いっぱいになることへ推移する（a、bともに時間副詞の「方」に注意）。

1 溱與洧
2 [a]
3 士與女
4 [b]

	I	II
a	方渙渙兮	瀏其清矣
b	方秉蘭兮	殷其盈矣

[補説] 恋愛詩を素直に受け取らない古注（鄭箋）も、春気に感じて川辺に出てきた男女らが、香草摘みにかこつけて、互いにふざけ合い、夫婦の事を行うと、明解を打ち出している。もっとも、小序ではかえって、エロティックな鄭の風俗を風刺したのであると解している。朱子新注は、三月の節句に蘭を採って穢れを祓う習俗と結びつけ、その時の恋愛を歌った淫奔者の詞と考えた。しかし、たとえそのような民俗が古代にあったとしても、詩を解釈する上でさほど重大なことではない

1. 草 甫田

甫田（斉風 102）　　　広い畑

I 無田甫田　　甫田を田る無かれ　　広い畑を耕すな
　維莠驕驕　　維れ莠 驕たり　　　ゑのころぐさがどんどん生える
　無思遠人　　遠人を思ふ無かれ　　心の通はぬ人を思ふな

莠

第二章　植物を詠み込む恋愛詩

勞心忉忉　　　心気が疲れていつもくよくよ

勞心忉忉たり　　勞心忉忉(とうとう)たり

Ⅱ　無田甫田
　　無思遠人
　　勞心怛怛

　甫田を田る無かれ　　広い畑を耕すな
　維れ莠桀桀たり　　　ゑのころぐさがによきによき茂る
　遠人を思ふ無かれ　　心の通はぬ人を思ふな
　勞心怛怛たり　　　　心気が疲れてつひにくたくた

Ⅲ　婉兮孌兮
　　總角丱兮
　　未幾見兮
　　突而弁兮

　婉(えん)たり孌(れん)たり　　可愛くてあでなあの子の
　總角(そうかくかん)丱たり　　かんざし挿したあげまき姿
　幾(いくば)くも未くして見れば　しばらく顔を見ぬうちに
　突(とつ)として弁(べん)せり　あつといふ間にかんむり姿

莠　*Setaria viridis*. エノコログサ。ネコジャラシ。イネ科の一年草。高さは三〇〜四〇センチ。荒地や路傍に生える。稲に似ているが、実の生らない雑草で、牧草にする。一名、狗尾草(くびそう)。畑を荒らすのでイメージの悪い草とされ、小雅・正月[192]、同・大田[212]にも見える。

Ⅰ　無田甫田　上の田は「つくる」または「たづくる」(耕作する)と動詞に読む。甫田は、だだっ広く大きな田。**驕驕**勝手気ままなさま。伸び放題になる雑草をいう(皆川)。**遠人**　空間的または心理的に隔たっている人。ここでは心理のほうに重きを置き、当方の意思が届かない人をいう。**勞心**　疲れた心。または、心を疲らせる。**忉忉**　くよくよと

1．草　甫田

Ⅱ 桀桀　高く抜き出て目立つさま。ぴんと真っすぐ伸びるさま（皆川）。**怛怛**　心を痛めてはらはらするさま。
Ⅲ 婉　しなやかなさま。女性の丸みを帯びた体のエロティックなイメージをとらえた擬態語（鄭風・野有蔓草）。**婉—孌**はここでは少年の形容語で、畳韻の語。**總角**　頭の両側に角のように髪を束ねた児童のヘアスタイル（衛風・氓）。**孌**　なまめかしいさま。女性のくねくねとした体のエロティックなイメージをとらえた擬態語（邶風・静女）。卝—孌と同じく、形容詞の後につける接尾辞。すべてュの頭音をもつ。**弁**　冠をつける意。古代中国で、男子は二十歳で冠をつけ元服した。結婚の適齢期でもある。**未幾**　無幾と同じで、まもなくの意。**突而**　而は、然・若・如・爾と同じく、形容語につける接尾辞。

悩み、踏ん切りがつかないさま（陳風・防有鵲巣）。

年下の少年に対するはかない恋心

Ⅰ・Ⅱはパラディグム変換の形式に従い、Ⅲで転調する。転調部には、テーマの提示や、意外性を打ち出すことが多い。

Ⅰ・Ⅱ—1・2／3・4は自然／人間のパラレリズム（平行法）で、甫田と莠は前者の中に後者が入り、遠人と心は後者の中に前者が入る〈心像として〉という関係になっている。空間的に広い田に穀物を植えて手入れが行き届かないと、エノコログサがはびこって穀物を押しのけて駄目にしてしまう。同じように、心理的に隔たった人（いくら恋心を寄せても答えてくれぬ人）に心が支配されると苦しくなるだけである。

1　無田甫田
2　維莠〔ａ〕

Ⅰ	Ⅱ

第二章　植物を詠み込む恋愛詩

パラディグムはa列では、エノコログサが横にむやみに蔓延していくことから、縦に挺立して穀物をますます覆い隠すことへ、b列では、踏ん切りがつかず揺れる心の状態から、心が痛みますます苦しくなる状態へ進む。

Ⅲ—空間的、心理的に遠く長々しい距離感または時間のイメージから、瞬く間の時間の変化を表現する軽快なリズム（間拍子の分の多用が効果的）に転じる。また、雑草のような遠人のイメージから、女性の形容語で表される花咲くような美少年のイメージにかわる。ところが、このイメージは最後の二行でひっくりかえる。3／4の対照法は「未幾」と「突而」の時間副詞で浮き彫りにされ、遠人を思う心理的な時間の長さが現実には短い時間であり、しかも前髪から冠への変化として捉えるとほんの一瞬間であったと、驚きが表明される。

心の通わぬ少年への恋というテーマは、衛風・芄蘭[60]や鄭風・狡童[86]にもあるが、本詩はいらだたしさの心情よりは、イメージの壊れた失望に重心があるようである。

b	a
忉忉	驕驕
怛怛	桀桀

3 無思遠人
4 勞心［b］

汾沮洳（ふんしょじょ）（魏風108）

　　　　　汾の沢

Ⅰ　彼汾沮洳　　彼の汾の沮洳（か しょじょ）に
　　言采其莫　　言に其の莫（ぼ）を采（と）る
　　彼其之子　　彼の其（そ）の子
　　　　　　　　かのいとしい方は

　　　　　　　汾の沢のほとりで
　　　　　　　すかんぽ摘み摘む

莫

148

1. 草　汾沮洳

莫

Rumex acetosa. スイバ。スカンポ。タデ科の多年草。茎は円柱形で直立する。春に赤い小花を開く。酸味が強

Ⅰ
彼汾沮洳　　　彼の汾の沮洳　　　汾の沢の片側で
言采其莫　　　言に其の莫を采る　すいばの葉摘み摘む
彼其之子　　　彼の其の子　　　　かのいとしい方は
美無度　　　　美なること度無し　美しさ比べもの無し
美無度　　　　美なること度無し　得も言はれぬ美しさ
殊異乎公路　　公路に殊異なり　　殿様の車係で並びなし

Ⅱ
彼汾一方　　　彼の汾の一方　　　汾の沢の片側で
言采其桑　　　言に其の桑を采る　桑の葉摘み摘む
彼其之子　　　彼の其の子　　　　かのいとしい方は
美如英　　　　美なること英の如し　花のやうな美しさ
美如英　　　　美なること英の如し　得も言はれぬ美しさ
殊異乎公行　　公行に殊異なり　　殿様の衛士で並びなし

Ⅲ
彼汾一曲　　　彼の汾の一曲　　　汾の沢のくまで
言采其薈　　　言に其の薈を采る　おもだか摘み摘む
彼其之子　　　彼の其の子　　　　かのいとしい方は
美如玉　　　　美なること玉の如し　玉のやうな美しさ
美如玉　　　　美なること玉の如し　玉のやうな美しさ
殊異乎公族　　公族に殊異なり　　殿様の一族で並びなし

薈

第二章　植物を詠み込む恋愛詩

蕒　*Alisma plantago-aquatica* var. *orientale*. サジオモダカ。オモダカ科の多年草。水辺の泥地に生える。葉は楕円形。夏に白い小花を開く。一名、沢瀉。

桑　クワ。第二章2木・将仲子篇参照。

Ⅰ **汾沮洳**　汾は、山西省にある川の名。沮洳は、ところどころに水の溜まった湿地。**彼其之子**　恋人を親しく呼ぶ定型句(曹風・候人)。男女どちらをも指す。**言采其莫**　恋愛詩で常用される定型句(召南・草虫)。**殊異**　特別に異なっている。**無度**　物差しで計れないくらいに程度が甚だしい。衆を絶して優れている。

Ⅱ **一方**　沮洳の一方の側(皆川)。**如英**　普通は「顔如舜英(顔は舜英の如し)」(鄭風・有女同車)のように女性の形容語だが、ここでは男の美貌を表現する。**公行**　君主の車の行列にタッチする衛士。

Ⅲ **一曲**　水が曲がって入り組んで、人目につかない所。**如玉**　男女どちらの形容語にもなる(召南・野有死麕、秦風・小戎)。**公族**　君主の同族(周南・麟之趾)。前のスタンザの公路・公行を併せて、宗族を司る官名とする説もある(集伝)。**公路→公行→公族**は次第に範囲が大きくなる順序である(皆川)。

女性がその美しい恋人を称える恋歌

川と植物摘みのモチーフは恋愛詩でしばしば用いられる。

形式はパラディグムの変換で三つのスタンザに進めるが、Ⅰのaとcだけが変則になっている。その順序は次第に人目を避けた所へのデートの場所を表す語。沮洳は一般的に言い、一方と一曲は沮洳の範囲を限定して言う。

1．草　葛生

I　葛生蒙楚

葛生（唐風 124）　　くずのつる

葛は生じて楚を蒙ひ　　くずのつるはいばらを覆ひ

1　彼汾〔a〕
2　言采其〔b〕
3　彼其之子
4　美〔c〕
5　美〔c〕
6　殊異乎〔d〕

	a	b	c	d
I	沮洳	莫	無度	公路
II	一方	桑	如英	公行
III	一曲	藚	如玉	公族

空間移動である。c列は男の美しさの形容語。無度は一般的に言い、如英と如玉は具体的に直喩で描く。ただしそのイメージは類型化された女性美の表現を借用して表される。d列は男が比較される人間集団の範囲の拡大を示す。褒め言葉が最後の公族に至って、恋人は公族の一員であることも示唆される。

本詩は、たいていの詩経の詩もそうだが、言葉遊びの要素が強い。aの場所が狭くなればなるほど、dの範囲がますます大きくなるという語の配列の仕方におもしろみがある。

〔補説〕歴史主義派は、魏風・葛屨〔107〕と同じ文脈で、魏のけちな風俗と結びつけ、貴人が野菜を摘むほど、みみっちくて礼儀にかなわぬことを非難した詩と解する。

第二章　植物を詠み込む恋愛詩

　蘞蔓于野　　　　蘞は野に蔓ふ　　　　やぶがらしは野の木にまとふ
　予美亡此　　　　予(よ)が美は此(ここ)に亡(な)し　いとしい人は逝ってしまった
　誰與獨處　　　　誰(たれ)と與(とも)に獨(ひと)り處(お)らん　優しくいたはる人はなし

Ⅱ　葛生蒙棘　　　葛は生じて棘(きょく)を蒙ひ　くずのつるはいばらを覆ひ
　蘞蔓于域　　　　蘞は域(いき)に蔓ふ　　やぶがらしは墓の木にまとふ
　予美亡此　　　　予が美は此に亡し　　　いとしい人は逝ってしまった
　誰與獨息　　　　誰と與に獨り息(やす)まん　心をやすめてくれる人はなし

Ⅲ　角枕粲兮　　　角枕(かくちんさん)粲たり　　　角のまくらは鮮やかに
　錦衾爛兮　　　　錦衾(きんきんらん)爛たり　　　錦のふすまはきらきらと
　予美亡此　　　　予が美は此に亡し　　　いとしい人は逝ってしまった
　誰與獨旦　　　　誰と與に獨り旦(あか)さん　共に夜を明かす人はなし

Ⅳ　夏之日　　　　夏の日　　　　　　　　長い夏の日すぎ
　冬之夜　　　　　冬の夜　　　　　　　　長い冬の夜すぎ
　百歳之後　　　　百歳の後　　　　　　　百年たったら
　歸于其居　　　　其の居に歸らん　　　　かの人のすみかへ帰らう

蘞

152

1．草　葛生

V 冬之夜	冬の夜	長い冬の夜すぎ
夏之日	夏の日	夏の日すぎ
百歳之後	百歳の後	百年たったら
帰于其室	其の室に帰らん	かの人の部屋へ帰らう

蘝 *Cayratia japonica*. ヤブガラシ。ビンボウカズラ。ブドウ科のつる性の多年草。藪や空地に自生する。一名、烏蘝苺（まきひげ／れんばい）。つるが伸びる。はびこる。他の植物に絡みつく。生長力が強く、切ってもすぐに伸びる。長さは約十メートルになる。

楚 ニンジンボク。第二章―1草・樛木篇参照。

棘 サネブトナツメ。第二章―2木・綢繆篇参照。

葛 クズ。第二章―1草・樛木篇参照。

蔓 つるが伸びる。はびこる。**予美** 私の良き人（夫や愛人）。予美は、主に女を指すが（陳風・防有鵲巣）、美が男の形容語に使われることもある（斉風・盧令、魏風・汾沮洳）。**亡** 在ったものが存在しなくなる意。**誰與獨處** 誰と一緒なのか、ただ一人で居るだけだ、の意。問と答を合わせた文型。處は、異性によって安らかに落ち着かされるニュアンスを含む常套語（邶風・日月）。

Ⅰ 蔓

Ⅱ 域 区切られた場所。境界の地。一説に、塋域（毛伝）とされるが、ストレートに墓場の意味ではなく、荒野と人間世界の間で区画された場所を暗示して言ったものである。**息** 息をする意から転じて、異性によって安息させられる意を裏に含む常套語（鄭風・狡童）。**粲** 鮮やかに輝くさま。**錦衾** 錦で作っ

Ⅲ 角枕　牛の角で作った枕。死者を棺の中に納めるときに用いる（聞一多）。

第二章　植物を詠み込む恋愛詩

た掛け布団。死者に掛けるのに用いる（聞一多）。角―錦は頭韻、枕―粲は脚韻。**爛**　きらきらと輝くさま。**旦**　夜を明かす。朝を待つ。

Ⅳ百歳之後　百年たったあと。百年は人間の寿命の最上限である。**居**　住まい。ここでは、死んだ人の住む所、つまり墓所をいう。**歸**　落ち着くべき所にかえる。歸には女性が結婚する意味もあり、ここでは、死後一緒になること（つまり同穴）を表す。

Ⅴ室　部屋。本詩の文脈では、墓の穴をいう。もとは夫婦の寝室を表す語。居といい、室というのは、死者の霊魂がそこで生活しているのを想像して言ったもの。王風・大車に「穀則異室／死則同穴（穀きては則ち室を異にするも、死しては則ち穴を同じくせん）」という詩句がある。

死んだ人に対する女の愛執の断ち難さ

内容上、また形式上、前半部（Ⅰ～Ⅲ）と後半部（Ⅳ・Ⅴ）に分かれる。前半は死別された身の孤独の堪え難さ、後半は死後の同穴の願望である。形式は前半、後半ともに、変リフレーンによる反復形式であるが、後半は前半に対する転調と言える。前半でもⅢの最初の二行が転調しているから、二度の転調が起こることになる。

Ⅰ・Ⅱ・Ⅲ―植物のモチーフは、ともに他の樹木に絡みついていく強壮なつる草であり、特に蘞は木をすっかり覆って荒らすほど勢いが激しいので、日本では「藪枯らし」の名がある。一般に、つる性の草が木にまといつくのは、中国だけでなく、多くの国々の説話や文学で、愛の象徴とされている。本詩の植物が枝を絡ませる現象は、死んだ男の墓にはいまつわる葛に比定される女の執念を描いた謡曲「定家葛（ていかかずら）」と酷似する。

Ⅰ・Ⅱ・Ⅲ―植物のモチーフは象徴とイメージの結合は、作者の恐ろしいばかりの愛欲と、索漠たる孤独感をみごとに浮き彫りにする。これはc列のa列とb列の語の配列によって、荒野と墓地のイメージを描く。象

1．草　葛生

語群によって具体化される。Ⅲの最初の二行で文体とリズムをがらりと変える転調は、イメージの転換を実現するテクニックである。荒野と墓地のイメージから突如地下における死者のイメージに変わり、粲─爛の形容語が、眼前に死者を幻視するかのようである。このイメージの残像が、肉体的、精神的な安らぎのない一夜を悶々とさせるのである。

c列のパラダイムは表面的な意味以上の意味を含蓄している。処（落ち着く）と息（静かに息づく）は、愛によって肉体的、精神的に満足して安らぐことを表し（召南・殷其雷[19]、曹風・蜉蝣[150]）、獨旦はそれがかなわないために悶々と夜を過ごすことを意味する。

1 葛生蒙[a]
2 蔹蔓于[b]
3 予美亡此
4 誰與獨[c]

	a	b	c
Ⅰ	楚	野	處
Ⅱ	棘	域	息
Ⅲ	*	*	旦

Ⅳ・Ⅴ─Ⅲとは違った転調のスタンザになる。Ⅴの最初の二行は、Ⅳの詩行を入れ替えただけの反復であるが、一日の長い時間を感じさせる夏の昼と冬の夜の順序を逆にすることにより、一年の長々しい時間を暗示させる。すぐにも死者の後を追い、同じ穴で一緒になりたい気持ちを抑え、かえって百年の後という一層長々しい時間をいうのは、短い時間を極度に長く意識する苦悩、あるいは、永遠に終わらない苦悩を、最も効果的に表現したと言えるだろう。

ⅠからⅤまでを通した技巧は空間移動の手法である。すなわち、野→域→居→室というパラダイム変換によって、荒野から墓地、墓地から墓穴へと次第に範囲を限定していく。映画のカメラワークに匹敵する言語芸術といっても過

第二章　植物を詠み込む恋愛詩

言ではない。

[補注]古注は、晋の武公の子の献公が戦争を好み、戦死者が多かった時に、戦争に駆り出されて帰らない夫を思い、怨情を歌う女の詩とする（小序、鄭箋）。朱子新注は、時代を限定せずに、同様の解釈を取る。しかし古注や新注では墓のイメージがしっくりしないから、単に死者を悼む詩と見る説（何楷、亀井など）が比較的妥当である。最近ではこれが通説になっている。

采苓（さいれい）（唐風 125）　あまくさ

I
采苓采苓　　　　苓を采り苓を采る　　　　　　あまくさ摘む　あまくさ摘む
首陽之巓　　　　首陽の巓（いただき）　　　　　首陽の山のいただき
人之爲言　　　　人の爲（げん）せる言は　　　　まことしやかな噂なんか
苟亦無信　　　　苟（いやしく）も亦た信ずる無かれ　ゆめゆめ信じないで
舍旃舍旃　　　　旃（これ）を舍（お）け旃を舍け　いけない　いけない
苟亦無然　　　　苟も亦た然りとする無かれ　　　ゆめゆめほんとにしないで
人之爲言　　　　人の爲せる言は　　　　　　　　まことしやかな噂なんか
胡得焉　　　　　胡（なん）ぞ得んや　　　　　　なんでもないから

II
采苦采苦　　　　苦を采り苦を采る　　　　　　のげし摘む　のげし摘む
首陽之下　　　　首陽の下　　　　　　　　　　首陽の山のふもとに

苓

1. 草　采苓

采苓采苓	苓を采り苓を采る	かぶら摘む　かぶら摘む
首陽之巔	首陽の巔	首陽の山の東に
人之爲言	人の爲せる言は	まことしやかな噂なんか
苟亦無信	苟も亦た信ずる無かれ	ゆめゆめ言ひなりにならないで
舎旃舎旃	旃を舎け旃を舎け	いけない　いけない
苟亦無然	苟も亦た然りとする無かれ	ゆめゆめほんとにしないで
人之爲言	人の爲せる言は	まことしやかな噂なんか
胡得焉	胡ぞ得んや	なんでもないから

Ⅲ
采葑采葑	葑を采り葑を采る	かぶら摘む　かぶら摘む
首陽之東	首陽の東	首陽の山の東に
人之爲言	人の爲せる言は	まことしやかな噂なんか
苟亦無從	苟も亦た從ふ無かれ	ゆめゆめ言ひなりにならないで
舎旃舎旃	旃を舎け旃を舎け	いけない　いけない
苟亦無然	苟も亦た然りとする無かれ	ゆめゆめほんとにしないで
人之爲言	人の爲せる言は	まことしやかな噂なんか
胡得焉	胡ぞ得んや	なんでもないから

苓　*Glycyrrhiza uralensis*. カンゾウ。ウラルカンゾウ。マメ科の多年草。茎と果実には腺毛がある。花は淡紫色。種子は黒色。根が甘く、漢方薬に用いられる。一名、甘草。邶風・簡兮[38]にも見える。「苓、大苦」（毛伝）という。一説では、甘草ではなく、黄薬子（イタドリ）とされる。

第二章　植物を詠み込む恋愛詩

苦 ノゲシ。第二章—1草・谷風篇参照。

葑 カブラ。第二章—1草・谷風篇参照。

Ⅰ **采苓采苓** 恋愛詩の定型句（召南・草虫）。**首陽** 山西省永済県の南にある山の名。雷首山もいう。偽—譌（本当でないこと）などと同系の語。もとは「人之偽言」に作るテキストもあったらしい（孔穎達）。「人之多言」（鄭風・将仲子）や「民之訛言」（小雅・沔水）と同類の表現。**人之為言** 他人がわざと言いふらすうわさ。為は、作為を加えるとか、元の姿を変えるという意味を含む。**苟** かりそめにも。万が一にも。**舍旃舍旃** 舍は、捨ておく意。旃は、リズムを整える助辞。**胡得焉** どうして当たっていようか。反問文。焉は、リズムを整える助辞。

Ⅱ **與** 味方する。加担する。

Ⅲ **從** 相手の言うままになる。

人の噂を恐れる秘密の恋

スタンザは変リフレーン部（1～4）と定リフレーン部（5～8）に分かれる。詩の意味は変リフレーン部で足りているが、3・4と同じ意味を定リフレーン部で反復して（その仕方は5を中心にして、4—6、3—7が対称になっている）、意味をいっそう強める効果がある。

植物摘みを表す「采～采～」という詩句は、召南・草虫[14]の「言采其～（言に其の～を采る）」などと同類の恋詩の定型句である。本詩では、ステレオタイプ化した句型を用いて、恋遊びの雰囲気を作り出す役割をしている。特に、Ⅲの最初の二行は鄘風・桑中[48]の「爰采葑矣／沬之東矣（爰に葑を采る、沬の東に）」の本歌取りの可能性もあり、その詩の文脈を借用したと言えるかもしれない。しかし同篇のような楽しいムードではなく、良からぬ噂が聞こえてしまいかと気にする秘密の恋の道行きを暗示する。恋の妨害者から身を守ろうとして、「人の言を信ずる無かれ」と

1．草　釆苓

歌う鄭風・揚之水[92]とも一脈通ずるところがある。

パラダイグムの変換については、b列では、山から下って里に近づく空間移動の表現が、召南・殷其雷[19]の陽→側→下という変換と似ている。a列はその空間移動に照応し、それぞれ山、野、里で採れる植物を列挙する。もちろん苓は山地にだけあるとは限らないが、葑は明らかに里に近いことを示す。c列では、真実と思う、真実と誤認して加担する、無批判的に人の説に従うという具合に、禁止事項が次第に意味を強めていく。

1 采[a]采[a]
2 首陽之[b]
3 人之爲言
4 苟亦無[c]

	a	b	c
I	苓	巓	信
II	苦	下	與
III	葑	東	從

[補説] 古注と新注は、中傷に耳を傾けるのを非難する詩とする点で共通するが、比喩と見る各章最初の二行の解釈では異なっている。毛伝は、植物を採るのは詰まらない行為であり、山は人気のない場所であるから、証拠がないのに喩えるとする。朱子は、首陽の山で草が摘めると人が言っても信じてはならない、苓などは本来山にあるべき植物ではないから。このように人の言をすぐに信じてはならない、じっくり考察しさえすれば、中傷も止むものだ、といった解釈をしている。

159

第二章　植物を詠み込む恋愛詩

東門之枌（陳風 137）

東門のにれ

I　東門之枌
　　宛丘之栩
　　子仲之子
　　婆娑其下

　東門の枌
　宛丘の栩
　子仲の子
　其の下に婆娑たり

　東の門にはにれの木
　宛の丘にははくぬぎの木
　子仲の子らがハタハタと
　みんなその下で舞ひ踊る

II　穀旦于差
　　南方之原
　　不績其麻
　　市也婆娑

　穀旦于に差ぶ
　南方の原
　其の麻を績がず
　市に婆娑たり

　かかる良き日に
　南方の野原では
　麻をうまずに女らが
　市までハタハタ舞っていく

III　穀旦于逝
　　越以鬷邁
　　視爾如荍
　　貽我握椒

　穀旦于に逝き
　越に以て鬷ぎ邁く
　爾を視ること荍の如し
　我に握椒を貽れ

　良き日はやがて過ぎゆき
　手に手を取ってわかれ行く
　「あふひのやうにかわいいお前
　俺にさんしょの実をおくれ」

荍 *Malva sylvestris* var. *mauritiana*. ゼニアオイ。アオイ科の二年草または多年草。葉は長柄があり、円形。淡紫色の花が咲く。和名は種子が昔の銭に似ていることによる。一名、錦葵・荊葵。

枌　　　　　　　　荍

1．草　東門之枌

枌 *Ulmus pumila*。ノニレ。ハルニレ。ニレ科の落葉高木。高さは約三〇メートル。山地に自生し、また、道や庭に植えて良い休息場所になる。唐風・山有枢[115]の楡と同じ。一名、白楡(はくゆ)。

栩 クヌギ。櫟と同じ。第一章―1鳥・晨風篇参照。

麻 タイマ。アサ。第二章―1草・丘中有麻篇参照。

椒 サンショウ。第二章2木・椒聊篇参照。

Ⅰ **東門** 舞踊などの行われる歓楽の場所として常用される語(鄭風・東門之墠)。都城の南門から出る道の東にあったらしい(陳風・宛丘)。都城の南門から出る道の東にあったという(水経注)。**宛丘** 陳国の丘の名で、歓楽の場所であったらしい(陳風・宛丘)。**子仲之子** 子仲は、人の姓氏。子は男と同じく大夫の姓とする説(毛伝)と、女を指すとする説(詩集伝)があるが、前説を採る方がⅢの興趣が深くなる。**婆姿** 衣の袖を翻して舞うさま。畳韻の語。

Ⅱ **穀旦** めでたく良い日がら。祭礼のある日をいう。穀は、良い意。**于** リズムを整える助辞。**差** 選ぶ。一行目は穀旦が主語なので、選ばれること。**南方之原** 南の方角の野原。東門に対する。また、宛丘のある方角である。原を子仲と同じく大夫の姓とする説(毛伝)は妥当でない。**績** 麻などの繊維を細かく裂き、縒って継ぎ足して糸を作る意。女性の労働である。**市** 大勢の人が集まって物品の売買・交易をする場所。南方の原にあって都城に近い所、つまり宛丘の付近にあったと考えられる。

Ⅲ **越以** 二つともリズムを整える助辞。**翩** ひとまとまりになる。**叢**(多くのものが一か所に集まる)と同系の語。**貽我握椒** 植物のプレゼントによって、男女が情つにまとまる)—**叢**(多くのものが一か所に集まる)と同系の語。**貽我握椒** 植物のプレゼントによって、男女が情を通じることの意思表示をする定型句(鄭風・溱洧、邶風・静女)。握椒は、一握りの山椒。山椒の実は多産、生殖のシンボルとして用いられる(唐風・椒聊)。

第二章 植物を詠み込む恋愛詩

踊りと恋の遊び

都城の周辺における歌垣的な祭礼を背景にした歌のようである。男と女の一団が踊りながら本舞台の方へ向かい、そこで恋の遊びが繰り広げられる。

形式は不規則ながら、場所を四つ、植物を五つ織り込み、スタンザが空間と時間の序列に従って展開する。

I―踊りの第一の舞台は、東門と宛丘という歌枕的な場所に設定される。子仲の子が導く男の一団は、東門に発し、宛丘に至る。

II―舞台が転換し、宛丘よりも更に南方の野原へ視点を移す。麻を績む労働を中止した女たちが、野原から市の方へ踊りつつ進んでくる。

III―都会的な若者たちと、田園の娘らは、やがて合流する。日の終わるまで踊り狂い、夜が来ると、各自意気投合して散って行く。最後の二行は、男の女に対する誘いの文句である。

植物は枌（ニレ）と栩（クヌギ）が男性的、麻（アサ）と椒（サンショウ）が女性的なイメージをもつように配され、場所は初めは東から南へ、次に南から東へ移動し、宛丘が本舞台となる。

東門之池（陳風 139）　　東門の池

I　東門之池　　　　東の門の池なら
　可以漚麻　　　　けっこう麻をひたせる
　彼美淑姫　　　　あのしとやかな娘なら
　可與晤歌　　　　與に晤歌すべし
　　　　　　　　　一緒に歌を歌へる

紵

1．草　東門之池

Ⅰ　東門之池　　　　　　東の門の池なら
　　可以漚紵　　　　　　以て紵を漚すべし
　　彼美淑姫　　　　　　彼の美なる淑姫
　　可與晤歌　　　　　　與に晤歌すべし

Ⅱ　東門之池　　　　　　東の門の池なら
　　可以漚紵　　　　　　以て紵を漚すべし
　　彼美淑姫　　　　　　彼の美なる淑姫
　　可與晤語　　　　　　與に晤語すべし

Ⅲ　東門之池　　　　　　東の門の池なら
　　可以漚菅　　　　　　以て菅を漚すべし
　　彼美淑姫　　　　　　彼の美なる淑姫
　　可與晤言　　　　　　與に晤言すべし

紵 *Boehmeria nivea var. tenacissima.* カラムシ。マオ。ラミー。イラクサ科の多年草。高さは一・五メートル。葉は先がとがる。夏に白い小花が咲く。古くから栽培され、皮の繊維で織物、魚網、紙などを作る。一名、苧麻。

菅 *Themeda gigantea.* イネ科のメガルガヤ属の多年草。稈の高さは二〜三メートル。夏から秋にかけて白い花を開く。茎を水にひたして、縄や草履の材料にする。小雅・白華[229]では白茅（ハクボウ）（チガヤ）とともに使われ、女性のイメージが取られる。

麻　タイマ。アサ。第二章―1草・丘中有麻篇参照。

Ⅰ **東門**　都城の東の門。一種の歌枕的な場所であり、恋歌を導入する常套語として用いられている（鄭風・東門之墠、陳風・東門之枌）。**漚**　草などを柔らかくするため、長く水中につけておく意。**彼美淑姫**　定型句（鄘風・桑中）。淑

第二章　植物を詠み込む恋愛詩

姫は、淑やかな高貴な女性。姫は、周の王室の姓から、貴婦人の意、または女性の美称に転じた（召南・何彼襛矣）。淑を叔（三番目の意）とするテキスト（釈文）に従って文字を変えるべきだとの説もあるが、姫のイメージを壊してしまう。

晤歌　向かい合って歌を歌う。
Ⅱ　**晤語**　面と向かって語り合う。語は対話の意。晤―語は頭韻かつ脚韻。
Ⅲ　**晤言**　向かい合って言う。言は、語に対して、一方的な発言をいう（吉川）。晤―言は頭韻。

淑やかな高貴の娘を思慕する恋歌

形式はパラダイム変換の基本詩形で、かつ、自然物と人間世界を並べるパラレリズム（平行法、対照法）を構成する。また、1と3の定リフレーン部に常套語、定型句を配するのは、詩の舞台の雰囲気――祝祭的、遊戯的な空間――を暗示させる効果がある。

水の中に繊維植物を浸すのは、固さを解きほぐし柔軟にするためであり、布や履物の材料にする前提である。この行為は、なじまぬものを矯めて自分の意のままに従わせ、やがて体に接触させるという象徴的な意味をこめている。

それは美しい高貴の女性――すらりと高い三つの植物のイメージとオーバーラップする――に話し掛けて、我が物にしたいという願望と平行する。

しかしaの語の配列は、精なるものから粗なるものへ（皆川）、体に着ける布の材料から足に履くものへと、程度を落とす逆漸層法である。b列も、情の深い言葉から浅い言葉へ（皆川）、音楽による融合から言語による伝達へと、これも程度を下げていく。両語群の照応関係から、高貴の女性に対する空しい高望みというテーマが読み取れる。もっとも、深刻な恋の告白といったものではなく、言葉遊び、ユーモアの感覚を見るべきであろう。

164

1 東門之池
2 可以漚[a]
3 彼美淑姫
4 可與晤[b]

b	a	
歌	麻	I
語	紵	II
言	菅	III

[補説] 古注は、淫らな殿様に賢い女をめあわせるのを望む詩とする。池の水に植物を浸すのは、賢女が君主を従順にさせることの比喩と見ている(鄭箋)。朱子新注は、陳風・東門之枌[137]などと同様、男女のデートを歌った詩で、植物を浸すという表現は、デートの場所で見た風景から興を起こしたのであるとする。亀井によると、麻は衣服の良材で、紵はこれに次ぎ、菅は最も下である。語は細々と情を述べ、言はただ言葉を継ぐだけであり、ともに語ることができても、まだ語るには至らず、ともに語ることができても、まだ歌うわけにはいかない。麻には晤歌で受け、紵には晤語で受け、菅には晤言で受けるのは、用韻の妙であるという。

1. 草　防有鵲巣

防有鵲巣 (陳風 142)　　かささぎの巣

I 防有鵲巣　　　　防に鵲 巣有り　　　　　　　土手の木陰にかささぎの巣
　邛有旨苕　　　　邛に旨苕 有り　　　　　　をかの辺りに旨いのゑんどう
　誰侜予美　　　　誰か予が美を侜す　　　　誰かに狙はれてるわが恋人
　心焉忉忉　　　　心焉に忉忉たり　　　　　心くよくよ思ひわづらふ

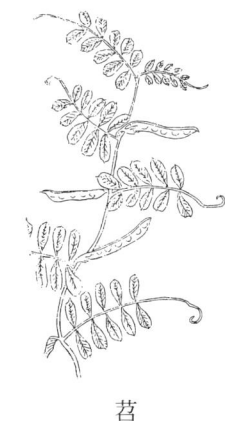

苕

第二章　植物を詠み込む恋愛詩

Ⅱ 中唐有甓

中唐に甓有り
邛に旨鷊有り
誰か予が美を俯す
心に惕惕たり

土手の道の中にしきがはら
かの辺りに旨いねぢばな
誰かに狙はれてるわが恋人
心びくびくをののき恐る

苕 *Vicia sativa*. オオカラスノエンドウ。マメ科のつる性の一、二年草。ヨーロッパ、西アジアの原産。カラスノエンドウに似、巻きひげがあり、他物に絡みつく。牧草として栽培される。一名、野豌豆・大巣菜。小雅・苕之華[233]の苕（ノウゼンカズラ）とは同名異物。

鷊 *Spiranthes sinensis* var. *amoena*. ネジバナ。モジズリ。ラン科の多年草。原野や湿地などに自生する。螺旋状にねじれたように多数の花をつける。一名、盤竜参・綬草。

鵲 カササギ。第一章―1鳥・鵲巣篇参照。

Ⅰ **防** 水をおさえるために築いた土手。**邛** 小高くした土盛り。防―唐と平行されている文脈から、自然にできた丘ではなく、人工的な土盛りと考えられる。**旨** 視覚的に美しいとする説もあるが、語の意味としては味覚の問題である。三行目の視覚的な美と対比されている。**俯** 欺く。だます。**予美** 美は美しい人の意。私の良き人。いとしいと思う恋人をいう言葉（唐風・葛生）。**焉** リズムを整える助辞。**切切** くよくよと思い悩んでふっきれないさま（斉風・甫田）。

Ⅱ **中唐** 唐中と同じ。唐は、堤の上の道のことで、塘と同じ。旧説では、堂または廟に通じる中庭の道。**甓** 地面などに敷き並べる平らな瓦。**惕惕** 大事が起こりはしないかと、びくびくするさま。

鷊

1．草　防有鵲巣

恋人を奪われる予感と危惧

パラダイム変換の形式に従うが、Ⅱの一行目だけやや変則である。「防有～／邛有～」という列挙法の句形は、「山有～／隰有～」という定型句（秦風・晨風）を利用し、後者の自然界でその場所にふさわしい物の存在とは正反対の意味、すなわち、その場所にふさわしくなくて危険にさらされる物の存在を表すと考えられる。邛は恐らく防と同様、人間界の物で、最初の二行は人間界と接触する自然物の危険を表している。Ⅱの一行目は、リズムの均衡が崩れ、唐甓もともに人工物である。

Ⅰ―堤防に作られた鵲の巣は、人間に発見されて取られる危険がある。家畜の好むカラスノエンドウが人家に近い土盛りの側に生えているのも、食べられる危険が大きい。これは恋人が第三者に奪われることの予告である。美しい人は植物のイメージにつながり、当然女性を指す。しかも味覚の良さが食欲につながるごとく、視覚的な美は性欲につながる。

Ⅱ―堤防の道の中に敷かれた瓦は、盗まれる危険が更に大きい。湿地ではない場所に生えた可憐な花をつけるネジバナは、家畜の餌になる公算が強い。以上の列挙表現も、恋人を奪われる危険の予告である。四行目の心理状態を描く擬態語の変換は、ますます危惧を増す段階へと進む。

[補説] 古注は、讒言を信じやすい宣公を心配する詩とする。それに対し、朱子新注は、男女の仲を誰かが裂こうとするのを憂える詩とする。恋愛詩とする説はほかにもあるが（ウェーリー、松本、田所）、最初の二行のいわゆる「興」の解釈には、従来定解がない。

澤陂 (陳風 145)

沢のつつみ

I
彼澤之陂　　彼の澤の陂に　　　　沢のつつみの岸に
有蒲與荷　　蒲と荷有り　　　　　がまとはちす生ひてあり
有美一人　　美なる一人有り　　　うるはしき乙女が一人
傷如之何　　傷むも之を如何せん　いたみ思へどすべもなし
寤寐無爲　　寤寐爲すこと無く　　日も夜もあらず遣る瀬なく
涕泗滂沱　　涕泗滂沱たり　　　　涙流れてとどまらぬ

II
彼澤之陂　　彼の澤の陂に　　　　沢のつつみの岸に
有蒲與蕑　　蒲と蕑有り　　　　　生ふはがまとふぢばかま
有美一人　　美なる一人有り　　　うるはしき乙女が一人
碩大且卷　　碩大にして且つ卷なり　腰は豊かになまめかし
寤寐無爲　　寤寐爲すこと無く　　日も夜もあらず遣る瀬なく
中心悁悁　　中心悁悁たり　　　　心結ぼれ晴れやらぬ

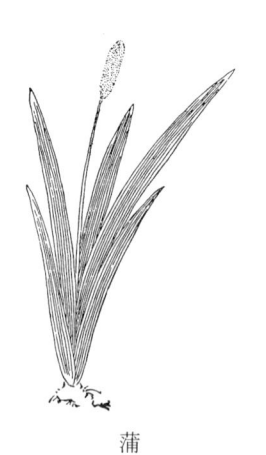

III
彼澤之陂　　彼の澤の陂に　　　　沢のつつみの岸に
有蒲菡萏　　蒲と菡萏有り　　　　がまと花咲くはちす
有美一人　　美なる一人有り　　　うるはしき乙女が一人

蒲

1．草　澤陂

碩大且儼　　碩大にして且つ儼なり　　腰は豊かに秀でたり
寤寐無爲　　寤寐爲すこと無く　　　　日も夜もあらず遣る瀬なく
輾轉伏枕　　輾轉枕に伏す　　　　　　まろびて枕に打ち伏しぬ

蒲　*Typha latifolia*. ガマ。ガマ科の多年草。池や沼に自生する。葉は長さが一メートル以上になる。地上茎は直立し、高さは一〜二メートルぐらい。地下茎は淡水中に生える。編んでむしろを製する。一名、香蒲。茎の白いところを蒲筍といい、食用とされた（大雅・韓奕[261]）。王風・揚之水[68]、小雅・魚藻[221]にも蒲が出ている。

荷　ハス。第二章—1草・山有扶蘇篇参照。

蘭　フジバカマ。第二章—1草・溱洧篇参照。

Ⅰ 陂　池や沼などの水をせき止めている斜めになった所。自然にできた堤防。**有美一人**　鄭風・野有蔓草と同一詩句で、女を指す。**如之何**　どうしたらよいか。どうしようもない。**寤寐**　寝ても覚めても（周南・関雎）。**涕泗**　涕は、目から垂れ落ちる涙。泗は、鼻水。**滂沱**　止めどなく流れるさま。

Ⅱ 碩大　肉付きがよく、ゆったりしている。女性の豊かな肉体を形容する語（唐風・椒聊）。**卷**　しなやかでうるわしいさま。女性の体の曲線美を形容する。一説に、鬈（斉風・盧令）と同じで、髪が美しいさま。**悁悁**　心が結ぼれるさま。

Ⅲ 菡萏　ハスの花。ハスは夏に淡紅色または白色の大輪の花を開く。畳韻の語。**儼**　きりっと整っているさま。女性の顔形の端麗さを形容する。この語は女性の容姿の形容語たりえないとする説もあるが、「儀状端好」の様子とする説（胡承珙）に従う。**輾轉**　寝返りを打つ（周南・関雎）。**伏**　うつ伏せになる。顔を下に向ける。

第二章　植物を詠み込む恋愛詩

恋の得られぬ懊悩

テーマと語彙は周南・関雎[1]と共通するものがある。ただし同篇が最後に成就する恋を描くのとはやや異なる。むしろ手の届かない高嶺の花を求める陳風の他の諸篇（宛丘[136]、東門之枌[137]、衡門[138]）と共通する。

形式は、Iの四行目だけを変えた、語のレベル、また文のレベルにおけるパラダイグムの変換形式である。IIIの一行目もやや変則で、変則（転調）部分にテーマが浮き彫りにされるのが通例である。

本詩では、植物を列挙することにより、女性のさまざまなイメージが提示される。蒲は一般的に背の高く沢や水辺における植物、または植物摘みの行為は、求愛の詩の常套的なモチーフである（鄭風・山有扶蘇[84]、同・溱洧[95]）。本詩では、植物を列挙することにより、女性のさまざまなイメージが提示される。蒲は一般的に背の高くしなやかな女性のイメージ、蓮は大柄でふくよかな女性のイメージ、フジバカマはかぐわしい女性のイメージである。

最終のスタンザで再び蓮に返り、この花のイメージの女性が求める意中の人であることが暗示される。

I〜IIIの6行目の懊悩を表現する文は、感情をあからさまに表す涙から、心に沈潜する憂いへ言い換え、最後に、感情を述べないで、枕に伏せる行為を述べることによって、かえって一層激しい苦悶を表している。

2．木

桃夭（とうよう）（周南 6）

I 桃之夭夭　　桃の夭夭たる
　灼灼其華　　灼灼（しゃくしゃく）たり其の華（はな）
　之子于歸　　之の子于（ここ）に歸（とつ）ぐ

桃は若やぎ
照り映える花
この子嫁いで

若桃

桃

2．木　桃夭

桃之夭夭　　桃の夭夭たる　　桃は若やぎ
灼灼其華　　灼灼たる其の華　　ふくよかな実 (?)

I 桃之夭夭　　桃の夭夭たる　　桃は若やぎ
有蕡其實　　蕡たる有り其の實　　ふくよかな実
之子于歸　　之の子干に歸ぐ　　この子嫁いで
宜其家室　　其の家室に宜しからん　　良き嫁たらん

II 桃之夭夭　　桃の夭夭たる　　桃は若やぎ
其葉蓁蓁　　其の葉蓁蓁たり　　生ひ茂れる葉
之子于歸　　之の子干に歸ぐ　　この子嫁いで
宜其家人　　其の家人に宜しからん　　良き主婦たらん

桃 *Prunus persica.* モモ。バラ科の落葉小高木。中国原産。高さは約三メートル。春、葉が生じる前に花が咲く。花は淡紅色で美しい。果実は毛がある種と、ない種がある。非常に古くから栽培され、品種が多い。詩経ではエロテイック・シンボルとして召南・何彼襛矣[24]、衛風・木瓜[64]、魏風・園有桃[109]でも用いられている。

I 夭夭 若くしなやかなさま。衛風・氓の「沃若」や、檜風・隰有萇楚の「沃沃」とほぼ同義。**灼灼** あかあかと燃えるように輝くさま。**之子于歸** 恋愛・結婚の詩でよく用いられる定型句（周南・漢広）。之子は、特定の人を親しく呼ぶ常套語。于は、リズムを調節する助辞。帰は、嫁ぐ意味で使われることが多い（周南・葛覃）。**室家** 配偶、夫婦

第二章　植物を詠み込む恋愛詩

のこと。場所で人を表す換喩の言葉で、細かく分ければ、室は妻、家は夫を指す（召南・行露、檜風・隰有萇楚）。

II 黃　はちきれそうに丸くふっくらとしたさま。

III 蓁蓁　枝葉が速やかに丸くふっくらして生い茂るさま。　家人　一家の人。

結婚する女性への祝福

果実がたくさん生る植物、または、果実がおいしい植物は、豊饒多産、あるいはエロティシズムの象徴として、恋愛詩のモチーフとなることがある。桃は李とともに召南・何彼襛矣[24]や衛風・木瓜[64]で用いられ、また、単独でも現れる（魏風・園有桃[109]）。そのほかに同様のモチーフとして梅（召南・摽有梅[20]）や山椒（唐風・椒聊[117]）がある。

本詩はまず桃を描き、それと平行して女性が描かれる。自然と人間を並べるパラレリズム（平行法）は、桃のイメージをそのまま女性にオーバーラップさせる。しかし固定的なイメージではなく、三つのスタンザの展開によって動的なイメージが与えられる。

パラディグムが変換されるのはa・bの箇所である。a列は文のレベルでの変換となっている。華→実→葉という植物体の部分をとらえた語の言い換えは、いうまでもなく時間の推移を暗示する。これと同様の手法は、王風・黍離[65]、檜風・隰有萇楚[148]にも見られる。本詩では、擬態語の言い換えも、女性の成熟していくイメージを浮かび上がらせる効果がある。そしてそれはb列における女性のとけこむ世界の範囲の拡大と照応し、同時に、桃のシンボル的な意味から来る、女性による多産と繁栄への期待がこめられているのである。

1 桃之夭夭

172

2. 木　摽有梅

2 [a]
3 之子于歸
4 宜其 [b]

	a	b
I	灼灼其華	宜室家
II	有蕡其實	家室
III	其葉蓁蓁	家人

[補注] 古注は、女性が結婚適齢期に達し、正しい時を選んで結婚するのも、妃のお蔭だといった解釈で、桃の花は容色の美しさ、実は徳のあること、葉は体の成熟にたとえるとする（毛伝）。

摽有梅（召南 20）　　　投げ梅

I　摽有梅　　　　　　摽つに梅有り　　　　投げるは梅の実
　其實七兮　　　　　其の實は七つ　　　　　手元に七つ
　求我庶士　　　　　我を求むる庶士　　　　男らよ　私がほしけりや
　迨其吉兮　　　　　其の吉に迨べ　　　　　良い日がらを外さずに

II　摽有梅　　　　　摽つに梅有り　　　　　投げるは梅の実
　其實三兮　　　　　其の實は三つ　　　　　手元に三つ
　求我庶士　　　　　我を求むる庶士　　　　男らよ　私がほしけりや
　迨其今兮　　　　　其の今に迨べ　　　　　今この日を外さずに

梅

第二章　植物を詠み込む恋愛詩

Ⅲ　摽有梅

摽有梅　　　　摽つに梅有り　　　投げるは梅の実
頃筐塈之　　　頃筐に塈きたり　　手かごがからっぽ
求我庶士　　　我を求むる庶士　　男らよ　私がほしけりや
迨其謂之　　　其の之を謂ふに迨べ　言葉をかけて　早く早く

梅　*Prunus mume*. ウメ。バラ科の落葉小高木。中国北部の原産。早春、葉に先立って花を開く。果実は球形で、酸味がある。食用、観賞用として、古代から栽培された。古代の植物のシンボリズムでは、桃・李・桑などとともに、エロティシズムや生殖と関係がある。梅の古字は某・楳で、腜（みごもる）・禖（子授け神）・媒（男女の縁結び）などの文字に使われるように、豊饒多産の観念と結びついている。陳風・墓門[141]でもこのシンボルが用いられている。
Ⅰ　摽　斜めにふわりと投げること、または、ひゅうと軽く打ち上げられる様子で、邶風・柏舟[26]の「寤辟有摽（寤めて辟つこと摽たる有り）」の転義。通説では「おちる」と読むが、採らない。**庶士**　多くの男たち。士は未婚の若い男。**迨其吉兮**　迨は、その時に間に合う、時期を外さない意。吉は、良い日柄。
Ⅲ　頃筐　へりが斜めになった、草などを入れるかご（周南・巻耳）。**塈**　既（つきる）と同義。取り尽くす。すっかり無くなる。数の変換においてはゼロに相当する。

結婚を急ぐ娘の戯れ歌

　果物を投げ与える行為は、女が男に結婚を申し込む意思表示である。衛風・木瓜[64]では、女が果物を投げ与え、男がそのお返しに佩玉を贈って、互いに愛の確認をすることが歌われている。投果は先秦時代に広く行われていた習

2．木　摽有梅

俗だったかどうかははっきりしないが（後世では証拠がある）、佩玉のプレゼントと似た象徴的意味をもつ恋愛遊戯の一つであったと考えられる。

本詩はパラダイグム変換の形式で進んでくるが、最後のスタンザとやや不規則になる。言い換え語は前のスタンザと性質の違った語にかわる。しかも「今」という軽快な感じを表す間拍子から「之」にかわる。これは言い換え語が動詞になるのと平行した現象である。

言葉の言い換えは、a列では、七→三→ゼロ（墍で示される）というぐあいに、数の減少を表す。b列では、「吉」は結婚の日取りとしてまだ余裕のある時間、「今」は今日明日にもという切迫した時間、「謂」は即刻その場でのプロポーズであり、儀礼も構っていられない一刻も猶予ならぬ時間が暗示されている。このように、結婚したい相手に投げ与える梅の実が次第に減っていく、つまり、多くの男たちに投げ与えたのに何の応答も返って来ない、ということと平行して、求愛の仕方がますますエスカレートしていく女性の慌てぶりが、ユーモラスに描かれた作品である。

1 摽有梅
2 其實[a]兮
3 求我庶士
4 迨其[b]兮

	a	b
I	七	吉
II	三	今
III	（墍）	（謂）

[補説]女が結婚を急ぐテーマを見るのは諸家一致しているが、解釈はまちまちである。毛伝は、梅の実が三つだけ落ちて七つ残っているのは、女の容色が盛んで、結婚適齢期であることを示し、その時に嫁さないと衰え始める。最後の章では、ぎりぎりの二十歳になると、もはや礼を待つ必要はない、といった解釈である。鄭箋では、年ではなく

175

第二章　植物を詠み込む恋愛詩

季節でとらえ、一章は婚姻の正時である春を過ぎ、二章では夏になり、三章ではもはや夏も遅くなったから奔ってもよい、と解しているようである。

聞一多は詩の背景について新説を打ち出した。彼によれば、季節祭の集会において、女が好きな男に果物を投げ、相手が同意すれば、結ばれて夫婦になる擲果という風習があり、本詩はその時に女たちが歌った歌であるという。恐らく妥当な説と思われるが、詩の分析に関しては納得し難いものがある。

何彼襛矣 (かひじょうい) （召南 24）

やまならしの花

Ⅰ 何彼襛矣　　　　　何ぞ彼の襛れるは　　　しげく咲くのは何の花？
　唐棣之華　　　　　唐棣の華（とうてい）　　やまならしの花
　曷不肅雝　　　　　曷ぞ肅雝ならずや（なんしゅくよう）　しづしづと行く車の主は？
　王姫之車　　　　　王姫の車（おうき）　　　王さまの姫君

Ⅱ 何彼襛矣　　　　　何ぞ彼の襛れるは　　　しげく咲くのは何の花？
　華如桃李　　　　　華は桃李の如し（とうり）　桃と李のそろひ咲き
　平王之孫　　　　　平王の孫　　　　　　　平王の孫娘
　齊侯之子　　　　　齊侯の子　　　　　　　斉侯の御曹司

Ⅲ 其釣維何　　　　　其の釣りするは維れ何ぞ（こ）　釣りの糸には何使ふ？

李

唐棣

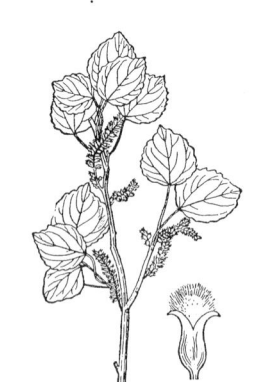

2．木　何彼襛矣

維絲維緄　維れ絲維れ緄（いとびん）　絹の糸　合はせ糸

齊侯之子　齊侯の子　斉侯の御曹司

平王之孫　平王の孫　平王の孫娘

唐棣　*Populus davidiana*. チョウセンヤマナラシ。ヤナギ科ヤマナラシ属の落葉高木。一名、山楊（さんよう）。春に赤褐色の円柱形の花穂をつける。葉は微風にも揺らいで鳴るので、高飛（こうひ）・独揺（どくよう）の異名がある。

李　*Prunus salicina*. スモモ。バラ科の落葉小高木。中国原産で、昔から栽培され、品種ははなはだ多い。果実は球形で、生食される。李は桃とともに、恋愛や婚姻の詩で常用される植物で、性や生殖、またはエロティシズムとつながるイメージをもつ。衛風・木瓜[64]や王風・丘中有麻[74]でも使われている。

桃　モモ。第二章—2木・桃夭篇参照。

I 何彼襛矣　襛は、盛んで濃厚なこと。この文は感嘆文ともとれるが、IIIと照らして、疑問文に訳す。**肅雝**　慎み深く、かつ和らいでいること。**王姫**　王室の姫姓の娘。周王の娘のこと。姫は周王室の姓であるが、美女の代名詞としても使われることがある（陳風・東門之池）。

II 華如桃李　「如桃李華」の倒置の文。一説に、如は形容詞につける接尾辞で、而・然と同じ（カールグレン）。桃はふつう淡紅色、あるいは濃紅色や白色の花をつけ、李は白色の花をつける。ともに春に咲く。桃・李は生殖の豊饒やエロティシズムとかかわる象徴的植物として使われることが多い（周南・桃夭、衛風・木瓜）。**平王**　東周一代目（西周から数えると十三代目）の王。**齊侯**　斉（山東省にあった諸侯国）と周は異姓で、通婚関係があった。

III 其釣維何　維は、リズムを調節する助辞。魚釣りは恋愛・婚姻の対象を獲得する隠喩として使われる（衛風・竹竿）。

第二章　植物を詠み込む恋愛詩

大きな魚は大きな対象に喩えられる（衛風・碩人、斉風・敝笱）。**縔**　絹糸をより合わせた釣り糸。

貴族の縁組の祝婚歌

各スタンザは、イメージや象徴を表す前半部（1・2）と、叙事の後半部（3・4）に分けられる。形式はやや不規則で、Ⅰ・Ⅱの前半部とⅡ・Ⅲの後半部が文のレベルのパラダイム変換（反復）でそれぞれ対になるが、Ⅰの後半部とⅢの前半部が孤立している。

Ⅰ—風に翻って反り返り、たおやかに誘うがごとく揺れるヤマナラシの花は、女性の濃艶な美のイメージを喚起する。また、葉の鳴らす音はヒロインを乗せた車の音のイメージとダブる。その人を直接に描かずに、車の中の高貴な女性を想像させるみごとな表現法である。

Ⅱ—イメージ・象徴が桃李にかわる。その淡紅と白を取り合わせた色のイメージが女性の華やかな美を浮き上がらせるだけでなく、花が最もよく茂るときに実が最も多いという桃李は、豊饒多産の象徴として将来の氏族の繁栄を予見し、最もふさわしい人物が婿に選ばれたことを祝福する。

Ⅲ—モチーフが植物から魚釣りにかわる。絹糸を縒り合わせて作った丈夫な釣り糸は大魚を釣るにふさわしい。その糸で斉侯の子は平王の孫という大魚を釣り上げた、めでたし、めでたしで詩を結ぶ。

柏舟（はくしゅう）（鄘風（ようふう）45）

ひのきの小舟

Ⅰ　汎彼柏舟　　　汎たる彼の柏舟（はくしゅう）　　浮かび漂ふひのきの小舟
　　在彼中河　　　彼の中河（ちゅうか）に在り　　　川の真ん中で当てもない

178

2．木　柏舟

髧彼兩髦　　　　　髧たる彼の兩髦　　　　豊かに垂れた前髪は
實維我儀　　　　　實に維れ我が儀なり　　　私の良人になるお方
之死矢靡它　　　　死に之くまで它靡しと矢ひしに　心変はりはせぬと誓つたに
母也天只　　　　　母よ天よ　　　　　　　お母様よ　神様よ
不諒人只　　　　　諒ならざる人なるかな　心のわからぬ人だつた

Ⅱ
汎彼柏舟　　　　　汎たる彼の柏舟　　　　浮かび漂ふひのきの小舟
在彼河側　　　　　彼の河側に在り　　　　川のふちで当てもない
髧彼兩髦　　　　　髧たる彼の兩髦　　　　豊かに垂れた前髪は
實維我特　　　　　實に維れ我が特なり　　私のたつた一人のお方
之死矢靡慝　　　　死に之くまで慝靡しと矢ひしに　隠し事をせぬと誓つたに
母也天只　　　　　母よ天よ　　　　　　　お母様よ　神様よ
不諒人只　　　　　諒ならざる人なるかな　心のわからぬ人だつた

柏　*Platycladus orientalis.* コノテガシワ。ヒノキ科の常緑小高木。中国の原産。枝が手のひらのように広がる。材質は堅い。一名、側柏。小雅では松とともに永遠性の象徴とされるが、本詩では邶風・柏舟[26]における大川に翻弄される小さな舟のモチーフを借りて、健気にも堅固さを守り通そうとする頼りない存在の象徴となる。なお「かしわ」は国訓である。

柏

第二章　植物を詠み込む恋愛詩

I 汎　広い水面にぷかぷかと浮かぶさま。ずっしりと垂れるさま。**兩髦**　左右に分けた前髪。未婚男子の髪型で、ここでは未婚男子の代称になっている。**儀**　髪が姿形がきちんと整っていて、好もしいと感じられること。ここでは、そのような人、良い人という意味。**之死**　死に至るまで。**靡它**　靡は、無。它は、他。変わったことがない、つまり、別の人に心を移すようなことがない意。**母也天**　女性にとって最も身近な存在である母と、運命を支配する絶対者（父にも等しい存在）としての天に対する呼掛けの句。也・只は、リズムを整える助辞。**不諒人只**　不諒は、はっきり分からないこと。「人を諒とせず」（人を信じない）と読む通説を採らない。

II 特　それ以外には考えられないただ一つの存在。掛け替えのない人の意。**靡愚**　隠し事、秘密がない。

破られた愛の誓い

少年期に互いに夫婦約束をした二人であったが、一方の心変わりを女性が恨み嘆いて歌った詩である。

七つの詩行をもつスタンザが、三か所におけるパラダイムを変換し、二回繰り返される。一つのスタンザの構造は、前半（1・2）と後半（3〜7）に大きく分かれ、後半は3〜5と残りの部分に分けられる。1・2における大川に漂う小舟のイメージ（邶風・柏舟[26]とも共通）が、3〜5の幸福から、6・7の暗転に対する予示となっている。

1　汎彼柏舟
2　在彼[a]
3　髧彼兩髦
4　實維我[b]

	a	b
I	中河	儀
II	河側	特

2．木　木瓜

パラディグム変換には、次のような意味がある。舟の位置を示す語（a列）は、中河→河側という空間移動でもって、不安定な航行を示し、それが女性（主人公）の頼りない心理の象徴となる。カップルとなるべき相手を示す語（b列）と、誓いの言葉の内容（c列）は、女性の相手に対する思い入れが、次第に濃厚になっていく言い換えである。最後の二行は一字も変えないリフレーン（定リフレーン）であるが、以上の言葉のテクニックが嘆きの深まりをいっそう推し進めている。

[補説] 古注は、衛の釐公（紀元前九世紀）の太子共伯が早世し、その許嫁である共姜が再婚を迫られるが、拒絶して誓いを述べる詩とする。しかし『史記』の記事によれば、早世とは言い難いので、この説は疑わしい。ウェーリーやカールグレンは、若い夫に捨てられた妻の嘆きの歌としている。この説は比較的妥当である。

	c
	靡它
	靡慝

5　之死矢［c］
6　母也天只
7　不諒人只

木瓜（衛風 64）　ぼけ

I　投我以木瓜　　　　　我に投ずるに木瓜を以てす　　　　　彼女が贈るぼけの実に
　　報之以瓊琚　　　　　之に報いるに瓊琚を以てす　　　　　帯玉のルビーがその返し
　　匪報也　　　　　　　報いるに匪ざる也　　　　　　　　　お礼の返しなんかぢやなく
　　永以爲好也　　　　　永く以て好を爲す也　　　　　　　　いついつまでも愛のしるしと

第二章　植物を詠み込む恋愛詩

Ⅱ　投我以木桃　　　我に投ずるに木桃を以てす　　　彼女が贈る桃の実に
　　報之以瓊瑤　　　之に報いるに瓊瑤(けいよう)を以てす　　　帯玉のサファイアがその返し
　　匪報也　　　　　報いるに匪ざる也　　　　　　お礼の返しなんかぢやなく
　　永以爲好也　　　永く以て好を爲す也　　　　　いついつまでも愛のしるしと

Ⅲ　投我以木李　　　我に投ずるに木李(ぼく)を以てす　　　彼女が贈るすももの実に
　　報之以瓊玖　　　之に報いるに瓊玖(けいきゅう)を以てす　　　帯玉のエメラルドがその返し
　　匪報也　　　　　報いるに匪ざる也　　　　　　お礼の返しなんかぢやなく
　　永以爲好也　　　永く以て好を爲す也　　　　　いついつまでも愛のしるしと

木瓜　*Chaenomeles speciosa*. ボケ。バラ科の落葉低木。中国の原産。高さは五〜一〇メートル。初夏に淡紅色の花をつけ、秋に長楕円形の暗黄色の実が生る。大きさは小瓜程度からこぶし大ぐらい。なお現在の中国では、木瓜はカリンのことで、ボケは貼梗海棠(ちょうこうかいどう)という。

桃　モモ。第二章—2木・桃夭篇参照。木桃の木はⅠの反復（変リフレーン）の関係で残っている字であるが、木桃・木李を木瓜と同類の別の植物と見る説もある。

李　スモモ。第二章—2木・何彼襛矣篇参照。

Ⅰ　**投**　手中に収まるように差し出す。投げ与える。**瓊琚**　瓊は、玉の色の美しさを表す語。琚は、佩玉(おびだま)・に用いられる玉の一種。佩玉のプレゼントは男が女に対して愛情や結婚の意思を示すための常套表現である（鄭風・

木瓜

2．木　木瓜

女曰雞鳴）。**好**　大事に可愛がること。愛すること（邶風・北風）。

Ⅱ　**瑤**　白く美しい玉で、佩玉を構成する宝石の一つ。

Ⅲ　**玖**　黒色の美しい宝石。

男女が物を贈り合って行う愛情の確認

女が果物を投げ与えることは求愛の行為であり（召南・摽有梅[20]）、男が佩玉を贈ることは承諾の行為である（鄭風・女曰雞鳴[82]）。

本詩は植物の名と佩玉の名を言い換えることにより、三つのスタンザへ展開する。亀井昭陽は旧説に従いながら、果実は次第に小さくなり、玉は次第に価値が重くなるという序列を見るが、果たしてどうか。木瓜のイメージは桃李に比して出てこない木瓜が常用語の桃李より先に提出されたのには意味があると考えられる。おそらく邶風・静女[42]の彤管（とうかん）（赤い笛）と荑（てい）（つばな）との関係のように、本音を吐露する前にまず相手の気を引いてみる呪物の役割であろう。男が愛を受け入れたあとに、いよいよ真意を象徴する桃と李を次々と与えることにより、愛を確かめ、契りをいっそう深くしていくのである。

[補説]　旧説では、異民族の難から衛国を救ってくれた斉の桓公の恩に報いようと歌った詩とあるが、朱子は歴史的な根拠がないと見て、男女贈答の詞と解した。当時としては斬新な解釈であったが、近年、聞一多が投果という古代の習俗を詩の背景に想定して以来、これが普通の説になってきた。

第二章　植物を詠み込む恋愛詩

將仲子（鄭風 76）　仲子さん

I
將仲子兮　　　　　將ふ仲子よ
無踰我里　　　　　我が里を踰ゆる無かれ
無折我樹杞　　　　我が樹ゑし杞を折る無かれ
豈敢愛之　　　　　豈へて之を愛まんや
畏我父母　　　　　我が父母を畏る
仲可懷也　　　　　仲も懷ふべき也
父母之言　　　　　父母の言も
亦可畏也　　　　　亦た畏るべき也

ねえお願ひ仲子さん
わたしの村を踏み越ゑて
わたしの柳を折っちやだめ
それが惜しいわけぢやなく
親に見つかるのが怖いだけ
仲さんも慕はしい方ですが
親のことばも
ほんとに怖いもの

II
將仲子兮　　　　　將ふ仲子よ
無踰我牆　　　　　我が牆を踰ゆる無かれ
無折我樹桑　　　　我が樹ゑし桑を折る無かれ
豈敢愛之　　　　　豈へて之を愛まんや
畏我諸兄　　　　　我が諸兄を畏る
仲可懷也　　　　　仲も懷ふべき也
諸兄之言　　　　　諸兄の言も
亦可畏也　　　　　亦た畏るべき也

ねえお願ひ仲子さん
わたしの垣根を踏み越ゑて
わたしの桑を折っちやだめ
それが惜しいわけぢやなく
兄弟に見つかるのが怖いだけ
仲さんも慕はしい方ですが
兄弟のことばも
ほんとに怖いもの

桑　　　　　　　　杞

2．木　將仲子

Ⅲ 將仲子

將仲子兮　　　　　將ふ仲子よ　　　　　　ねえお願ひ仲子さん
無踰我園　　　　　我が園を踰ゆる無かれ　　わたしの園を踏み越えて
無折我樹檀　　　　我が樹ゑし檀を折る無かれ　わたしの檀を折つちやだめ
豈敢愛之　　　　　豈敢へて之を愛まんや　　それが惜しいわけぢやなく
仲可懷也　　　　　仲も懷ふべき也　　　　　仲さんも慕はしい方ですが
畏人之多言　　　　人の多言を畏る　　　　　他人のうはさが怖いだけ
人之多言　　　　　人の多言も　　　　　　　他人のうはさ話も
亦可畏也　　　　　亦た畏るべき也　　　　　ほんとに怖いもの

杞 *Salix koriyanagi.* コリヤナギ。杞柳。ヤナギ科の落葉低木。粘り強くて、行李などを編むのに使われる。また、土を固めたり、造林などに利用される。小雅の四牡[162]、杕杜[169]、南山有台[172]などに出る杞（クコ）とは同名異物。

桑 *Morus alba.* 中国特産のクワ。マグワ。トウグワ。クワ科の落葉樹。高さは七メートル内外。葉は蚕の飼料になる。六、七月頃に紫または黒色の集合果を結び、味が甘い。鄘風・桑中[48]、衛風・氓[58]、魏風・汾沮洳[108]、同・十畝之間[111]、唐風・鴇羽[121]、秦風・車鄰[126]、同・黄鳥[131]、曹風・鳲鳩[152]、豳風・七月[154]、同・鴟鴞[155]、同・東山[156]にも出ている。

檀 *Pteroceltis tatarinowii.* ニレ科の落葉高木。青檀。中国北部の特産。材質が堅く、建築や農具などの用材になる。魏風・伐檀[112]では車輪の用材として使われている。なお和訓の「まゆみ」は誤用である。

檀

第二章　植物を詠み込む恋愛詩

I　將　請うの意。「さあどうぞ」と願望を表すことば。　仲子　男の名。ただし本名ではなく、親愛をこめて呼んだニックネーム（仲は兄弟の序列の二番目）である。恋人を呼ぶ「伯」や「叔」と同類の常套語と考えられる（衛風・伯兮）。　懷　胸の内に思いを抱く。大切に思って慕う（王風・揚之水）。　言　とやかく言うこと。小言や噂。
II　牆　石や土で築いた塀。　諸兄　同世代に属する年長の者。兄弟だけでなく従兄弟も含む。
III　園　周りを囲った庭園。果樹や野菜を植えた所。

拒絶と見せかけて逆に誘惑を唆す恋の駆け引き

形式はIII／7の小さな不規則を除けば、パラダイグム変換の定型に従っている。

パラダイグム表のa列は、男が侵入する場所を表す語であり、そのシークエンスが空間移動を暗示する。Iでの「里を越えるな、杞を折るな」という禁止は、IIでは「牆を越えるな、桑を折るな」という禁止にかわり、暗黙のうちに里を越え、杞を折るという違犯が犯されているのがわかる。IIIでも同様で、男は抵抗を冒して突き進み、女は拒絶しながら許していく。

b列の語については、ヒロイン自身が植えた植物であることが明示されているように、強靭で物の役に立つ大事な植物が女のガードの隠喩になっているが、女にとってガードを固守するよりは第三者の目が気になるという弁解は、結局男にガードを突破する勇気を与えるだけである。

c列の語群は、明らかに身内から他人へと範囲が拡大することを示し、恋人が家に接近するのと平行して見つかる危険性も増大するが、かえって緊張感が恋人たちをいっそうスリリングにさせるのである。

　1　將仲子分
　2　無踰我[a]

186

2．木　有女同車

有女同車（鄭風 83）　　**同じ車で**

I 有女同車　　　女有りて車を同じくす　　同じ車で出かけた女
　顔如舜華　　　顔は舜　華の如し　　　　むくげのやうに紅い顔
　將翱將翔　　　將た翱し將た翔す　　　　小鳥のやうに飛びはねる
　佩玉瓊琚　　　佩玉は瓊琚　　　　　　　帯に下げてる赤い玉
　彼美孟姜　　　彼の美なる孟姜は　　　　この美しい孟姜さんは

	a	b	c
I	里	杞	父母
II	牆	桑	諸兄
III	園	檀	（人）

3 無折我樹 [b]
4 豈敢愛之
5 畏我 [c]
6 仲可懷也
7 [c]之言
8 亦可畏也

[補説] 古注の歴史主義的解釈から脱却して、新注（朱子集伝）が「淫奔者」の詩としたのは革新であるが、これを受け継いで恋愛詩と見るほとんどの注釈家が、誘惑に負けず貞節を守る女性の詩ととらえたのは、詩の読み取り（というよりは心理の読み取り）において、鈍感だったというほかはない。

パラダイムの変換に関しては、里→牆→園は仲子が次第に家に迫ることを表し、父母→諸兄→人は範囲が次第に広くなることを表す。これについてはすでに皆川や亀井などが指摘している。

舜

187

第二章　植物を詠み込む恋愛詩

洵美且都　洵(まこと)に美にして且(か)つ都(と)なり　美しい上にも雅やか

II 有女同行
　有女同行　女有りて行を同じくす
　顔如舜英　顔は舜(しゅんえい)英の如し
　将翱将翔　将(まさ)に翱(こう)し将に翔す
　佩玉将将　佩玉将将(そうそう)たり
　彼美孟姜　彼の美なる孟姜は
　徳音不忘　徳音(とくいん)忘れず

　　　　　同じ道行き遊んだ女
　　　　　むくげのやうに紅い顔
　　　　　小鳥のやうに飛びはねる
　　　　　帯玉がちりんと鳴った
　　　　　この美しい孟姜さんは
　　　　　優しい言葉が忘られぬ

舜　蕣(しゅん)に同じ。*Hibiscus syriacus*、ムクゲ。木槿(もっきん)。アオイ科の落葉低木。中国原産。庭木として植栽される。淡紅色または白色の花が咲く。女のピンクの差した(または白色の)顔の直喩となる。後世では、短命や栄華のはかなさの象徴に用いられる。

I 将翱将翔　鄭風・女曰雞鳴にもある定型句。鳥が飛び回るように、潑剌と飛び跳ねて駆けることをいう。佩玉　いろいろの玉をつないで帯に掛けるアクセサリー。国風では、男が女に対する愛情の印としてそれを贈り物にする表現が多い(王風・丘中有麻)。瓊琚　佩玉を構成する宝石の一つ。衛風・木瓜では、男から女へのプレゼントに用いられている。彼美孟姜　特別の女性に思いを寄せることを表す定型句(陳風・衡門)。洵美且都　「洵〜且〜」は、累加を示す文法形式。都は、都会的である。垢抜けしている。邶風・静女の「洵美且異」と類似の句。

2．木　有女同車

Ⅱ行　道。道を行くこと。同車・同行は恋愛詩の常套語（邶風・北風）。英　はな。全体の中の一枚の花を指すとする説（皆川）もあるが、華→英は押韻のための言い換えと見てよい。將將　金属が触れ合うときの音の擬音語。鏘鏘と同じ。徳音不忘　男が女に与える愛情の持続を表す定型句（豳風・狼跋）。徳音は、愛のこもった優しい言葉。

野外でのデートの喜び

　舜（蕣(しゅん)）という詩経では一度しか出てこない植物を除けば、他はほとんど常套語句を共有する詩はすべて恋愛詩である。本篇ではそれらの詩の文脈を移しつつ、かつ言葉の変換に面白みを狙っている。パラディグムはⅠ・Ⅱの四行目が品詞の点でやや不規則であるが、Ⅰ・Ⅱの六行目は「徳音不忘」が破格になっていて、この最末詩行の一句にテーマが凝集されている。

Ⅰ—女の容貌・姿態の描写。男からプレゼントされた佩玉を腰に帯び、小鳥のように跳ね回る少女のイメージが、一転して「都」と表現される。ムクゲの淡紅色と佩玉の赤色の連想から都会的な美が導き出されるのである。

Ⅱ—可憐で涼しげなムクゲの花のイメージと、嬉しさで飛び跳ねる少女の佩玉のさわやかに澄んだ音色とが照応し、その音声の連想から「徳音」という言葉が導かれる。男から与えられた佩玉によって暗示される愛が、女にとって忘れられない「徳音」なのである。

[補説]　朱子新注が古注を覆し、「淫奔者」の詩として以来、恋愛詩と見るのはほぼ定説になっている。

園有桃（魏風 109） 園の桃の木

I
園有桃　　　園に桃有り　　　　　　　　園の桃の木
其實之殽　　其の實を之れ殽ふ　　　　　食ふと実は甘い
心之憂矣　　心の憂ひ　　　　　　　　　心憂へて
我歌且謠　　我歌ひ且つ謠はん　　　　　歌でも歌はう
不我知者　　我を知らざる者は　　　　　訳知らぬ人はわたしに
謂我士也驕　我に士や驕ると謂ふ　　　　「男は勝手なものよ」と言ふ
彼人是哉　　彼の人の是れなる哉　　　　あの人がさうだった
子曰何其　　子は何ぞやと曰ふ　　　　　「どういふ訳なの」とあなたは問ふ
心之憂矣　　心の憂ひ　　　　　　　　　心の憂ひは
其誰知之　　其れ誰か之を知らんや　　　その訳を誰が知らう
其誰知之　　其れ誰か之を知らんや　　　その訳を誰が知らう
蓋亦勿思　　蓋し亦た思ふ勿からん　　　もう思ふまい思ふまい

II
園有棘　　　園に棘 有り　　　　　　　園のなつめの木
其實之食　　其の實を之れ食らふ　　　　食ふと実は酸っぱい
心之憂矣　　心の憂ひ　　　　　　　　　心憂へて
聊以行國　　聊か以て國に行かん　　　　国に帰らう

棘

2．木　園有桃

不我知者　　　　我を知らざる者は　　　　　訳知らぬ人はわたしに
謂我士也罔極　　我に士や極 罔しと謂ふ　　　「男心は定めないもの」と言ふ
彼人是哉　　　　彼の人の是れなる哉　　　　　あの人がさうだった
子曰何其　　　　子は何ぞやと曰ふ　　　　　　「どういふ訳なの」とあなたは問ふ
心之憂矣　　　　心の憂ひ　　　　　　　　　　心の憂ひは
其誰知之　　　　其れ誰か之を知らんや　　　　その訳を誰が知らう
其誰知之　　　　其れ誰か之を知らんや　　　　その訳を誰が知らう
蓋亦勿思　　　　蓋し亦た思ふ勿からん　　　　もう思ふまい思ふまい

棘 *Ziziphus jujuba* var. *spinosus*. サネブトナツメ。酸棗(さんそう)。クロウメモドキ科の落葉低木。ナツメの野生種。高さは一〜三メートル。ナツメより小さな果実が生るが、味が酸っぱくて食用にはならない。とげのある木の総称ともなり、悪木の代表ともされる。邶風・凱風(がいふう)、陳風・墓門[141]では悪木のイメージ、唐風・鴇羽(ほう)[121]、同・葛生[124]、秦風・黄鳥[131]では荒涼たる風景を造形するモチーフとして使われる。

桃 モモ。第二章―2木・周南・桃夭篇参照。

I 殽 おかずとして食膳に並べた料理、また、それを食べる意。**心之憂矣** 衛風・有狐などにもある定型句。**我歌且謠** 憂いや悲しみを紛らすために歌を歌う（召南・江有汜）。分けて言えば、歌は、楽器に合わせて歌う、謠は、伴奏なしで歌う。**謂我士也罔** 「士

第二章　植物を詠み込む恋愛詩

というものは一般に驕り高ぶるものだ」と、私に言う。通説では、「我を士や驕ると謂ふ」（私を士のくせにそよそよしい感じを表っていると言う）と読む。**彼人是哉**　「彼人」は特定の人物（夫）を指す。「人」は一般化してよそよそしい感じを表す言い方（王風・黍離）。**子曰何其**　いったいどういうことなのかと、あなたは問う。「子」は王風・黍離の「我を知る者」に当たり、身近な人を指す。其は、リズムを整える助辞。

II 聊以行國　他国に嫁いでいる女性が里に帰りたいと願うことをいう。聊は、とりあえずの意で、それほど強くない願望を表すことば。通説では、憂いを晴らすために国（都）の中を散歩しようという意味に取る。「国を去る」、つまりこの国を立ち去ってよその国に行こうと解する説（陳奐）もある。**士也罔極**　男というものはしっかりしたしんがない、の意。衛風・氓にある定型句をそのまま借用し、捨てられた女の嘆きというテーマを暗示させる。

男の愛を失った女の嘆き

形式は前半六行が変リフレーン部、後半六行が定リフレーン部で、この形式と詩句の一部は王風・黍離[65]と似ている。したがってテーマも同じだが、破局的な心情よりは、無理に孤独の世界に自分を閉じ込めようとすることに主眼がある。しかも、「我を知る者」が憂いの原因がわからず、「我を知らざる者」がかえって真相をうがつというパラドックス、にもかかわらず誰にも訳を知らないと否定する矛盾は、単純でない心理を示す。

Ⅰの桃は食膳に載せる旨い果物。桃はエロティシズムとかかわり（衛風・木瓜[64]）、植物の実を食べる行為は性欲の隠喩となる常套的表現である（衛風・氓[58]）。1・2で提示されたイメージが、3・4で逆転し、甘い果実と相反する現実が立ち現れる。

Ⅱではそれを受けて、甘い桃から酸っぱいサネブトナツメに言い換えることによって、歌によっては癒し難いことから、国に帰ろうという激情がはっきりと提示される。それにともない、c列では、苦痛の現実世界のイメージ

2．木　園有桃

り、d列では、憂いの原因が結婚にまつわることが定型句で暗示される。

1 園有[a]
2 其實之[b]
3 心之憂矣
4 [c]
5 不我知者
6 謂我士也[d]

	I	II
a	桃	棘
b	殽	食
c	我歌且謠	聊以行國
d	驕	罔極

本詩は意図的にテーマが隠されているように見える。唯一の解読の手掛かりは、わずかな常套語句である。「士や極罔し」が本歌取りだとわかれば、あとは無理なくテーマと詩意をつかむことができる。

[補説] 本詩が憂いをテーマとすることは明白だが、言語の表面的な意味からは、どんな憂いであるかは捉えにくい。古注は、けちくさい政治のため、国が傾いていくのを見る大夫の憂いとする。その場合、最初の二行は、国に民があれば用いることができるが、今やその能力のない政治であることに喩えたという解釈らしい。たいていの注釈家の解釈は、古注と似たり寄ったりである。聞一多だけは、政治のレベルで捉えないで、本詩を家室（つまり夫婦）の楽しみのないのを悼んだ詩とする。この解釈は、植物の実を食う行為を、家室を成すことの隠喩とする点で、説得力がある。

第二章　植物を詠み込む恋愛詩

椒聊（唐風 117）　さんしょう

I
椒聊之實　　椒聊の實　　　　　さんせうの房なす實は
蕃衍盈升　　蕃衍して升に盈つ　たわわに實り枡に一杯
彼其之子　　彼の其の子　　　　私のいとしいあの子は
碩大無朋　　碩大にして朋 無し　腰の豐かさ人一倍
椒聊且　　　椒聊よ　　　　　　さんせうよ
遠條且　　　遠き條よ　　　　　どこまでも伸びる枝よ

II
椒聊之實　　椒聊の實　　　　　さんせうの房なす實は
蕃衍盈匊　　蕃衍して匊に盈つ　たわわに實り兩手一杯
彼其之子　　彼の其の子　　　　私のいとしいあの子は
碩大且篤　　碩大にして且つ篤し　腰も豐かにかつねんごろ
椒聊且　　　椒聊よ　　　　　　さんせうよ
遠條且　　　遠き條よ　　　　　どこまでも伸びる枝よ

椒　*Zanthoxylum bungeanum*. トウザンショウ。カホクザンショウ。ミカン科サンショウ屬の落葉低木。一名、秦椒・花椒。葉と果實に強い香氣がある。房をなして實る果實は、成熟すると、黑光りする種子が彈ける。人の目玉に似た種子は椒目といい、藥用にする（本草綱目）。豐饒多産のシンボルとして陳風・東門之枌[137]でも用いられている。

椒

2．木　椒聊

植物と女性の豊饒を讃える祝婚歌

I **椒聊**　リズムの関係で、椒に接尾語をつけ、同韻の複音節語にしたもの。蟲斯（周南・螽斯）と同例（亀井）。**蕃衍**　はびこり、増える。**升**　容積を量る器。**彼其之子**　特定の人、特に恋人を意味する定型句（曹風・候人）。ここでは女の恋人を指す。**碩大**　肉付きよく、ゆったりしている意。「碩人」（衛風・碩人）の碩と同様、ふくよかな女性の肉体を形容する。**無朋**　比べる者がいない意。朋は、ペアをなして並ぶ者。**遠條且**　長く伸びた枝。且は、リズムを整える助辞。植物の繁茂する枝や葉は、愛で覆うことの隠喩表現（唐風・杕杜）。

II **匊**　両方の手のひらをくぼめて、すくい取るだけの容量。掬（すくう）と同系の語。昔の計量では、一掬はほぼ二升に当たるという（安井）。升は匊よりも多いという説と、変わらないという説とがある。**篤**　よく行き届いて手厚い。

形式は1・2と3・4が自然／人間のパラレリズム（平行法、対照法）を構成する。後に付け足されたリフレーン部（5・6）が、前の自然に掛かるのは、周南・麟之趾[三]と同例だが、自然と人間のイメージを重ねてオーバーラップさせるのを強調する効果がある。

1　椒聊之實
2　蕃衍盈[a]
3　彼其之子
4　碩大[b]
5　椒聊且
6　遠條且

	a	b
I	升	匊
II	無朋	且篤

第二章　植物を詠み込む恋愛詩

山椒はその実の繁殖ぶり、人の黒い瞳に似て、時期が来るとひとりでに生まれ出る種子、また、香気と辛味の鋭さから、邪気を避け、出産の予後に用いる薬とされた（名医別録）。恐らく早い頃から、子孫の繁栄を祝し、安産を祈るマジカルな植物と見なされたと考えられる。漢代、皇后の宮殿の壁に山椒の実を塗り込み、これを椒房と称したが、多子を祈るという意味があった。本詩では、豊饒多産のイメージをもつ山椒の実と、肉付きの豊かな女性が並列され、生殖と円満な和合をもたらす女性を祝福する。

［補説］古注は、直前にある唐風・揚之水［116］と同じ文脈で本詩を捉え、桓叔（晋の昭公の叔父）の政治がよく治まって、子孫が繁昌するのを歌った詩とする。歴史主義的解法を排除すれば、単に男を褒め称えた詩と見ることもできるし、女性の求愛の歌（ウェーリー）と見ることもできる。しかし「彼其之子」を女性とすると見ることもできる。彼によれば、本詩は、婦人が子に恵まれるのを喜ぶ詩で、実の多い椒類は女性の比喩であり、また、女性は豊満が美とされたので碩といい、篤（肥大の意）というのである、と。

綢繆（唐風 118）　びっしり絡めて

I

綢繆束薪　　　　束薪を綢繆す　　　　びっしり絡めて束ねた薪
三星在天　　　　三星天に在り　　　　三つ星は中天に差し掛かる
今夕何夕　　　　今夕は何の夕ぞ　　　今宵は何の夜かしら
見此良人　　　　此の良人を見る　　　優しい人に会へたのは
子兮子兮　　　　子よ子よ　　　　　　ああ　あなた　あなた
如此良人何　　　此の良人を如何せん　言ひやうもない優しい方

2．木　綢繆

II 綢繆束芻　　　　　綢繆　束芻を綢繆す　　　　　びっしり絡めて束ねたまぐさ
　三星在隅　　　　　　　　　三星　隅に在り　　　　　　　三つ星は家の軒からのぞく
　今夕何夕　　　　　　　　　今夕は何の夕ぞ　　　　　　　今宵は何の夜かしら
　見此邂逅　　　　　　　　　此の邂逅を見る　　　　　　　二人のばったりめぐり会ひ
　子兮子兮　　　　　　　　　子よ子よ　　　　　　　　　　ああ　あなた　あなた
　如此邂逅何　　　　　　　　此の邂逅を如何せん　　　　　言ひやうもないめぐり会ひ

III 綢繆束楚　　　　　　　　束楚を綢繆す　　　　　　　　びっしり絡めて束ねたいばら
　三星在戸　　　　　　　　　三星　戸に在り　　　　　　　三つ星は門の前からのぞく
　今夕何夕　　　　　　　　　今夕は何の夕ぞ　　　　　　　今宵は何の夜かしら
　見此粲者　　　　　　　　　此の粲者を見る　　　　　　　輝く人に会へたのは
　子兮子兮　　　　　　　　　子よ子よ　　　　　　　　　　ああ　お前　お前
　如此粲者何　　　　　　　　此の粲者を如何せん　　　　　言ひやうもなく輝く人

楚　*Vitex negundo* var. *cannabifolia*．ニンジンボク。クマツヅラ科の落葉低木、または小高木。中国原産。高さは約三メートル。葉が朝鮮人参と似る。茎は堅い。古代、枝を刑罰用のむちに用いた。一名、荊・牡荊。棘（サネブトナツメ）とともにイメージの悪い木とされる。周南・漢広[9]、王風・揚之水[68]、鄭風・揚之水[92]、秦風・黄鳥[131]にも出る。なお「いばら」は国訓である。

第二章　植物を詠み込む恋愛詩

I **綢繆** 隙間なく紐を絡めて縛る。畳韻の語。**束薪** 束ねたたきぎ。一本一本に切り離された植物を束ねて一つにまとめることは、結合、合体の隠喩として用いられる常套的表現（周南・漢広、王風・揚之水）。**三星** オリオン座の三つ星。参ともいう。この星と地平線の角度は、古くから時刻を推定する目安となった。一説に、三星を心星、すなわち、蠍座のアンタレスとする（鄭箋、詩集伝）。一説に、愛情関係において良い意。女がその愛人を呼ぶ言葉である。**子兮子兮** 子は、親しみをこめて相手を呼ぶ語。男も女も指しうる。**如此良人何** この良人をどうしたらよいか。どうしようもないほどに嬉しくてたまらないということを、疑問形で表現したもの。**粲** （くっきりと輝くさ分は、間拍子。一説に、「子兮」を感嘆の語とし、「ああ」と読む（毛伝、王引之など）が、採らない。

II **束芻** 芻は、藁や干し草。**邂逅** 思いがけなく出会うこと。双声の語。見ず知らずの人同士が偶然に出会うというよりは、別れ別れになった二人が、さまざまな経緯を経て、ばったり出会うというニュアンスを含む（鄭風・野有蔓草）。**隅** 家の角（竹添、余冠英）。一説では、「在天」は空の東方、「在隅」は空の東南の隅を指すとする（毛伝）。

III **粲者** 美しく輝く人。女を指す。粲は、白い光が四方に散る意を含み、鮮やかで美しい意。**燦** （くっきりと輝くさま）と同系の語。

再会した男女の愛の昂揚

詩句の構成は、象徴（1）、叙景（2）、叙事（3・4）、抒情（5・6）と、多彩である。象徴の第一詩句は、他のどれとも文体上のつながりがなく孤立しているが、全体のテーマの提前部となっている。結合を意味する「束〜」という常套語に、「綢繆」という響きのよい畳韻語をかぶせ、固く密着して離れない男女の愛を予示するのである。後の詩行では、それの具体的な描写はなく、ただ感嘆の言葉だけであるが、読者は冒頭にさかのぼることによって、それの具体的なテーマをつかむのである。このような手法は、国風で常用される（例えば、召南・行露[17]）。叙景の第二詩句は、以

2．木　綢繆

下の叙事、抒情を導入するための時間の造形である。

詩は三種類のパラダイムの変換で三つのスタンザに展開する。a列の合体のシンボリズムは、植物を一般（薪）からディテール（芻、楚）へ変えることにより、結合の一層の深まりを強める。b列の語群のシークェンスは、夜の時間の経過を、星と観測者の位置で暗示する、時間的＝空間的遠近法である。これら二つのレトリックが後の抒情を高め、互いに相手を呼ぶ言葉が、やや抑えた「良人」から、最後に感極まった「粲者」に至るのである。

1　綢繆束[a]
2　三星在[b]
3　今夕何夕
4　見此[c]
5　子兮子兮
6　如此[c]何

	a	b	c
Ⅰ	薪	天	良人
Ⅱ	芻	隅	邂逅
Ⅲ	楚	戸	粲者

なお、b列のパラダイム変換に関して、朱子集伝では、三星が初めは東の方に、次に東南に、終わりに南の方に移動したとする。また、竹添は、三星が初めは中天にかかり、次にやや傾いて家の角の方向に見え、最後に西に垂れて門の辺りに見えるとする。竹添の説が妥当である。

[補説] この詩を婚姻と関係させて説くのは諸家一致している。毛伝は、結婚の時期が来て、男が三人の女を得た喜びを歌うと解するようである。カールグレンもこの説に従うが、粲を「三人の女」と取るのに無理がある。朱子新注は、夫婦がやっと結ばれたのを喜ぶ詩で、Ⅰは夫が妻に、Ⅱは二人で、Ⅲは妻が夫に語る詞とする。ほかに、「花燭の詩」（姚際恒）、新婚の楽しみ（余冠英）、新婚の男女をからかう戯れ歌（陳子展）などとする説もある。

第二章　植物を詠み込む恋愛詩

有杕之杜（ゆうていしと）（唐風 123）　　まめなし

I
有杕之杜　　杕たる杜有り　　　　　枝振りのよいまめなしは
生于道左　　道の左に生ず　　　　　道のそばに生ひ茂る
彼君子兮　　彼の君子よ　　　　　　恋しい恋しい背の君よ
噬肯適我　　噬に肯へて我に適け　　ねえお願ひ　私の許へ
中心好之　　中心之を好めり　　　　心底好きでたまらない
曷飲食之　　曷もて之に飲食せしめん　貴方にごちそうあげたいの

II
有杕之杜　　杕たる杜有り　　　　　枝振りのよいまめなしは
生于道周　　道の周に生ず　　　　　道のかどに生ひ茂る
彼君子兮　　彼の君子よ　　　　　　恋しい恋しい背の君よ
噬肯來遊　　噬に肯へて來り遊べ　　ねえお願ひ　遊びに来て
中心好之　　中心之を好めり　　　　心底好きでたまらない
曷飲食之　　曷もて之に飲食せしめん　貴方にごちそうあげたいの

杜　*Pyrus betulifolia*. マンシュウマメナシ。バラ科ナシ属の落葉高木。山麓や路傍に自生する。高さは四～一〇メートル。樹皮は灰褐色で、葉の周辺に鋸歯がある。果実は球形。一名、棠梨・杜梨。召南・甘棠[16]の棠と同じであるが、昔の説によると、実の甘くて食えるものを棠（甘棠、白棠）、渋くて食えないものを杜（赤棠）と区別するとい

杜

200

2．朴　有杕之杜

う（本草綱目）。本詩のシンボリズムでは、実は問題ではなく、こんもりした枝振りが焦点になる。なお、日本ではかつてズミ（コリンゴ）やオオズミ（ヤマナシ）に当てられた。

I **有杕之杜**　唐風・杕杜[119]、小雅・杕杜[169]にもある定型句。杕は、枝葉を大きく伸ばして生い茂るさま。**噬**

肯適我　噬は、「逝」と表記するテキスト（韓詩）に従い、「逝将去女」（魏風・碩鼠）の例と同様、リズムを整える助辞と見る。肯は、うんと肯いて。心の中で承知しての意。適は、まともに向かう。まっすぐに行く（鄭風・緇衣）。

好　大事にかわいがる。愛する（邶風・北風）。**曷飲食之**　何でもって彼にごちそうしましょうか。曷は、何を以ての意（安井）。あるいは、「何不」と同じで、「なんぞ之に飲食せざる」と読む説（王念孫）もある。飲食は、性欲の隠喩として、国風の常套的表現である（王風・丘中有麻、鄭風・狡童）。

II **周**　ぐるぐる回って入った所。この意味は、「曲」（毛伝）や、「周繞迂回する所」（亀井）とともに、文脈で捉えた意味であって、必ずしも辞書的な意味ではない。周は左よりも片寄った場所であることを示す（亀井）。**來遊**　來は、情を通じる意図をもって来るというニュアンスを帯びる常套語（邶風・終風、王風・丘中有麻、鄭風・子衿）。來遊は適我よりも親密な関係を暗示する（亀井）。

女性の積極的な求愛

第一句は唐風・杕杜（てぃと）[119]の「有杕之杜／其葉菁菁（せいせい）（杕たる杜有り、其の葉菁菁たり）」（II）の本歌取りと考えられる。ただし、マメナシのシンボリズムは、同篇では「有杕之杜／其葉湑湑（しょしょ）（杕たる杜有り、其の葉湑湑たり）」（I）、「有杕之杜／其葉菁菁（杕たる杜有り、其の葉菁菁たり）」（II）の広い意味での愛による庇護であるが、本篇では異性の愛、すなわち、その下で身を寄せるにふさわしい、あるいは優しく庇って抱いてくれる男の愛である。第二句はその愛の成立する場所——人目につかない所——のイメージが設

第二章 植物を詠み込む恋愛詩

定される。このように、第一・二句の植物モチーフは二つの機能がある。第一・二句の象徴による暗示から一転して、第三・四句では、恋人への積極的な呼び掛けとなる。Ⅰ→Ⅱへのパラディグムの変換も、「まっすぐに行く」から「遊びに来る」へ変わり、誘い方が強くなる。更に第五・六句の定リフレーン部では、「好」と「食」という恋愛詩の常套語でもって、愛情の告白と、セックスの欲求を表現し、求愛の仕方が一層エスカレートする。

[補説] 古注は、晋の武公を風刺する詩とする。賢者を招いて政権を安定させるべきであるのに、それをしない武公はまるで杜のように孤立しているといった解釈をしている(鄭箋)。朱子新注は、歴史主義的解釈を取らず、賢を好む人が自分に賢者を招くだけの資格があるかどうかを心配する詩と解する。近代になって、聞一多が肯綮に当たる説を打ち出した。牡を杜、牡を棠とする『爾雅』の説を用い、「杖之杜」を孤独の女性の象徴と見る。女性が先ず自分の居る場所の謎かけをし、次に相手に意思を伝える。飲食は性交の隠語とする。以上の諸説を含めて、ほとんどの注釈者が、杖を一本だけ生えているさまを表す擬態語と取って、説を立てている。しかし召南・甘棠[16]と同じく、樹木の繁茂に象徴を取ると解したい。

鄭風の一連の恋愛詩に劣らず、古代女性の熱烈な感情のほとばしりを覚えさせる歌である。

車鄰（秦風126）

車りんりん

Ⅰ 有車鄰鄰　　車有り鄰鄰たり　　車の輪の音りんりんと
　有馬白顚　　馬有り白き顚（いただき）　　白い額の馬が来る
　未見君子　　未だ君子を見ず　　背の君まだ見えぬころ

2．木　車鄰

寺人之令　　寺人に之れ令す　　小者にお迎へ申しつく

II
阪有漆　　阪に漆 有り　　坂にあるのはうるしの木
隰有栗　　隰に栗 有り　　沢にあるのはくりの木
既見君子　　既に君子を見る　　背の君にお会ひした今
並坐鼓瑟　　並び坐して瑟を鼓す　　肩を並べて琴を弾く
今者不樂　　今者樂しまざれば　　「今このとき楽しまないと
逝者其耋　　逝者其れ耋いん　　いつの間にやら老けちまふ」

III
阪有桑　　阪に桑有り　　坂にあるのはくわの木
隰有楊　　隰に楊 有り　　沢にあるのはやなぎの木
既見君子　　既に君子を見る　　背の君にお会ひした今
並坐鼓簧　　並び坐して簧を鼓す　　肩を並べて笛を吹く
今者不樂　　今者樂しまざれば　　「今このとき楽しまないと
逝者其亡　　逝者其れ亡びん　　いつの間にやら死んじまふ」

漆　*Rhus verniciflua*．ウルシ。ウルシ科の落葉高木。中国原産。山野に自生する。また、古代から栽培された。樹皮は灰白色。木に触れると皮膚がかぶれる。樹液は器の塗料に利用される。鄘風・定之方中 [50]、唐風・山有枢 [115] にも出ている。

栗

漆

第二章　植物を詠み込む恋愛詩

栗　*Castanea mollissima*。中国原産のクリ。チュウゴクグリ。ブナ科の落葉高木。高さは一五〜二〇メートルに達する。山野に自生し、また、栽培される。果実は食用。一名、板栗。廊風・定之方中[50]、鄭風・東門之墠[89]、唐風・山有枢[115]、豳風・東山[156]にも出ている。

桑　クワ。トウグワ。第二章—2木・将仲子篇参照。

楊　ネコヤナギ。第二章—2木・東門之楊篇参照。

馬　ウマ。第二章—1草・巻耳篇参照。

Ⅰ鄰鄰　連なり続く車輪の響きを表す擬音語、または擬態語。轔轔と書くテキスト（魯詩）もある。**未見君子**　次のスタンザの「既見君子」と呼応し、恋愛詩で常用される定型句（秦風・晨風）。会いたい人に待たされる緊張感と、会えたときの安堵感を浮き上がらせる手法である。**寺人之令**　寺人は、雑用を取り仕切る者。本来、寺は庶務を扱う役所で、寺人はその役人をいう。之は、リズムを整える助辞。令は、上の者が下の者に告げる。伝令する意。

Ⅱ阪有漆隰有栗　「山有〜／隰有〜」という定型句の異型（秦風・晨風）。その場所にふさわしい物の存在を表す。隰は湿地の意で、湿（うるおう）と同系の語。ほとんど同じ詩句が唐風・山有枢にも見える。**瑟**　大琴。五十弦ないし二十五弦の大型の琴。周南・関雎に既出。**今者**　現在。者は、時間を表す語につける接尾辞。**逝者**　過ぎ行く時間。ここでは過去ではなく、未来に向けて言う。この上なく老いる意。

Ⅲ簧　吹奏楽器の舌。特に、笙を指す（王風・君子陽陽）。吹くとき舌を振動させるので、鼓という動詞を用いてある。**亡**　在るものが存在しなくなる、この世から消滅する意。簧から亡への変換は、言葉がいっそう激しくなる（亀井）。

204

2．木　車鄰

恋人の訪れの喜び。しばしの逢瀬に精一杯楽しもうと歌う歌

恋愛や婚姻の詩にかかわる定型句とモチーフが織り込まれるのに特徴があるが、Ⅱ・Ⅲの最後の二行で、唐風・蟋蟀[114]と唐風・山有枢[115]のような、快楽追求のテーマが転調形式は、Ⅱ・Ⅲで転調して、パラダイム変換の定型を取り入れる（召南・行露[17]、陳風・衡門[138]などと同型）。前後にリズム、情調、意味の上で、断絶があるのが通例である。本詩では、「未見君子〜/既見君子〜」という定型句が前後に分割されるのも、それにあずかって効果を表す。この定型句は普通「〜」の箇所に抒情句が入るが（召南・草虫[14]）、本詩の場合は、叙事句がそれに替わる。しかし叙事句の中におのずから気分を含ませることができるのも、定型句の効果である。

Ⅰ—恋愛、婚姻の詩のモチーフの一つである車と馬から導入して、恋人の到来を告げる。檻檻（王風・大車[73]）とは違った擬音語で形容される車輪の音の軽快さ、頭部に白を点ずる馬の特色ある姿——聴覚と視覚によって動きを描く表現法である。ところが恋人がなかなか姿を現さないので、従者に命じて見に走らせる。今か今かと待ちあぐねるもどかしさ、そわそわして落ち着かぬ気分が、よく表れている。

Ⅱ・Ⅲ—場面が転換する。最初の象徴的な二行が、先ほどの緊張とは異質の融和の気分を暗示し、四句目の「並び坐す」場面への予示となる。求愛の詩のモチーフでもある瑟と簧が和合の気分を醸し出す（周南・関雎[1]、王風・君子陽陽[67]）。最後の二行では、音楽を媒介にして快楽追求のモチーフへ転じるが、わずかな時間を惜しむということで、恋愛の雰囲気を高める効果を狙うのである。

[補注] 古注と朱子新注は、寺人という語に重きを置き、秦の君主が寺人の官を創始したのを国民が褒め称えた歌とする。その説によると、第一スタンザは、立派な車馬（これも秦君の制定した功績とされる）でやって来た人たちが、秦君に会う前に寺人に取り次ぎを申し入れるという意味になる。

第二章　植物を詠み込む恋愛詩

終南（秦風130）

終南の山

I
終南何有　　終南何か有る　　終南の山に何がある
有條有梅　　條有り梅有り　　ざぼんと　ゆづりは
君子至止　　君子至る　　　　殿方は来た　私の許へ
錦衣狐裘　　錦衣狐裘　　　　錦の衣に　きつねの毛皮
顔如渥丹　　顔は渥丹の如し　艶やかな赤ら顔
其君也哉　　其れ君なる哉　　ほんとに貴公子さま

II
終南何有　　終南何か有る　　終南の山に何がある
有紀有堂　　紀有り堂有り　　だるま丘と御殿の山
君子至止　　君子至る　　　　殿方は来た　私の許へ
黻衣繡裳　　黻衣繡裳　　　　青黒の衣に　刺繡のもすそ
佩玉將將　　佩玉將將たり　　帯玉はさらさらと鳴る
壽考不亡　　壽考まで亡れず　嬉しいお言葉忘られぬ

歴史主義派以外の説では、宴楽、饗宴の詩（目加田、松本）、または、婚姻、恋愛の詩（ウェーリー、カールグレン）などがある。カールグレンによれば、鄭風・有女同車[83]などと同じく、恋の道行きをテーマとするという。しかしこの説は、音楽を奏する場面がやや不自然である。

梅

條

206

2．木　終南

條 木の名。山楸（キササゲに似た木）とする説と、柚と同じとする説があるが、後説に従いたい。柚は、ブンタン。ザボン。ミカン科の常緑小高木。中国南部で栽培される。果実は大きく、芳香がある。一名、朱欒。*Citrus grandis*.

梅 ウメとは別種の木の名。枏（楠）と同じ。*Daphniphyllum macropodum*. ユズリハ。ユズリハ科の常緑高木。暖地に生える。新葉が出た後に旧葉が落ちる。一名、交譲木。なお、柚・枏ともに南方系の植物であり、終南にはないものであるから、條も梅も枝の意に取るべきだとの説（王船山）もあるが、終南の名物だった可能性もある。

狐 キツネ。第一章―2獣・有狐篇参照。

Ⅰ 終南　西安市の南に東西に横たわる山脈の名。**君子至止** 待ち遠しい人がやって来ることを意味する定型句。止はリズムを整える助辞。小雅・庭燎[182]同・瞻彼洛矣[213]にも見える。**錦衣狐裘** 錦で作った上着と、狐のわき下の白い毛を集めて作った衣服。ともに高級の衣類。**渥丹** つやつやした赤色の土。渥は、潤い、光沢がある意。「顔如渥丹」は「赫如渥赭（赫きこと渥赭の如し）」（邶風・簡分）とほぼ同義で、男の顔の美しさを形容する。**君** 殿様、あるいは貴公子然としている意。「洵直且侯（洵に直くして且つ侯なり）」（鄭風・羔裘）の侯と同じ用法。

Ⅱ 紀　基（山のふもとの意）とする説（毛伝）もあるが、屺と書くテキストに従い、上部がむっくりと盛り上がった小山の意に取りたい（皆川）。**堂** 四方が高く上が平らな堂の形に似た山（竹添）。一説に、両側が堂のように平らになった道（毛伝）。なお、前のスタンザに照らし合わせると、紀・堂も植物の名であるべきで、杞・棠の仮借とする説（王引之）もある。しかしこのような合理主義的な読み換えには従い難い。紀・堂は終南の名所になったのであろう。**黻衣繡裳** 青と黒の糸で刺繡した上着と、いろいろな色模様を刺繡した裳（スカート状の着物）。「袞衣繡裳」（豳風・九罭）と類似の句。**佩玉將將** 鄭風・有女同車にも見える定型句。佩玉は、ともに高級の衣類。「袞衣繡裳」（豳風・九罭）と類似の句。が大きい（竹添）。佩玉は、ともに高級の衣類の宝石。將將は、爽やかに鳴る金石の音を表す擬音語。**壽考不亡** 「德音不忘」（鄭風・有女

第二章　植物を詠み込む恋愛詩

同車）や「其徳不爽／壽考不忘（其の徳爽はず、壽考まで忘れず）」（小雅・蓼蕭）を踏まえた定型句。壽考は、長く久しい時の意。「徳音」は国風では常に愛情のある言葉を意味する。通説では、長生きを祝する詩句とされる。なお、亡は諸本では忘に作る。

素晴らしい相手から愛を得た喜び

1・2の詩句は、恋愛詩でよく用いられる「山有〜／隰有〜」という定型句の異型と考えられる。その場所にふさわしい物の存在を意味し、恐らく終南の名物・名所が、恋をする二人の関係の妥当を比喩する。3の詩句も、「既見君子」という定型句の異型と考えられ、会う前の体験を前提として、会った後の感情の放出を効果的に表す手法である。ただし本詩では、相手の素晴らしさの描写に終始し、最後の一行で初めて感情をあらわにする。以上のほかにも、恋愛詩の常套句、あるいは借用句（引用）で多く構成されている。

1　終南何有
2［ a ］
3　君子至止
4［ b ］
5［ c ］
6［ d ］

	I	II
a	有條有梅	有紀有堂
b	錦衣狐裘	黻衣繡裳
c	顏如渥丹	佩玉將將
d	其君也哉	壽考不亡

形式は1・3の定リフレーン以外のすべての詩行において、文のレベルのパラディグム変換で二つのスタンザへ進

208

2．木　東門之楊

東門之楊（陳風140）　東門のやなぎ

I　東門之楊　　東門の楊　　　　東の門のやなぎの木
　其葉牂牂　　其の葉牂牂たり　　葉は美しく生ひ茂る
　昏以爲期　　昏を以て期と爲す　日暮れに会ふと契つたが
　明星煌煌　　明星　煌煌たり　　いま明星は光り出す

II　東門之楊　　東門の楊　　　　東の門のやなぎの木
　其葉肺肺　　其の葉肺肺たり　　葉はこんもりと生ひ茂る

める。ただし最終行だけ主語が作者に変わる。ここにテーマの集中がある。

b列では、専ら高貴な服装について述べ、Iでは上半身に焦点を合わせ、その視点がc—Iの顔の描写につながる。IIでは下半身に視点が移り、c—IIの帯玉を導く。帯玉は男から女に対して承諾のこもった告白となる。Iでは上体に焦点を合わせ、その視点がc—Iの顔の描写につながる（鄭風・有女同車[83]、斉風・著[98]）。暗に男の意思表示を期待しつつ、最終行の感情のこもった告白となる。衣裳の描写では、色彩にも注意すべきである。Iでは白と赤の対比、IIでは青と黒、刺繍と佩玉の多彩な色の反射がある。もっともc—IIでは聴覚的なイメージに転じ、d—IIの裏に含まれた音声（つまり言葉）への連想に重心が移っていく。

[補説] 古注・新注以来、君主を讃える詩と見るのが通説で、恋愛詩とする解釈は従来なかったようである。しかし定型句や常套語の使用は、他の恋愛詩の文脈を予想していると思われるから、筆者はあえて恋愛詩と解したい。

楊

第二章　植物を詠み込む恋愛詩

昏以爲期　　昏を以て期と爲す　　日暮れに会ふと契つたが
明星晢晢　　明星晢晢たり　　　　いま明星はくつきり光る

楊 *Salix gracilistyla*. ネコヤナギ。カワヤナギ。ヤナギ科の落葉低木。山野の水辺に叢生し、高さは○・五〜二メートル。若枝に軟毛がある。早春、葉に先立って花が咲く。斉風・東方未明[100]の柳（シダレヤナギ）とは別で、枝が上に揚がり、葉は長楕円形を呈する。和名は花穂を猫の尾に見立てたもの。楊は秦風・車鄰[126]、小雅・南山有台[172]などにも出る。

I **東門**　都城の東の門。恋歌の歌枕的な場所（陳風・東門之池）。**䣙䣙**　葉が美しく生い茂るさま。**昏**　日暮れ。たそがれ。**期**　時と場所を決める約束。デート。**明星**　金星。明けの明星に用いられた例（鄭風・女曰雞鳴）もあるが、本詩では宵の明星を指す。**煌煌**　光り輝くさま。
II **肺肺**　こんもりと茂り広がるさま。肺は芾（草木がこんもりと茂るさま）―沛（水が勢いよく広がるさま）などと同系の語。**晢晢**　すっきりと明るく輝くさま。

恋人を待つ待ち遠しさ

本詩は叙景句（1・2・4）と叙事句（3）だけで構成され、抒情句はないが、擬態語の変換の技巧が、「一日不見／如三月兮（一日見ざれば、三月の如し）」（王風・采葛[72]）のような抒情句に代わって、わずかな時間の推移を長く感じる心理を暗示させる。
3を中心にして、1・2はそれより前の情景、4は後の情景である。a列の語は、樹木の葉の状態が、次第に繁茂

2．木　東門之楊

を加えることにより、たそがれの陰翳が深まっていくことを描く。一方は次第に暗くなり、他方は逆に明るくなるという対比が、時間の推移を暗示し、同時に、待ち遠しく思う恋心が表現される。

1 東門之楊
2 其葉［a］
3 昏以爲期
4 明星［b］

	a	b
I	牂牂	煌煌
II	肺肺	晢晢

明星を明けの明星と解する説（朱子新注）では、時間の経過があまりにも明白に示されるから、微妙な時間の意識と、待つ緊張感が失われてしまう。

［補説］古注は、婚姻と関係づけて解釈する。それによると、前半（1・2）は婚姻のシーズンが過ぎ去ること、後半（3・4）は約束の時刻が過ぎ去ることを表し、暮れを期して親迎の礼（男が女を迎えに行く儀礼）をする男が、他意ある女にすっぽかされると解する。朱子は単に男女のあいびきの歌としている。

パラダイグム変換に関しては、皆川と亀井の説がある。亀井によると、四つの擬態語の配列に順序があるという。夕暮れの景色の描写として（aの列）、肺肺（はいはい）は牂牂（そうそう）よりも暗くなった頃であり、星の光の描写として（bの列）、晢晢（せいせい）は煌煌（こうこう）よりも明るい状態である。

211

第二章　植物を詠み込む恋愛詩

隰有萇楚（檜風148）

しゅうゆうちょうそ

さるなし

隰有萇楚
猗儺其枝
夭之沃沃
樂子之無知

I 隰有萇楚
　猗儺其枝
　夭之沃沃
　樂子之無知

II 隰有萇楚
　猗儺其華
　夭之沃沃
　樂子之無家

III 隰有萇楚
　猗儺其實
　夭之沃沃
　樂子之無室

隰に萇楚有り
猗儺たる其の枝
夭くして沃沃たり
子の知無きを樂しむ

隰に萇楚有り
猗儺たる其の華
夭くして沃沃たり
子の家無きを樂しむ

隰に萇楚有り
猗儺たる其の實
夭くして沃沃たり
子の室無きを樂しむ

沢の中のさるなしの
なよなよと柔らかい枝
みづみづしく若いお前に
恋人のないのが嬉しくて

沢の中のさるなしの
なよなよとしなやかな花
みづみづしく若いお前に
連れ合ひのないのが嬉しくて

沢の中のさるなしの
なよなよとふくよかな実
みづみづしく若いお前に
連れ合ひのないのが嬉しくて

萇楚　*Actinidia chinensis*。シナサルナシ。オニマタタビ。マタタビ科のつる性木本。中国原産。つるは柔弱で長く延び、他の木などに絡みつく。花は白色。果実（キウイ・フルーツ）は褐色の毛に覆われ、甘味と酸味があって食べ

萇楚

212

2．木　隰有萇楚

I 隰　湿地。沢の意（衛風・氓）。猗儺　なよなよとしたさま。婀娜と同じ。畳韻の語。夭之沃沃　夭は、しなやかで若い意。之は、リズムを整える助辞。沃沃は、若くて美しいさま。婀娜と同じ。畳韻の語。夭夭（周南・桃夭）と同系の語。子　相手を親しげに呼ぶ称。「之子」という場合も多い。ここでは、若い娘を指す。夭夭（周南・桃夭）と同系の語。萇楚を指すとする説（集伝）もある。知　付き合う異性の相手。動詞として読むと、異性を知る意（衛風・芄蘭）。「匹」という訓（鄭箋）はやや飛躍であるが、性で捉えたのはよい。知覚、知識の意味に取る説（集伝）には従えない。

II 家　鄭箋に「夫婦室家の道」とあるように、家と室は夫と妻の換喩として用いられる（召南・行露）。ただし本詩では、家・室ともに夫である。

生娘に対する恋歌

次第に色気づいていくが、まだ異性を知らない少女のあどけなさに、無上の喜びを感じつつ、恋の芽生えを期待する。

形式は国風の基本詩形である。パラダイムの変換語は周南・桃夭[6]と共通するものがある。ただ、同篇では、華→實のあとに葉を続けて、植物の成長過程の描写を完結させるが、本篇では、つる性の植物の枝（つる）から起こし、成長過程の途中で止めている。これは少女がまだ結婚するには至らない時間の暗示だからである。

1　隰有萇楚
2　猗儺其［a］

られる。一名、獼猴桃（びこうとう）。

I
II
III

第二章　植物を詠み込む恋愛詩

3 夭之沃沃
4 樂子之無[b]

a	b
枝	知
華	家
實	室

1・2／3・4は自然と人間の事象を並べるパラレリズム（平行法、対照法）であるが、3の形容句は微妙である。主語がはっきりしない。しかし植物のイメージがそのまま人間のイメージに転化し、融合していると考えてよい。藤本類の植物が他の植物などに絡みつく現象は、詩経では愛の象徴として常用されている（周南・樛木[4]、唐風・葛生[124]）。反対に、つるが延びて、まだ絡みつく対象を得ないことは、求愛の不首尾や願望の象徴となる（周南・葛覃[2]、王風・葛藟[71]）。本篇では、この象徴は、異性を知らない、あるいは、恋に目覚めていないことを意味する。

a列のパラダイムは、植物の細部を時間の軸に並べて、次第に成長していく過程を表現する。これらの変換語に順序があることを指摘したのは亀井と竹添である。

b列では、知（異性との接触）から、家・室（配偶者）へと、性の対象を具体化させる。知は一般的な言い方であって、Iだけでは意味が限定されないが、家↓室と語が換わることによって、家・室の比喩的な意味を受け入れ、さかのぼって知が特殊な意味に限定されるのである。詩の読み方は往復運動が必要である。

[補説] 古注は、従順な枝をもち、みだりに他の木に絡みつかない萇楚のように、若いとき情欲に囚われないでいたいものだということを歌うことにより、逆に淫らな君主を非難した詩と解する（鄭箋）。朱子新注は、悪政の下で、人々がその苦しさに耐えかね、知覚も係累もない草木を羨む歌とする。近代になって、聞一多、ウェーリー、カールグレンらは恋愛詩と見ているが、新しいところで余冠英、陳子展は、かえって朱子の説に近いようである。

214

1．詩経の動植物概説

第三章　詩経の動植物とシンボリズム

1．詩経の動植物概説

詩経に出てくる動物・植物の名を江戸時代の茅原定(ちはらてい)の都合二八一語挙げている（詩経名物集成）。もっとも清の徐鼎(じょてい)は

草―九八語　　木―六六語　　鳥―四五語　　獣―二七語　　虫―二六語　　魚―一九語

草―一八八語　　木―五四語　　鳥―三八語　　獣―二九語　　虫―二七語　　魚―一九語

の都合二五五語としており（毛詩名物図説）、数え方に少し揺れがある。それにしても詩経三百五篇中、七、八割がたの詩に平均一つの動植物（しかもバラエティに富む）が詠み込まれている率になり、後世の詩と比較しても頻度が高いことは疑いない。

詩経の動植物名は古語・廃語が多いため、歴史的な跡付けや、現代の学問への同定はかなり困難な面がある。本書で筆者が試みた同定は最新の学問の成果を利用したとはいえ、未解決のものも少なしとしない。この方面の専門的な研究は、古い伝統があるわりには、近代科学の成立以後ははなはだ振るわない。戦後、青木正児は名物学の重要性を唱えたことがあるが、途中で絶えたのは遺憾である。その物の名が現在の何であるかを知ることは、詩経の詩の解釈を左右する場合もあるくらいであるが、従来看過されている。動植物を詠み込むことは単なる叙景・叙事なのではな

第三章　詩経の動植物とシンボリズム

く、自然と人間の間の深い認識とかかわっているのである。詩のレトリックの大部分を占める「興」は、このような認識に基礎を置いていると言える。動植物のシンボリズムを調べることは、物を通して見た中国人の精神史の一局面を明らかにすることにもなる。

詩経の詩人たちの自然観は、傍観するもの、鑑賞するものとして、自然があるのではなく、人間との関係において自然はある。だからと言って、自然―人間を何ら結節のない一連の存在と見るアニミスティックな見方でもなく、自然と人間は異なった存在の仕方をしているという基本的な観点に立って、なおかつ自然と人間は無縁のものではなく密接なつながりがあると見る。詩経の詩人たちは、異なった二つの存在の間に類似性を発見したとき、無上の喜びを感じ、リリシズムを触発させたのである。動植物は自然と人間との間のメタファーを媒介するものであった。メタファーは一度切れた自然と人間を結びつけるだけでなく、やはり切れていたということをもう一度再確認する場合もあった。紀元前十一世紀～七世紀の中国人は決して自然に浸りきっていたのではなく、醒めた眼をもっていたのである。

一　魚

魚は第一に性愛のシンボルとなるものであった。その代表が鮊（ほう）である。日本ではタイ、ナヨシ、マナガツオ、カガミウオ、オシキウオなどさまざまな訓が与えられたが、海魚ではなく淡水魚である。コイ科の魚は中国では実にバラエティに富み、我が国には産しない珍しい魚が多い。詩経に登場するのは鮊（トガリヒラウオ）のほかに、鯉（コイ）、鰥（かん）（ボウウオ）、鱮（しょ）（シタメ）、鱒（そん）（カワアカメ）などがある。これらはすべて美味な魚であり、愛の対象のメタファー、エロティック・シンボルとして用いられる。味覚と性欲が共感覚メタファーとなるのは普遍的のようである。「食べる」や「飢える」という表現も詩経の恋歌の常套語である。

1．詩経の動植物概説　——魚

魚は恋愛詩に用いられる前に豊饒多産というシンボルがある。このシンボルが恋愛と生殖につながると考えられる。生殖に重点を置くと、子孫繁栄を祝福するモチーフとなり、祭祀や饗宴の場に歌われる詩に魚を食べる行為が描かれる。魚は饗宴詩では広い意味での和合・調和のシンボルとなっている。小雅・魚麗[170]では鮊と鯉のほかに、鱨（コウライギギ）、鯊（カマツカ）、鱧（ライギョ）、鰋（ナマズ）が登場する。

結婚を祝福する魚もある。大きさが数メートルにも達する大魚で、遡河性があり、また、淡水産もある。現在も黄河や長江などに産する。陝西省の黄河の支流の竜門を登ると竜になると伝えられるのは本来チョウザメであって鯉ではない。一定の季節に骨板を逆立てて河を遡る大魚の姿は竜にふさわしい。衛風・碩人[57]における大国間の婚姻の成立のことほぎというテーマは、チョウザメの美味、多産、長寿のイメージが与っている。

古代中国人の観察眼は鋭く、チョウザメが水底にじっとする習性も知っていたらしい。小雅・四月[204]に「鱣に匪ず鮪に匪ず／潜んで淵に逃る」と歌われ、乱に遭った孤独者が困難や危険から逃れるチョウザメをうらやむ。一般に魚は社会の無秩序から自由になれない人間存在のアンチテーゼとなる。例えば小雅・鶴鳴[184]では「魚は潜んで淵に在り／或は渚に在り」と歌う。逆に淵に跳ね躍る魚が平和のシンボルとなるのは当然である。例えば大雅・旱麓[239]で「鳶は飛んで天に戻る／魚は淵に躍る」とか、大雅・霊台[242]で「王は霊沼に在り／ああ牣ちて魚躍る」と歌っている。もっとも小雅・正月[192]に「魚は沼に在り／亦た克く楽しむに匪ず」とあるように、沼の中の魚が身の置き所のない人間のメタファーとして用いられることもある。

そのほか川の幸の一つである鰷（カワイワシ）（周頌・潜[281]）、魚ではないが、美味な水産物として食膳に供された鼈（シナスッポン）（小雅・六月[177]、大雅・韓奕[261]）などがある。

第三章　詩経の動植物とシンボリズム

二―虫

　昆虫による比喩はなかなか奇抜なものが多い。衛風・碩人[57]で女性の美貌を描いたスタンザがある。まずチガヤの穂にたとえられる手から始まり、獣の脂肪の肌、蝤蠐（シュウセイ）（テッポウムシ）の首筋、ユウガオの種子の歯、螓（セミの一種）の額、蛾（ガ）の眉という具合に、肢体から上体へと進めていって、女性の美を浮かび上がらせる。植物、動物を交互に配した中で、三つの昆虫を用いているが、特にカミキリムシの幼虫のテッポウムシに女性の首との類似性を発見したことははなはだ斬新奇抜であり、鮮烈なイメージを作り出している。蝤蠐を従来のようにスクモムシ、すなわちコガネムシの幼虫のジムシに当てては、比喩が台無しになる。昆虫による直喩・隠喩は、単に女性美の形容に止まらず、近寄り難い聖性、神秘性のイメージも含蓄されている。

　ここにおける虫のイメージは、見慣れたものとはいっても、何かおぞましい感じが付きまとっているように思われる。一歩進めると、グロテスクになる。グロテスクなイメージを与えられるのが、ガマやヘビなどである。邶風・新台[43]ではヒキガエルが醜女の隠喩として使われている。第一、二スタンザで魚／鴻に見合って戚施（せきし）燕婉（えんえん）（美女の提喩）と籧篨（きょじょ）（でこぼこの竹かご、すなわち醜女の隠喩）が対比され、第三スタンザで魚／鴻に見合って戚施（ヒキガエル）を出し、醜女の程度をさらに落とすユーモアで締めくくる。無生物の隠喩から生物の隠喩に切り換えるところに面白さがある。戚施を背の曲がった人とする通説は、人を虫でたとえたことになり、味わいがない。人を虫でたとえたからこそ、落語のような落ちが効いて、戯れ歌を面白くするのである。詩人はステレオタイプ化していない隠喩を発見することに命をかけるものである。

　いったい両棲類や爬虫類は古代中国では虫の類にされたり魚の類にされたりして一定しない。蛙と同様、蛇も両義的な存在とされた。このような蛇（ヘビ）と虺（き）（マムシ）が小雅・斯干のあいまいな生物である。実際これらは境界

218

1．詩経の動植物概説　二―虫

[189]では女子のシンボルとなっている。熊をシンボルとする男子と比べて、女子の誕生はあまり祝福されていない。蛇はむしろ不吉な存在なのである。小雅・正月[192]では民衆を虺（マムシ）と蜴（トカゲ）にたとえている。

最もグロテスクな虫は小雅・何人斯[199]で「鬼爲り蜮爲り／則ち得べからず」と歌われている蜮である。蜮は詩経以後の古典に盛んに登場するが、その正体はタガメらしいということが最近明らかになった。後世になるほど神秘化の進んだ昆虫であるが、詩経の時代にすでに空想的昆虫だったらしいことは、鬼との並列からもうかがえる。小雅・何人斯は棄てられた女の歌で、微かな願望が打ち砕かれたとき、男を得体の知れぬ化け物や、グロテスクな昆虫に変貌させるのが、右に引いた詩句である。

グロテスクどころか悪魔的なイメージをもつ昆虫が一転して祝頌のモチーフになることがある。すなわち集団発生して大災害をもたらす螽（飛蝗、トノサマバッタ）が、周南・螽斯[5]では子孫の繁栄を祝福するために用いられる。それは力強い生殖という類似性に着目したからである。生殖の前提である求愛の行為も、召南・草虫[14]で阜螽（オンブバッタ）と人間の男女の間にメタファーが発見される。

以上のほか、殺風景を造形する蟏蛸（アシナガグモ）、伊威（ワラジムシ）、宵行（ツチボタル）、季節の推移のモチーフになる蟋蟀（コオロギ）、蜩（クマゼミ）、斯螽（ショウリョウバッタ）、莎鶏（クツワムシ）（以上、豳風・七月[154]））、はかない生命のシンボルである蜉蝣（カゲロウ）、女性の髪の直喩となる蠆（キョクトウサソリ）、営々と生に勤しむ虫と見なされた蜾蠃（ジガバチ）、人間関係を破壊する言語の暴力のシンボルである青蠅（キンバエ）、妨害者モチーフに使われる蒼蠅（クロバエ）などがある。

219

第三章　詩経の動植物とシンボリズム

三―鳥

　鳥もグロテスクな存在のシンボルとなることがある。陳風・墓門[141]に「墓門に梅有り／鴞 有りて萃る」と歌っているように、鴞（フクロウ）は正しい配偶の間に割り込んで妨害する妾や愛人の象徴である。この鳥は夜間に活動し、気味の悪い声で鳴くことから、後世も凶兆の鳥とされる。邶風・鳲鳩[37]では成長すると親を食うとされる流離（フクロウ）が人を罵るために使な悪女の象徴となっている。邶風・旄丘[37]では成長すると親を食うとされる流離（フクロウ）や大雅・瞻印[264]でもグロテスクな悪女の象徴となっている。鶹（ハゲコウ）もフクロウと同様醜悪なイメージが与えられる（小雅・白華[229]）。烏（カラス）も不吉な鳥のイメージがある（邶風・北風[41]、小雅・正月[192]）。

　恋愛詩では鳥はしばしば自由奔放の存在のシンボルとなる。しかもそれは自由奔放に行動できぬ人間のアンチテーゼとなることが多い。雉（コウライキジ）は邶風・雄雉[33]では浮気な男のシンボルとなるが、邶風・匏有苦葉[34]では「済盈ちて軌を濡らさず／雉鳴きて其の牡を求む」、小雅・小弁[197]で「雉の朝に雊く／尚其の雌を求む」と歌うように、求愛の願望がこの鳥に託される。曹風・候人[151]の鵜（ペリカン）は女を求めぬ不甲斐無い男への非難のために用いられ、鄘風・鶉之奔奔[49]では鶉（ウズラ）と鵲（カササギ）のそれぞれの激しい求愛の行為が愛情の途絶えた夫への鞘当てとなる。魚を捕る鴻（オオハクチョウ）は情交を遂げる男のメタファーである（邶風・新台[43]、豳風・九罭[159]）。

　自由奔放が少し愛嬌のある場合は鳲鳩（カッコウ）である。召南・鵲巣[12]では、他の鳥の巣を横取りし、雌を連れてきて、家庭を営む横着者のカッコウが、結婚するのに面倒な手続を履まねばならぬ人間社会の掟と対比される。また、自由に大空を飛び回る鳥は、小雅・小宛[196]の「宛たる彼の鳴鳩（サンジャクに似た鳥）／翰く飛んで天に戻る」や、小雅・四月[204]の「鶉（イヌワシ）に匪ず鳶（トビ）に匪ず／翰く飛んで天に戻る」と歌われるように、人

1．詩経の動植物概説　三一鳥

間社会の不自由のアンチテーゼとして使われる。

和合のシンボルとなるのは、仲が良いとされ匹鳥（カップルの鳥）の異名をもつ鴛鴦（オシドリ）である。小雅・鴛鴦[216]では結婚の祝福に用いられ、小雅・白華[229]では愛の決裂した男女のアンチテーゼとして用いられる。オシドリのシンボリズムはその物の習性と無関係ではないだろうが、周南・関雎[1]の雎鳩（ミサゴ）とともに比翼鳥（雌雄同体の空想的な鳥）の観念の投影があると思われる。世界が平和であるときに中央に飛来するとされる鳳凰（大雅・巻阿[252]）も広い意味での和合、調和のシンボルである。鸛（コウノトリ）も仲のよい鳥とされ、女性との再会を予感させる詩で用いられる（豳風・東山[156]）。

社会の無秩序や、文明が野生に戻った情景、戦争の情景の造形のために、鳥がしばしば用いられる。唐風・鴇羽[121]の鴇（ノガン）、小雅・四牡[162]の雛（ジュズカケバト、小雅・采芑[178]や同・沔水[183]の隼（ハヤブサ）、小雅・鴻雁[181]の鴻雁（サカツラガン）、小雅・黄鳥[187]や同・緜蛮[230]の黄鳥（コウライウグイス）、小雅・小宛[196]の桑扈（イカル）などがそれである。

以上のほか、恋愛や結婚の媒介者である燕（ツバメ）、恋路の妨害者のモチーフとなる鶏（ニワトリ）、帰巣のモチーフに使われる晨風（コノリ）、鷽（ハシブトガラス）、鷸（オナガキジ）、恋情を誘発させる春の風物としての黄鳥（コウライウグイス）、危難の告知者としての脊令（セキレイ）、清らかな孤高の存在のイメージをもつ鶴（ツル）、平和のシンボルである鷖（カモメ）、独特の鳴き声で季節を告げる鵙（モズ）、勇猛のイメージのある鷹（タカ）、優雅な舞いと色のイメージがとられる鷺（シラサギ）などがある。

四―獣

詩経で最もよく出る獣は狐(キツネ)である。ずる賢いイメージのある狐だが、詩経では鳥とともにグロテスク・モチーフに使われる(邶風・北風[41])。女性に怪しい振る舞いをして圧迫感を与えるということは、エロティック・モチーフにもつながる。恋愛詩では狐は女性を誘惑するドンファンの役割が与えられる(衛風・有狐[63]、斉風・南山[101])。後世淫獣というイメージが定着するのは詩経のこれらのモチーフがかかわっている。ほかに狐は衣装モチーフにも使われる。その人を直接に言わないで、着ている衣装を描くことによって肉体や人格を暗示させる手法が衣装モチーフである。狐の脇下の毛から作った狐裘は高級な衣装であり、それを着た人の身分などが暗示されるとともに、思慕の情をかきたて、さらにはそれと一体になりたいという願望が託される(邶風・旄丘[37]、秦風・終南[130]、檜風・羔裘[146])。衣装モチーフに使われる獣はほかに羊(ヒツジ)(召南・羔羊[18]、鄭風・羔裘[80]、唐風・羔裘[120])、象(ゾウ)(鄘風・君子偕老[47])、豹(ヒョウ)(鄭風・羔裘[80]、唐風・羔裘[120])、檜風・羔裘[146])などがある。

グロテスク・モチーフに使われる獣は狐のほかに鼠(ネズミ)がある。魏風・碩鼠[113]では農作物を食い荒らす大きな鼠が、女性の肉体を弄んだあげく棄ててしまう男にたとえられる。日常慣れ親しんできたものが突如得体の知れぬおぞましいものに変貌してしまうのがグロテスク・モチーフの効果である。また鼠は人に悪さをする小動物なので卑小のイメージもある。鄘風・相鼠[52]では人を徹底的に罵倒するために鼠が使われる。

鹿(シカ)は特徴ある声で仲間を呼ぶ。鹿の声のイメージや、仲間を呼ぶことがモチーフになり、鹿が用いられる(小雅・鹿鳴[161])。鹿はまた仲良く集まる酒を飲み、仲間や一族の融和を図る饗宴にまつわる詩に、鹿が用いられる(大雅・霊台[242])。シカの種類に麕(キバノロ)がある。敏捷だが臆病な動物

1．詩経の動植物概説　四―獣

で、人を恐れて近寄らないといわれる。こんな情景が歌にされ、春に目覚めて男に無抵抗になった処女にたとえられる。この動物が死んで横たわっていて、誰でも手にすることのできる獲物となった。社会的なきずなに縛られる人間に対するアンチテーゼとして、鳥だけでなく獣も使われる（召南・野有死麕[23]）。自由きままであった幼年時代を懐かしむために兎（ウサギ）が用いられる（王風・兎爰[70]）。小雅・何草不黄[234]では「兕に匪ず虎に匪ず／彼の曠野に率ふ」と歌い、自由を奪われた兵士が荒野に走る虎（トラ）や兕を羨む。虎は勇猛なイメージにも使われる（邶風・簡兮[38]、鄭風・大叔于田[78]、小雅・小旻[195]、同・巷伯[200]、大雅・常武[263]）。兕はサイの一種ともいわれる古代獣である。周南・巻耳[3]や小雅・桑扈[215]では兕で造った酒杯が出ている。

勇猛や獰猛のイメージのある獣としては虎のほかに狼（オオカミ）（斉風・還[97]）や、豺（アカオオカミ）（小雅・巷伯[200]）などがある。勇猛なイメージのある狼が太ると滑稽なイメージに変わってしまう。豳風・狼跋[160]では自分のしたくび（垂れた顎の肉）につまずくオオカミという滑稽なイメージから一転して吉祥のシンボルとなった。それは小雅・斯干[189]で「大人之を占ふ／維れ熊維れ羆は／男子の祥」と歌われるように、夢判断で熊や羆の夢が男子の生まれる吉夢とされるからである。

熊（クマ）や羆（ヒグマ、ハイイログマ）も勇猛なイメージから逆に愛情を示すために使われている。

瑞祥シンボルには麒麟がある。麒麟は体は鹿、尾は牛、足は馬に似、一角があり、生きた虫を殺さず、草を踏まないという空想的な仁獣で、仁徳の王者が世界を治めるときに出現すると伝えられる。周南・麟之趾[11]はこの獣の出現を描くことにより一族の調和のとれた繁栄を祝福する。召南・騶虞[25]に出る騶虞も麒麟と似た瑞祥シンボルとなるが、同篇では虎や豹を恐れない勇猛な獣のイメージがとられる。

以上のほかに、帰巣モチーフとしての牛や羊（王風・君子于役[66]）、愛玩用の犬である尨（召南・野有死麕[23]）、狩猟犬の盧（斉風・盧令[103]）、狩猟の対象となる兎（周南・兎罝[7]）や豝（イノシシ）（召南・騶虞[25]）、貆（ヤ

第三章　詩経の動植物とシンボリズム

マアラシ)(魏風・伐檀[112])、貉(タヌキ)(豳風・七月[154])、いけにえに供される豕(ブタ)(大雅・公劉[250])、猫(ネコ、ヤマネコ)(大雅・韓奕[261])、狸(ベンガルヤマネコ)(豳風・七月[154])、猴(テナガザル)(小雅・角弓[223])、婚姻の道具立てのほかさまざまな舞台に登場する馬(ウマ)などがある。

五―草木

草や木の名は実に豊富である。出現の度数が多いものと、ただ一回しか現れないものとがある。後者は詩のテーマと密接につながったその物独特のシンボリズムやイメージをもっている。

植物のシンボルの中でよく用いられるのは、二つのものの合体というシンボルである。動物の雌雄同体と見合った想像上の木があり、その観念を投影したもの(あるいは逆にそのような観念に昇華したもの)は、他物に絡む蔓草や纏繞藤本・木本の類である。周南・樛木[4]の樛木(ガジュマルやアコウの類)に絡みつく葛藟(クズ、藟はクズやカズラの類)は、女性が君子に与える積極的な愛のシンボルとなっている。唐風・葛生[124]の楚(ニンジンボク)に絡みつく葛や、愛する人の墓に這いまつわる蘞(ヤブガラシ)も、女性の断ち難い愛執のシンボルである。

単に一つの植物でも合体を予示する象徴となることがある。葛(クズ)は最も多く用いられ、王風・采葛[72]では待ち遠しい人と会いたい思いを吐くために合体のシンボルである葛採りから歌い起こす。小雅・苕之華[233]の苕(ノウゼンカズラ)も結合を象徴する。葛が蔓を延ばしても結ばれる対象がないことでもって求愛と不首尾を表現する場合もある(邶風・旄丘[37]、王風・葛藟[71])。

まだ十分成長しきらず恋を知らぬ少年少女は、弱々しく頼りない蔓草のイメージが与えられる。例えば衛風・芄蘭

1．詩経の動植物概説　五―草木

[60]では芄蘭（ガガイモ）が大きな葉と実を付けながら震えて様にならない姿と、大人ぶった衣装を着けながら女を口説けない少年と対比させ、檜風・隰有萇楚[148]では若くて瑞々しく異性を知らぬ少女が葽楚（シナサルナシ）のイメージと二重写しになっている。これらは小雅・隰桑[228]の成熟した桑（トウグワ）のイメージと正反対である。

合体する二つの植物という恋愛詩のモチーフがそっくり饗宴詩に転用される場合がある。小雅・南有嘉魚[171]の「南に樛木有り／甘瓠（ユウガオ）之に纍る」という詩句は周南・樛木[4]を少し変えた借用であり、大雅・旱麓[239]の「莫莫たる葛藟／條枚に施る」も同類である。小雅・頍弁[217]では蔦（ヤドリギ）と女蘿（サルオガセ）が松柏（ユショウとコノテガシワ）に絡まると歌い、一族の和合というテーマを示す。小雅・南有嘉魚[171]のユウガオは小雅・瓠葉[231]でも用いられ、匏（フクベ）が恋愛詩（邶風・匏有苦葉[34]）で用いられるのと見合っている。また、瓜（ウリ）は子孫の永続のシンボルともなる（大雅・緜[237]）。このような結合、和合のシンボルは、恋愛―結婚―饗宴―子孫の繁栄が人生における一つながりの出来事だから通用し合うのであろう。

次に、草木の茂った枝葉が広い意味での愛情による庇護のシンボルとしてしばしば用いられる。唐風・有杕之杜[123]の杜（マンシュウマメナシ）と、召南・甘棠[16]の棠（杜と同じ）は、テーマは違っても、愛情による庇護というモチーフを共有する。このモチーフはまたアンチテーゼとなり、小雅・我行其野[188]では枝葉の覆い被さる樗（シンジュ）が愛を失い棄てられた女と対比される。小雅・菀柳[224]では、茂った柳（シダレヤナギ）の下での休息の願いが、危険な支配者の下における不安に満ちた社会を導入し、大雅・桑柔[257]では、茂る桑の若葉を切る行為が、庇護を失った民衆の苦しみを導入する。

果実や種子を食べる植物はエロスのシンボルとなる。桃（モモ）（周南・桃夭[5]、召南・何彼襛矣[24]、衛風・木瓜[64]、魏風・園有桃[109]）、梅（ウメ）（召南・摽有梅[20]、陳風・墓門[141]）、李（スモモ）（召南・何彼襛矣[24]、

225

第三章　詩経の動植物とシンボリズム

衛風・木瓜[64]、王風・丘中有麻[74]はその代表である。桃や梅と対立するのが棘（サネブトナツメ）で、常に悪木のイメージに用いられる（邶風・凱風[32]、魏風・園有桃[109]、唐風・葛生[124]、陳風・墓門[141]）。梅、桃、李は恋の意思表示をする投果の行為に使われるが（召南・摽有梅[20]、衛風・木瓜[64]）、椒（サンショウ）も豊饒多産のイメージをもち、求愛のシンボルとなる（唐風・椒聊[117]）。桑もエロティック・シンボルに用いられる。太古から女性の労働である養蚕にかかわり、神話や説話で愛にまつわる物語の多い桑は、詩経では恋愛の場を造形するモチーフとなる（鄘風・桑中[48]）。

摘草モチーフによって恋愛の雰囲気を作ることもある。それに使われる植物に、国風では、荇菜（アサザ）、巻耳（オナモミ）、芣苢（オオバコ）、蕨（ワラビ）、薇（スズメノエンドウ）、蕭（カワラヨモギ）、艾（ヨモギの一種）、莫（スイバ）、蕢（サジオモダカ）、蕑（フジバカマ）、苓（カンゾウ）、杞（クコ）、苕（ヤクシソウ）、蓫（ギシギシ）、葍（コヒルガオ）、菽（ダイズ）、芹（セリ）、緑（カリヤス）、藍（タデアイ）などがある。豊饒多産のイメージのある椒は「我に握椒を貽れ」（陳風・東門之枌[137]）のように贈物モチーフを構成する。これは投果モチーフと同様、相手に意中を伝える形式である。このモチーフに使われる植物には、芍薬（シャクヤク）、木瓜（ボケ）、黄（チガヤの花穂、つばな）などがある。

魚の項で述べた、食欲と性欲を入れ換える共感覚メタファーには、植物も利用される。桃や李はいうまでもないが、邶風・谷風[35]の葑（カブラ）、菲（ダイコン）、荼（ノゲシ）、薺（ナズナ）、魏風・碩鼠[113]の黍（キビ）、麦（ムギ）もそうである。王風・丘中有麻[74]の麻（タイマ）もこれを踏まえている。小雅の恋愛詩にも粟（アワ）、梁（オオアワ）などの例（黄鳥[187]）がある。

「山有A／隰有B」という定型句のA、Bに植物の名を入れ換えて、その場所にふさわしい物の存在という意味を表すことがある。これは植物が調和ある環境を作り出すという古代人の自然観が根底にある。邶風・簡兮[38]では榛（ハ

226

1．詩経の動植物概説　五―草木

シバミ）／苓（カンゾウ）、鄭風・山有扶蘇[84]では桑（トウグワ）／楊（ネコヤナギ）、秦風・晨風[132]では、櫟（クヌギ）／栗（チュウゴクグリ）／駁（カゴノキ）／棣（ニワザクラ）／樹（マメナシ）のセットがある。小雅では「南山有A／北山有B」の形式で、南山有台[172]に、台（カサスゲ）／莱（アカザ）、桑（トウグワ）／楊（ネコヤナギ）／杞（クコ）／李（スモモ）、栲（ゴンズイ）／杻（モチノキ）／枸（ケンポナシ）／楰（トウキササゲ）のセットが用いられている。

また、人間環境に調和しない殺風景や荒野の風景を作り出す植物には、国風では、棘（サネブトナツメ）、栩（クヌギ）、蓷（エノコログサ）、稂（チカラシバ）、果臝（キカラスウリ）、茨（ハマビシ）、莪（キツネアザミ）、蒿（カワラニンジン）、蔚（オトコヨモギ）、檿（シマグワ）、柘（ハリグワ）などがある。

松と柏（コノテガシワ）である。松や柏は材質が堅いので、国風では心変わりをした男に対して、不安や危険からの堅固さを保つ女の心の象徴として使われている（邶風・柏舟[26]、鄘風・柏舟[45]、衛風・竹竿[59]）。誘惑や危険からの堅いガードの象徴としては、材質がきわめて堅い檀（マユミではない）という木が用いられる（鄭風・将仲子[76]、小雅・鶴鳴[184]）。将仲子では杞（コリヤナギ）も桑もガードの役割だが、いちばん堅い檀すらも誘惑者に突破されていくところがこの作品の眼目である。ここを読み取らないと、詩のおもしろみは半減する。

常緑樹は永遠性のシンボルになることがある。代表的なのは小雅・天保[166]で「松柏の茂るが如し」と歌われる。

そのほか独特のイメージやシンボルを表す植物として、女性美にたとえられる白茅（チガヤ）、菅（メガルガヤ）、蕧（ゼニアオイ）、茹藘（アカネ）、荷（ハス）、蒲（ガマ）、舜（ムクゲ）、唐棣（ヤマナラシ）、また、再生する生命力を象徴する藋（メハジキ）、憂いを忘れさせる力のある諼草（ワスレグサ）、メランコリーを癒す蝱（アミガサユリ）、男性美を象徴する竹（タケ）、繁茂の生命力がたたえられる葭（アシ）や炎（オギ）などがある。

第三章　詩経の動植物とシンボリズム

2. 詩経の動植物四題

中国の古典には多くの動植物の名が出てくる。農民にとってその季節にふさわしい植物、すなわち桑、蘩(シロヨモギ)、葦(アシ)、蔞(ヨウ)、瓜(カラスウリ)、鬱(郁李)、薁(イクリ)、荼(ノゲシ)、樗(チョ)、葵(フユアオイ)、菽(ダイズ)、棗(ナツメ)、稲(イネ)、麦(ムギ)、韭(ニラ)、壺(ヒョウタン)、薁(エビヅル)、樗(シンジュ)、黍(モチキビ)、稷(ウルキビ)、麻(タイマ)、瓜(ウリ)、ニワウメ、が時間のサイクルに従って次々と登場する。動植物を描いた走馬灯を見る思いがする。

[豳風・七月[154]]には、

解釈する場合は、実体が分からないと困ることがある。例えば詩経に「鮪」という魚名が出ているが、マグロではおかしい。実はチョウザメなのである。動植物はイメージやシンボルを表す場合が多いので、実体を正しく捉えないと、作品のテーマをつかみそこねることも起こる。召南・鵲巣[12]の「鳩」がハトではなくカッコウだと判明すると、作品の解釈にも影響が及んでくる。

このように動植物の実体を知ることは大切である。詩経ではほとんどの詩に動植物が現れる。しかも単なる添景ではなく、テーマに深くかかわるシンボルを表す。次にいくつかの詩を取り上げ、動植物のシンボリズムを紹介したい。

一——逃げた大魚

国風の斉風(斉国の恋愛詩)に敝笱(へいこう)[104]という一篇(全三スタンザ)がある。[本書Ⅰ・第一章——4魚]

228

2．詩経の動植物四題 ——逃げた大魚

敝笱在梁
其魚魴鰥[a]
齊子歸止
其從如雲[b]

敝笱梁に在り
其の魚は魴と鰥
齊の子歸ぐ
其の從は雲の如し

やなに仕掛けた破れびく
入る魚はヒラウオ・ボウウオ
斉の娘は嫁ぎ行き
お供の女衆華やかに

	a	Ⅰ
b	鰥 kuǎn	
	鱮 diag	Ⅱ
雲 ɦiuən		
雨 ɦiuag	*	Ⅲ
水 thiuěr		

形式はaとbの箇所でパラダイム（意味上または音声上類似性をもつ語の集合）を変換し、三つのスタンザに展開する反復形式である。パラダイムを取り出すと、右の表のようになる（*印は不規則であることを示す。上古音は藤堂明保『学研漢和大字典』による）。

パラダイム表の横軸の語は音声上の類似性（韻母が共通）、縦軸の語は意味上の類似性で並ぶという特徴がある。第三スタンザのa（*の部分）だけがパラダイム変換を中止し、魚の名ではなく「唯唯」という形容詞になる。

解釈上のポイントはまず第一に「敝笱」という語である。笱は川に仕掛ける捕魚装置（つまり梁）についている漁具のことで、これが破られているというのである。第二のポイントは魚の名。魴はコイ科の魚で、和名をトガリヒラウオといい、古代では美味が称揚された。鰥と鱮は同じくコイ科の魚で、それぞれボウウオ、シタメ（一名、ハクレン）といい、いずれも大魚である。詩経の恋愛詩では、魚は捕らえられる獲物、つまり恋の対象を象徴する。美味な魚や

第三章　詩経の動植物とシンボリズム

大きな魚は美女あるいは高貴な女性にたとえられる。これが梁に入ることは、いい対象（高貴な美女）を獲得したことを意味する。

解釈上の第三のポイントはわざとパラディグムの変換を中止した箇所、つまり「唯唯」という語である。これは前のものに従って行くありさまを形容する語で、本詩の文脈ではすいすいと逃れることを意味する。魚が逃れるのは筍が破れていたからで、始めから暗示されていたことであるが、第三スタンザのこの箇所ではっきりと示したのである。歌い手は斉の美女を逃し、彼女の美々しい婚礼を残念せっかく入った大魚は三尾ともすいすいと逃亡してしまった。な気持ちで見送るのであった。

二―恋愛のゲーム

詩経には戯れ歌も多い。次に紹介するのは邶風・新台[43]（全三スタンザ）である。[本書Ⅰ・第一章―3 虫]あったらしい。川のほとりで行われた季節祭が背景にあると考えられる。歌垣のような自由な恋の遊びも

新臺有泚[a]　　新臺泚たる有り　　　新しいうてなは清められ
河水瀰瀰[b]　　河水瀰瀰たり（び）　大川の水はみなぎり渡る
燕婉之求　　　　燕婉を之れ求む（えんえん）（こ）　美女探しの恋の遊びに
籧篨不鮮[c]　　籧篨鮮なからず（きょじょすく）　しこめも少なからず混じつてる

230

2．詩経の動植物四題　二—恋愛のゲーム

第一、二スタンザだけがパラディグム変換の形式をとる（右表）。

臺（台）は、風景を眺めて楽しむための建造物、物見台。川のほとりの清められた新台は、これから始まる祭りの舞台の設定である。泚は、水で潤っている様子。瀰瀰は、水が満ちている様子。燕婉は、女性の美しさを形容する語だが、提喩によって美女に転義する。籧篨は、でこぼこのある不恰好な竹かごで、これは醜女の隠喩になる。美女を求めに来た男にとって、しこめも少なくないのが気にかかる、というのが三、四行目の意味である。

第二スタンザはパラディグムを変換して、泚→洒、瀰瀰→浼浼、鮮→殄となる。洒は、水で洗い清める様子。浼浼は、水が盛んに流れる様子。殄は、尽きる、つまりゼロになることで、「不殄」はゼロではないこと。だから「不鮮」より数が落ちることになる。初めはしこめの数がゼロと多の中間ぐらいだが、次はゼロのほうに限りなく近い。ということは、美女を獲得する期待がもてるわけである。

第三スタンザは反復を中止し、転調形式に切り換える（ただし第三詩行だけは定リフレーン）。

	Ⅰ	Ⅱ
a	泚 tsʼer	洒 ser
b	瀰瀰 mier	浼浼 muəg
c	鮮 sian	殄 den

魚網之設　　魚網を之れ設く
　　　　　　　川に仕掛けた魚の網
鴻則離之　　鴻則ち之に離く
　　　　　　　くぐひが狙って魚とった
燕婉之求　　燕婉を之れ求む
　　　　　　　美女探しの恋の遊びに

第三章　詩経の動植物とシンボリズム

得此戚施　此の戚施(せきし)を得たり　私のとつたはガマ娘

鴻は、オオハクチョウ。離は、「つく」、または、「かかる」という意味がある。最初の二行は、男女の恋のゲームの開始を描くアレゴリーと見ることができる。鳥と魚は獲るものと獲られるものとの関係である。戚施は、後世の蟾蜍(せんじょ)と同じで、ヒキガエルの一種、アジアヒキガエル。全身にいぼのある大きなガマである。癩蝦蟇(らいがま)（醜男の意）という現代語もあるように、ひどい醜女の隠喩に使われている。美女に期待を寄せていたのに、自分の相手は何とひどいブスだったと、ドンデン返しを食わせてふざける歌である。

三―男への鞘当て

詩経以後の中国文学は男性文学の世界である。性に関する表現はほとんどないか、あっても隠語や婉曲表現が使われる。しかし儒教以前の産物である詩経にはタブーがあまりないように見える。次に曹風・候人(こうじん)[151]（全四スタンザ）を紹介しよう。[本書Ｉ・第一章―1鳥]

第一スタンザは歌い手（女性）がきらびやかに勢揃いした三百人の候人（賓客を接待する官吏）の中の一人に熱い眼差しを送る場面が描かれている。第二、三スタンザは次のように歌う。

維鵜在梁　維(こ)れ鵜(ていりょう)梁に在り
不濡其翼　其の翼(かそ)を濡らさず
彼其之子　彼の其(かな)の子
不稱其服　其の服に稱(かな)はず

　　　　　やなの上のペリカンは
　　　　　翼を濡らさぬ意気地なし
　　　　　お慕ひ申すあの方は
　　　　　服に似合はぬ意気地なし

2．詩経の動植物四題　四—イメージの発見

維鵜在梁　　　維れ鵜梁に在り　　　やなの上のペリカンは
不濡其咮　　　其の咮(くちばし)を濡らさず　　　くちばしを濡らさぬ意気地なし
彼其之子　　　彼の其の子　　　お慕ひ申すあの方は
不遂其媾　　　其の媾(こう)を遂げず　　　情を通じぬ意気地なし

鵜(てい)は、ウではなくペリカン。古代には北方中国にもペリカンが棲息していた。ペリカンはくちばしの下の袋に獲物を入れるので、貪欲な鳥のイメージがある。梁は、前の詩にもあったように、川に仕掛ける捕魚装置。「彼其之子」は、好意を寄せる特定の人をいう定型句である。第二スタンザの意味は、ペリカンが魚の掛かる梁の上に居ながら翼を濡らそうとしない。同じように、あの方は私という好意を寄せる女が居るのに意思表示をしてくれない。なりは立派だが、意気地のない男だ。第三スタンザでは、翼を咮(くちばし)に、「不稱其服」を「不遂其媾」に換える。翼と服は肉体を覆うものだが、咮は性交そのもので、肉体のイメージ、食欲と性欲という生々しい感覚が濃厚である。露骨な表現で不甲斐無い男への鞘当てをする歌である。

四—イメージの発見

最後に植物を詠んだ詩を紹介する。ガガイモを古代漢語で芄蘭(がんらん)といった。この草は他の植物に絡みつく蔓草である。幹が弱々しいわりには、比較的大きな実と葉をもっている。果実は角に似、葉は心臓形をしている。このイメージの発見が次の詩を生んだ。衛風・芄蘭[60]（全三スタンザ）である。［本書Ⅰ・第二章—1草］

第三章　詩経の動植物とシンボリズム

芃蘭之支〔a〕
童子佩觿〔b〕
雖則佩觿〔b〕
能不我知〔c〕
容兮遂兮
垂帯悸兮

芃蘭の支
童子觿を佩ぶ
則ち觿を佩ぶと雖も
能く我を知らず
容たり遂たり
垂帯悸たり

ががいもは大きな実をぶら下げる
小童めはくじりを帯にさしはさむ
くじりをはさんで大人のつもり
でも私を求めぬ憎いやつ
おっとりどっしり構へてみても
帯が震へて様にはならぬ

	I	II
a	支 kieg	葉 diap
b	觿 fuer	韘 thiap
c	知 tieg	甲 kăp

形式はa、b、cの三箇所でパラダイグムを変換する反復形式である。a列の支は枝と同じで、植物体にかかわる語。b列は成人男子が身に帯びるもの。c列の知は男女の性的関係をいう語。甲は狎と通用し、慣れ親しむことで、やはり男女の親密な関係をいう語。容・遂は、身構えを形容する語。兮は、リズムを調節する補助詞である。

スタンザは一行目にガガイモ、二行目以下で童子を描くが、実は二つはイメージで結ばれる関係である。ガガイモの生えている情景を写実的に描くのではなく、二つの間に何の関係があるのだろうか。ガガイモのイメージが童子のイメージとオーバーラップするのである。童子の帯びる觿（帯の結び目を解く道具）はガガイモの実に似、韘（弓を引くとき指にはめる道具）はガガイモの葉に似ているのである。

3．詩経における動物象徴——性的メタファーを中心に

はじめに

詩経の解釈学には二千年の歴史がある。漢や唐の古注、宋の新注を含めた儒教的解釈学が歴史の大半を占める。近代になって新しい解釈学が登場してからまだ百年も経っていない。ある意味では詩経学は若い学問である。

従来の詩経解釈学の特徴を一言で評するならば、言語外的事実の重視といえるであろう。儒教的解釈学は、その作品がいかなる歴史上の事件に由来するかを探り、登場人物の道徳性を問題にする。近代的解釈学は、作品の背景にあ

る側にある自然の物に触発される場合もある。二つの世界に類似性あるいは差異性を発見したときに、詩経の詩が誕生したともいえる。

以上、詩経に出ている動植物のほんの一端を紹介した。詩というものは、ただ内面の詩情だけではなく、人間の外

のアイロニカルな罵倒語なのである。したがって本詩は年下の少年に対する年上の女の恋であるだけでなく、罵倒することによって激しい恋情を表明した歌ということができる。

もう一つのポイントは「童子」という語である。これは狡童(こうどう)（鄭風・狡童[86]）や狂童（鄭風・褰裳[87]）と同類

では多すぎる。二回反復は余韻を残して効果がある。

しかし帯が震えて滑稽じゃないか」というのが、スタンザの意味である。イメージの発見は一つでは物足りなく、三つ

徴している。「あの小童(こわっぱ)めは、これらを帯びて大人を気取っているが、私の気持ちをちっとも分かってくれない。

觿は女の帯の結び目を解くから、一人前の男の象徴となり、韘は戦士の着用するものであるから、戦士の資格を象

第三章　詩経の動植物とシンボリズム

る民俗的、宗教的事実を明らかにしようとする。これらの解釈学に共通する特徴は、いずれも形式の軽視である。言語そのものの探求ではなく、言語外の事実の偏重である。

言語そのものの探求というのはもちろん言語学の分野であるが、ここで言っているのはむしろ修辞学（レトリック）である。中国では近代以後、修辞学の研究が存在するが、日本にはほとんど無きに等しい。日本では明治期に西洋の修辞学の紹介があったが、全く打ち捨てられていた。これが復活したのは構造主義の流行以後で、ほんの最近のことである。

修辞学へのアプローチには二通りある。一つは修辞学そのもの、つまり理論的な研究である。もう一つは修辞学（それを構成する個々のレトリック）を作品から探求することである。後者は前者の応用ということになるが、もちろん機械的な適用ではない。これは文学解釈の方法になり得るものであるが、中国文学の分野ではほとんど見られない。

さて、筆者の詩経に対する視点は二つある。一つは今述べた修辞学である。詩の形式的分析を主眼に置き、語や文のレトリック分析により、作品のテーマを追求する。もう一つはシンボリズムの研究である。これの対象は動植物とは限らないが、詩のライトモチーフとかかわるのが主として動植物なので、動植物への目配りが欠かせない。何も生物学を云々しようというのではない。古代漢語で書かれた動植物名の実体を探り、古代人のそれに対するシンボルやイメージを求めたいのである。古代と現代では動植物の知識が違うかもしれないが、観察においては古代人のほうがむしろ優れていたのではないかと思われるふしがある。二千年の時間を飛び越えて現代の生物学的知識を応用すると、作品がぴったり解釈できる例がしばしばある。

筆者の研究の出発点は詩経、中国医学思想、漢字という一見無縁な分野であるが、本草学、博物学、訓詁学という紐でつながっていた。近代以前までは毛詩名物学という伝統的な分野があった。しかしここから出た成果はあまり多くない。今後はこれを復活させ、シンボリズムという成果を引き出せればと念願している。

3．詩経における動物象徴——性的メタファーを中心に ——「興」の手法

一—「興」の手法

古来、詩経に六義という分類法があり、その中の賦・比・興の三つが形式とかかわるものとされている（他の風・雅・頌の三つは内容とかかわる）。賦は比喩のないスタイル、比は比喩の一つであるアレゴリーであるが、興が問題である。これについては多くの説があるが、定説といえるものがない。

古注の毛詩正義（唐の孔穎達撰）の説が比較的わかりやすい。孔穎達はまず「興なる者は事を物に託するなり」という鄭衆の言葉を引いたあと、「則ち興は起なり」と述べる。そうすると興は平声の音（xīng、コウ）で、「起こす」意、つまり、ある主題を物に託して起こすということになる。ついで「譬を取りて類を引き、己が心を起発す」、つまり、類似のものを譬えに取り、心情を吐露すると述べる。そうするとここに比喩が含まれることになる。最後に「詩の文の、もろもろの、草木鳥獣を挙げて以て意を見す者は、皆興辞なり」と述べている。動植物を用いてテーマを打ち出すのが興の言葉だというのである。

筆者は孔穎達の説を妥当だと考えているが、興という用語の意味の取り方が問題である。この手法の二つの機能のうち、後者に重点を置きたい。すなわち、動植物を譬えとしてテーマを示すということに焦点を当て、興を去声の音（xìng、キョウ）に読み、興趣、おもしろみの意味に取りたい。具体的な作品の例で説明しよう。

次の作品は国風の召南・鵲巣[12]である。[本書Ⅰ・第一章—1鳥]

1 維鵲有巣　　維れ鵲に巣有り
2 維鳩居[a]之　維れ鳩 之に居る
3 之子于帰　　之の子于に歸ぐ

a	
居	Ⅰ
方	Ⅱ
盈	Ⅲ

第三章　詩経の動植物とシンボリズム

4 百兩御[b]之　　百兩之を御(ぎょ)す

| b | 御 | 將 | 成 |

形式は1・3行目を定リフレーン（一字も変えない繰り返し）とし、aとbの場所でパラディグム（意味上または音声上の類似性をもつ語の集合）を変換し、三つのスタンザ（Ⅰ～Ⅲ）に展開する反復形式である。変換される語の配列表（パラディグム表）を見ると、縦の列（a、b）はそれぞれ意味上の類似性（aは鳥の行動に関する語、bは婚儀の成立に関する語）で並び、横の列（Ⅰ、Ⅱ、Ⅲ）はそれぞれ音声上の類似性（韻母を同じくする）で並ぶことがわかる。

もう一つの形式上の特徴は、スタンザにおける詩行の配置法である。つまり空間上の関係、隣接性の関係がない。前半二行に自然に関する詩句、後半二行に人間に関する詩句を置く。この各二詩行は何の関係もないのが特色である。ただし文体上の関係はある。要するに、自然と人間という全く異なる世界の出来事をただ並べただけという関係である。

筆者はこれをパラレリズム（平行法）と呼んでいる。一見比喩に見えるが、形式上は比喩ではない。当然ながら二つの間にメタファーを発見させ、あるいは創造することによって、二つの間に意味を作り出す手法である。メタファーは共通認識のもとに成り立つもので、またそうでないと意味がないが、詩経の場合はそれの創造過程そのものと言えるのである。

パラレリズムがまさに先の興の手法に当たると考えられる。自然の現象と人間の事象を並べることによって興趣を見出すのが興なのである。なぜ興趣があるのか。自然と人間は異なった二つの世界という前提に立つ。きわめて人間的、あるいは文化的な世界の住人であった中国人は自然と人間の融合した未分化の世界に浸っていたのではなかった。だから自然（特に動植物）と人間との間に類似性あるいは差異性を発見したときに喜びを感じたの

238

3．詩経における動物象徴――性的メタファーを中心に　二―共感覚メタファー

であり、この認識が興の手法の基礎になっているのである。

ところで、この詩の鳩は鳲鳩（しきゅう）、つまり郭公（カッコウ）のことで、他の鳥の巣に卵を産む托卵の習性がある。鵲巣篇は、自然界の無法者である郭公と、鯱しい婚資を持って嫁入りする女性を平行させている。ここにいかなる興があるのか。人間世界（特に貴族階級）の婚礼の仰々しさを浮かび上がらせているのが興なのである。この作品を風刺詩と解釈すると、結婚の祝福と見る近代的解釈からの後退ではないかと指摘されそうだが、筆者は古代人の動物に対する観察眼と、そのイメージやシンボルをきちんと押さえるならば、右の解釈が妥当だと考えている。

以下、動物の性的メタファーに焦点を当てて、いくつかの作品の新しい読み方を提示したい。

二―共感覚メタファー

人間の異なった感覚を互いに入れ換えるメタファーがある。例えば「聞」は聴覚に属する語であるが、「聞香」の例に見られるように、嗅覚の語に代えることができる。このような転義現象を共感覚メタファーと呼んでいる。感覚語ではないが、例えば日本語で「摑む」や「捉える」を知覚・認知の言葉に代えることもある。このような転義現象はあらゆる言語で広く認められる。この背景には人間の感覚や知覚を表現する言語習慣に普遍性があることを物語っている。

感覚を広い意味に取り、内臓や生理の欲求にまで広げてみたい。食欲と性欲を入れ換える言語表現も共感覚メタファーと称してさしつかえないであろう。これも普遍性があるので、証明するまでもないが、詩経から一例を引く。

Ⅰ　胡爲乎株林　　株林に胡爲（なんす）れぞ

　　株の森に何の用？

239

第三章　詩経の動植物とシンボリズム

從夏南　　夏南に從ふ　　　　夏南さまの御許へ
匪適株林　株林に適くにに匪ず　　株の森に行くのぢやなく
從夏南　　夏南に從ふ　　　　夏南さまの御許へ

Ⅱ
駕我乘馬　我が乘馬を駕し　　わが四頭の馬を仕立て
說于株野　株野に說く　　　　株の野原で一休み
乘我乘駒　我が乘駒に乘り　　わが四頭の駒に乘り
朝食于株　株に朝食す　　　　株の町で朝ごはん食べた

これは陳風・株林[144]（全二スタンザ）である。陳の霊公が夏姫という美女に会いに行くのを歌った詩とする歴史主義的解釈は、この際問題にしないでおく。それよりも從来、最後の一句を「株野で朝食を食べた」とする文字通りの理解がなされてきたことに啞然とせざるを得ない。「朝食」と似た語に周南・汝墳[10]の「調飢」（調は朝と通用）、唐風・有杕之杜[123]の「飲食」がある。これらは食欲と性欲を入れ換える共感覚メタファーであることが明らかである。そうであるならば、株林篇の「朝食」もそのように解してさしつかえない。否、そう解さないと意味が通らないというべきである。

以上はむしろストレートな共感覚メタファーであるが、動物を媒介にする場合もある。動物をフィルターにすることによって、露骨さの印象を薄めたり、あるいは逆に、イメージを鮮やかにすることができる。次に挙げるのは陳風・衡門[138]である。[本書Ⅰ・第一章─4魚]

240

3．詩経における動物象徴——性的メタファーを中心に　二—共感覚メタファー

I
衡門之下
可以棲遅
泌之洋洋
可以樂飢

　　衡門の下
　　以て棲遅すべし
　　泌の洋洋たる
　　以て飢ゑを樂すべし

II
豈其食魚
必齊之魴
豈其取妻
必齊之姜

　　豈其れ魚を食らふに
　　必ずしも河の魴のみならんや
　　豈其れ妻を取るに
　　必ずしも齊の姜のみならんや

III
豈其食魚
必河之鯉
豈其取妻
必宋之子

　　豈其れ魚を食らふに
　　必ずしも河の鯉のみならんや
　　豈其れ妻を取るに
　　必ずしも宋の子のみならんや

この作品の解釈は研究者によってまちまちだが、ひどいのになると、隠者の歌とする朱子の説がある。彼によると、隠者が粗末な家と食事に満足するのを歌っているという（詩集伝）。「妻を取る」を比喩と見たのは本末転倒というべきであろう。「飢ゑを樂す」という語がすでにあり、次に「妻を取る」と来るからには、女性を求める男性の歌と見るのが順当である。

241

第三章　詩経の動植物とシンボリズム

問題は「魚を食らふ」と魚の名、「妻を取る」と女の名の関係である。ⅡとⅢの前半二行と後半二行はパラレリズムをなしている。したがってどこに興味があるのか、言い換えればどんなメタファーがあるのかを読み解かねばならない。

鮒は三国時代の陸璣がいうように、古代では美味を賞された魚で、鯉よりもランクが上であった（毛詩草木鳥獣虫魚疏）。「齊之姜」は姜姓の斉の女で、美女の代名詞ともなる。「宋之子」（子姓の宋の女）はそれより美が落ちる。この二つのスタンザでは次第に程度を落としていくという逆漸層法（アンチクライマックス）が用いられている。二回の反復しかないが、実際は最高の美女→次の程度の女→更にその次……という具合に、次々に程度を下げることが、読み手には暗黙の了解となっている。ここから「高嶺の花を求める諦め」というテーマを読み取ることができるが、実はすでにⅠで、粗末な家（妻の換喩）で暮らすことと、小さな泉水で飢えをしのぐこと（ささやかな性欲の解消の隠喩）の並列という形で提示されているのである。このような比喩の仕掛けは暗示的でわかりにくいので、次のスタンザで「魚を食らふ」と「妻を取る」の対比をもってきたのである。この作品においては、美味な魚が共感覚メタファーを生き生きとさせる媒介の役割を果たしている。

三―獲物モチーフ

魚のほかに更に鳥や獣が媒介することがある。獲るものと獲られるもの、狙うものと狙われるものの関係が詩のモチーフになるので、これを獲物モチーフと呼んでおく。次は曹風・候人[151]である。全四スタンザのうち二つのスタンザを挙げる。[本書Ⅰ・第一章―1鳥]

3．詩経における動物象徴——性的メタファーを中心に　三—獲物モチーフ

Ⅱ　維鵜在梁　　維れ鵜は梁に在り
　　不濡其翼　　其の翼を濡らさず
　　彼其之子　　彼の其の子は
　　不稱其服　　其の服に稱（か）なはず

Ⅲ　維鵜在梁　　維れ鵜は梁に在り
　　不濡其咮　　其の咮（くちばし）を濡らさず
　　彼其之子　　彼の其の子は
　　不遂其媾　　其の媾（こう）を遂げず

鵜はウではなく、ペリカンである。梁は人間が川に仕掛ける捕魚装置である。この上に停まっているペリカンは獲物に最も近い位置にある。ところが当のペリカンは翼を濡らそうとしない。前半二行と後半二行はこの詩でもパラレリズムをなしている。翼を濡らさないペリカンと平行されるのは、服に似合わぬ男である。なぜ「服に稱はず」なのか。

第一スタンザでは、この男は赤い衣服を着た迎賓館の役人だと紹介されている。歌い手（女性）は彼に熱い視線を送っていた。ところが第二、三スタンザでは一転して服に似合わぬやつだときめおろす。その理由はペリカンに注目する必要がある。ペリカンは口の袋に食べ物を放り込む鳥で、貪欲のイメージが強い。ところが獲物を前にしながら食べようとしない。ペリカンと同じことが人間にも起こっている。恋慕している女性を目の前にして手をつけない男がいるのだ。だから立派ななりに似合わぬ不甲斐無い男だと非難される。第三スタンザではさらに露骨である。変換

243

第三章　詩経の動植物とシンボリズム

されるパラダイムである味（くちばし）は餌を食べる器官、媾は性交そのものである。獲る主体を獣にした例に衛風・有狐[63]がある。［本書Ｉ・第一章—２獣］

Ｉ　有狐綏綏　　狐(きつね)有りて綏綏(すいすい)たり
　　在彼淇梁　　彼の淇の梁(りょう)に在り
　　心之憂矣　　心の憂ひ
　　之子無裳　　之(こ)の子裳(しょう)無し

Ⅱ　有狐綏綏　　狐有りて綏綏たり
　　在彼淇厲　　彼の淇の厲(れい)に在り
　　心之憂矣　　心の憂ひ
　　之子無帶　　之の子帶(おび)無し

Ⅲ　有狐綏綏　　狐有りて綏綏たり
　　在彼淇側　　彼の淇の側(そく)に在り
　　心之憂矣　　心の憂ひ
　　之子無服　　之の子服無し

狐が実際に梁の魚を狙うものかはわからないが、その穿鑿はどうでもよいことだ。狐は怪しい獣というイメージが

3．詩経における動物象徴――性的メタファーを中心に　三―獲物モチーフ

おそらく定着していたから（邶風・北風[41]、斉風・南山[101]などでも狐が登場する）、梁で獲物を狙う主体となってもおかしくない。このような自然界の一事象と平行されるのは、「裳（帯・服）の無い」女である。これは一体どういうことか。

ここで言語外の事柄を持ち出すのは本意ではないが、フランスのグラネが述べたような、歌垣的な季節祭を想定したい。祭りのときの戯れ歌と見るならば、詩のテーマがつかみやすい。女が男を誘う挑発的な振る舞いが「裳（帯・服）無し」という表現になったと考えられる。あられもない姿の女性に対する第三者の心配が「心の憂ひ」という表現になる。このように、獲物モチーフに呼応する人間側の事象は、かなり大胆な行為であった。ただしスタンザを追って進むと、意外な結果になる。狐（男に喩える）は梁→厲（浅瀬）→側（側面）という具合に、獲物のある所から退却していく、つまり獲物を放棄するのである。このことは、人間世界では女性の挑発に乗った男が一人もいなかったということを暗示している。

獲物モチーフは歌垣的な祭礼の戯れ歌に向いているようで、次の邶風(はい)・新台[43]でも使われている。［本書・第一章―3 虫］

Ⅰ　新臺有泚　　　　　　新臺(せい)泚たる有り
　　河水瀰瀰　　　　　　河水瀰瀰(びび)たり
　　燕婉之求　　　　　　燕婉(えんえん)を之れ求む
　　籧篨不鮮　　　　　　籧篨(きょじょ)鮮なからず

Ⅱ　新臺有洒　　　　　　新臺洒(さい)たる有り

第三章　詩経の動植物とシンボリズム

河水浼浼　　河水浼浼（ばいばい）たり
燕婉之求　　燕婉を之れ求む
籧篨不殄　　籧篨殄（つ）きず

Ⅲ
魚網之設　　魚網を之れ設く
鴻則離之　　鴻則ち之に離（つ）く
燕婉之求　　燕婉を之れ求む
得此戚施　　此の戚施（せきし）を得たり

　最初の二つのスタンザがパラダイムを変換する反復形式であるが、最後のスタンザでそれを外す。反復の中止、言い換えれば転調法は、特別の機能をもつ形式である。
　ⅠとⅡでは祭りの舞台の設定を描く。燕婉は女性の美の形容語で、提喩により美女に転義する。無礼講の祭礼で、男は美女を求めたいと思うのが当然である。ところが醜女が混じっているのを気にするのがⅠ、Ⅱの最後の詩行である。「不鮮」は多と少の中間ぐらいの数、「不殄」は少とゼロの中間ぐらいの数である。そうすると、ⅠからⅡへの展開は、美女と醜女の比率を、美女に大きくしていることが明らかになる。これは一体何のためか。
　Ⅲは場面を転換させ、祭りの開始を告げるスタンザである。最初の二行に獲物モチーフを置く。魚は狙われるものであり、鳥は狙うものである。鴻はオオハクチョウで、網の魚を狙うかどうかはわからないが、貝や小魚は食うそうだから、あまり目くじらを立てるには及ばない。「離」は「つく」の意があり、この詩の文脈では、鳥が網にかかる

246

3．詩経における動物象徴——性的メタファーを中心に　四—エロティック・モチーフ

のではなく、鳥が網にかかった獲物に取りつくことである。

さて、この自然界の事象は何を言わんとしているのであろうか。鳥が魚を狙うことでもって、男が女を求める恋のゲームに喩えていると考えられる。最初の二行全体を一つのアレゴリーと見たい。最後の二行はゲームの結末である。美女を求めようとした男は何と「戚施(せきし)」を獲得する。戚施は韓詩（毛詩とは別系統の詩経のテキスト）によると、蟾蜍(せん)蜍(じょ)のことであって、醜悪の比喩だとある。本草学では蟾蜍をアジアヒキガエルに同定している。巨大なガマの一種で、背中に多数のいぼ状の突起がある。これが最大級の醜女の比喩になっていることは容易に見当がつく。ⅠとⅡにおける数の比率の逓減は、美女に期待をもたせながら、最大の醜女に当たるというドンデン返しを仕掛ける伏線なのであった。

四—エロティック・モチーフ

共感覚メタファーは食欲と性欲を入れ換える比喩だから、人間的なものである。鳥や獣を媒介しても、人間の側に引き寄せて初めて意味をもつ。エロティック・モチーフもまさにその通りである。

エロティック・モチーフは動物の世界における性的な行動を基盤とする。性的な行為は生物の一つの現象であって、それ自体がエロティシズムの意味をもつことは有り得ない。詩のモチーフとして動物の性的な行動を用いるとするならば、それは人間の感情移入の結果にほかならない。このようなモチーフをエロティック・モチーフと呼ぶことにする。

まず鄘風・鶉(じゅんし)之奔奔(ほんほん)[49]を見てみよう。［本書Ⅰ・第一章—1鳥］

第三章　詩経の動植物とシンボリズム

I
鶉之奔奔
鵲之彊彊
人之無良
我以爲兄

II
鵲之彊彊
鶉之奔奔
人之無良
我以爲君

鶉(うずら)の奔奔たる
鵲(かささぎ)の彊(きょう)彊(きょう)たる
人の良きこと無き
我は以て兄と爲さん

鵲の彊彊たる
鶉の奔奔たる
人の良きこと無き
我は以て君と爲さん

伝統的な解釈はこうである。衛国に宣姜(せんきょう)という諸侯夫人がいた。彼女は一人の公子と性的関係を結んだ。自分の生んだ子ではなくても、世間は近親相姦と見なして憎み、この詩を作って非難したという。この説に基づくと、鳥は正しいカップルをもっているのに、私（公子の弟）は何たる兄をもっているのか、何たる君（諸侯夫人）をもっているのか、といった意味に取ることになる。

筆者はこのような歴史主義的解釈を排したいと思う。従来の詩の読み方は言語の面でも手抜かりがある。常套語や定型句という考えが全くないのもその一つ。実は「人之無良」という定型句が詩を解く鍵なのである。これは「人之不淑」や「徳音無良」などと似た類型表現であって、恋人や夫の愛情が途絶えたことを意味するのである。鳥の行動を形容する「奔奔」や「彊彊」は、古注にいうような正しいカップルをもつという意味ではなく、韓詩にもあるように「乗匹」（交尾）のありさまと見るべきこの作品が恋愛詩の一つだと見当がつくと、読みが一変する。

である。重言の語感から考えても、激しい行動を形容することは間違いない。筆者は激しい求愛のありさまと解したい。

以上の分析から、「カササギもウズラも激しく異性を強く求めているのに、あの方は私に冷たくなった。夫ではなく兄と思いたい」という解釈が出てくる。「兄」は血縁関係において身近だが、性の関係では無縁の存在であり、兄の変換語である「君」は身分において遠い存在であって、いずれも縁遠さが強調される。鳥の性的行動と対比されるのは、性的関係の疎遠になった夫であり、彼を非難して突き放そうとするのである。

表面の意味はこの通りだろうが、もう一つ裏を見ないと、何かを見逃してしまう恐れがある。実際は恋人に対するからかい、挑発の意図をもった戯れ歌と見るべきだろう。でないと、エロティック・モチーフがあまりに露骨すぎる。それがエロティック・モチーフは本来人間の欲望を動物に移すことによって、表現を和らげる働きをするのである。逆に作用し、露骨さが前面に出ては失敗作ということになりかねない。

次に挙げるのは召南・草虫[14]である。第一スタンザのみを掲げる。[本書Ⅰ・第一章―3虫]

Ⅰ 喓喓草蟲　　　喓喓たる草蟲
　趯趯阜螽　　　趯趯たる阜螽
　未見君子　　　未だ君子を見ず
　憂心忡忡　　　憂心忡忡たり
　亦既見止　　　亦た既に見
　亦既覯止　　　亦た既に覯へば
　我心則降　　　我が心則ち降れり

第三章　詩経の動植物とシンボリズム

長い間会わなかった男女がばったり出会った喜びを歌った作品である。冒頭に奇抜な昆虫のモチーフをもってくる。草虫と阜螽はどんな虫か。台湾の裴普賢女史が二つとも同じ虫で、雌雄の違いとしたのは卓見である。しかしキリギリスに同定するよりも、オンブバッタに同定するのがよい。オンブバッタの雄が雌の背に乗っている姿を見て、歌い手（女性）はエロティシズムを触発されたのである。このモチーフが導くのは男女の再会というドラマである。長い間の隔たりに味わう憂愁と、再会したときの心の解放が鮮やかに並列されている。「亦既見止」と「亦既覯止」が反復されているが、「覯」には「まぐわう（性交する）」という意味がある。昆虫のエロティック・モチーフがここにも照応するのである。

　　結　び

以上、詩経の恋愛詩における動物象徴として、三つの性的メタファーを取り上げた。一つは食欲と性欲を入れ換える共感覚メタファー、二つ目は獲るものと獲られるものとの関係で示される獲物モチーフ、三つ目は人間の性関係を動物に感情移入するエロティック・モチーフである。動物象徴はこれで尽くされるわけではないが、これだけでも詩経の特徴の一端を十分に示しているであろう。

4. 詩経名物学の一斑

はじめに——名物学と詩学

詩経の研究はこれまで詩自体——つまり言葉や表現形式——以外の方面からなされてきたのが一般的傾向のようである。古くは歴史上の人物や事件と結びつけた解釈、しかもそれに儒教の立場からの美刺（賛美と非難）の教義を絡ませるのが普通であった。近くは古代の宗教や民俗に関する事柄を導入する方法がある。これで文学としての詩を理解させることができたなら結構であるが、肝心の詩の言語形式の分析には見るべきものがなかったと言えるかもしれない。もちろん文学の研究に言語以外の事の研究も必要であることは言うまでもないが、言語にかかわる事柄（韻律論、意味論、文体論等々の対象）の分析をおろそかにしては、始めから研究の土台を欠くし、生産性もないだろう。

しかし後者の研究はやっと軌道に乗りかかった段階にあるように見える。なるほど意味論は清朝の考証学派がある程度発展させたと言えなくもない。しかし数多く物された小学的著述は、古注以来の道徳主義的解釈に左右されているか、甚だしきはそれを擁護するための作業に過ぎないと言ってよいだろう。それは古代言語の両義性にも一因があるかもしれない。詩のテーマの取り方によって語の意味が変わることがあって一定しないからである。その意味では意味論的側面の研究は、一つの詩全体の解釈と相関的である。詩全体の解釈に取り分け重要な役割を果たすのが文体論的研究であるが、これに関する成果は今までほとんど見ない。

さて、意味論の中で比較的重要であり、しかも、ややもすれば等閑視されがちなのが、博物に関する語彙である。動植物は詩経のほとんどの詩に現れ、かつ詩のテーマに大きなかかわりがあるだけでなく、甚だしきはテーマに構造

第三章　詩経の動植物とシンボリズム

づけられている——つまりそれの詠み込まれていることが単なる修辞ではなく、モチーフであることがある。だから、動植物の実体を明らかにすることが、時に詩のテーマをつかむ上で決定的になる。

詩経の動植物を専門に研究する分野の開拓は、周知のように非常に古く、早くも三国時代の呉の陸璣に始まっている。その伝統は清朝に及び、我が国にも反響しているが、ただ文学研究にどうかかわり、どう役立てようとするかという自覚はあまり明確でない。わずかに、例えば陳大章の『詩伝名物集覧』や、詩経の博物誌の専著ではないが陸佃の『埤雅』が、詩の解釈のために何程かの意図を持って書かれているのが注目されるぐらいである。詩経の博物方面の研究の重要性を自覚し、学問としての確立を目指したのは、我が国の青木正児であった。氏は「名物学」という名称の由来を述べるとともに、詩経の研究から分岐してきた名物学の歴史——詩経を越えた他の広大な分野にわたる——を跡付けている。残念ながら、氏自身による詩経の名物研究の実践はそれほど多くはないし、後を継ぐ研究者も現れなかったようである。筆者は氏の先唱を承けつつ、しかも詩の解釈学と密接にからんだ名物学を改めて提唱し、かつ実践を試みていきたい。博物方面の語彙の解明が結局は詩の解釈を左右するほど重要だという認識の上に立ってのことである。

　一　鱣と鮪　登竜門故事の真相

河水洋洋たり
北に流れて活活たり
罛を施せば濊濊たり
鱣鮪發發たり

252

4．詩経名物学の一斑　――鱣と鮪　登竜門故事の真相

葭菼揭揭たり
庶姜孼孼たり
庶士有朅たり――衛風・碩人[57]（Ⅳ）［本書1・第一章―4魚］

これは四つのスタンザから成る衛風・碩人篇の第四スタンザである。小序は詩の動機、あるいはテーマについて、「碩人は荘姜を閔れむなり。荘公嬖妾に惑ひ、驕りて上僭せしむ。荘姜は賢にして答へられず。終に以て子無し。國人閔みて之を憂ふ」と解説しており、朱子はこれに従い、第一スタンザでは、族類の貴さを称揚して正夫人たる故に親厚すべきである所以を示し、それによって荘公の昏惑を嘆じたのであると解している。以下同様に、荘姜の美貌（第二スタンザ）、斉より嫁してきた時の盛大な模様（第三スタンザ）、最後に、斉の土地の豊かさと、婚儀の備わったことを述べ（第四スタンザ）、現在の不遇と対比させるのだとした。このような裏返しした読み方は古注独特の道徳主義的解釈法であって、素直な読み方でないことは言うまでもない。儒教的詩観に囚われないで素直に読めば、邶風・泉水[39]や鄘風・載馳[54]のような、他国に嫁いだ女の悲嘆の調子ではなく、逆に楽天的で鷹揚な雰囲気にあふれた作品になっていることは明白である。本篇は斉風・載駆[105]とも一脈通ずるところがあり、大国の姫の婚姻を祝福したものである。

第一スタンザでは、煩瑣なまでの出自の強調が姫の尊貴の誇示を意図している。第二スタンザは植物と動物の直喩による美貌の形容、第三スタンザはきらびやかな婚礼の道行きの描写である。最終スタンザが問題である。朱子は、「賦」、すなわち事実をありのままに直叙するスタイルと取り、最初の五行を、鄭箋と同じく、斉地の広饒を言ったものとしている。しかし筆者は叙景句の中に象徴的な意味をこめる詩経の常套的な表現法と考える。「河水洋洋」は斉風・載駆[105]の「汶水湯湯」などと同様、勢いのよい水の流れでもって、婚姻の道行きを賑わし祝福する役割を

第三章　詩経の動植物とシンボリズム

になっているのである。しかも黄河は斉と衛とを結びつける縁結び四行についても果たして事実を述べたかどうかに拘泥する必要はない。川に網を打って魚を捕るという行為は、詩経で常用される象徴的な表現なのである。召南・何彼禮 矣[24]にも「其の釣りするは維れ何ぞ／維れ絲維れ緡」と歌われているように、魚を捕ることが結婚や恋愛の対象の獲得というメタファーになる。したがって碩人篇で使われる鱣と鮪が網にかかるかどうかの穿鑿よりも、これらの魚がどんなイメージを持ち、婚姻のいかなる象徴的意味で用いられているのかを明らかにするのが大切である。

鱣・鮪は一体どんな魚か。毛伝や説文が「鱣、鯉也」としたため、大いに世を誤らせることになった。日本でも鱣をウナギ（和名抄）とか、フカ（和漢三才図会）、鮪をシビ（和名抄、和漢三才図会）とか、イルカ（新撰字鏡）などに当ててしまったので、正しく理解されたことがない。日本の本草学の集大成といわれる小野蘭山の『本草綱目啓蒙』も未詳としている。鱣・鮪がチョウザメだと判明したのは、ヨーロッパ式の生物学が導入された明治以後のことではなかろうか。

中国では三国時代・呉の陸璣が非常に詳しく鱣・鮪について記述している。『毛詩草木鳥獣虫魚疏』によると次の通りである。

〔鱣〕①鱣は江海に出づ。三月中、河の下頭より來り上る。②鱣の身形は龍に似、銳頭、口は頷下に在り。③今盟津の東、石磧の上に干いて、釣りて之を取る。④大なる者は千餘斤。⑤蒸して臛と爲すべし、又酢と爲すべし。子は醬と爲すべし。

〔鮪〕①鮪魚は、形は鱣に似て色青黑、頭は小にして尖り、鐵兜鍪に似たり。口は頷下に在り。其の甲以て薑を磨くべし。大なる者は七八尺に過ぎず。②益州の人之を鱣鮪と謂ふ。大なる者を王鮪と爲し、小なる者を鮛鮪と爲す。皆甲有り。縱に廣きこと四五尺。

4．詩経名物学の一斑　——鱣と鮪　登竜門故事の真相

一名、鮥。③肉の色は白く、味は鱣に如かず。④今東萊・遼東の人之を尉魚と謂ひ、或は之を仲明魚と謂ふ。仲明なる者は樂浪の尉なり。海中に溺死し、化して此の魚と爲る。⑤河南鞏縣の東北崖上、山腹に穴有り。舊説に、此の穴、江湖と通ず。鮪此の穴より來り、北のかた河に入り、西のかた龍門に上り、漆・沮に入る。故に張衡の賦に云ふ、王鮪は岫居すと。山穴を岫と爲すは、此の穴を謂ふなり。

右の文からいくつかの特徴を数えあげると、遡河性（鱣の①）、頭の先が尖り、口が頷の下にある（鱣の③、鮪の①）、甲がある（鱣の②、鮪の①）、かなりの重量と長さがある（鱣の②、④、鮪の①）、肉と卵が食用になる（鱣の③、鮪の③）ということで、現代の動物学の記述に照らしても、チョウザメであることは疑いない。

詩経以後もいくつかの鱣・鮪は文献に登場するが、かなり時間を置いて、周末秦漢に盛んに現れる。例えば、『山海経』（東山経、西山経）、『爾雅』（釈魚）、『周礼』（天官）、『礼記』（月令、礼運）『大戴礼記』（夏小正）、また、『呂氏春秋』、『淮南子』、『文選』などに、それぞれ一回ないしそれ以上見える。後漢・張衡の西京賦、東京賦、南都賦、馬融の長笛賦には鱣という別種のチョウザメの名も見える。陸璣よりも早く鱣・鮪の実体を記したのは後漢の高誘である。『呂氏春秋』と『淮南子』に施した注釈を次に摘記してみる。

①鱣は大魚、長さ丈餘。細鱗黄首、白身短頭、口は頷下に在り。鮪は大魚、亦た長さ丈餘。仲春二月、河西より上る。龍門を過ぐるを得れば、便ち龍と爲る。
［淮南子・氾論訓］

②龍門はもと水門有り。鮪魚其の中に遊ぶ。上行して上り過ぐるを得る者は、便ち龍と爲る。故に龍門と曰ふ。
［淮南子・修務訓］

255

第三章　詩経の動植物とシンボリズム

③ 鮪魚は鱣に似て小なり。[呂氏春秋・季春]

④ 鱣鮪は大魚なり。以て醢醬と爲す。[呂氏春秋・本味]

これを見ると、陸璣の説はほとんど高誘から来ているようである。しかも陸璣が言っていない伝説も記されている。鱣・鮪が竜門を上ると竜になるという伝説は、酈道元の『水経注』に見える鱣湍と鮪穴の由来譚、延いては三秦記（太平広記巻四六六所引）の黄鯉魚の登竜門の故事に連なるものであるが、これらは鱣・鮪の遡河性がこのような伝説を生んだと考えられる。もっとも遡河性といっても鮭などのように必ず海に戻るとは限らず、チョウザメの中では普段は大きな湖沼を棲みかとしていて、産卵期になると必ず大きな川やその支流に上る習性をもつものがあるという。張衡の東京賦の「王鮪岫居」に対する薛綜の注釈に、

王鮪は魚名なり。山穴の中に居る。長老言ふ、王鮪の魚は、南方より來る。此の穴中より出でて、河水に入る。日を見て目眩み、水上に浮かんで流行すること七八十里。釣人之を取り、以て天子に獻じて用て祭る。其の穴は河南の小平山に在り。

とあり、先の陸璣の記述や、酈道元の『水経注』の記事を総合すると、すでに後漢のころ、鮪は穴居するとされ、江湖に通じる穴で冬を過ごし、春になると黄河を北上し、竜門に至り、さらに沮水・漆水（それぞれ洛水と渭水の支流で、洛水と渭水は黄河に合流する）に入ると信じられたことが分かる。また、鮪が一定期間深処に潜むという習性の認識や、春に出現した鮪を捕らえて祭祀に用いるという古人の習俗がうかがえる。もっとも、春の太陽を見て目が眩み、何十里も流されるというのは理解し難い。それはともかく、詩経の周頌・潜[281]に「猗與漆と沮／潜に多魚有り

4．詩経名物学の一斑 ——鱣と鮪 登竜門故事の真相

「鱣有り鮪有り」と歌われていること、『周礼』天官や『礼記』夏小正に、鮪を初物として珍重して祭るという記事などを見ても、『大戴礼記』に対して一種宗教的ともいえる信仰を抱いている様子が想像される。ぎざぎざの骨板を逆立てて三メートル前後の大魚の川を遡る姿があたかも竜に見え（陸璣の鱣の②を見よ）、黄河の竜門を過ぎると竜になるという伝説が生まれたのも宜なる哉である。

深い淵に潜むという習性を詠んだ詩句に、詩経の小雅・四月[204]の「鱣に匪ず鮪に匪ず／潜んで淵に逃る」や、王褒の九懐・通路の「鯨鱣幽潜す」などがあり、後の鱣に関しても奇妙な伝説がある。それは琴の名人瓠巴の奏でる音楽を聞いて魚が河中から頭を出したという有名な話である。この魚を『荀子』勧学篇では沈魚（一本では流魚）、『淮南子』説山訓では淫魚、『論衡』率性篇では潭魚、『韓詩外伝』巻六では潜魚、『論衡』感虚篇と江淹・雑体詩では淵魚になっているが、馬融・長笛賦、許慎『説文解字』の鱣条下、左思・蜀都賦などはいずれも鱣魚となっている。沈・淫・潭・潜・淵は発音も似ている上に、すべて淵に深く潜むという意味と何らかの関連があり、しかもそのような魚を音楽が感動させて水上に出現させるという点に眼目がある。春の気に感じて江湖の深処から現れて、川の支流まで遡っていくチョウザメの習性から、この説話は生まれたのであろうか。ただし鱣は鱧・鮪と少し形態が異なっているようである。初めて鱣の形態について記した『淮南子』説山訓の高誘注に、

①淫魚は音を喜び、頭を水より出だして之を聴く。②淫魚は長頭、身相半ばす。③長さは丈餘。鼻は正白、身は正黒。口は頷下に在り。鱴鯱魚に似、而して身に鱗無し。江中に出づるなり。

とあるのを見ると、②が鱣・鮪とは違った特徴になっている。ところが鱣・鮪・鱧はしばしば混同され、なかんずく

第三章　詩経の動植物とシンボリズム

鮪と鱏がよく同一視される。鱏の文字の出現は恐らく後漢あたりであるが、下って晋の郭璞の『山海経』と『爾雅』の注釈における解説が高誘に次いで古い。それは次の通りである。

①鮪は即ち鱏なり。鱏に似て長鼻。體に鱗甲無し。一名、鮥なり。［山海経・東山経］

②鱏は大魚、鱏に似て短鼻。口は頷下に在り。體に邪行の甲有り。鱗無し。肉は黄なり。大なる者は長さ二三丈。今江東呼んで黄魚と為す。［爾雅・釈魚］

③鮪は鱏の屬なり。大なる者は王鮪と名づけ、小なる者は鮥鮪と名づく。今宜都郡、京門より以上、江中通じて鱏鱏の魚を出だす。一魚有り、狀は鱏に似て小。建平の人鮥子と呼ぶは即ち此の魚なり。［爾雅・釈魚］

郭璞は鱏と鮪を鼻の長短で区別し、鱏と鮪を甲の有無（高誘に見えない特徴）で区別しているが、鮪と鱏を混同した。しかし唐以後になると、高誘の②の特徴が、『文選』の南都賦、蜀都賦の劉逵注以来、「頭は身と正半」と明示され、受け継がれている。これが鱏・鮪と鱏と区別の目安になる。

チョウザメを意味する語がいくつか出たが、ここで現在のどんな種に該当するかを整理しておくのがよさそうである。鱏には王鱏なる別称があるが、これは鮪や鱏と比較して「大きい」の意味を添えたと考えられる。王鮪・鮥鮪（叔鮪）は鮪の中での大小を区別したらしく、また、鮥は鮥鮪と同じか、あるいはそれより更に小さいものを指すらしい。鱏は鱏に取って代わった後の名称、鱏は鱏に由来する比較的新しい鱏・鱏は鱏の異称である黄魚に由来するようであるが、『本草綱目』では鮪を鱏と同じとしたり、また、鱏の通称として鱘鰉が使われるなど、用語の混乱を来たした。鱏・鮪・鱏の種別をはっきりさせるために、『本草綱目』の記述と、現代中国の動物学の記述とを照らし合わせて考えてみる。

258

4．詩経名物学の一斑　――鱣と鮪　登竜門故事の真相

［鱣］①鱣は江淮黄河遼海の深水の處に出づ。②無鱗の大魚なり。其の色は灰白、其の背に骨甲三行有り。其の鼻は長く鬚有り。其の口は頷下に近し。其の出づるや、三月を以て水を逆ひて生ず。④其の居るや、磯石湍流の間に在り。⑤其の食するや、口を張りて物に接し、其の自ら入るに聽す。食ひて飲まず。蟹魚多く誤つて之に入る。⑥昔人の所謂「鱣鮪岫居」、世俗の所謂「鱏鱘魚自ら來るを喫して食す」とは是なり。⑦其の行くや、水底に在り、地を去ること數寸、漁人小鉤を以て千を近づけ沈めて之を取る。

［鱏］①鱏は（……）江淮黄河遼海の深水の處に出づ。②岫居す。長き者丈餘。③春に至り、始めて出でて陽に浮かび、日を見て則ち目眩む。④其の狀は鱣の如し。而して背上甲無し。其の色は青碧、腹下は色白し。其の鼻は身と等し。口は頷下に在り。⑤食ひて飲まず。⑥頬下に青斑有り、紋は梅花の如し。

右の『本草綱目』の記述では、鮪と鱏を一つに合わせたため、結局二種のチョウザメに分類しているが、実際は中国だけで五種（正確には二属五種）の存在が知られている。『中国経済動物誌―淡水魚類』は、Huso dauricus を鰉に当てる（図1）。本種は群集して回遊せず、平時は二つの川の合流点や支流の入り口付近に棲息し、冬季に深水の場所で越冬する。体長は二メートル以上で、最大の長さが五メートルに達し、重さが一トンになるものがあるという。次に Acipenser sinensis を鱣、あるいは鱣鮪（中華鱘）に当てる（図2）。同書によると、『本草綱目』の鱣の①および④が本種の習性をよく説明し、また、⑤は泥に着生した小動物を口膜の伸縮によって吸い込む食性を記したものであるという。春夏に河口に群集し、秋に川を遡り産卵する。初夏に川を遡り産卵する。次に鱏は Acipenser schrencki に当てられる（図3）。本種は H. dauricus に似るが、それよりやや小さく、最大の体長が三メートル、重さが二百キロ程度である。長江、銭塘江、黄河などである。体長は二～三メートルぐらいである。分布域は長江、銭塘江、黄河などである。ほかに長江に産する Acipenser dabryanus（中国の動物学用語は長江鱘）がある（図4）。これは純粋の淡水産であ

259

第三章　詩経の動植物とシンボリズム

る。最後の *Psephurus gladius*（中国の動物学用語は白鱘）は前の四種と属を異にし、形体も図5のように異様であり、吻が剣状をなし、著しく延長している。これは明らかに高誘などの記した「頭と身が半分」という特徴にぴったり符合しており、この特徴をとらえた象魚、象鼻魚という異名もあるくらいである。和名はヘラチョウザメ（一名、ハシナガチョウザメ）といい、世界で二種しか存在しない珍種であるという。鱘が鱏と同じであることはほぼ確かだが、鱘と鮪が果してどれに当たるかは問題である。リードは鱘を *A.sinensis* に同定する説を挙げると同時に、『本草綱目』の鱘の記述は *H.dauricus* を含んでいるという（Chinese Materia Medica—fish drugs）。『中薬大辞典』は鱏を *H.dauricus* に当て、鮪を鱘と同一とし、*A.sinensis* に当てる。なお『辞海（修訂本）』——生物分冊では、鱘（古称鱏）が上記の *A.sinensis, A.schrencki, A.dabryanus* の三つを含むとしている。以上の通り説がまちまちであり、古典の記述との出入りが多く、にわかには決定し難いが、筆者の考えでは、鱏を *H.dauricus*（和名はダウリアチョウザメ）に、鮪を *A.sinensis*（カラチョウザメ）に、鱘（鱏）をシナヘラチョウザメに当てるのが妥当ではないかと思う。それは鱘が最も長大であり、水が漲る時に活動し、冬に隠れる点、鮪が春から夏にかけて集まり、川の上流まで遡る点（物候の記述は必ずしも古今同じではないから注意を要するが）などを考慮に入れると、比較的古典の記載にこれらを完全に区別していると限らないことは言うまでもあるまい。

さて、李時珍が高誘、陸璣、郭璞らよりも多く付け加えた特徴の中で、岫居を山の穴に潜むことだと合理的に解した問題点は一応おいて、最も奇妙なのは鱘の⑤と鱏の⑤、すなわち、食物を摂取する時、口を張って物に近づけ、餌が口に入るのを待つだけで「食ひて飲まず」という記述である。この魚の食性には古い伝承があるらしく、『淮南子』斉俗訓に「鵜胡は水を飲むこと数斗にして足らず、鱏鮪は口に入ること露の如きにして死す」という更に奇妙な記事がある。意味は、ペリカンは水を数斗飲んでも足らないが、鱏鮪は水を露ほど入れても

4．詩経名物学の一斑　――鱣と鮪　登竜門故事の真相

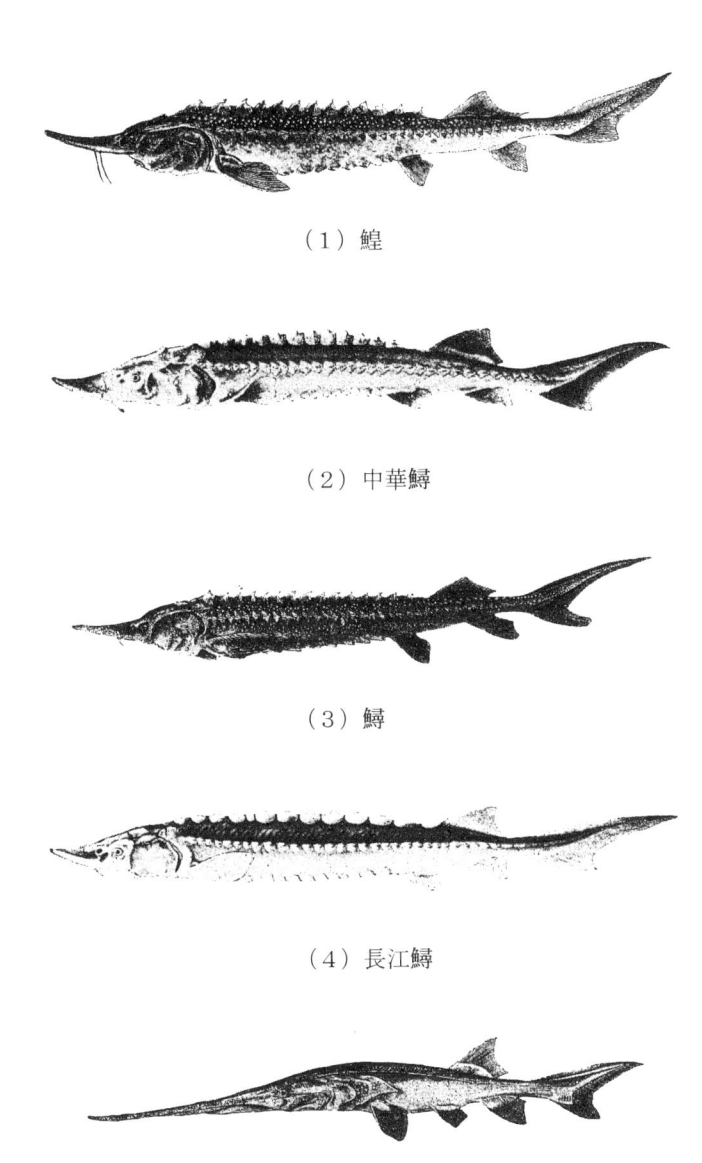

（1）鰉

（2）中華鱘

（3）鱘

（4）長江鱘

（5）白鱘

第三章　詩経の動植物とシンボリズム

死んでしまうということらしい。これについて宋の羅願は、「孔子曰く、水を食ふ者は善く游ぐ、而して寒に耐ふる者は魚類なり。鱣鮪の類は水に食すと雖も、正に水を食せず。淮南子に曰く、（……）故に冬の間、鱣鮪は善く游がず、冬乃ち岫居す、河に入りて眩浮するは、亦た其の驗なり」（爾雅翼）と説明している。どうやら、冬の間、山の穴に潜んで泳がないのは寒に耐えられないからで、結局それは他の魚類のように水を飲まないことによるということらしく、また、そのために春に入って目が眩んで浮かんでしまうというのは、先の薛綜の記述の説明にもなる。果たして鱣・鮪にそんな習性があるのか。ただヘラチョウザメにはする習性があるとのことである（『朝日＝ラルース世界動物百科10』）。「食ひて飲まず」というのは、ヘラチョウザメのこんな習性が誤って伝承されたのではなかろうか。もしそうだとしたら却って古代中国人の観察眼には驚かされる。

以上、鱣・鮪という魚の性質や形状を考察した後、本題に立ち返ると、碩人篇でのイメージが明らかになる。先ず、春の水が滔々と盛んに流れる中に、竜の如き勇ましい魚が遡ることは、婚姻の成立による両国の繁栄（五行目の植物の繁茂も同旨）の祝福であり、また、その大魚を獲得したことが斉という大国の姫を娶り得た僥倖の誇示になり、珍しく美味な魚であることが姫の美貌のイメージにつながり、さらに、春に真っ先に至って祭祀のために用いられるめでたさ、卵が無数に取れるという豊饒多産性と女性の生殖の豊かさの平行関係、最後に、当時の中国人に気づかれていたかは不明ながら、甚だ長寿であるという魚のめでたさ等々、さまざまのイメージがこれらの魚に負わされているのである。

二——螟蠃と蜾蠃　中国版昆虫記の虚実

Ⅰ　宛彼鳴鳩

　　宛たる彼の鳴鳩　くるりと返るかむりどり

262

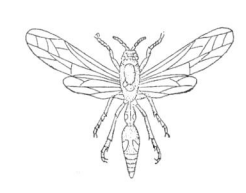

4．詩経名物学の一斑　二―蜾蠃と螟蛉　中国版昆虫記の虚実

```
Ⅰ
翰飛戾天
我心憂傷
念昔先人
明發不寐
有懷二人

Ⅱ
人之齊聖
飲酒溫克
彼昏不知
壹醉日富
各敬爾儀
天命不又

Ⅲ
中原有菽
庶民采之
螟蛉有子
蜾蠃負之
教誨爾子
式穀似之
```

翰（たか）く飛んで天に戾（いた）る
我が心憂傷す
昔の先人を念（おも）へば
明發（めいはつ）まで寐（ね）られず
二人（ににん）を懷（おも）ふ有り

人の齊聖（せいせい）なる
酒を飲み溫克（おんこく）す
彼の昏（くら）くして知らざる
壹（いつ）に醉ひて日に富む
各（おのおの）爾（なんぢ）の儀を敬せよ
天命又（また）せず

中原菽（まめ）有れば
庶民之を采る
螟蛉（めいれい）子有れば
蜾蠃（から）之を負ふ
爾の子に教誨（きょうかい）せよ
式（もっ）て穀（よ）く之に似よと

高く上がって天まで届く
我が心はいたみ悲しむ
遠い先祖を思ひ詰めれば
夜明けまで寝つかれぬ
ふたおやを思ひ慕へば

慎み深く賢い人は
酒を飲んでも乱れない
物を知らない愚かな人は
ひたすら酔っても飽き足らぬ
なんぢらの威儀を慎めよ
天命は再び来ないゆゑ

野原の中に豆があったら
民くさが来て摘んで採る
あをむしに子があったら
じがばちが来て負つて行く
なんぢらの子に教へ諭せよ
「よくよくこれに倣へ」と

蜾蠃

第三章　詩経の動植物とシンボリズム

IV 題彼脊令　　彼の脊令を題れば　　　　　　　　　　かしこなるせきれい見れば
　　載飛載鳴　　載ち飛び載ち鳴く　　　　　　　　　　飛び立ったり鳴き叫んだり
　　我日斯邁　　我は日に斯に邁き　　　　　　　　　　我は日々に進み行き
　　而月斯征　　而して月に斯に征く　　　　　　　　　また月々に進み行く
　　夙興夜寐　　夙に興き夜に寐ね　　　　　　　　　　朝早く起き夜遅く寝て
　　母忝爾所生　爾の所生を忝むる母かれ　　　　　　　なんぢらの父母を辱めるな

V 交交桑扈　　交交たる桑扈　　　　　　　　　　　　ここかしこ飛び交ふいかる
　　率場啄粟　　場に率ひて粟を啄む　　　　　　　　　籾打ち場で粟をついばむ
　　哀我填寡　　我が填寡を哀れむ　　　　　　　　　　あはれ疲れた独り者さへ
　　宜岸宜獄　　岸に宜し獄に宜し　　　　　　　　　　牢屋につながるを免れず
　　握粟出卜　　粟を握り出でて卜す　　　　　　　　　粟を握って占ひ立てる
　　自何能穀　　何に自りて能く穀きん　　　　　　　　「どうしたら生きていけるか」と

VI 溫溫恭人　　溫溫たる恭人　　　　　　　　　　　　穏やかで恭しい人は
　　如集于木　　木に集まるが如し　　　　　　　　　　鳥が木に集まるやう
　　惴惴小心　　惴惴たる小心　　　　　　　　　　　　恐れをののく小さな心は
　　如臨于谷　　谷に臨むが如し　　　　　　　　　　　谷のふちに臨むやう
　　戰戰兢兢　　戰戰兢兢　　　　　　　　　　　　　　びくびくと浮き足立って

264

4．詩経名物学の一斑　二一螟蛉と蜾蠃　中国版昆虫記の虚実

如履薄冰　　薄冰を履むが如し

薄い氷を歩くやう――小雅・小宛[196]

博物語彙の正しい解明が詩の解釈を変える得る場合がまれではない。殊に外国人は中国の博物に関して不利な立場にあるため、博物語彙の解明は我々外国人の詩経学では必須の一分野となる。もちろんこのことは部分的には中国人自身にも当てはまるであろう。　古代語が現代人に必ずしも自明とは限らないからである。

右に掲げた小雅・小宛篇に出る螟蛉は、中国では現代でも生きている甚だ息の長い語である。しかもそれがジガバチ類の昆虫を指すことにおいて古来問題がない。ところがその昆虫の習性に関しては、小宛篇の解釈は必ずしも改まっていない。ここで現代の生物学と照らしつつ、小宛篇がどう読まれるべきかを考えてみたい。

問題の発端は後漢の鄭玄による昆虫の化生説の導入である。小宛篇の鄭箋に「蒲盧は桑蟲の子を取り、負持して去る。煦嫗して之を養ひ、以て其の子と成る」とある。すなわち、蒲盧（毛伝によると蜾蠃の別名）は桑虫（同じく螟蛉の別名）の子を負って巣に運び、養い育てて自分の子とするというのである。『中庸』の「夫れ政なる者は蒲盧なり」に対する鄭注にも、「蒲盧は桑蟲の子を取りて去り、之を變化せしめて、以て成して己が子と爲す」とあり、変化の二字を加える。鄭玄の見解は、前漢・揚雄の『法言』学行篇に「螟蛉の子、殪れて蜾蠃に逢ふ。之に祝して日く、我よ我よと類よと」とあるのに由来すると思われる。下って唐の孔穎達の『詩経正義』は呉の陸璣の『毛詩草木鳥獣虫魚疏』から「蜾蠃は土蜂なり。蜂に似て小腰。桑蟲を取りて之を木空中に負ひ、七日にして化して其の子と爲す」を引くが、『太平御覧』巻九四五では「木空中」の後に「或は書巻の間、筆筒の中」の語が、また、「其の子」の後に「里語に曰く、呪して云ふ、我に象よ我に象よ」の文が付け加わる。晋・張華の『博物志』や、干宝の『捜神

第三章　詩経の動植物とシンボリズム

記』にも、螺蠃が蟾蛤に「我に似よ我に似よ」とまじないをかけて自分の子に変化させるという話（仮に「教祝説」と呼んでおく）が出ている。このように漢・魏・晋（あるいは後述のように戦国に遡る）以来の俗信が儒教の正統的な詩経解釈学に採り入れられたわけである。

ところが早くも梁の陶弘景（五～六世紀）が正統的な見解に異議を唱えた。螺蠃は『神農本草経』に蠮螉の名で登場するが、それに対する陶弘景の注釈は親しく昆虫を観察したとしか思えないほど正確である。

此の類甚だ多し。土蜂と名づくと雖も、土に就きて窠を為らず、土を搏びて房を作る者是なり。其の子を生むに粟米の如く、中に置き、乃ち草上の青蜘蛛十餘枚を捕取して中に満たし、仍りて口を塞ぎ、以て其の子に擬して大いに糧と為すなり。其の一種蘆竹管中に入る者は、亦た草上の青蟲を取る。一名、螺蠃。詩人云ふ、螟蛉子有り、螺蠃之を負ふと。細腰の物雌無く、皆青蟲を取りて、教祝して便ち變じて己が子と成すと言ふ。斯れ謬りと為す。詩を造る者乃ち詳かならざるべし。未だ夫子何為れぞ其の僻邪に因れるかを審らかにせず。聖人も闕くこと有るは、多く皆此に類す。

陶弘景が従来の教祝説を誤りだと完全に否定したのは、本草家としての自信の表れに違いない。彼の提出した新しい情報は次の三点である。

（1）二つの種類がある。泥を運んで巣を造り、蜘蛛を捕るものが蠮螉、蘆や竹の管に入り青虫を捕るものが螺蠃。
（2）粟米大の子を生む。
（3）蜘蛛や青虫を捕らえて巣を閉じ、子のための食餌とする。

詩人の観察の至らなさを指摘する陶弘景は、さらに進んで孔子批判に及ぶ。「孔子がなぜでたらめを信じ（て詩を

266

4．詩経名物学の一斑　二―鱧と鮪　中国版昆虫記の虚実

採っ）たのか分からない。聖人にも落ち度があるのは大抵こんな類だ」と言って憚らない。

ところで陶弘景は二種に分けたが、彼以前にはもちろん無いことであり、詩経の蜾蠃のほかさまざまの異名があるだけである。

（1）細要（＝腰）…荘子・天運、説文
（2）奔蜂（ほんぽう）…荘子・庚桑楚
（3）稞蜂（ちぼう）…列子・天瑞
（4）貞虫（ていちゅう）…淮南子・説山、同・原道、同・地形
（5）蒲盧（ほろ）…爾雅・釈虫、詩経・毛伝
（6）蝸螺（から）…易林・観之无妄、同・遯之剥
（7）蚴蛻（ゆうえつ）…方言、広雅
（8）蠮螉（えつおう）…神農本草経、方言
（9）土蜂（どほう）…説文、名医別録
（10）蜾蠃（いんよう）…捜神記

古代人の認識は、昆虫に微妙な差があっても（実際ジガバチ類には多くの種類がある）、特徴的な共通項でとらえて一つの種として十分だったであろう。しかし命名法は時代や地域の違いもあり、また、昆虫の特徴への着目の異なりから、いろいろに分かれる。

a 形態的特徴による命名…（1）（2）（3）（5）（6）
b 習性の特徴による命名…（9）
c 音象徴による命名…（7）（8）（10）

第三章　詩経の動植物とシンボリズム

d 観念的命名…（4）

a には蜾蠃も含まれる。王国維によれば、蜾蠃、果蓏（草の実）、栝楼（キカラスウリ）はともに「圓にして下垂するの意」であるという。宋の范処義は「古人の名物は多くは色や形の似ているのに取る」といい、瓠の細腰なるものも蒲盧と名づけることを指摘する（解頤新語、また、詩補伝）。現代日本の昆虫学でもジガバチを含む似た仲間を細腰蜂上科に分類していて腹柄でつながっている蜂の特徴に基づく（素木得一、昆虫の分類、北隆館、一九五四年、六〇一ページ）。b は土に穴を掘ったり、泥で巣を造る習性に基づく。c については李時珍や朱駿声などに説がある。d は『淮南子』の高誘注に「牝牡の合無きを貞と曰ふ」とあり、貞潔のイメージを付与された命名である。

蜾蠃は「純雄」（列子・天瑞）、「純雄にして子無し」（説文）、あるいは「雌無し」（博物志）ともいわれるように、貞潔のイメージを付与された命名である。

最近の昆虫学によると、他の昆虫やクモ類などを狩って巣に搬入し、その上に産卵して幼虫の食料とするいわゆるカリウドバチ（狩人蜂）には、ジガバチ科、スズメバチ科、ベッコウバチ科、ツチバチ科などがあり、それぞれの科の蜂は狩る獲物が決まっているという。陸璣や陶弘景の記述に従えば、いかなる種類かはおのずと範囲が限定されてくる。体色が黒い、腰が細いなどの特徴も考慮に入れると、蜾蠃はジガバチ科の蜂とするのが比較的妥当であろう。参考までに学名の同定に関する諸説を次に挙げておく。

（1）ぢがばち（総名）*Eumenidae*（とっくりばち科）*Psammocharidae*（べっかふばち科）*Sphecidae*（ぢがばち科）等…矢野宗幹（頭註国訳本草綱目、一九三〇年）

（2）*Ammophila infesta*（ジガバチ）…リード（Chinese Materia Medica——insect drugs, 1941）

（3）*Trypoxylidae*（ジガバチモドキ科）…周堯（中国早期昆虫学史、一九五七年）

（4）*Sphecidae*（ジガバチ科）の各種…上野益三（新註校訂国訳本草綱目、一九七六年）

4．詩経名物学の一斑　二—蜾蠃と螟蛉　中国版昆虫記の虚実

(5) *Eumenes pomiformis*（トックリバチ）…『中薬大辞典』（一九七七年）

(6) *Ammophila vagabunda*…『辞海（修訂本）――生物分冊』（一九七八年）

右のうち『中薬大辞典』による同定は陶弘景の記述に基づいていると思われるが、泥をこねて併竹管のような巣を造り、クモを狩るのは、トックリバチではなく、むしろキゴシジガバチの生態と完全に一致する（『アニマルライフ動物の大世界百科 10』、一九七二年）。

陶弘景以後、自らの観察、あるいは他人の伝聞をもとにして、陶説を否定する者、肯定する者が相継ぐ。陶以後の新しい情報も加わってくるが、しかし彼らの見た蜂の種類は必ずしも同一種ではないようで、ジガバチ科の仲間である場合もあるし、独りカリウドバチを述べている場合もある。この点を念頭に置きつつ、陶以後の新しい情報を時代を追って整理してみる。

蜾蠃がアオムシだけを狩るのではないということは、すでに『博物志』や『捜神記』に皁螋（バッタの類）が出ているが、唐の段成式は、「蠮螉、成式の書斎に此の蟲多し。蓋し書巻に窠づくるを好む。或は筆中に在り、祝聲聽くべし。時有りて卷を開きて之を視れば、悉く是れ小蜘蛛、大きさ蠅虎の如し。旋らして泥を以て之を隔つ。時に方に知る、獨り桑蟲を負ふのみならざるなり」（『酉陽雑俎、巻一七』と記している。もっとも自ら観察したはずの段成式の結論は教祝説に後退してしまった（同書・続集、巻八）。北宋の寇宗奭は「菓蟲及び草上の青蟲に非ざれば、應に是れ諸蟲皆可なるべし」（本草衍義）とするが、同時代の彭乗はもっと具体的である。彼によると、巣造りの違いに狩る虫の違いによって三つの種類に分けられ、泥で室壁に巣を造るのが蜾蠃で、書卷や筆管中に巣を造るのが蠮螉、蠨蛸（アシナガグモ）や蟋蟀（コオロギ）を狩るという（墨客揮犀）。

これらは桑蠖（シャクトリムシ）や小蜘蛛を狩る。地中に穴を開けて巣を造る虫の違いによって三つの種類に分けられ、泥で室壁に巣を造るのが蜾蠃で、

産卵については、陶弘景が、卵を産んで虫を捕らえるように述べているのは一般的でなく、普通は虫を捕らえて巣

第三章　詩経の動植物とシンボリズム

に入れてから、その体面に卵を産みつけるという。これについては五代の韓保昇が「果たして卵の粟の如く有りて、死蟲の上に在り」（蜀本草）と述べるのは、半分正確で半分不正確である。というのは、最初虫は麻痺しているだけで死んだわけではないからである。宋の范処義に至って、「乃ち自ら卵の粟の如く有り、螟蛉の身に寄せ、以て之を養ふ。其の螟蛉は不死不生、蠢きて穴中に在り、久しくして則ち螟蛉盡く枯れ、其の卵日に益すます長じ、乃ち蜾蠃の形と爲る」（解頤新語、また、詩補伝）と、正しい観察記録が現れたが、その後、明の陶輔が「乃ち蜂他蟲を含み來り、背上一白子粟米の如きを負ひ、後漸く大にして、其の青蟲尚活く。其の後子漸次形を成し、青蟲亦た漸次昏死す。更に後子を看れば皆果蠃なり、亦た漸次老嫩一ならず、其の蟲漸次死腐し、果蠃の食する所と爲る。食盡くれば則ち孔を穿ちて飛び去る」（桑楡漫志）と記すのは、驚くべき観察の詳しさである。ただ、半死半生のまま巣に搬入されて幼虫の食に供されるのが、親蜂の毒液注射によって麻痺させられたためだということは、ファーブルの観察記録を待たねばならなかった（昆虫記、第三冊、岩波書店）。それにしても五世紀から始まる一千年間の中国の記録は、昆虫学史上称賛に値するものであろう。

虫の狩りとともに羽音は教祝説の由来とからんで、ジガバチの特異な習性である。陶弘景説を否定し、儒教の詩説を守ろうとする者は、揚雄以来の祝声説を信じて疑わない。陶説の是認派は羽音を重視せず、単なる無意味の音声と見ているようである。宋の戴侗ははっきり「雌雄倡和す、其の聲祝するが若きのみ」（六書故）と言っている。清の王船山は諸説を検討し、また、自らの目で確かめ、羽音について次のように結論する。いわく「詩を釋する者、下に似之の文有るに因り、遂に蟲聲に依附して以て義を取る。蟲能く文言六義を知る者に非ず、人の之を聽きて、髣髴として相似たるのみ。彼の果蠃なる者、何ぞ嘗て知らんや、何を以て之を似と謂はんや、何者之を我と謂はんや」（詩経稗疏）と。和名のジガバチもこの「似我」に由来することは言うまでもない。ジガバチが虫を巣に運び入れ、入り口を閉鎖する作業を行う時、逆立ちした恰好でビービーと翅音を立てるのをジガジガと聞いたのである（『アニマル

4．詩経名物学の一斑　二―螟蛉と蜾蠃　中国版昆虫記の虚実

ライフ　動物の大世界百科10』）。いったい何のためにこんな奇妙な行動があるのか明らかでない。ファーブルはジガバチがヨトウムシを退治した時に痙攣したように翅を振るわせる動作を「勝利の歓喜」と見たが、あるいはそれと似た行動であろうか。

以上螟蛉に関する観察記録の跡をたどってみたが、陶弘景以来本草家の果たした役割は否定できない。もっとも唐の李含光や、宋の蘇頌のように、陶弘景説を否定する本草家もいた。蘇頌の反論は、「然れども類の變化固より度るべからず。蚱蟬（さくせん）蠐蚼より生じ、衣魚瓜子より生じ、龜蛇より生じ、蛤雀より生じ、白鵐（はくげき）の相應ず、負蠜の相應ず、其の類一に非ず。桑蟲蜘蛛の變じて蜂と爲るが若きは、異と爲さず」（図経本草）というもので、目験（親視実験）がないという欠点のほかに、戦国以信じられてきた生物の化生説が拠り所となっているのである。

化生説は戦国から秦漢にかけて盛んで、例えば『礼記』月令では、仲春に鷹が鳩に、季春に腐草が蛍に、季秋に雀が蛤に、孟冬に雉が蜃にといった具合に、生物が別の類に変化することが述べられている。特に道家では万物が変化して止まないことの例証として生物の化生が取りあげられる。鄒樹文によると、『荘子』における化生説は四つのタイプに分けられるという（中国昆虫学史、一九八一年、二七ページ）。

（1）同類相生の化
（2）死後の化
（3）異類互化
（4）循環転化

（1）の例として鄒氏は天運篇の「夫れ白鵐（はくげき）の相視る、眸子（ぼうし）運（めぐ）らずして風化す。（……）烏鵲は孺（うじゃくじゅ）し、魚は沫（あわ）を傅け、細要者は化す」の文を挙げ、後段について、類は自ら雌雄を爲す。故に風化す。蟲は、雄上風に鳴き、雌下風に應じて化す。烏鵲は卵を孵し、魚は対外受精し、蜂はいくたびか蛻化（ぜいか）を経て成虫になる等の現象を言ったとする。し

第三章　詩経の動植物とシンボリズム

かし「細要者は化す」を成玄英や司馬彪が前述の教祝説で解しているのが正しいとすると、（3）の異類互化に含められる。また、庚桑楚篇に「奔蜂は藿蠋（かくしょく）を化する能はず、越鳥は鵠卵を伏する能はず」の文があり、「異類は相生じることができない」と理解するよりは、ジガバチが藿蠋（成玄英疏によると、豆中の大青虫）を化することができないということは逆に小青虫なら化することができることを前提にしていると理解すべきであろう。小宛篇に「螟蛉子有り」とあるのは、たとい教祝説は捨て去っても、螟蛉の中の小さなものを前提にしているという表現は我々にとって奇妙であるが、古代人は幼虫から成虫へ連続的にとらえるよりも、それぞれ独立の類をなし、一つの類が別の類に転化すると考えていた。因みに螟蛉は鱗翅目の幼虫を指すようであるが、ジガバチの好むものはガ（特にシャクガ科、ヤガ科）やチョウの幼虫、俗称アオムシ、あるいはイモムシである。螟蛉自身幼虫であるから、螟蛉に子があるという表現は我々にとって奇妙であるが、古代人は幼虫から成虫になる変態の現象を言っているかに見えるが、「蜾蠃（せいそう）

漢の合理主義者王充は蟬の発生について、「蟬の未だ蛻（ぜい）せざるや、復育と爲る。已に蛻するや、復育の體を去り、更に蟬の形と爲る」（論衡・論死篇）と述べ、幼虫から成虫になる変態の現象を言っているかに見えるが、他方、「蠐螬は化して復育と爲り、復育は轉じて蟬と爲る。蟬は兩翼を生じ、蠐螬に類せず」（同書・無形篇）とも述べているように、昆虫の化生説はありふれた考え方であったことを示している。ただ詩経の場合、螟蛉に子があると言っているわけではないから、直ちに化生説を認めることはできない。

さて、詩経の螟蛉蜾蠃問題は、化生説を盾に取り古注を墨守する派と、昆虫の習性の観察をもとにしてそれを打破しようとする派とが対立することになった。前述のように陶弘景が問題を提起したのであるが、詩の解釈とからむ議論は宋代から始まる。

周知の通り宋代に入って古注（特に小序）が疑われ出した。もっとも儒教的詩観の範囲を超えない限りにおいて、教祝説は道徳主義的解釈学にぴったり叶っていた。小宛篇を厲王に対する風刺詩と見る鄭玄は、「中原菽有れば／庶民之を采る」の比喩を、「以て王位常家無く、德に勤しむ者則ち之を得るに喩ふ

272

4．詩経名物学の一斑　二―蜾蠃と螟蛉　中国版昆虫記の虚実

と解し、「螟蛉子有れば／蜾蠃之を負ふ」の比喩を、「万民治する能はざる有れば、則ち能く治する者将に之を得んとするに喩ふ」と解している。つまり、不徳の君によって治めることのできない民は、有徳者が蜾蠃の如く自分の子にするといった解釈である。孔穎達は廣王を幽王にかえて鄭箋を敷衍する（毛詩正義）。鄭玄の権威は陶弘景の批判でも覆すことはできなかった。いったん確立した正統的解釈は儒教社会の滅びない間続く力をもつが、前に述べた科学的認識の進展は漸く正統的解釈に別の解釈を対置するようになる。これを初めて行ったのは恐らく宋の范処義である。

范処義は先に紹介したようなかなり正確な認識に基づき、説文や列子の「純雄無子」の説を否定し、「詩人の意、もと然りと謂はず。之を訓む者の審らかにせざるのみ」と言い、詩の誤りではなく、詩を読む側に誤りを帰した。この観点に立つと、小宛篇の第三スタンザは、「中原菽有れば、民尚能く之を采りて以て其の子を養ふ。夫れ其の子を養ふ者は、蓋し似續の計を為すなり。彼の小民微物も尚爾り。今、王に子有り、之を教誨し、之をして善導を用ゐて以て似續の計を為さしめず、乃ち讒言を信ぜんと欲して之を棄逐するは、何ぞや」と読まねばならない。彼の見る小宛篇の全体的テーマは、父子兄弟を親睦させることのできない幽王に対する風刺である。歴史主義的かつ道徳主義的美刺の儒教的詩観から脱してはいないものの、蜾蠃の比喩を、「蜾蠃は猶能く他物を以て己が子を養ふ、王の其の子を養ふ能はざるを刺る」（以上、詩補伝）という具合に、単に子育てだけに限るのは、従来と違うところである。

宋の羅願も批判派で、陶弘景の説を「實に物理に当たる」と評価し、これまでの詩の読み違いについて、「詩はただ果蠃之を負ふは、國君其の民を有する能はざれば則ち他人の取る所と為るが如しと言ふのみ。負ひ去りて子と為すと言はざるなり。猶鳲鳩に云ふ、鳲鳩よ鳲鳩よ、既に我が子を取ると。亦た鵲衆鳥を取りて子と為すと謂ふべけんや。但説者、其の之を負ひて以て往くを見て、遂に因りて是の説を為す。然れども詩の本旨自ら此の如くならず。而して箋疏及び揚子雲の語疎し」（爾雅翼）と述べ、揚雄、鄭玄らを断罪する。羅願より少し前の陸佃と鄭樵は、古注の立

第三章　詩経の動植物とシンボリズム

場に立つ。鄭樵は「諸蟲蟄に在りて尚食せず。況や其の形體未だ定まらず。猶窠中に在る時、何ぞ飢飽有るを得んや。其の房を壊ちて卵と死蟲を見る者は、是れ變と不變のみ。其の故房を將て之を看れば、其の蟲殻皆形を蛻す、則ち物の食する所と爲るに非ざるは、明らかなるのみ」（通志）と、誤った觀察をし、かつ蘇頌の化生説でもって根拠づけようとする。このように宋代で蜾蠃螟蛉問題が大きな論争を呼んでいたありさまが窺える。

南宋になると、朱子の新注は古注のテーマの取り方を否定し、「此れ大夫時の亂に遭ひ、而して兄弟戒めて以て禍を免かるるの詩」と改めたが、蜾蠃の比喩については教祝説に従い、「似ざる者教へて以て似せしむるべきに興するなり」（詩集傳）と解している。これに対し厳粲は、テーマの取り方は古注に沿うが、蜾蠃の比喩については別説を出した。その根拠は范処義の解頤新語（詩補傳とほぼ同文）である。厳粲は第三スタンザのテーマを「其の子を翼く（ぎ）るを刺るなり」とし、「幽王太子宜臼を黜け、宜臼申侯に奔る。此の章之を刺りて言ふ、中原菽有れば、庶民乃ち之を采りて去る、桑蟲子有れば、蜾蠃乃ち之を持して去る。王若し宜臼を以て不肖と爲さば、何ぞ之を教誨し善道を用ゐて之をして己を似續せしめざるや」（詩緝）と解説する。古注の歴史主義的解釈をさらに具体化させたものであるが、比喩の解釈で范処義と違う点は、蜾蠃が子を養うことに着眼せず、蜾蠃が螟蛉を運び去ることにポイントを置く。ただスタンザの読み方で二人に共通する点は、六行目の「似」を似續と読むことである。清朝の考証学者も「似」を嗣（つぐ）と読むべしとする意見が多い。

以上、螟蛉蜾蠃論争の跡を長々とたどってきたが、結局蜾蠃のシンボリズムは何であったか。問題は科学的な知識を云々するより前に、詩経の時代に果たして教祝説があったかどうかである。筆者の推測では、教祝説は化生説と不可分だということである。荘子が自説の論拠として化生説を持ち出すと同時に教祝説も生まれた。しかも教祝説は詩経の「似」の字にひっかけた付会なのである。蝗が魚に化生する（あるいは、魚が蝗に化生する）という俗信が、小雅・無羊[190]の「衆読に由来すると考えたい。ただし民間で教祝説がなかったとは言わないが、その場合も詩経の誤

4．詩経名物学の一斑　二―蜾蠃と螟蛉　中国版昆虫記の虚実

維魚矣」の衆に虫偏をつけた誤読に由来する例もある。羅願の言う通り、小宛篇では「之を負ふ」とは言っても「子と為す」とは言っていない。蜂が「我に似よ」と教祝するというのは、「教誨爾子／式穀似之」の誤読である。古注は誤読に基づいた俗信を逆に解釈の根拠とした。漢代ではまだ「純雄無子」の説とは反対のことを述べている文献もある。すなわち焦延寿（紀元前一世紀）の『易林』巻三（遯之剝）に「蝸螺子を生む、深目黒醜、其の母に似類す、或は相就くと雖も、衆人取る莫し」とある。

蜾蠃の本来のシンボリズムの理解にヒントを与えるのは、『淮南子』地形訓の「凡そ人民禽獣萬物貞蟲、各以て生くる有り」という一文である。貞虫は教祝説の発生以後の命名に違いないとしても、人民、禽獣、万物と並んで、虫の代表として貞虫を持ってきたのは、その虫の特徴ある習性が注目されたからであろう。つまり、自分よりも大きな虫を巣に運び入れ、幼虫の食餌とする行動である。この文章の意図は貞虫の貞にあるというよりは、その虫も他の生物と同じように生活の手段を持っているということにある。このように理解すると、詩経の解釈がぴったりする。小宛篇の「中原菽有れば／庶民之を采る」と「螟蛉子有れば／蜾蠃之を負ふ」は文体上完全にパラレルである。菽と庶民の関係が食料とそれを獲る者であるのと同じように、螟蛉の子は蜾蠃の食餌なのである。詩経の詩人たちは、たとい陶弘景らのような正確な認識はなかったとしても、蜾蠃が螟蛉を負って運ぶのは食餌にするためだと考えたに違いない（本当は蜾蠃自身の食餌ではなく、生まれてくる幼虫のためだが）。この四行の比喩を、王船山が、「果蠃は辛勤して他の子を攫して以て其の子を飼ふ。興するは、人の善を他に取り、以て其の子に教ふること、亦た中原の菽之を采る者、勞して獲有るを得るに吝かにせざるが如きなり」（詩経稗疏）と解したのは卓見といわなければならない。

小宛篇のテーマは、不安定で困難な社会の下、各人せいぜい努力して生きるようにとの訴えである。第一スタンザは、危険から逃避する鳥のモチーフで導入し、作者の抒情を提前する。第二スタンザは、酒に溺れる刹那主義のはびこる風潮の提示。第三スタンザは、庶民（貴族の対極にある）も蜾蠃も、貴族である作者の目から見ると、厳しい現

第三章　詩経の動植物とシンボリズム

実の中で生きる手立てを必死に追求する生き物であり、自堕落な貴族のアンチテーゼとなる。だから次に「お前ら子どもたちに教え諭しなさい。よくよく彼らに似るように努力せよと」という戒告の辞が続く。第四スタンザは、危険を告知する鳥のモチーフを持ってきて、父母を辱めない努力の必要を説く。第五スタンザは、生活を破壊し、無秩序をもたらす鳥のモチーフで起こし、生きる手段を失った犠牲者を哀れむ。最終スタンザは、戦々兢々と生きていかねばならぬ現実を直視する。

詩の全体的なテーマは「栗を握り出でてトス／何に自りて能く穀きん」の「穀きる」に収斂する。三つの鳥のモチーフが谷に臨み薄氷を履むが如き社会状況の暗示となり、昆虫が生のシンボルとなるのである。

［注］

（一）青木正児「名物学序説」（青木正児全集8、一九七一年、春秋社）

（二）第三、四行の「網を打つこと」と「魚が跳りはねること」を二つの平行した事柄と見つつ魚がかかる」という因果関係に捉える（経典釈文に引く馬融の説）が妥当である。ところが陸璣は鱣・鮪は網にかからないとする。

（三）鱣と鯉を混同したのは舎人の爾雅注と碩人篇の毛伝に始まるという（許維遹、呂氏春秋集釈）。この混乱は爾雅・釈魚の冒頭の「鯉鱣鰋鮎鱧鯫」の読み方にも原因があるらしい。しかし博物学に詳しくない文字学者は毛伝や説文を守ろうと無理にこじつける。

（四）明治時代の山田武太郎『大辞典』（一九一二年）ではチョウザメに鱏が当てられ、大正時代の『日本百科大辞典』（斎藤精輔代表、一九一六年）では鰉魚・黄魚の名も見える。鰉が鱣・鮪と同じであることを縷説したのは幸田露伴（全集30、一三六年）である。しかし当時はまだ一般常識ではなかった。ヨーロッパでは、レッグ（一八七一年）やシュトラウス（一八八〇年）などいずれも正訳している。

276

4．詩経名物学の一斑　［注］

（五）この書は散逸して現在伝わらない。拾遺はいろいろの叢書に入っているが、ここでは叢書集成初編（古経解彙函のテキスト）を用いる。

（六）鱣鮪ではなく鯉が竜門を上るという誤伝は、鄺道元あたりに始まるようであるが、その非は遠く毛伝、説文までさかのぼる。

（七）鱣がまた鱏ともいわれるのもその意味と関連があろう。なお鱏は鱣の後起の別体字であるが、李時珍は覃・尋はともに長の義に取るると言っている（本草綱目）。

（八）王鮪、叔鮪、鮥などは鮪の成長名であろうと考え（島田勇雄訳注、本朝食鑑4、二三六ページ参照）、ここでは鱣と鮪の区別だけを問題とする。

（九）「飲みて食はず」という逆の言い方もあり、鮆魚（エツ）の食性に対する説文の記述である。

（一〇）特に詩経における自然に対する観察眼は鋭いものがある。それは自然と人間の間にメタファーを発見するのが最初の詩の成立の基盤となっていたからで、詩経の詩人たちは共通の精神構造をもっていたのである。

（一一）周尭『中国早期昆虫学史』、科学出版社、一九五九年、五九ページ。

（一二）森立之等復原本『本草経集注』（南大阪印刷センター、一九七三年）による。

（一三）王国維「爾雅草木虫魚鳥獣名釈例・上」（観堂集林）。因みに、／k-l～／という語形をもつ語が、コロコロした丸い物を表す擬態語から概念語に変わったものであることを、藤堂明保は多くの例証を挙げて論じている（語源漫筆、大学書林、一九五六年、九一〜一〇二ページ）。

（一四）程瑶田「果蠃転語記」（通芸録所収）によれば、蒲盧は果蠃の転語とされる。

（一五）朱駿声は「蠋蠋も似我も声を状するなり」と言っている（説文解字通訓定声）。その声はジガバチの特徴の一つ。

（一六）吉川晴男監修『昆虫の事典』（東京堂出版、一九七〇年）によれば次の通り（下は狩られる虫の種類）。

　　ジガバチ→アオムシ
　　アナバチ→キリギリス科

277

第三章　詩経の動植物とシンボリズム

ルリジガバチ、キゴシジガバチ、ジガバチモドキ→クモ
ハナダカバチ→ハエ、アブ
フシダカバチ→コハナバチ、ゾウムシ、タマムシ
トガリアナバチ類→カネタタキ、ケラ
ベッコウバチ類→クモ
ドロバチ、トックリバチ→アオムシ

（一七）ただしトックリバチなどは予め卵を吊るしておいて、後から獲物を巣に入れるという。陶弘景の記述は必ずしも間違いではない。

（一八）リードは *Heliothis armigera* すなわちヤガ科の幼虫である棉鈴虫に同定している（Chinese Materia Medica――insect drugs,1941,p32）。

（一九）拙著『詩経・下』、学習研究社、一九八三年、一六二二ページ。

5. 詩経の博物学的研究①——虫

はじめに

本研究は純粋の自然科学を方法とするのでもなく、目的とするのでもなく、文化史的な興味を視野に収めながら、中国の文学と思想にまたがる諸問題、特に「物を通して見た中国人の精神史」の一つの局面を扱うものである。もっとも、「博物学」と銘打った理由の一つとして、中国人の名づけた「物」が現代の自然科学と照らし合わせていかなるものに当たるかを考証することも含まれている。しかし筆者は自然科学者ではないので、ただ内外の自然科学上の

5．詩経の博物学的研究①——虫　はじめに

詩経は、時代の古さから言っても、量から言っても、最大の博物学の宝庫である。古来、詩経の博物誌だけを独立に研究する部門があり、成果は多量に上るが、それは近代科学の眼を通したものではないから誤りも多い。自然科学の立場から専門的に研究したものはほとんど無い状態である。このような状況下にあって、筆者は大いに不満を覚えている。詩経や、その他の文学、哲学における自然と人間とのかかわり方、特に「物」を媒介とする中国人の発想を知る必要上、やむなく非力を顧みずに大それた企てを試みる次第である。

本研究では、動植物の分類の仕方は、中国の伝統的な分類に従っていて必ずしも科学的なものではない。各項目の研究内容については、次のような手順で進め、記述する。

(a) 同定の問題について。生物学で同定されているものはできるかぎり記す。異説がある場合は、詩経の解釈と矛盾しないものを検討して選ぶ。ただし以上は中国側の文献に多くを依存するほかはない。

(b) 名に関する語源学的、意味論的な問題。これは『本草綱目』の釈名の文献に多くを依存している。

(c) その物の特徴や、中国人のとらえたイメージや観念について。詩経の詩の構成とどうかかわり、どう詩を解釈すべきか等々、文学的な媒介項としての意味、また、後世の文学、思想におけるシンボリズムと詩経とのかかわり方を探求する。

最後の問題はきわめて難しいものを含んでいる。というのは、本稿で扱う文献がすべて詩経以後のものばかりであり、どこで詩経本来のものと、そうでないものを区別するかは微妙だからである。たいていの場合、詩経が規範になっていることは言うまでもないが、詩経の詩の読み誤りから生じたのも少なしとしない。また、後世の文献から、詩

第三章　詩経の動植物とシンボリズム

一　螽斯・斯螽

螽(しゅうし)斯

詵(しんしん)詵たり

宜(よろ)しく爾の子孫

振振たり——周南・螽斯[5]（Ⅰ）

五月斯(し)螽(しゅうこ)股を動かす——邶風・七月[154]（Ⅴ／1）

[1―a]螽(しゅうし)斯をキリギリスとするのが正しい。螽斯をキリギリスとするのは現代の中国でも日本でも同じである。しかしこれは誤りで、バッタ科の昆虫とするのが正しい。螽斯をキリギリスの種類に同定したのは日本の江戸時代の稲生若(いのうじゃくすい)水や小野蘭山らが最初であるが、江村如圭はその非を弁じている（詩経名物弁解）。しかしそれより前、中村惕斎の『訓蒙図彙(きんもうずい)』では「いねつきこまろ」（ショウリョウバッタの古名）という訓が与えられており、更に遡ると平安時代の『和名抄』も同様であることがわかる。結論を言うと、螽斯はバッタの総称、または、特に *Locusta migratoria migratoria*（トノサマバッタ）を指し、斯(し)螽(しゅう)は『和名抄』に従えば、*Acrida lata*（ショウリョウバッタ）である。

280

5．詩経の博物学的研究①——虫　——螽斯・斯螽

[1―b]バッタを表す語に螽と蝗がある。古くは『春秋』に専ら螽が使われており、蝗は紀元前一世紀ごろ現れる。同書に見える記事、例えば文公三年（紀元前六二四年）の条に「秋、螽を宋に雨らす」とあるのからしても、螽がバッタの類に見えることは疑問の余地がない。明の方以智は螽と蝗の区別について、災いをなすものが蝗で、災いをなさず常に居るものが螽だとしているが（通雅）、右の記事はそれを否定するようである。しかし螽と蝗を通時的な軸でとらえないで、生態学的な差異でとらえたのはよい。飛蝗（トノサマバッタ）は普段は孤独相で生活しているが、いったん群生相を形成すると、同一の種でありながら別種の如く変化し、大挙飛行して猖獗をきわめ、大災害をもたらす。このような蝗災が中国の史書でたびたび記録されている。螽の語源を緯書の『春秋佐助期』（古今図書集成巻一七五所引）が、螽は音義が衆と通じ、「衆を暴する」がゆえに螽というと述べているのは、飛蝗の異常発生と暴威をとらえた説である。

バッタ（イナゴを含む）の古名を螽といったのは右の通りであるが、詩経の螽斯篇以来、螽斯も正式の名称となり、螽斯を螽蟖とも書くようになった。毛伝では螽斯を蚣（＝蚣）蝑と同じとしている。松胥は舂黍（キビをつく意）とも書かれるから、『和名抄』が「いねつきこまろ」に当てたのは確かに正しい。日本でショウリョウバッタの異名を「米つきばった」と呼ぶように、後脚を摑まえると米を搗くような動作をするのに因んだ命名が日中間で奇しくも軌を一にする。

[1―c]周南の螽斯をキリギリスと受け取っては、詩の意味と合致しない。古注（毛伝・鄭箋）も新注（朱子集伝）もすでにバッタとして解釈しているようである。螽斯篇のテーマを「后妃の子孫の衆多」とする小序を敷衍して、鄭箋は、「凡そ陰陽の情欲があれば嫉妬しないものはないが、蚣蝑だけが異なり、それぞれ気を受けてどんどん子を生み増やす。后妃の徳もこのようである」と解説している。詵詵（どんどん生長して増える様子）、薨薨（上から覆い隠すように群がり飛ぶ様子）というオノマトペイアの使用から見ても、バッタやイナゴのイメージにふさわしい。朱

第三章　詩経の動植物とシンボリズム

子は、一度に九十九匹の子を生む蝗のように、后妃が衆妾に嫉妬することなく、君主の子孫を繁殖させる徳を称えた詩ととらえる。いずれも儒教道徳に基づいた解釈であることは言うまでもないが、多子を喜ぶ伝統的な幸福観が根底にある。子孫の繁殖をバッタに見出したのはトノサマバッタの群飛にふさわしいから、それの異常発生のモチーフを考慮する必要がある。しかし同じバッタでも薨薨と形容されるのは螽斯に関するオノマトペイアの変換は、詵詵→薨薨→揖揖（寄り集まり、まとまる様子）という具合に、成長→群飛→和集といったシークェンスを表現しており、無秩序に見える異常な繁殖もやがては秩序づけられ回復していくという自然の摂理を踏まえている。自然の現象と平行される人間集団については、振振（生気が盛んな様子）→縄縄（続いて絶えない様子）→蟄蟄（虫が閉じこもるように、和やかになる様子）という具合に、バッタと同じく一族の繁殖を拡大しつつも、最後に秩序づけられ統合されていくシークェンスがとらえられる。このように自然と人間の対照法によって両世界におけるメタファーを発見させるところに詩の妙味があり、しかも災害をもたらすことが政治的な悪と同一視される昆虫が、一転して繁栄と和合の比喩になるところに新味があったのである。

二　草虫・阜螽

趯趯たる阜螽
喓喓たる草蟲
　　　　　――召南・草虫[14]（I／1・2）[本書I・第一章―3虫]

[2―.a] バッタ科の昆虫は種類が多い上に、古名と今名、漢名と和名が互いに錯雑しており、同定は容易ではない。草虫と阜螽について言えば、筆者はバッタ科の同一種で、中国でも古来議論があるが、結論が出ているとは言い難い。

5．詩経の博物学的研究①——虫　二—草虫・阜螽

雄と雌を呼び分けた名と考える。それはたぶん草虫（＝草螽）はクビキリギリス、またはツユムシ（稲生若水、小野蘭山）、阜螽はハネナガイナゴ（中薬大辞典）、またはトノサマバッタ（小野蘭山）に当てられている。

［2―b］『爾雅』ではバッタの種類に阜螽、草螽などの名が見える。李時珍が阜螽を総名とした上で、草上に在るものを草螽、土中に在るものを土螽としているのは、陵阜に生じるものを阜螽、草間に生じるものを草螽とした欧陽修（詩本義）の考えに倣ったらしい。もっとも李時珍が生態学的にとらえたのに対し、欧陽修は草虫と阜螽が異種であることを強調するために説を立てたにすぎない。それによって詩の解釈を導くのに都合がよかったからである。

しかし『爾雅』は「阜螽は蠜なり、草螽は負蠜なり」と言い、この二つの昆虫を何らかの共通点で、あるいはペアとして、とらえた節がある。裴普賢によると、蔡卞が「草虫が鳴くと阜螽が躍って従うというから、阜螽が草虫を負うのであり、だから草虫を負蠜という」と述べているように、草虫と阜螽は元来一物であって、雌雄の形が異なるために異なる名が与えられたものであり、草虫（雄）の蠜が阜螽（雌）の蠜に負われるところから、草虫を負蠜と称するようになったという（裴、一九七七年、一一五ページ）。蠜は躍る虫という意味に基づく命名、阜は大の意味で、雌が雄より大きいのに基づく形容語である。この説はおそらく妥当であろう。ただし裴氏が現在の種名を *Conocephalus thunbergi*（クビキリギリス）に同定したのは納得し難い。むしろオンブバッタに同定すべきであろう。その理由は、一、日本語のオンブバッタの命名の由来が交尾の際に小さい雄が大きい雌の背に乗る姿に基づくように、中国でも同様だったと考えられること、二、阜螽の別名を蚱蜢といい、舴艋とも書かれるように、体形が小舟に似ていること、三、陸佃が阜螽は青色で、跳べるけれども遠くまでは飛べないと記していること（埤雅）などである。

［2―c］詩の道徳主義的な解釈法は、まさにその道徳主義のゆえに、昆虫の隠喩を捉え損ねるのが常である。草虫

第三章　詩経の動植物とシンボリズム

篇の冒頭の二行を解して毛伝は、「卿大夫の妻が礼を待って行き、君子に随う」というテーマを見る。鄭箋は「異種同類の虫が躍って従うのは、男女が良い時節に礼をもって求め呼ぶようなものだ」と敷衍するが、動物の求愛を昆虫と対比させるのはよいとしても、礼に拘泥するのは鄭玄も同じである。欧陽修に至っては、動物は同類のものが匹偶するのが自然であるが、異種の虫が合するのは、男女の求愛すべきでないのに合することに喩えたと解釈している。儒教的詩観から自由ならば、昆虫の求愛のメタファーが素直に受け入れられるはずである。草虫と阜螽の結合を描いた後に、作者（女性）が恋人を待ちあぐねる焦燥感と、会った直後の解放感を吐露する五詩行が続き、前に提示した求愛する昆虫が、激しく求め合う男女の予徴として蘇ってくるのである。求愛のメタファーとして、動物ではほかに鳥が現れる例（邶風・鶉之奔奔[49]）があるが、バッタをもってきたのは日常卑近の動物であるだけにイメージが生々しい。しかも前述の螽斯の子孫繁殖のイメージにも連なるものがある。

今一つ草虫に関して異説がある。漢の張衡の賦に「土螸鳴けば則ち阜螽跳る」という句があり、土螸（蚯蚓の異名）と阜螽が交わることを歌ったというものである（羅願・爾雅翼）。このことから草虫をミミズとする説が出た。唐の陳蔵器は初めて阜螽を薬に晋の郭璞や唐の段成式もこれについて記述しており、かなり古い信仰のようである。それによると、阜螽と蚯蚓は同じ穴に雌雄をなしており、交わる時に採って薬に入れるという（本草拾遺）。常にカップルをなす二つの動物、あるいは枝や蔓を絡ませる二つの植物と見なされることが多い。阜螽と蚯蚓の取り合わせは、おそらく阜螽と草虫の求愛という詩経で用いられたメタファーから発して、右のようなシンボリズムと融合してできた観念と考えられる。

三―蕺施（せきし）

はシンボリズムを形成し、文学作品ではエロティシズムの隠喩となり、また、薬物としては媚薬あるいは不老長寿薬と見なされることが多い。

284

5．詩経の博物学的研究①——虫　三—戚施

燕婉を之れ求む
此の戚施を得たり——邶風・新台[43]（Ⅲ／3・4）[本書Ⅰ・第一章—3虫]

[3—a] 戚施は蟾蜍と同じであり（本草綱目）、ヒキガエルを意味する。中国で常見の種は *Bufo bufo gargarizans*（中華大蟾蜍、アジアヒキガエル）や、*Bufo melanostictus*（黒眶蟾蜍、ヘリグロヒキガエル）などで、中医学でともに薬用に供される。アジアヒキガエルは体長が約一〇センチ、大小不揃いの円いいぼ状突起が密生する。体軀は短くて広い。泥土の中、石の下、草間に棲息し、中国のほとんどの地区に分布する（中薬大辞典）。皮膚から有毒の白色の液体を採取して製した薬が蟾酥、いわゆるガマの油である。

[3—b] 戚施が動物の名であるか否かについては多少問題がある。実はこれまでの詩経名物学の書に正式に登載されたことがない。というのは、新台篇の毛伝には「戚施は仰ぐ能はざる者」と注しているだけで、必ずしも動物の名としていないからである。第一、二スタンザに出てくる籧篨についても、「俯する能はざる者」と注があり、正義などは「人の病の名」と受け取っている。詩経以外の書物、例えば『国語』では、侏儒と対になって、身体障害の優倡の意味で使っているから（鄭語の韋昭注）、病気の名に取るのが一般的だったのかもしれない。しかし毛伝とは系統を異にするテキストである韓詩では、戚施を動物の名として読んだ形跡がある。この系統の解釈も古代では広く受け入れられたらしく、漢の焦延寿の『易林』にも「罟を設けて魚を捕らへ、反て詹諸を得たり」とあり、明らかに新台篇が拠り所になっている。

詹諸、蟾蜍、戚施は一読して音の似た語であることが明らかである。王国維によれば、蟾諸は蝍蛆（ムカデ）、蜘蛛（クモ）とも音が類似し、ともに「行くのが遅い」という意味があり、次且（行き悩む様子）の転語であろうという基本義があり（藤堂、一九六五年、二〇九ページ）、また、詹に（観堂集林）。しかし戚・咠には「ちぢむ」

第三章　詩経の動植物とシンボリズム

は「重荷を背負う」、あるいは「ずっしりと重みをかける」という意味があり、歩みが遅く、ずっしりと重みを支えた姿をとらえた命名とも考えられる(藤堂明保、漢字の話Ⅰ、朝日新聞社、一九八〇年、二二一ページ)。このように戚施を蟾蜍と同源の語とした場合、毛伝の扱いが問題になるが、王船山のように「蟲の仰ぐ能はざる者、則ち蝦蟇の屬」(詩経考異)と解すれば、矛盾はなくなるはずである。

[3―c] 新台篇は、古注派の解釈によると、息子の嫁を奪った衛の宣公を嫁の立場から非難した詩という。そうすると第一、二スタンザの籧篨と、第三スタンザの戚施は宣公の比喩となる。歴史主義的な詩の解釈法を排除するカールグレンは、ある女性が有名な貴族の所へ嫁することになり、期待に胸をときめかせるが、彼女の見たのは、何と'basket-man'(籧篨)、あるいは'toad'(戚施)と似た「道化者」と呼ばれている醜い男だった、と解釈している(Karlgren,1974,p.29)。このような自由な解釈は、ウェーリーがすでに先鞭を着けたところで、彼によると、アジアやヨーロッパに分布しているガマに変身した花婿という民間説話に由来する詩であるという(Waley,1969,p.72)。ウェーリーは籧篨もヒキガエルと訳しているが、それが何ら根拠のないことはカールグレンに指摘されている (Karlgren,1942)。筆者は、歌垣のような無礼講の祭りにおける恋のゲームを歌った詩と解する。第一、二スタンザで燕婉(美女)を求めるゲームの中に籧篨も少し混じっていると伏線を敷いておいて、第三スタンザの最後でいちばんひどい戚施に当たったドンデン返しを食らわすユーモアが詩の眼目である。したがって、まず籧篨(不恰好な竹かご)という無生物の隠喩でもって美女と対立させ、次に戚施(ヒキガエル)という生物の隠喩でもって、さらに程度を下げた醜い女に喩えて落ちをつけたのである。しかも第三スタンザの最初には魚と鳥が出てくるから、動物の隠喩をもってくるのがふさわしいのであり、人間でもって人間に喩えたとする通説は無いに等しい。

詩経の時代の動物の分類基準がどうであったか明らかでないにしても、後世の文献ではカエルは虫の類に属したり、

5．詩経の博物学的研究①——虫　四—蝤蠐

魚の類に属したりして一定しない。両棲類の中ではサンショウウオもそうであるが、その物自体が陸にも棲み、水にも棲み、境界が曖昧である上に、形態的にも虫か魚かけじめのつかないグロテスクさから、かなり神秘的なイメージがつきまとっており、何かおぞましい感がある。このような中国人の生物観の文脈で新台篇を捉え直すと、ヒキガエルの隠喩がいっそうはっきりと理解できるであろう。中国神話で美女の嫦娥が月に奔って蟾蜍に変身することや、現代中国で癩蝦蟇（ヒキガエル）が醜男の比喩になることからしても、韓詩が戚施（蟾蜍）は醜悪を表すとした妥当性が知られる。

四—蝤蠐（しゅうせい）

手は柔荑（じゅうてい）の如く
膚（はだ）は凝脂（ぎょうし）の如く
領（うなじ）は蝤蠐（しゅうせい）の如く
歯は瓠犀（こさい）の如く
蟾首蛾眉（しんしゅがび）——衛風・碩人[57]（Ⅱ／1〜5）［本書Ⅰ・第一章—4魚］

[4—a] 蝤蠐はカミキリムシ（天牛）の幼虫である。特に桑・柳・蜜柑などを穿孔するカミキリムシ、すなわち *Apriona germari*（桑天牛、クワカミキリ）や *Anoplophora chinensis*（星天牛、ゴマダラカミキリ）、またその近縁種の幼虫を指す（中薬大辞典）。中国では別名を蠹虫、桑虫、蝎などといい、日本ではテッポウムシと称する。この虫が成虫になる様子について初めて記述したのは唐の陳蔵器で、「朽木の中にあって木心を食らい、穿つことが錐の如くであ

第三章　詩経の動植物とシンボリズム

る。身は長く、口は黒く、毛は無く、節は散漫である。春雨の後に天牛に化す」と述べている（本草拾遺）。

［4―b］蟪蛄と似た語に蠐螬（せいそう）があり、二つはしばしば混同される。薬物として立てられたのは蠐螬のほうが古く、すでに『神農本草経』の中薬に入っている。陶弘景が右の二虫を同一視したのを知らなかったかはたぶん揚雄の『方言』に基づいたと思われるが、清朝の一部の言語学者は、すでに陳蔵器によって訂正されたのを知らなかったためか、蟪蛄と蠐螬を語形の転倒した一語であるとした（王念孫、朱駿声）。もちろん最初は同系語であったかもしれないにしても、意味の区別は当然あった。この区別は薬学上の問題でもあるから重大であった。陳蔵器によれば、「蠐螬は糞土中に居り、身は短く、足は長く、背に毛筋がある。水に従い、秋に入ると脱皮して蝉になる」と言っている（本草拾遺）。もっとも蝉になるというのは誤りで、実は成虫はコガネムシ、主として *Holotrichia diomphalia*（チョウセンコガネムシ）である。その幼虫は体が彎曲し、細毛を密生する。日本ではジムシと称される。古名はスクモムシである。上記の通り蠐螬と蟪蛄が混乱しているため、古来の漢和字典は蠐螬をもスクモムシと訓じる慣わしになっているが、誤りであることは言うまでもない。

［4―c］碩人篇は貴族の女性の婚礼の道行きを歌った祝婚歌で、前掲の詩句は第二スタンザの最初の五詩行である。第一スタンザでは貴族の出であることを強調し、第二スタンザで女性の美しい形姿・容貌を動物・植物の直喩・隠喩で歌い上げる。まず手から眺め、次に肌、首、歯、額、眉へと、映画のカメラの如く視点を移動させつつ、全姿を描き浮かび上がらせる。表現手法の見事さはそればかりでなく、人体の各部位と対比される動物・植物の選択である。手に対してはつばな、すなわちチガヤ（白茅）の白い穂、肌に対しては獣の脂肪、首筋に対してはテッポウムシ、歯に対してはユウガオの種子、額に対してはセミ、眉に対しては蛾という具合に、その取り合わせの斬新奇抜さは驚くほかはない。直喩は喩える項と喩えられる項の結びつきが誰の目にも明白であると同時に、使い古されていないことが最も効果的である。隠喩は誰の目にも明白である必要はないが、ステレオタイプ化していない生きた比喩を発見する

288

5．詩経の博物学的研究①――虫　五―螓・蜩・蟷

いし創造することに命をかけるのであり、そこに詩の根源がある。その意味では詩経は中国文学のアルケーであるばかりでなく、生きたメタファーの宝庫であるといってよい。

ところで女性の首筋とテッポウムシの類似性は、言うまでもなく円筒形の細くくびれた乳白色である。ジムシの屈曲した姿のイメージでは直喩が台無しになる。しかし的確な形態の類似だけではまだ決まったと言えない。喩える項が、（1）植物、（2）動物、（3）動物、（4）植物と来て、（5）昆虫で締め括る中で、どうしても（2）の具体的でない動物の後に、そして、（5）の昆虫と照応する生きた動物が必要なのであり、蟷螂はこの要請にぴったり叶っていた。昆虫を三種類も登場させることによって、女性の非俗物性、貴族性、むしろぞっとするような近寄り難い聖性、神秘性の雰囲気を醸し出す効果がある。

五―**螓**(しん)・**蜩**(ちょう)・**蟷**(とう)

螓首蛾眉(しんしゅがび)――衛風・碩人[57]（Ⅱ／5）［本書・第一章―4魚］

四月秀(ようづ)

五月蜩(せみ)鳴く――豳風・七月[154]（Ⅴ／2）

菀(うつ)たる彼の柳

鳴蜩(めいちょう)嘒嘒(けいけい)たり――小雅・小弁[197]（Ⅳ／1・2）

289

第三章　詩経の動植物とシンボリズム

[5—a]
咠女（あぁなんじ）殷商

蜩の如く螗の如し——大雅・蕩[255]（Ⅵ／2・3）

蟬の種類も多くて紛らわしく現在の学名に同定するのは困難である。リードが『動物学大辞典』に基づいて次のように同定しているのが参考になる（Read.1977.pp.114〜117）。

蚱蟬（さくせん）　*Cryptotympana pustulata*（スジアカクマゼミ）
寒螿（かんしょう）　*Cosmopsaltria(=Meimuna) opalifera*（ツクツクボウシ）
蛁蟟（ちょうりょう）　*Pomponia(=Oncotympana) maculaticollis*（ミンミンゼミ）
螂蜩（ろうちょう）　*Melampsalta radiator*（チッチゼミ）
茅蜩（ぼうちょう）　*Leptopsaltria japonica*（ヒグラシ）
螇蚸（けいこ）　*Platypleura kaempferi*（ニイニイゼミ）

右のうち螂蜩と螇蚸を除けば、『和名抄』以来日本で当てられているものとほぼ一致する。してみると、日本における同定を中国側が逆輸入した可能性がなくもない。

詩経に現れるセミは三語二種類である。李時珍『本草綱目』によると、蜩は蚱蟬と同じで、夏に始めて鳴き、色が黒く、蟬の中では最大のものという。中国に産する蟬で最大の種はタイワンアブラゼミ（五五ミリ内外）のようであるが、大陸では *Cryptotympana atrata*（四八ミリ）らしいから、蚱蟬をクマゼミの一種に当てるのは恐らく正しいであろう。螗については、李時珍は頭上に花冠のある蟬で、別名螗蜩、胡蟬と述べている。頭に冠のあるという蟬（蟬花）は本草学者にも他の知人にも信じられていたらしいが、本当はセミに菌の寄生した冬虫夏草の一種セミタケであって、セミではない。蠑については、文があるとか、小さくて緑色とか、方頭広額などと諸書で記されているとこ

290

5．詩経の博物学的研究①──虫　五―螓・蜩・螗

ろから判断すると、*Rihana ochracea*（ハゴロモゼミ）に当たるのではなかろうか。本種は体長が雄で二六ミリ内外、体色は鮮黄緑色、翅は無色透明、脈は黄緑色で、台湾に普通であるが、大陸にも産するという（日本昆虫図鑑、北隆館、一九三二年）。螓は別名を蜻蜻（せいせい）といい、蜻蜓（せいてい）と似ているとされるが、ハゴロモゼミはトンボのような美しさと優雅さを備えているように思われる。

［5―b］蟬はセミの総名である。現代の口語ではセミを知了・蜘蟟 zhi-liao という。近世では遮了・都了・都盧・徳労、さらに時代を遡ると、蜩蟟・蛁蟟などと書かれ、TOG-LOG という語形に行きつく。蟬が「單」（薄く平ら）のイメージを用いてセミの形態をとらえた命名であるのに対し、TOG-LOG は一種のオノマトペイアに由来する（藤堂明保『学研漢和大字典』）。TANG（螗）、LANG（蜋）もこれと同系の派生語だと考えられる。

［5―c］蟬は豳風・七月篇では物候の一要素として、小雅や大雅ではその騒々しく賑やかな声が比喩として用いられている。同篇の毛伝に「螓首は顙が広くて方だ」とあるように、前述の碩人篇では女性の美貌の比喩として用いられている。女性の額の広さが蟬の特徴ある頭部と比較されている。蟬はたいてい頭部が横に広がり、やや方形をなしているが、先に螓をハゴロモゼミに同定したのがもし妥当ならば、この蟬の特に豊かに広がった頭部が女性の広い額を髣髴とさせるのに適していたからではあるまいか。もちろん中国で普通に見られるクマゼミも頭部がかなり方形をなしているが、その黒色よりも、ハゴロモゼミの黄緑色のイメージが女性の形容にふさわしいと言える。女性の顔貌の一部を蟬でとらえる奇抜な比喩が詩経以外にあるかを知らないが、額の広く豊かなことが美人の条件になるのは、現代人にも理解できないことではない。ただ古代中国人にとって、美的感覚を与えることは顔の相の問題とも密接に絡んでいた。面相は内面的美の表現であるとされる。賢者の骨相の一つに角犀豊盈（かくさいほうえい）（額の骨が髪の生え際に隠れて起こり、頬が豊満の相）というのがある。羅願によると、螓首はまさにこれであり、女性もこのような骨相が固陋でない心を表現するという（爾雅翼）。単に化粧法で美を飾るだけでなく、骨相が美の基礎になっているわけ

291

第三章　詩経の動植物とシンボリズム

であり、蟬の比喩も必ずしも偶然に新奇を衒っただけの表現ではないということになる。

詩経には現れない蟬のシンボリズムとして追加すべき事項がある。一つは再生の象徴としての蟬である。初期の青銅器にさまざまな動物文が描かれている中に、抽象化された蟬の文様がある。文様のシンボリズムを解読するのは恣意的な面もあるが、リオン＝ゴールドシュミットらが「蟬は変態する所から死と再生のシンボルとなる」と解釈したのは妥当であろう。というのは、時代はやや下るが、死者を葬る際、死者の口中に玉を含ませる習俗があり、その玉に蟬を象ったものが多いからである。これについてラウファーは「幼虫から蛹から蛹に変身し、成虫が出現するように、死者が新しい生へ目覚める」ようにとの祈りがこめられており、したがってこの護符は復活の象徴となったのである、と述べている。

もう一つの蟬のシンボリズムは、清潔という道徳的な意味を表す象徴である。蟬が樹液を飲むことの観察からであろうか、『淮南子』説林訓に「蟬は飲みて食らはず」とか、『韓詩外伝』に「蟬まさに翼を奮ひて悲鳴し、清露を飲まんとす」などとあるように、食生活の高潔さが讃えられた。このシンボリズムが漢代の文献から始まるのは、恐らく同様に漢代あたりに起こる蟬の装飾を施した冠と関係があるかもしれない。戸川芳郎によると、この金璫附蟬の冠は、漢代以後、侍中や中常侍の着用する冠であり、蟬は清潔という徳性を表すシンボルであった。中常侍に宦官が多く任用されてからは、単に道徳的な意味だけでなく、牝牡の交合のない貞潔というセクシュアルな意味も帯びるに至ったという。かつては女性の美貌の比喩に使われた蟬が、宦官という無性的な人間のシンボルになったわけである。

六―蒼蠅・青蠅

5．詩経の博物学的研究①——虫　六—蒼蠅・青蠅

蒼蠅の聲——斉風・雞鳴[96]（Ⅰ/3・4）[本書Ⅰ・第一章—3虫]

雞（にわとり）則ち鳴くに匪（あら）ず

營營たる青蠅
樊（はん）に止まる
豈弟（がいてい）たる君子
讒言を信ずる無かれ——小雅・青蠅[219]（Ⅰ）

營營たる青蠅（せいよう）

[6—a] 古典に出てくる蠅はほぼ五種類である。普通に蠅というときは *Musca domestica*（イエバエ）を指している。本種は体は灰黒色、頭部は黒色、複眼は赤色で、両側と尾端が剛毛に覆われる。青蠅は両書では *Lucilia caesar*（Read,1977,p.102）。蒼蠅は『本草綱目啓蒙』と『動物学大辞典』では *Calliphora lata*（オオクロバエ）に当てられている。本種は体は金緑色、頭部は黒色、複眼は大きくて赤色、腹部は円く、細毛を密生し、人畜の糞に集まる。そのほか麻蠅（シマバエ）、狗蠅（イヌシラミバエ）などがある。

[6—b] 許慎は「蠅」という文字を解剖して「虫＋黽」の会意文字とした。黽を音符とする形声文字もある説もあるが疑わしい。黽（カエル）のような大きな腹をしている特徴をとらえた造字法と見たようである。許慎や陸佃が形態からとらえるのに対し、李時珍は営々という擬音語と関係づけている。しかし小雅の「營營」はぐるぐる巡る様子をいう擬態語であり、蠅の語源は「よじれる」という基本義をもつ TENG のグループ（縢—藤—縄など）に入れるのが正しいであろう（藤堂、一九六五年、九二ページ）。

第三章　詩経の動植物とシンボリズム

[6—c] 段成式は「蠅の類で蒼なるものは声が雄壮であり、金を負うものは声が清哢である」と言っている（酉陽雑俎）。蒼蠅がどんな音を立てて飛ぶかは分からないが、集団で飛び交うなら、あるいは雄壮な音がするのであろう。雞鳴篇の解釈では、蒼蠅の音と鶏の鳴き声が似ているというのが一つの眼目になっている。小序によると同篇は、賢夫人が朝寝しないように自分を戒めている姿を描くことにより政治を怠り顧みぬ哀公を風刺した詩だという。毛伝は、第一スタンザについて、「鶏が鳴いて夫人は起きた。朝廷も臣下でいっぱいだろう。でも鶏が鳴いたのではなく、本当は蒼蠅だった」、蒼蠅の声は鶏が遠くで鳴く声とよく似ているから間違えたのだ、といった解釈をし、鄭箋は「蒼蠅の声を鶏の鳴き声と聞き違えるのは、常の礼儀よりも早く起きようとするいかにも儒教的なそそまじめな話である。雞鳴篇を男女の後朝を歌う恋歌と受け取るなら、いかにも礼儀なそそまじめな話である。雞鳴篇を男女の後朝を歌う恋歌と受け取るなら、全く別の解釈が出てくる。最初の二行で女が「鶏が鳴いたわ、もうすっかり朝よ」と歌えば、後の二行で男が「鶏は鳴かない、蠅の声だよ」と遣り返す掛け合いなのである。このように解すると、鶏と蠅の声を間違えようもない男が「蠅の音を持ち出すことによって、朝の共寝の時間を少しでも長引かせようと、わざと事実を打ち消そうとするもの（Iでは音、Ⅱでは光）であって、しかも全然間違えそうにもない二つのものを選んで、わざと事実を打ち消そうとするところに、はかない期待をかけられた恋路の妨害者に対して、言い換えれば恋路の妨害者に対する、故意の否定なのである。第二スタンザでも同様に、朝日の光と間違えようもない月の光を持ってきて、時間をさらに遡らせようとする。このように一見似ているもの（Iでは音、Ⅱでは光）であって、しかも全然間違えそうにもない二つのものを選んで、わざと事実を打ち消そうとするところに、はかない期待をかけられた恋路の妨害者に対して、言い換えれば恋路の妨害者に対するアンチテーゼの存在なのである。

小雅の青蠅篇は以上とはモチーフが全く異なり、青蠅は腐肉や糞を好む虫である。鄭箋によると、青蠅は白いものを汚して黒くし、黒いものを汚して白くする如く善悪を乱すことの比喩にされると

「背は金を負ふが如し」（正字通）というような美しさとは裏腹に、蠅のいやらしいイメージが用いられる。

5．詩経の博物学的研究①――虫　七―蜉蝣

いう。実際、青蠅篇では、蠅は人間関係を駄目にする言語のシンボルとして用いられているようである。後漢の王充は糞にたかった蠅の夢について、「蠅は讒人の象であり、糞は王が讒臣の言を用いようとしている象だ」と夢判断した人の話を記している（論衡・商虫）。これは詩経の解釈を踏まえたものである。

七―蜉蝣

心の憂ひ
我に於いて歸り處れ――曹風・蜉蝣[150]（Ⅰ／3・4）［本書Ⅰ・第一章―3虫］

［7―a］従来の詩経の名物学では蜉蝣を蛣蜣（蛝蜋）と同類の昆虫と見なしてきた。これは孔穎達が、「蛣蜣に似、身は狭くて長い。角があり、色は黄黒色。糞土の中に叢生し、朝に生まれて夕に死ぬ。豚が好んで食う」という郭璞の爾雅注や、「甲虫に似、角があり、大きさは指ほどで、長さは三、四寸。甲の下に翅があり、飛ぶことができる。夏の曇り日に地下から出る。今の人は炙って食らい、蟬より旨い。樊光によれば糞中の蝎虫という」と述べる陸璣の説を根拠として、詩を解釈しているからである（毛詩正義）。本草学では李時珍が初めて蛝蜋の項目の後に付録として蜉蝣を載せ、陸璣らの説を繰り返している（本草綱目）。右の記述からリードは Elateridae（コメツキムシ科）として同定した。しかしこれらの昆虫は詩経の蜉蝣とはまるで似つかわしくない。鄒樹文は毛伝の「朝生夕死」という比喩からしても、現代の昆虫学でいう蜉蝣（Ephemera、カゲロウ）と全く同じだとしている（鄒、一九八一年、二三ページ）。
周堯は Aphodius（マグソコガネ属）、『国訳本草綱目』は Scarabaeidae（コガネムシ科）のダイコクコガネなどに、それぞれ同定した。

第三章　詩経の動植物とシンボリズム

[7—b] 名物学や本草学以外ではかえって本来の蜉蝣を正しく摑んでいたようである。例えば漢の王褒の頌に「蜉蝣は出づるに陰を以てす」とあるのは暮れ方に群飛することを踏まえているし、『抱朴子』対俗篇に「蜉蝣は水中に在り、翕然として生じて水土を覆ふ。尋いで死して流れに随ひて去る」（太平御覧巻九四五所引）とあるのは、カゲロウの生態を観察した結果による記録であろう。

日本では貝原益軒はヒオムシ（カゲロウ類をいう古語）に当て、稲生若水は水虫とする李時珍の説を改め、水上に飛ぶ虫とした。江村如圭は「俗にクソムシと呼ぶもの、諸家本草亦た多く此の説を専らとす、然れども詩に衣裳楚楚などと蜉蝣の羽の文采を詠ずるを見るときは、蛣蜣類の蜉蝣、糞中に生ずる穢蟲を以て興しがたし」（詩経名物弁解）と断を下した。実はそれより前に林羅山が可計良牟（カゲロウ）と訳しており、卓見というべきである（多識編）。『和名抄』には蜉の条に比平牟之（ヒヲムシ）の訓がある。この字は『淮南子』道応訓の「朝秀は晦朔を知らず」（太平御覧巻九四九所引）から出たらしい。朝秀は現在のテキストでは朝菌に作るが、王念孫によると、秀（䔌）と菌は転語であって、朝菌をキノコの一種とするのは間違いだという。『淮南子』の同篇の許慎注に「朝生暮死の蟲なり、水上に生じ、蠶蛾に似る、一名慈母」とあるのは、正しくカゲロウである。したがって『和名抄』の訓は当を得ていたと言える。

[7—c]　詩経の蜉蝣を蛣蜣（タマオシコガネ）の類としては、詩における昆虫の隠喩を正しく捉えられない。タマオシコガネは古代エジプトではスカラベと称され、聖なる虫として崇められたのは有名である。中国では『荘子』郭象注に「蛣蜣の智は丸を轉がすにある」とか、『関尹子』四符篇に「蛣蜣は丸を轉がす。丸が成ってから精思する」などとあり、知恵のある昆虫のイメージで受け取られたようである。このように蛣蜣の習性がはっきりしてくると、詩経の蜉蝣と結びつく道理はないが、伝統の力の恐ろしさというべきか、ずっと混乱してきた。しかし近代になって

296

5．詩経の博物学的研究①──虫　七─蜉蝣

レッグやシュトラウスが初めて正訳を与えている。実は古く毛伝もカゲロウのイメージを捉えつつ詩を解釈した可能性がなくもない。というのは、「蜉蝣は朝生夕死のはかない虫である、それでもなお羽翼があり、それで自分を飾り立てている」と述べているからである。古注（小序、鄭箋）によると、この昆虫の隠喩は、朝廷の臣すべて奢侈を好み衣服を着飾っているが、国の危険が迫り、身の滅びるのも知らぬ一時的な見せかけを意味するといった解釈である。

筆者は、薄命の美しい女性に対する憐憫を含んだ恋情というテーマを読み取りたい。カゲロウのはかなくも美しいイメージをある女性のイメージに重ね、生命の終わりに輝く美しさに憐れみを催しつつ、自分のもとに抱き寄せたいという願望を歌っている。第一、二スタンザで美しい色彩をもつカゲロウの羽から輝かしげに見える生命を垣間見させるが、第三スタンザで羽・翼の代わりに意想外の掘閲（くつえつ）（穴の意）という語に換え、また衣服を麻衣（まい）（喪服）に換え、死のイメージを現出させる。色彩の脱落の描写と相俟って、生から死へのイメージの転換が見事に表現され、女性を悼む気持ちと、慕い思う気持ちがクライマックスに達する。

蜉蝣を薄命のイメージで捉えるのは詩経以後も共通である。『荀子』大略篇では「飲みて食らわぬ」蟬に対して、蜉蝣は「飲まず食わず」という極端な無欲、あるいは生の弱さのイメージが捉えられる。『淮南子』説山訓では飲まず食わずして三日生きる蜉蝣が三千年の寿命をもつという鶴と対比されている。晋の傅咸の蜉蝣賦（ふかん）に「有生の薄き、是を蜉蝣と曰ふ。微微の陋質を育し、ああ采采として自ら脩む。晦朔を識らず、春秋を意はず」（芸文類聚巻九七所引）とあるのも全く詩経の蜉蝣を踏まえたものである。一日の間水上に飛んで一生を終える虫を浮游と呼んだとする語源説（埤雅）はもっともである。日本語のカゲロウもゆらゆらと空中に漂う陽炎に基づいているし、ヒオムシは「日を終う」虫の意味であるという（東雅）。

297

八——蟋蟀・莎鶏

蟋蟀 堂に在り
歳聿に其れ莫れんとす——唐風・蟋蟀[114]（I／1・2）

六月莎雞羽を振るふ
七月野に在り
八月宇に在り
九月戸に在り
十月蟋蟀我が牀下に入る——豳風・七月[154]（V／2～6）

[8—a] 右は二つとも直翅目の昆虫である。蟋蟀、莎鶏、また同類の他の名称は往々混同されている。朱子が七月篇の注釈で、「斯螽・莎雞・蟋蟀は一物にして、時に隨ひ變化して名を異にす」（詩集伝）と書いたのはその最たるものであるが、すでに『古今注』が混同のさきがけをなしている。

蟋蟀はコオロギ科の各種を指すが、特に中国で普通種の *Gryllulus chinensis* に当てられている。これは体長が一三～一六ミリで、全身が黒色で光沢があり、褐色の剛毛がある。鳴き声は「リリリリ」という連続した四音節だという。周堯によれば、戦闘の上手な *Scapsipedus aspersus*（ツヅレサセコオロギ）のほかに、キリギリス科の *Mecopoda elongata*（聒聒児、タイワンクツワムシ）、また油胡蘆、梆子頭、金鐘児など、数十種以上が蟋蟀に含まれるとする（周、一九五七年、二五ページ）。そうするとコオロギ科とキリギリス科の一部を含むことになる。莎鶏は右に出た聒聒児、

5．詩経の博物学的研究①——虫　八—蟋蟀・莎鶏

すなわちクツワムシの古称である。陸璣は「莎鶏は蝗の如くで斑色、毛翅は数重、翅は正赤である。別名は天鶏。六月に飛び、羽を振るい索々という声を出す」と述べているが、クツワムシの色は褐色型と緑色型とがあって正赤ではない。しかし索々という音色は軋績軋績というクツワムシの音（辞海）と似ている。

[8—b] 蟋蟀と莎鶏の混同あるいは同一視の原因は、それらの異名と絡んでいるように思われる。蟋蟀の異名の一つに促織（趣織・趣織）、莎鶏のそれに紡織娘・紡線娘・絡緯・絡糸娘などがあり、ともに機織に関連した命名である。陸璣によると、趣織という語は督促に語源があるとし、「趣織（すうしょく）鳴けば懶婦驚く」という諺を引く。要するにコオロギは秋になって女の機織の仕事を催促するように鳴き、それが鳴き出すと怠け女は責められるというのである。ところが『古今注』では「促織の鳴き声は急いで織るようで、絡緯の鳴き声は紡績のようだ」とあり、促織も絡緯と同様に音声に由来する候である。絡緯は紡糸の音のようだから梭（さ）鶏といい、絡糸の時候に当たっていると述べ、両案を折衷させた（爾雅翼）。このような具合に言葉の類似により促織と絡緯を同一視した形跡がうかがえる。

現代の中国ではクツワムシのことを俗に聒聒児あるいは蟈蟈児と称しているが、劉侗が促織志で指摘するように、日本人の耳には馬の轡と似た音に聞こえるので、クツワムシをまたガチャガチャとも呼ぶ。明治の人西村真次は日本と中国と米国のクツワムシを表す語音を次のように比較している。

　　日本　　Gachagacha,Kachakacha
　　中国　　Goagoa,Kwoakwoaru
　　米国　　Katydid

いずれもK音もしくはG音から始まり、ともに虫の鳴き声を写した音象徴とした（鳴く虫の研究、一九〇七年、六一ページ）。今の中国では前述のようにクツワムシの鳴き声を軋績軋績と形容しているから、日本のガチャガチャと

第三章　詩経の動植物とシンボリズム

似ていなくもない。もっとも中国産のものと日本産のものとは形態が少し異なり、音声も必ずしも同じとはかぎらない。しかしいずれにせよクツワムシとコオロギは明らかに異なった鳴き声であるから、促織の命名はやはり陸璣の言う通り季節に由来すると見るべきである。

[8―c] コオロギが季節を告げる虫だとする中国人の意識はきわめて古い。季節・気候と生物との関係を研究する分野に物候学というものがあり、生物気象学あるいは環境生物学とも称すべき中国独特の学問であるが、その萌芽は秦漢の頃まで遡る。すなわち『大戴礼記』夏小正、『礼記』月令、『呂氏春秋』十二紀、『淮南子』時則訓など、物候に関する体系的な記録がある。もちろん先秦時代にも断片的な記述はあり、詩経の七月篇は物候を詠み込んだ最古の記録とされている。詩経に現れる虫のシンボリズムの中では、ただ蟋蟀（莎鶏を含む）だけが時間の推移を表すために用いられている。

蟋蟀の季節に関しては『逸周書』時則解に「小暑（夏至と大暑の間）を過ぎて五日壁に居る」とあるように、夏から夏の終わり頃とされている。ところが一方では秋の虫とされることも多い。文学作品に登場する蟋蟀はだいたい秋の季語だといってよい。

現代の物候学では、物候観測の目安として、蟋蟀は三つの昆虫（他は蜜蜂・蚱蟬）のうちの一つに挙げられている（宛敏渭・劉秀珍、中国物候観測方法、科学出版社、一九七九年、四〇ページ）。その方法は蟋蟀を各地域における鳴き始めと鳴き終わりを記録するものである。北京での観測によると、鳴き始めが季夏（七月二十九日〜九月十二日）、鳴き終わりが季秋（十月十四日〜十月二十五日）となっている。冒頭に掲げた七月篇の一節を、鄭箋に従って「七月在野、八月在宇、九月在戸」の主語を蟋蟀として読むと、七月に野で鳴き始め、八月に家の軒へ、九月に戸口へ、十月にベッドの下へと、寒気とともに次第に屋内に入って来ると解釈できよう。そうすると現代の物候学と驚くほど一致する。もっとも暦法の問題や、時間（今を去ること三千年前）や、空間（北京と彬県は緯度で四〇度と三五度、ほ

5．詩経の博物学的研究①――虫　八―蟋蟀・莎鶏

ぼ日本の盛岡と静岡の間隔）などを考慮に入れると、完全に一致するはずはない。唐風（今の山西省地方の歌謡）の場合は、蟋蟀が堂に上るのは歳末となっている。この違いは全く暦法の違いである。すなわち豳風・七月篇が豳暦（夏暦と一致）で月を数えるのに対し、唐風・蟋蟀篇は周暦を用いている（夏緯瑛、夏小正経文校釈、農業出版社、一九八一年、八ページ）。豳暦（夏暦）の十月は周暦の十二月に当たるので、豳と唐（晋）の物候に違いがなかったことが判明する。

以上、蟋蟀が詩経では秋の季節、あるいは歳末の到来を告げる物候として使われ、後世では秋の季節感を表すモチーフとして使われていることを述べた。最後に詩経とは関係ないが、昆虫の文化史上特筆すべき一項を付言したい。それは唐の開元（八世紀）の頃、蟋蟀を飼養し、その鳴き声を観賞する風習と、また同時に蟋蟀を闘わして楽しむ遊戯が発生したことである。後者は宋以後ますます盛んになり、南宋の宰相賈似道が金軍の侵攻の際にも群妾とその遊戯に没頭していたという逸話が伝えられている。それは単なる遊びではなく一種の博打であり、官が蟋蟀を上納させたり、産を破る悲喜劇がしばしば起こったほど弊害も大きかった。しかし蟋蟀に関する詳しい観察や飼養法の研究が発達したことも見逃せない。科学史家サートンは言っている。「将軍賈似道は、蟋蟀に関する論文を書いた。回教徒を含めた西方人たちは、大きな動物や、馬、犬、鷹など特別必要な動物にいっそう興味をもっていたが、中国人は昆虫に特別の注意を払った。だから、おどろくべき蚕産業を発達させてそれを利用することを知ったのが中国人であって西方人ではなかったのは、当然のことである。（……）かれらの昆虫への興味のうち、い面は蟋蟀についての異常な空想であった。かれらはやがてその鳴き声をいろいろな種類に区別し、最良の音楽家を産ませ飼育することを学んだ。また、蟋蟀に組み打ちさせるスポーツもはじめたが、これはこの愛玩虫の値打ちを空想的に高めた。こうして蟋蟀の文献が発展したが、そのうち賈似道の促織経が最古のものであった」。

九―蠨蛸

蠨蛸　蠨蛸（しょうしょう）戸に在り――豳風・東山[156]（Ⅱ／8）

[9―a] 蠨蛸はクモ形類の *Tetragmatha praedonia*（アシナガグモ）である。別名を喜蛛（きちゅ）、喜子（きし）、蟢母（きぼ）などと称する。体も足も細いクモで、体長は約一・五センチ、体色は黄褐色である。人家の付近や、水辺、樹間に棲み、水平の円網を張る。

我が国では『新撰字鏡』や『和名抄』以来、*Heteropoda venatoria*（アシダカグモ）に当てるのが普通である。クモの仲間では両者とも足の長いのが特徴だが、アシダカグモは体が細くないし、しかも網を張らない徘徊性のクモである。陸璣の「蠨蛸は長踦（ちょうき）のことで、一名長脚という。（……）蜘蛛の如く網羅してこれに居る」などの記述によれば、アシナガグモに当てるのがふさわしい。しかし日本では古くアシナガグモのことをまたアシダカグモとも称したらしく、そのためか江戸期の本草家をも混乱させている。

[9―b] 蜘蛛がクモの総名である。その名の由来について、王安石は『字説』の中で、「一面の網を設け、物が触れるとそれを誅（ちゅう）する。誅の義を知っているから蜘蛛という」（埤雅）と述べているが、もとより牽強付会の説である。しかし民間語源説が一般の人々の考えを左右することも多い。蜘蛛は昔の聖人が網を作るのに手本としたくらい知巧のある虫とされているのである。このような名に負わされたイメージは、中国医学で、蜘蛛の網が健忘症に効くという効能書きを付け加えるに至った（名医別録）。これはもともとそれを衣の衿に着けておくと物忘れしないという一種の呪術から来ており、それはまた上記の知巧のイメージから発するものであろう。

蠨蛸の語源については、陸佃は、蠨蛸は蕭梢であり、長踦の状態の形容から来ているとする。蠨蛸には「細長い」

5．詩経の博物学的研究①——虫　九―蠨蛸

という意味があると王国維も指摘しており（観堂集林）、この説は間違いない。蜘蛛については王国維が次且（しじょ、行き悩む様子）と同源とするのは、当たらずといえども遠からずである。一般に虫の名には不思議と二音節語が多い。植物の場合一音節語は中国原産のもの、二音節以上の語はだいたい外国渡来のものに付けられた名称だといわれるが（石声漢、中国農学遺産要略、農業出版社、一九八一年、四二ページ）、虫の名に双声や畳韻の二音節語が多いのは形や鳴き声などに因む音象徴だからであろう。

［9―c］豳風・東山篇の蠨蛸は、伊威（ワラジムシ）や宵行（ツチボタル）などとともに、荒涼たる風景を造形するモチーフの一つとして使われている。アシナガグモが入り口に網を張っている情景は言うまでもなくそこに人の住んでいないことを予想させる。ところが第三スタンザへ読み進めると、その廃屋に実は女性がいることを発見する。部屋の主の虫から女への変貌は、読者に軽い驚きを与えつつ、詩人の空想の転換を劇的にさせるのである。また、空閨を守る女性に間もなく訪れるであろう突然の喜びが、あまりにも殺伐たる状況の中で起こるハプニング——ここに詩人の狙いもあった。

昔の詩の解釈者に、アシナガグモの出現がある象徴性を帯びると見た者があるのは、右のような意想外のイメージの転換を読んだために違いない。すなわち陸璣が「荊州では喜母といい、これが人の衣に着くと、親しい客がやって来て喜ばしいことがある。幽州ではこの虫を親客という」と述べるのは、アシナガグモのシンボリズムを前提として言っているかの如くである。もっともこのシンボリズムは『西京雑記』や『劉子新論』あたりに初めて現れ、せいぜい漢代までしか遡れない。むしろ詩経の解釈からこの観念が世に広まったと見るべきかもしれない。めでたさのシンボル、あるいは、待ち人の到来を表すシンボルとして後世の文学作品にも登場するクモは、虫の文化史上豊かな一項を加えたのである。

第三章　詩経の動植物とシンボリズム

[注]

(一) [補注] ニーダムらは螽斯を飛蝗（*Locusta migratoria manilensis*）に同定している（中国古代動物学史、科学出版社、一九九九年、二二一ページ）。

(2) E.Chavannes,'The Five Happinesses——Symbolism in Chineese Art', p.25. tr. by E.S.Atwood, New York,Tokyo,1973.

(三) 拙稿「食べもの漢字のシンボリズム」『華味三昧——中国料理の文化と歴史』所収、講談社、一九八一年）参照。

(四) リオン=ゴールドシュミット、モロー=ゴバール『中国美術』（金子重隆訳、美術出版社、一九六三年）、二二一ページ。

(5) B.Laufer, Jade——A Study in Chinese Archaeology & Religion, p.301.New York,1974.

(六) 戸川芳郎「貂蟬——蟬賦と侍臣」（『加賀博士退官記念中国文史哲学論集』所収、講談社、一九七九年）とされる。

(七) ウェーリーはヨーロッパの伝統詩にも類似の'dawn song'があると言い、雞鳴篇を男女の掛け合いの歌として翻訳している（A.Waley.1969.pp.36~37）。

(八) 因みに英語のephemeraも短命の意のギリシア語に由来し、ドイツ語のEintagsfliegeも文字通り一日の生命に基づいている。蜉蝣のシンボリズムは洋の東西を問わず普遍的のようである。

(九) 中国の気象学の権威である竺可楨の定義によると、「物候学とは主に自然界の植物（農作物を含む）・動物と環境条件（気候、水文、土壌）の周期的変化の相互関係を研究する科学である」（竺可楨・宛敏渭、物候学、科学出版社、一九八〇年、一ページ）とされる。

(一〇) 陝西省西安あるいは河南省洛陽の物候を記したと考えられる『逸周書』（恐らく先秦時代の記録）と現在の北京の物候を比較すると、実際は北京が二二~二九日遅いという（竺可楨・宛敏渭、前掲書、六九ページ）。

(一一) G・サートン『古代中世科学史・Ⅲ』（平田寛訳、岩波書店、一九五四年）、七七ページ。なお促織経以後の文献では、明の袁宏道の畜促織、劉侗の促織志などがある。

(一二) 陶弘景は「術家はその網を取り、衣領に着ける。そうすると忘却を避ける」と述べている（本草経集注）。

304

6. 詩経の博物学的研究②——魚

一——魴

魴魚赬尾
王室燬くが如し——周南・汝墳[10]（Ⅲ／1・2）［本書Ⅰ・第一章——4魚］

敝笱梁に在り
其の魚は魴と鰥と——斉風・敝笱[104]（Ⅰ／1・2）［本書Ⅰ・第一章——4魚］

豈其れ魚を食らふに
必ずしも河の魴のみならんや——陳風・衡門[138]（Ⅱ／1・2）［本書Ⅰ・第一章——4魚］

九罭の魚は
鱒と魴——豳風・九罭[159]（Ⅰ／1・2）［本書Ⅰ・第一章——4魚］

魚は留に麗る
魴と鱧
君子に酒有り

第三章　詩経の動植物とシンボリズム

多く且つ旨し——小雅・魚麗[170]（Ⅱ）
其の釣りするは維れ何ぞ
維れ魴及び鱮
維れ魴及び鱮

薄か言に観る者あらん——小雅・采緑[226]（Ⅳ）

魴鱮甫甫たり——大雅・韓奕[261]（Ⅴ／6・7）
川澤訏訏たり

[1—a] 魴はコイ科の淡水魚である。以下、詩経の魚類はすべて淡水産なのでいちいち断らない。リードは *Parabramis pekinensis* に同定し（Read, 1977, p.41）、木村重は魴と鱮を同一物とする『本草綱目』の説に基づいている。しかし最近の分類学では魴と鱮を別属と定め、前者を *Megalobrama* 属、後者を *Parabramis* 属とする（伍献文等、中国鯉科魚類志、上巻一一五ページ）。魴と鱮の語によって代表される普通種はそれぞれ *Megalobrama terminalis*（三角魴、三角鯿）、*Parabramis pekinensis*（北京鯿、長春鯿）である。『辞海——生物分冊』によると、魴は「体形は鱮に似るが、背部が特に隆起し、腹の後部に肉棱を具える。銀灰色で、長さは五〇センチ余りに達する」、鱮は「体は甚だ側扁し、中部がやや高く、ほぼ菱形を呈する。長さは三〇センチ余りである」という。魴と鱮の形態的な違いは主として魴が鱮より背部が高い点にあるようである。宋の羅願は「縮項、穹脊、博腹、色青白」（爾雅翼）と記している

306

6．詩経の博物学的研究②——魚　一　鲂

が、よく鲂の特徴を捉えている。

［1―b］『説文解字』では鱮の条に「魚の名、魚に從ひ便の聲、鯿又扁に從ふ」とあり、引き続いて鲂を挙げ、「赤尾魚なり、魚に從ひ方の聲、鲂或は旁に從ふ」とあるが、段玉裁は『山海経』海内北経の「大鳊海中に居る」や『爾雅』の「鲂、鳠」に対する郭璞注に従って、鲂と鯿を同物異名と見ている（説文解字注）。「赤尾魚」の説明について、段玉裁は許慎の誤りとしたが、朱駿声はかえって「世俗の耳、古訓に熟して習へり。察せざれば、遂に赤尾魚を以て鲂を呼ぶ。蓋し許の時の常語、許の誤りに非ざるなり」と、説文を擁護する（説文解字通訓定声）。もし漢代世間一般に鲂は赤尾魚だと思われていたとしたら、誰も実物を見たことがないと言わなければならないが、ただ知識人の無知であるに過ぎない。その上、古典の読み違いを暴露しているというほかはない。

古典で鲂と鯿の区別があるかどうかは明らかでない。鯿の用例は前引の『山海経』のほか、宋玉の釣賦、下って『博物志』や『斉民要術』などにあるが、唐以後が専らである。それでも鲂の用例が比較的多い。時代のずれよりも、平行した使用の点から考えると、古今の語であるよりは形態的な差異の認識が二つの語を生んだと言えなくもない。もっとも陸佃は「其の廣きこと方、其の厚きこと褊、故に一を鲂魚と曰ひ、一を鯿魚と曰ふ。鲂は方なり、鯿は扁なり」（埤雅）と言い、同じ形態的特徴を違った着眼でとらえた命名のようである。形態上の命名説でなく音韻的変化でとらえ、鯿・鲂・鳠を「一声の転」とする説もある（郝懿行、馬瑞辰）。

鲂の和訓は『新撰字鏡』でフナが与えられた。以後の字典・本草書の類を繙いてみると、『類聚名義抄』でタイ、ナヨシ、『色葉字類抄』でコノシロ、『倭玉篇』『多識編』でマナガツオ、『和漢三才図会』でカガミウオとするなど、種々様々である。右のうちフナとコイ以外はすべて海水魚である。端無くも日中の魚産の特色がうかがわれて面白い。詩経の魚を海水産とすることに疑問をもった小野蘭山はオシキウオに当て、鱮（蘭山によればカワタナゴ）の身の広いものとした（本草綱目啓蒙）。詩経で鲂と鱮がセットで出ることがあることもその根拠となったに違いな

307

第三章　詩経の動植物とシンボリズム

い。確かにタナゴは鮒の中国側文献と合うところも少なくないが、いかんせん八センチ程度の小魚では勝負にならない。明治以後の漢和辞典はすべて鮒の和訓をオシキウオとしているが、これによって中国古典を正しく理解することはできない。

鮒の正式の和訓はないが、普通トガリヒラウオの俗称で知られている。これは鰱のヒラウオに対し、体高が特に大きいところから来た命名と思われる。これらの名称は旧満州の日本人、あるいは当地に赴いた水産学者らに由るといわれている（井坂錦江、東亜物産史、大東出版社、一九四三年、二七五ページ）。

［1―c］鮒は詩経の中で七篇の詩に延べ九回現れ、他の魚と比べて最も頻度が高い。それほど古代（特に詩経の時代）ではポピュラーな魚だったことをうかがわせる。現代でもその分布区域は華東区の全部（遼河、河海、江淮亜区）および華南区の一部（珠江、浙閩亜区）と、かなり広い（李思忠、中国淡水魚類的分布区劃、科学出版社、一九八一年、一九〇ページ）。これは詩経に出る他の魚の中では鯉・鱒・鱧とほぼ重なり合う分布である。後世になると鯉が尊ばれるようになるが、上代では必ずしもそうではなかった。詩経の魚たちのイメージは第一に美味があずかっているが、この点に関してはむしろ鮒こそ高い名声を得ていたと推定すべき理由がある。

鯿は鯉や鮒より美味で、鮒は鯿より美味とされる（原田治、中国料理素材事典・魚介、柴田書店、一九八〇年、四六ページ）。鮒の美味に関する古代人の証言も多く残されている。例えば陸璣は「鮒は今の伊・洛・濟・潁の鮒魚なり。廣くして薄く、肥恬にして力少なく、細鱗、魚の美なる者。漁陽の泉牣刀口、遼東の梁水の鮒は特に肥えて厚く、尤も中國の鮒よりも美なり。故に其の鄉語に、居ながら糧に就くは梁水の鮒と」（毛詩草木鳥獸虫魚疏）と述べ、梁水の產を最高とする。そのほか羅願の『爾雅翼』に「漢水中の者は尤も美なり」とか、『直省志書』（古今図書集成・禽虫典巻一四〇所引）に「湖魚の最も佳なる者」などの記事がある。「洛鯉伊鮒は牛羊よりも貴し」という古諺もあった（埤雅）。

6．詩経の博物学的研究②——魚　——鮪

鮪の美味は国風では性欲のメタファーとして用いられている（加納、一九八三年、二八八ページ）。小雅・采緑篇の場合も筆者の解釈によれば同様である。後の場合を除けば、一般に魚のシンボリズムは常にセックスやエロティシズムと関係がある。聞一多は「国風中凡そ魚を言うのは、皆両性間が互いにその相手を称する隠語であって、魚を指すのは一つもない」と述べ、進んで、晋宋の楽府や近世の民歌と詩経との間に類似の表現が多くあることを論証している（聞、詩経通義、全集2、一二七ページ。説魚、全集1、一二〇ページ）。聞一多の挙げている『春秋左氏伝』哀公十七年の条の「衞侯貞卜す、其の繇に曰く、魚の窺尾の如し、衡流して方羊たり」という一文は、周南・汝墳篇の解釈に何がしかの示唆を与えるであろう。すなわち鄭衆の説によれば、「魚肥ゆれば則ち尾赤し、蒯聵の淫縦に喩ふ」（毛詩正義所引）、つまり魚が流れに遊ぶのを衞侯の淫に喩えたというものである。ふくよかに肥えて尾の赤くなった魚をエロティック・シンボルと見た。汝墳篇の一句も同様に、長い疎隔の後に邂逅した男女のエロスの昂揚と解することができる。古注は「魚勞すれば則ち尾赤し」（毛伝）、「君子は亂世に仕へ、其の顏色瘦病し、魚勞すれば則ち尾赤きが如し。然る所以の者は、王室の酷烈を畏るるなり」（鄭箋）と述べ、道徳主義的、歴史主義的解釈に陥っているが、そうではなく、魚の色の変化を男女の愛欲の感情移入と見れば、毛伝の文もある程度生かされよう。伝統的解釈は最終スタンザの「王室燬くが如し、則ち燬くが如しと雖も、父母は孔だ邇し」（Ⅲ／2〜4）の王室や父母に拘り過ぎた。聞一多によれば王室は王室の成員のことで、公子・公族・公孫などの如きものだという。そこで「王孫は燃えるような情熱、でも父母が近くでは憚られる」といった解釈を下している（聞、説魚、全集1、一二〇ページ）。筆者は、王室は戦争に明け暮れて今にも燃えそう、そのため人民は頻りに徴発されている、でも貴方は父母が近くにいらっしゃるから、もう再び戦争には行かないで（つまり、私たちの側に留まってほしい）という女性の訴えと解した（本書Ⅰ・第一章—4魚）。疎隔から邂逅に至る長い時間の経過を暗示する二つのスタンザの後に、束の間の愛の喜び、それを引き裂く妨害者の

第三章　詩経の動植物とシンボリズム

影、両親の世話にかこつけた男への気遣いと急転する心情を描くスタンザを置く。形式的にもパラダイム変換を破る転調という特徴的なスタイルになっており、甚だ技巧を凝らした作品である。

二　鱣(てん)・鮪(い)

鱣鮪發發たり――衛風・碩人[57]（Ⅵ／4）[本書Ⅰ・第一章―4魚]

鱣(てん)に匪(あら)ず鮪(い)に匪ず
潜んで淵に逃る――小雅・四月[204]（Ⅶ／3・4）

鱣(てん)有り鮪(い)有り
潜(せん)に多魚有り――周頌・潜[281]（Ⅰ／2・3）

[2―a] 鱣・鮪は詩経では必ずセットで出てくる。ただし同定については諸説がある。結論を先に言えば、二つともチョウザメの各種を表す古名である。

まず鱣について。伍献文らは *Acipenser sinensis* に同定する（中国経済動物志――淡水魚類、科学出版社、一九七九年）。現代の漢名は中華鱘(ちゅうかじん)、和名はカラチョウザメである。それに対し、『辞海――生物分冊』は *Huso dauricus* に同定する。リード（Read,1977）や『国訳本草綱目』も本説を取っている。現代の漢名は鰉(こう)、和名はダウリアチョウザメである。次に鮪については、鱣に同じとする李時珍（本草綱目、巻四四）の説に従って、リ

6．詩経の博物学的研究②——魚　二—鱣・鮪

ードや『国訳本草綱目』は *Psephurus gladius* に同定する。現代の漢名は白鱘（はくじん）、和名はシナヘラチョウザメ、一名ハシナガチョウザメである。それに対し『中薬大辞典』では鱘魚を *Acipenser sinensis* に同定し、『辞海』では *A. schrencki*（史氏鱘）、*A. sinensis*（中華鱘）、*A. dabryanus*（達氏鱘）などを含むとする。以上、説はまちまちだが、筆者は『辞海』と『中薬大辞典』に従い、鱣をダウリアチョウザメ、鮪をカラチョウザメ、また／あるいは、チョウコウチョウザメ（漢名は長江鱘、または達氏鱘）と見る。もっとも、もし古代の分布地区が現代と変わりがないとすれば、ダウリアチョウザメは華東区の亜区全部に分布するが、カラチョウザメは江淮亜区のみであるというから（李思忠、前掲書、一五六ページ）、鮪はチョウコウチョウザメを含ませなくてよいことになる。ところで、鮪を鱘と同じとするのは後述のように正しくない。

伍献文らによると、鰉（こう）（ダウリアチョウザメ）の形状は次の通り。頭はほぼ三角形を呈し、吻は長くて尖る。口は下位にあり、頭部の表面は多数の骨板に覆われる。第一の骨板は体の最高部をなす。全体に五行の縦列の菱形の骨板が走り、上には鋭い刺がある。体表は黒青色、両側は黄色、腹面は灰白色、背骨板は黄色、側骨板は黄褐色である。体重は五〇～百五十キロ、最大の体長は五メートル以上になる（伍献文等、前掲書、一九七九年、一四ページ）。中華鱘（カラチョウザメ）は、体は長く棱形を呈し、吻は犁形に近く、先が尖って少し上にあがる。全体に五行の骨板を有し、背部の真ん中のものは比較的大きい。背部と頭部は青灰色、あるいは灰褐色、腹部は白色、各鰭は青灰色である（同、一五ページ）。

古典におけるチョウザメの詳しい観察記録は、三国時代の陸璣（りくき）の『毛詩草木鳥獣虫魚疏』に、「鱣は江海より出づ。三月中、河の下頭より來り上る。鱣の身形は龍に似、鋭頭、口は頷下（がんか）に在り。背上腹下に皆甲有り、縦に廣きこと四、五尺。今、盟津（もうしん）の東、石磧（せきせき）の上に于いて、釣りて之を取る。大なる者は千餘斤」、また、「鮪魚は、形鱣に似て色青黒なり。頭は小にして尖り、鐵兜鍪（てつとうぼう）に似たり。口は頷下に在り。其の甲以て薑（きょう）を磨くべし。大なる者は七、八尺に過ぎ

第三章　詩経の動植物とシンボリズム

ず」とあり、かなり正確なものである。これより前に後漢の高誘が『淮南子』氾論訓に注した「鱣は大魚、長さ丈餘。細鱗黄首、白身短頭、口は腹下に在り。仲春二月河より西上し、龍門を過ぐるを得れば、便ち龍と爲る」などの記事が最古と思われる。このような正しい認識があったにもかかわらず、後世、鱣を鯉と同じとする誤りが生じた。張本人は毛伝と許慎（説文）である。

国風・碩人篇の毛伝に「鱣は鯉なり」とあるが、許慎とともに、『爾雅』の読み違いに原因があるらしい。権威ある古典の後世に及ぼした影響は大きく、一つに、詩経におけるシンボリズムの解読の失敗、二つに、とんだ副産物として「登竜門」の誤伝が挙げられよう（後者については鯉の条を参照）。毛伝や許慎に対する疑問は各時代に表明されており、例えば晋の郭璞(かくはく)は『爾雅』と『山海経』にほぼ正確な注釈を施しているし、唐の陸徳明（経典釈文）や孔穎達（毛詩正義）も異を唱えている。それにもかかわらず清朝の考証学者たちの侃々諤々の議論を煩わせるに至っているのは、いかにも知識人たちが目験（親視実験）を怠っているかの証明になるかもしれない。

［2―b］中国で右の状況であったから、日本人にこれらの魚の正体が分からなかったのも無理はない。明治以前の日本の辞書に見える鱣・鮪の和訓は次の通りである。

	鱣	鮪
新撰字鏡	コイ	イルカ
本草和名	ウナギ	ハモ
和名類聚抄	ウナギ	シビ
類聚名義抄	ナマズ、ウナギ	シビ
色葉字類抄		シビ

6．詩経の博物学的研究②——魚　二—鱣・鮪

倭玉篇	ウナギ、コイ	シビ、ウナギ、ハエ
多識編	オオウオ、フカ	シビ
和爾雅		

本草関係の書で、『和漢三才図会』が鱣をフカとするのは江戸初期の『多識編』や『訓蒙図彙』以来で、江村如圭、岡元鳳ともにこれに従っている。明治以後の漢和辞典は鱣をコイ、鮪をシビ、マグロ、カジキなどとする。こんなありさまであったから、明治のある学者が詩経を講じたとき、鱣・鮪をフカ・マグロで押し通したといわれる。

鱣・鮪には時代と地域によってさまざまの異名がある。漢・魏・晋の賦（文選所収）に出る珍魚怪魚の中に、王鮪・叔鮪（東京賦、呉都賦）、王鱣（江賦）がある。『爾雅』の「鮥、鮛鮪」に対する郭璞注によると、大きいものが王鮪、小さいものが鮛鮪であるらしい。また、黄魚（郭注）魚の名称も古いが（恐らく唐代）、鱏鰉魚の訛りといわれるように（黒竜江志稿）、鱣（＝鱘）と鱣・鮪の混同以後に起こった異名に違いない。皇帝と結びつけた命名から、これらの魚に対する人々のイメージをうかがうに足るものがある。

右に出た鱏はいくつかの賦に出るが、蜀都賦の劉逵注に「鱏魚は江中に出づ。頭と身は正半、口は腹下に在り」とあるように、吻が甚だ長い点で鱣・鮪とは異なる。前に触れた鱏魚、すなわちシナヘラチョウザメがこれである。分類学上チョウザメ科とは別のヘラチョウザメ科に属しているが、古代では同類とされたようである。この魚は米国のミシシッピー川に一種いるほか長江のみに残存する生きた化石といわれる（木村重、魚紳士録、上巻、一九八三年、七〇ページ）。今では絶滅に瀕しているとも聞くが、古代ではかなりポピュラーな魚だったらしく、有名な伝説もある。それは『説文解字』に「伯牙琴を鼓すれば、鱏魚出でて聴く」とあり、また、蜀都賦の「鱏魚に感じて陽侯を動

第三章　詩経の動植物とシンボリズム

かす」に対する劉逵注に「瓠巴琴を鼓すれば、鱏魚出でて聴く」ともあるように、二人の名高い音楽家の音楽に感じて鱏魚が河中から頭を出して聞きほれたというものである。そのほか『荀子』勧学篇に沈魚、『韓詩外伝』率性篇に潭魚、同・感虚篇に淵魚と書かれて現れるのも同一の魚である。音楽の話は詩経には出てこないが、淵に潜む魚のイメージは小雅・四月篇の鱣・鮪のシンボリズムを考えるのに参考になる。実際、チョウザメの類はふだん砂質の水底に生活し、また冬には深い所で越冬するという（伍獻文等、前掲書、一九七九年、一四ページ）。

［2―c］チョウザメは唐代から初めて本草書に記載されるようになった。陳蔵器は鱘について「鱏魚は味は甘・平、毒無し。気を益し虚を補ふを主り、人をして肥健ならしむ。江中に生じ、背は龍の如く、長さ一、二丈。鼻上の肉を脯と作し、鹿頭と名づく。一名、鹿肉」（本草拾遺）と述べ、薬物効果と美味を讃えている。このような珍魚が薬物とされては絶滅の危機に陥るのは必然的である（同様の例は枚挙に違がない）。鱣・鮪についてはすでに『呂氏春秋』本味篇に「和の美なる者は（……）鱣鮪の醢」の記事があり、陸璣の『毛詩草木鳥獣虫魚疏』には「蒸して臛と爲すべく、又酢と爲すべし。らかくして食ふべし」とあり、また、陸璣『魏武四時食制』（太平御覧巻九三六所引）に「骨は軟子は醬と爲すべし」とあって、肉や骨だけでなく、キャビアの如き食べ方もあったことが分かる。以上、美味であることが鱣・鮪のシンボリズムの第一条件となる。第二点は、古代人に果たして知られていたか明らかでないが、長寿ということが挙げられる。ある種のチョウザメは三五、六年から五〇年の寿命があるという（木村重、魚紳士録、下巻、一九八三年、四七八ページ）。第三点は他の魚とも共通する豊饒多産性である。もし詩経の時代にもチョウザメの卵が賞味されていたとしたなら、豊饒多産のシンボリズムをチョウザメに付与したとしても不思議ではない。以上のシンボリズムは、衛風・碩人篇において、貴族の娘の婚姻を祝福するのにふさわしいものである。その上、鱣・鮪は陸璣も述べているように竜の如く巨大な魚であり、それを網にするということは、相手にとって得難い大国の高貴

314

6．詩経の博物学的研究②――魚　二―鱣・鮪

な姫君を得たことを意味する。この点に関する伝統的な解釈はどうかというと、鄭箋に「齊地の廣饒を言ふなり」とあるように、大雅・韓奕篇の「魴鱮甫甫たり」と同様、単に物産の豊富を言ったとし、鱣・鮪をもってきた必然性に思い及ばないかのようである。

シンボリズムの第三点は、前述のように水底に潜むという習性である。小雅・鶴鳴[184]に、世捨て人が社会の危難から逃亡することを「魚は潜んで淵に在り／或は渚に在り」（I／3・4）と表現しているが、この場合は一般化した比喩である。小雅・四月篇では鱣・鮪という特徴ある魚をもってきて、乱世から逃避できない孤独者のアンチテーゼとした。

シンボリズムの第四点は、チョウザメの遡河性が用いられる。鰉（鱣）は初夏に江を遡り産卵する（辞海――生物分冊）。中華鱘は大江や近海に生活し、回遊性があり、春夏（五～六月）の候に河口に群集し、秋季に上流に遡る（伍献文等、前掲書、一九七九年、一五ページ）。また、長江鱘は純粋の淡水魚であるが、春の繁殖期に、性の成熟した個体は長江上流に遡る（長江魚類、一五ページ）。それぞれの種によって季節の違いがあるようであるが、いずれも産卵期に上流に遡っていく。周頌・潜篇によれば、黄河の支流である渭水や洛水のそのまた支流である漆水・沮水までチョウザメが遡っていることが分かる。陝西省の辺鄙な所であるが、ここは周民族の故郷に近く、周民族にとっては言わば聖なる川なのであった。詩経よりはるか後の文献であるが、『周礼』天官に「漁人は時を以て漁するに梁を為り、春、王に鮪を献ずるを掌る」、また『呂氏春秋』季春紀に「天子は焉に始めて舟に乗り、鮪を寝廟に薦む」などとあり、春一番の先ず至る者なり」、『大戴礼記』夏小正に「鮪の至るに時有るは、物を美するなり。鮪なる者は魚の先ず至る者なり」、また『呂氏春秋』季春紀に「天子は焉に始めて舟に乗り、鮪を寝廟に薦む」などとあり、春一番に遡ってきたチョウザメを捕らえて廟に供する風習があったことがうかがえる。これは潜篇で歌われている内容と同じであり、むしろ詩経がその風習の発生源と見なしてよいくらいである。他の魚の先頭に立って祭祀の供物となり得たのは、美味だけでなく時間が重要であった。邵晋涵が「鮪魚は、味美にして、時に応じて至る。故に古者は之を

第三章　詩経の動植物とシンボリズム

重んず」(爾雅正義)と言う通りである。このようにチョウザメの季節のリズムに叶う遡河性が宇宙の秩序を表象し、秩序ある王国を祝うシンボルとなったのである。

三―鰥(かん)

敞笱梁に在り
其の魚は魴と鰥――斉風・敞笱[104]（Ⅰ/1・2）[本書・第一章―4魚]

[3―a]鰥はふつう鰥寡の鰥、つまり男の独り者の意味で使われ、『説文解字』に「魚也」とあるものの、魚名としては詩経にしか見えない。その間、鰥がどんな種類の魚であったかは杳として知ることができない。一千年ほど経過して初めて『本草綱目』に鰄(かん)のシノニムとして登載されるに至った。この同定は音通(仮借説)によるものであろう。音通の方法を用いるならば、王引之や馬瑞辰が鯤に当てたのもまんざら否定はできない。王引之は『爾雅』の郭璞注に言う鯤魚、陳蔵器の『本草拾遺』にある鱤子魚の鱤、潘岳・西征賦に見える青鯤の鯤も音通とした(経義述聞)。実際、鯤の別名として混子(伍献文等、前掲書、一九七九年、四三ページ)もあるくらいだから、鯤―鱤―鯤―混は音通であろう。

右のうち鱤については、リードは朱元鼎の同定に従い、コイ科の *Elopichthys bambusa* とする(Read, 1977, p.22)。これは諸書異説がない。その魚の形状は、体は細長く、やや側扁し、頭は長く前端が尖る。吻は尖り、口は大きい。体色は微黄、背部は灰黒色、腹部は銀白色である。体長は一メートル余りに達する(伍献文等、前掲書、四三ページ)。次に鯤はコイ科の *Ctenopharyngodon idellus* に同定され、草魚(ソウギョ)が通り名である。体は長

316

6．詩経の博物学的研究②――魚　三―鱧

くほぼ円筒形を呈し、尾部は側扁し、腹部は円い（伍献文等、前掲書、三六ページ）。以上の二説どちらが比較的妥当であるかは後で検討する。ただ古今図書集成や『中薬大辞典』などは李時珍の説に従っており、この説が定着する傾向のようである。

[3―b] 鱧の和名をボウウオという。これは恐らく旧満州の日本人が、「木棒に類す」（黒竜江志稿）といわれることや、中国の俗称で竿魚・杆条魚と呼ばれるのに基づいて名づけたものであろう。もっともこれらの語は鱧魚・鱧条魚の訛りである可能性が強い。李時珍は鱧の語源について、「鱧は敢なり。（……）食して厭く無きなり。健にして取り難く、性質は凶猛で、他の魚を襲撃するので漁民に蛇蝎視される、『本草綱目』でこの魚の語源を勇敢、貪食の意としたのは、捕まりにくく、同類を呑食することを言ったものだ、としている（伍献文等、前掲書、四三ページ）。

[3―c] 詩経でも勇猛活発なイメージが取られている。古注以来の伝統的解釈によれば、斉風・敝笱篇は南山篇と舞台背景を同じくし、兄である斉の襄公と姦通する文姜を、彼女の夫である魯の桓公がコントロールできないのを、斉の人たちが非難した詩とされる。しかし筆者はこのような歴史主義的、道徳主義的読み方を退け、別の読み方をする。ウェーリーやカールグレンも通説にとらわれず、この詩を祝婚歌と読んでいる。カールグレンは言う、「豊饒のシンボルとしての魚は無羊篇を見よ。豊饒と多産のシンボルである魚は豊富である。敝笱という語の捉え方に難点がある。そのように花嫁の子孫は殖えるであろう」（Karlgren,1974,p.67）。魅力的な説であるが、敝笱という語の捉え方に難点がある。破れた捕魚装置は魚を収容しきれず、容易に魚に逃げられるべきである。（……）柳細工の魚捕りかごを破らんばかりに魚は豊富である、そのように花嫁の子孫は殖えるであろう」と読むべきである。（この点はいくらか古注と似る）。第一スタンザで美味な魴と鱧、第二スタンザで魴と鱧が笱に入ったかに見えて、実は第三スタンザで「唯唯（後に続いて行くさま）」として逃れ去ると表現される。もともと敝れた笱だったから当然予想されってそれは性愛の対象のメタファーであるが、兄である魯の桓公がコントロールできないのを得ることのできない不甲斐無い男の比喩と見るべきである（この点は

第三章　詩経の動植物とシンボリズム

る事態なのである。しかも各スタンザの後半二行で斉の女性は多くの従者を引き連れて嫁いで行ってしまう。結局大きな獲物を取り逃がした敝笱、すなわち失恋者だけが取り残されることになる。ここで重要なのは魚のイメージである。魴については前項の通りだが、鱮も鱞も大魚であるとともに美味も与えており、さらに二つはきわめて活発な魚なのである。奔放で捕まえきれない女のイメージがこれらの魚のイメージとオーバーラップする。その意味で、結果論的だとしても、『本草綱目』の同定は妥当であったと言える。

四―鱮（しょ）

敝笱（へいこうりょう）梁に在り
其の魚は魴と鱮――斉風・敝笱[104]（II／1・2）［本書 I・第一章―4 魚］

其の釣りするは維れ何ぞ
維れ魴及び鱮――小雅・采緑[226]（IV／1・2）

孔（はなは）だ楽しいかな韓土
鲂鱮甫甫（ほうしょほほ）たり――大雅・韓奕[261]（V／5～7）

［4―a］鱮はコイ科の *Hypophthalmichthys molitrix* に同定されている（Read ほか）。この魚は体は側扁しやや高

6. 詩経の博物学的研究②——魚　四—鱅

く、胸部は狭い。頭は大きく、体長の約四分の一である。吻は短く、鈍くて円い。目は小さく、下方に付いている。体色は一般に銀白色で、鰭は灰白色を呈する（伍献文等、前掲書、一九七九年、一二五ページ）。鱅は『説文解字』や郭璞・江賦の鰱と同じものである。体の色から白鱅・白鰱の称もある。我が国ではハクレンと呼び慣わしているが、目の特徴から俗称でシタメという。陸璣は鰱のほかに鱅の別称を挙げているが、厳粲がその非を指摘している（詩緝）。鱅は鰱と似ているが、それよりやや大きく、背の色が黒っぽいのでコクレン（黒鰱）と称される。

[4—b] 陸佃は鱅の語源について、「性は亦た旅行す、故に之を鱅と曰ふなり。傳に曰く、魚屬を連行す、此の類の若き是れのみ」（埤雅）と述べ、群行ないし連行の意に取ったとする。前項の鰈については李時珍が「其の性は獨行す、故に鰈と曰ふ」（本草綱目、巻四四）と言うところを見ると、斉風・敝笱篇における鰈→鱅のパラディグム変換に何かの意味を見たのかもしれない。しかし詩のテーマにとって独行と群行はあまり関係がなく、むしろ前述の通り美味と敏捷な行動であろう。味に関しては陸佃は鱅の語源から不美を導く。すなわち「鱅は庸魚なり。故に其の字、庸に従ふ。蓋し魚の不美なる者、茹を啖ふに如かず」と述べている。また行動については、「鱅は讀んで慵と曰ふ者は、則ち又其の性慵弱にして健ならざるを以ての故なり」（埤雅）とある。鱅がまずい魚だということはすでに陸璣が「鱅は鮎に似て、厚くして頭大なり。故に魚の不美なる者。故に里語に曰く、魚を網して鱅を得るは、茹を啗ふに如かず」（毛詩草木鳥獣虫魚疏）と述べている。

鱅が不美だとされるに至ったのは、その食性を知ったための偏見ではなかろうか。宋の羅願も鱅を不美としたが、その理由は「蓋し魚は一類と雖も、而して食する所同じからず。今鯇は惟草を食らひ、鱒は螺蚌を食らひ、鱅は乃ち鯢の矢を食らへば、則ち宜しく其の味不美なるべし」（爾雅翼）、つまり草魚の糞を食うから鱅は不美だというのであ

第三章　詩経の動植物とシンボリズム

る。この文章は魚の食性の違いをよく認識していた点で貴重である。しかも少なくとも鰱については、現代の魚類誌に「その餌は青魚や草魚の剰余飼料およびそれらの排出する糞便である」（伍献文等、前掲書、一一六ページ）とあるように、正確であった。しかし餌から不美を導き出したのは明らかに理に合わない。

陸佃が鱅の性質を懦弱としたのは語源俗解の感はあるが、「性活発で、よく水面に跳り出る。少しでも驚かすと、あちこちで跳躍する」（伍献文等、前掲書、一一四ページ）というのと合致している。しかし鰱は鱅と違い、「性温和で、よく水面に跳しやすい」（伍献文等、前掲書、一一六ページ）という。斉風・敝笱篇で用いられた鰱のイメージはまさにこれである。

鰱の和訓を見ておくと、『倭玉篇』でカマスとするほかは、『大和本草』では海魚のタナゴに当てた。一般に日本における和訓の付け方は、海川と関係なく形態が似ていれば結びつける傾向がある。漢和辞典における意味記述の正確さが要求されるのと同時に、古来の辞書類の内容面を洗い直す必然性が痛感される。

［4－c］詩経では鰱は魴と連称されて現れる。したがって二魚がともに類似のイメージで用いられていることは言うまでもない。ところが羅願は鰱を不美の魚としたために、大雅・韓奕篇の詩句について、「蓋し言ふこころは、川澤の善なる者、其の美悪の竝畜せられ、魴は美にして鰱は不美、今皆甫有たり、然らば則ち其の土の樂知るべし」と、全く苦しい解釈を下した。この詩は、周の一族の娘を娶って周との結びつきを深めた諸侯を讃える詩で、その国の物産の豊富が重要なモチーフになっている。第五スタンザの魴／鰱、麀／鹿、熊／羆、猫／虎という煩瑣な列挙表現が、土臭く辺鄙な、しかも物産に富む侯国のイメージを作り上げるのに効果的である。もし鰱が美味な大魚でないならば一点の疵になるところである。

国風で魴が恋愛詩に用いられたことはすでに述べたが、小雅・采緑篇では鰱とともに愛の対象のメタファーとして

320

6．詩経の博物学的研究②——魚　五―鯉

用いられている。七篇ある小雅の恋愛詩のうち、どれも動植物のシンボリズムを使うが、魚が出るのは采緑篇だけである。しかも魚を釣るという表現は国風にもあり、「其の釣りするは維れ何ぞ」は召南・何彼襛 矣篇と共通する定型句と考えられるから、采緑篇と国風の詩の深いつながりを見ることができる。したがって珍しく朱子も小雅にもかかわらず本詩を恋愛詩（婦人が君子を思う）と解したのは当然だと言えよう。ただ重要な魚のシンボリズムを読みそこね、約束の日を過ぎても帰って来ない君子がもし帰って来たら、釣りの準備をし、多くの獲物があるのを見てあげたい、といった平板な解釈に終わった。

五―鯉（り）

豈（あに）其れ魚を食らふに
必ずしも河の鯉のみならんや――陳風・衡門[138]（Ⅲ／1・2）[本書Ⅰ・第一章―4魚]

魚は罶に麗（りゅうかか）る
鱨（しょう）と鯊（さ）
君子に酒有り
旨く且つ有り――小雅・魚麗[170]（Ⅲ）

諸友に飲御（いんぎょ）し
鼈（べつ）を炰（あぶ）り鯉を膾（なます）にす――小雅・六月[177]（Ⅵ／5・6）

第三章　詩経の動植物とシンボリズム

鱣有り鮪有り

鰷鱨鰋鯉――周頌・潜[281]（I／3・4）

[5―a] 鯉は言うまでもなくコイ科の *Cyprinus carpio*（コイ）である。体は長く、側扁し、腹部は円い。背部は背鰭の前方で少し隆起する。体色は背部が灰黒色、側線の下方は金黄色に近く、腹部は淡白色である（伍献文等、前掲書、一九七九年、一〇七ページ）。中国西部の高原を除けば、ほとんどの河川や湖沼に棲息するという。

毛伝は周頌・潜篇で「鱣、大鯉也」と注し、『爾雅』の読み違いらしい。明の方以智によれば、爾雅・釈魚の冒頭の「鯉鱣鱧鯷鰋鮎」という一文は、前にも述べたように、『爾雅』の訓詁の形式は「A、B（AはBなり）」と二語ずつの並列に読むと、毛伝や説文の犯したような誤りになるという（通雅）。他の語に言い換えることができず、さりとて博物語彙の集成という体裁上、止むを得ずこのようにしたと考えられる。

「鯉、鱣、鱧、鯷、鰋、鮎」と句読して、六語の並列に読むべきで、爾雅・釈魚の冒頭の「鯉鱣鱧鯷鰋鮎」という一文は、前にも述がほとんどであるから、右の六字の羅列は規則外である。

[5―b] 李時珍が「鯉の鱗は十字の文理有り、故に鯉と名づく」（本草綱目、巻四四）と言うところを見ると、鯉の語源は文理の意味を取ったということらしい。確かに古代人は鱗に何らかの神秘性を感じた節がある。例えば陳蔵器は「鯉魚は脊の當中の数より尾に至るまで、大小と無く皆三十六鱗有り。亦た其の成数なり」（本草拾遺）と言い、寇宗奭は「鯉魚は至陰の物なり。其の鱗は故に三十六」（本草衍義）と述べて、三十六の数を強調する。鯉の側線鱗が三十六枚前後あるのに根拠があ
る。古代人は、大きな瓦状に排列された鱗に、美しい文理と数の不思議を見たのであろう。実際、この数は観念的なものではなく、三十六は易の陰爻を表す六の自乗数である。

[5―c] 唐宋の本草家にしてこのようであるから、彼らより前の梁の陶弘景が「鯉魚は、最も魚の主と爲す。形既

6．詩経の博物学的研究②——魚　五—鯉

に愛すべく、又能く神變し、乃ち山湖を飛越するに至る。琴高の之に乘る所以なり」（本草経集注）と言うのも驚くに当たらない。当時すでに神仙家は鯉を神秘化していたのである。漢代には双鯉をあしらった吉祥図案が出現しており、めでたさのシンボルとなっていた。これは例えば『淮南子』説山訓に「詹公の釣りは、千歳の鯉も避く能はず」とあるように、鯉の長寿に対する知識が働いたのであろう。鯉の寿命は普通は十五年から六十年であるが、中には百年、二百年以上の寿命の例もあったといわれる（矢野憲一、魚の文化史、講談社、一九七九年、一二五ページ）。以上のようなことから、鯉は「魚の貴なるもの」とされ、そして、黄河の鯉が最も美味と謳われるようになる。

しかし筆者は詩経の時代はいささか事情が違っていたのではないかと思う。この時代の美味の魚の代表は前に述べた鮪であり、また、王朝貴族に最も尊ばれたのは鱣や鮪であったと推定する。これらが鯉に取って代わられた理由は、魚のシンボリズムの変遷なのである。その過程の大きな事件として登竜門の故事がある。元来、『淮南子』氾論訓や脩務訓の高誘注に見えるように、竜門を遡って竜になるのは鱣や鮪なのであった。それがいつの間にか鯉にすりかわってしまった。『太平広記』（巻四六六）に引用されている三秦記なる書に、「龍門山は河東の界に在り。禹、山を鑿り門を斷つこと一里餘、黄河中流より下りて兩岸車馬を通ぜず。暮春の際毎に黄鯉魚有り、流れに逆ひて上る。得る者は便ち化して龍と爲る」とあり、明らかに鯉としている。またこの本を引用している鄺道元の『水経注』には、「爾雅に曰く、鱣は鯉なりと。鞏穴を出でて、三月則ち上り、龍門を渡る。渡るを得れば龍と爲り、否らざれば則ち額に點じて還る」とあるから、鱣から鯉に変わったのは南北朝時代の頃ではないかと思われる。その要因の一つは、今述べた鯉の地位上昇であるが、もう一つの決定的な要因は、鱣と鯉のアイデンティティを混乱させた古典学者の力である。中国は古典的知識による規制があまりに大きいのである。

このような事情を念頭に置いて、陳風・衡門篇を見ると、鮪と鯉が用いられているが、問題となるのは二魚の美味の序列である。本詩は高嶺の花を求める男の諦めをテーマとする。第一スタンザで飢えをしのぐ小さな満足を予め示

第三章　詩経の動植物とシンボリズム

しておいて、次のスタンザで、妻を娶るのに美女とは限らないという諦めをいうために、魚を例に持ち出す。すなわち「豈其れ魚を食らふに／必ずしも河の魴のみならんや／豈其れ妻を取るに／必ずしも齊の姜のみならんや」と第二スタンザで歌い、第三スタンザは魴→鯉、齊之姜→宋之子という具合にパラダイグムを変換して進めていく。この変換の仕方は程度を落とす逆漸層法になっている。つまり、齊の姜は美女の代表的な姓であり、宋の子は差別された国の姓（つまり普通の貴族の女）なのである。このようなテクニックによって高嶺の花から次第に諦めていく心理の動きを表現しているのである。因みに銭鍾書も河魴／河鯉、齊之姜／宋子の関係を「降格して次を求むるは、心に稀ふこと足り易きなり」と述べている（管錐編、第一冊、中華書局、一九七九年、一二五ページ）。

六　鱒 (そん)

九罭の魚は
鱒と魴 (そん　ほう)――豳風・九罭[159]（I／1・2）[本書I・第一章――4魚]

[6—a] この魚の同定については諸書異説がない。コイ科の *Squaliobarbus curriculus*、現代の漢名は赤眼鱒 (せきがんそん) である。体は長く、側扁し、ほぼ円筒状を呈する。腹部は円く、頭は円錐形。吻は鈍く、唇は厚く、眼は大きい。体色は背が深黒色、腹部が浅黄色である（伍献文等、前掲書、四七ページ）。体長は約三〇センチと、魴よりは小形である。眼の上半部に紅斑があるのが特徴で、『説文解字』では「赤目魚也」と記されている。陸 (りく) 璣 (き) の『毛詩草木鳥獣虫魚疏』には「鱒は鯶魚 (こんぎょ) に似、而も鱗は鯶よりも細き也。赤眼細文多し」とあり、外形は鯶（草

324

6．詩経の博物学的研究②——魚　六—鱒

魚）と似ているという。

［6—b］『爾雅』によれば鱒の別名は鮅である。これらの語源について、李時珍は孫炎を引いて、「鱒は獨行を好み、尊にして必なる者、故に字は尊に從ひ必に從ふ」（本草綱目、巻四四）という。赤眼魚は群集するのを喜ばないそうであるから（伍献文等、前掲書、一九七九年、四七ページ）、この語源説は案外当たっているのかもしれない。

日本ではカワアカメと称する。海魚のメナダ（一名アカメ）は赤目魚とも書かれるから、それに対して淡水産のアカメということでカワアカメと名づけられたのであろう。恐らく鮎のトガリヒラウオ、鰶のボウウオなどと同様、旧満州の生物学者による命名と思われる。一方、小野蘭山は鱒をアカメとしているが、このアカメはマスの別名らしく、「形状は松魚（サケ）にて鱗更に細なり。色淡青にして赤斑あり。その眼、赤條瞳を貫きて他魚に異なり。肉色赤くして松魚のごとし。味は松魚に勝れり。その性強健にして捕へがたし」（本草綱目啓蒙）と書いている。この記事は明らかに羅願の「目中赤色、一道瞳を横貫す」（爾雅翼）の影響下にある。平安時代の『新撰字鏡』や『和名抄』が鱒の和訓をマスとしたのは、右と同じように「赤目魚」から来ているのかもしれない。古来マスの和訓が定着する中で、ひとり稲生若水のみオイカワに同定した詩（全集4、八七ページ）、「説魚」では次のように解している。すなわち、公とその子がある女性のもとにやってくる。彼女は公子と恋に陥り、彼を公と一緒に帰さないために衣服を隠す、といった物語を見るのである（全集1、一二七ページ）。おおむね妥当な説ではあるが、筆者は登場人物を三人と見る。

［6—c］豳風・九罭篇における魚のシンボリズムは、国風の他の詩篇と共通である。この詩について聞一多は、「風詩類鈔」では「宴会の時に主人が客を引き留め釣ることと同様、求愛の比喩である。この詩の公子を登場させ、第二、三スタンザで、どこに帰るか分からない貴公子を引き留めようとする。最後のスタンザでは、ヒロインのもとに忍んできた貴公子を登場させ、第二、三スタンザで、どこに帰るか分からない貴公子を引き留めようとする。最後のスタンザでは、ヒロインのもとに忍んできた貴公子を

第三章　詩経の動植物とシンボリズム

ヒロインのもとに衣服だけが残り、引き留められなかったことを悲しむ心情を述べる。かりそめの恋を描いたおもしろい作品である。ところが伝統的な解釈は、豳風の諸篇を七月[154]以外すべて周公旦と結びつけるため、支離滅裂に終わっている。例えば九罭の魚の比喩に関して鄭箋は「九罭の罟（あみ）を設けて、乃ち後に鱒魴の魚を得るは、物を取るに各器有るを言ふなり。興する者は、王周公の來るを迎へんと欲し、當に其の禮有るべきに喩ふ」と述べている。つまり、魚を捕らえるのに網が要るように、周公を迎えるのに礼が必要だというのである。この説では魚の内容は問題にならない。陸佃は魚の形態に着目し、「蓋し鱒魚は圓、魴魚は方。君子は道は圓内を以てし、義は方外を以てす。而して周公の德はれり。故に是の詩、主として以て之を言ふ」（埤雅）と述べるが、あまりに迂遠な説である。羅願は先に触れた独行のイメージを用い、「多くはただ獨行す。亦た兩三頭同行する者有り。鱒既に此の如し。魴は則ち說苑の所謂存するが若く亡するが若く、食すれば輒ち遁ぐ。詩は九罭の魚は鱒と魴と稱す。鱒魚は獨行するに禮を見れば兩三頭同行するに遭ひて、東に避け、進み難く退き易きの操有り。故に魴を以て之を言ふ」（爾雅翼）と述べ、独行して網に掛かりにくい鱒を、自分に不利な情況にあった朝廷から立ち去った周公に喩えたと見ている。いずれも古注の呪縛に掛かっていたというほかはない。

[注]

（一）　幸田露伴の「鯉」（幸田露伴全集30所収）に逸話が紹介されている。

（二）　ウェーリーは「魚は（詩経の）詩では豊饒のシンボルである」と言っている (Waley,1969,p.78)。

（三）　『孔叢子』に「衛人河に釣り、鰥魚を得たり。其の大きさ車に盈つ」（毛詩正義所引）とあるが、鰥（はららご）を巨大な魚に見立てた寓言的要素が強く、現実の魚とは言い難い。

（四）　里を長さの単位と取り、井田法と絡める説もある。例えば宋の沈括は「鯉魚は脅に當たりて一行三十六鱗、鱗に黒文十字

6．詩経の博物学的研究②――魚　［注］

の如き有り、故に之を鯉と謂ふ。文魚里に從ふ者は、三百六十なり。然れども井田法は即ち三百歩を以て一里と爲す。恐らくは四代の法、相襲はざる者有る容し」（夢渓筆談）と述べている。

（五）カールグレンも登場人物を三人と見て、詩のテーマを「ある若い貴族が公の随員として来るが、ある女性と恋をして逢引する。彼女は恋人にもっと恋をすることを期待し、公とともに立ち去って一人ぼっちにさせないようにと訴える」と解説している(Karlgren,1974,pp103〜104)。

動植物図版出典一覧

P182 木瓜 ⑧「木瓜」（ボケ）

P184 杞 ⑧「水楊」（コリヤナギ）

P184 桑 ⑧「桑」（マグワ、トウグワ）

P185 檀 ⑦「檀」

P187 舜 ⑦「木槿」（ムクゲ）

P190 棘 ⑦「酸棗」（サネブトナツメ）

P194 椒 ⑦「秦椒」（トウザンショウ）

P197 楚 ⑦「蔓荊」（ニンジンボク）

P200 杜 ⑦「棠梨」（マンシュウマメナシ）

P203 漆 ⑦「漆」（ウルシ）

P203 栗 ⑦「栗」（チュウゴクグリ）

P206 條 ⑦「柚」（ブンタン、ザボン）

P206 梅 ⑩「交譲木」（ユズリハ）

P209 楊 ⑩「細柱柳」（ネコヤナギ）

P212 萇楚 ⑦「獼猴桃」（シナサルナシ）

第三章

P261 ⑥「(1)鰉 (2)中華鱘 (3)鱏 (4)長江鱘 (5)白鱘」

P263 ⑧「蜾蠃」（ジガバチ）

動植物図版出典一覧

P127 蕭　⑦「茵陳蒿」（カワラヨモギ）

P127 艾　⑦「艾」

P129 荻　⑩「荻」（オギ）

P132 麻　⑦「大麻」（タイマ）

P135 荷　⑧「蓮」（ハス）

P135 蘢　⑦「葒草」（オオケタデ）

P138 茹藘　⑦「茜草」（アカネ）

P142 蕑　⑦「蘭草」（フジバカマ）

P142 勺薬　⑦「芍藥」（シャクヤク）

P145 莠　⑦「莠」（エノコログサ）

P148 莫　⑦「酸模」（スイバ）

P149 藚　⑦「澤瀉」（サジオモダカ）

P152 蘞　⑦「烏蘞苺」（ヤブガラシ）

P156 苓　⑦「甘草」（ウラルカンゾウ）

P160 荍　⑦「錦葵」（ゼニアオイ）

P160 枌　⑦「楡」（ノニレ、ハルニレ）

P162 紵　⑦「苧麻」（カラムシ）

P163 菅　⑦「菅」

P165 苕　⑦「野豌豆」（オオカラスノエンドウ）

P166 鷊　⑦「盤龍参」（ネジバナ、モジズリ）

P168 蒲　⑦「香蒲」（ガマ）

P170 桃　⑦「桃」（モモ）

P173 梅　⑦「梅」（ウメ）

P176 唐棣　⑧「山楊」（チョウセンヤマナラシ）

P176 李　⑦「李」（スモモ）

P179 柏　⑦「柏」（コノテガシワ）

動植物図版出典一覧

P74 鮪 ⑧「中華鱘」（カラチョウザメ）

P74 瓠 ⑦「瓠子」（ユウガオ）

P78 鰀 ⑤「鱤」（ボウウオ）

P78 鱮 ⑤「鰱」（シタメ、ハクレン）

P81 鯉 ⑤「鯉」（コイ）

P84 鱒 ⑤「赤眼鱒」（カワアカメ）

第二章

P87 巻耳 ⑧「蒼耳」（オナモミ）

P88 兜 ⑨「兜」

P91 葛 ⑦「葛」（クズ）

P94 苯苢 ⑦「車前」（オオバコ）

P97 蔞 ⑧「蔞蒿」（ヤマヨモギ）

P101 葑 ⑦「蕪菁」（カブラ）

P101 菲 ⑦「萊菔」（ダイコン）

P102 荼 ⑦「滇苦菜」（ノゲシ）

P102 薺 ⑦「薺」（ナズナ）

P107 茨 ⑦「蒺藜」（ハマビシ）

P109 唐 ⑦「菟絲子」（ハマネナシカズラ）

P110 麦 ⑦「小麥」（コムギ）

P114 莔 ⑧「浙貝母」（アミガサユリ）

P117 芄蘭 ⑦「蘿藦」（ガガイモ）

P120 葦 ⑦「蘆」（アシ）

P122 蓬 ⑧「沙蓬」

P122 諼草 ⑦「萱草」（ホンカンゾウ）

P124 蓷 ⑦「茺蔚」（メハジキ）

動植物図版出典一覧

P22 匏　⑦「苦瓠」（フクベ）
P24 流離　⑧「斑頭鵂鶹」（オオスズメフクロウ）
P25 犛　②「犛牛」（ヤク）
P28 烏　①「寒鴉」（コクマルガラス）
P31 鶉　①「鶉鶉」（ウズラ）
P33 鳧　①「緑頭鴨」（マガモ）
P36 晨風　①「雀鷹」（コノリ）
P37 駁　⑧「豹皮樟」（カゴノキ）
P37 檖　⑧「豆梨」（マメナシ）
P40 鷺　⑧「白鷺」（コサギ）
P43 鵜　①「鵜鶘」（ハイイロペリカン）
P46 白茅　⑦「白茅」（チガヤ）
P46 麕　③「獐」（キバノロ）
P49 狐　②「赤狐」（キツネ）
P52 鼠　⑨「鼫鼠」
P53 黍　⑦「黍」（キビ）
P56 狼　③「狼」（オオカミ）
P58 草虫・阜螽　⑫「負蝗」（オンブバッタ）
P58 蕨　⑦「蕨」（ワラビ）
P58 薇　⑦「薇」（スズメノエンドウ）
P61 戚施　⑪「中華大蟾蜍」（アジアヒキガエル）
P62 鴻　①「大天鵞」（オオハクチョウ）
P67 蜉蝣　④「蜉蝣」（カゲロウ）
P70 魴　⑤「魴」（トガリヒラウオ）
P73 蝤蠐　⑧「桑蠹蟲」（テッポウムシ）
P73 鱣　⑧「鰉魚」（ダウリアチョウザメ）

5

動植物図版出典一覧

動植物図版出典一覧

［引用文献］

①中國動物圖譜―鳥類　鄭作新等著　科學出版社　1987年

②四川資源動物志　第二巻　獸類　四川科學技術出版社　1984年

③安徽獸類志　王岐山主編　安徽科學技術出版社　1990年

④中國珍稀昆蟲圖鑒　陳樹椿主編　中國林業出版社　1999年

⑤中國動物圖譜―魚類　鄭葆珊等著　科學出版社　1987年

⑥中國經濟動物志―淡水魚類　伍獻文等著　科學出版社　1979年

⑦植物名實圖考（上・下）　呉其濬撰　世界書局　1974年

⑧中藥大辭典（上・下）　上海人民出版社　1977年

⑨爾雅音圖　郭璞撰　北京市中國書店　1985年

⑩中國高等植物圖鑒（第１～１０冊）　科學出版社　1980年

⑪中國珍稀及經濟兩棲動物　葉昌媛・費梁・胡淑琴編著　四川科學技術出版社　1993年

⑫湖南森林昆蟲圖鑒　湖南省林業廳編　湖南科學技術出版社　1992年

第一章

P3　雎鳩　①「鶚」（ミサゴ）

P4　荇菜　⑦「莕菜」（アサザ）

P8　黃鳥　①「黃鸝」（コウライウグイス）

P11　鵲　①「喜鵲」（カササギ）

P12　鳩　①「大杜鵑」（カッコウ）

P15　雀　⑧「麻雀」（スズメ）

P18　雉　①「雉」（コウライキジ）

P21　雁　①「白額雁」（マガン）

| 176 菁菁者莪 | 192 正月 | 208 鼓鍾 | 224 菀柳 | |

大雅

235 文王	242 靈臺	249 假樂	256 抑	263 常武
236 大明	243 下武	250 公劉	257 桑柔	264 瞻卬
237 緜	244 文王有聲	251 泂酌	258 雲漢	265 召旻
238 棫樸	245 生民	252 卷阿	259 崧高	
239 旱	246 行葦	253 民勞	260 烝民	
240 思齊	247 既醉	254 板	261 韓奕	
241 皇矣	248 鳧鷖	255 蕩	262 江漢	

頌

266 清廟	274 執競	282 雝	290 載芟	298 有駜
267 維天之命	275 思文	283 載見	291 良耜	299 泮水
268 維清	276 臣工	284 有客	292 絲衣	300 閟宮
269 烈文	277 噫嘻	285 武	293 酌	301 那
270 天作	278 振鷺	286 閔予小子	294 桓	302 烈祖
271 昊天有成命	279 豐年	287 訪落	295 賚	303 玄鳥
272 我將	280 有瞽	288 敬止	296 般	304 長發
273 時邁	281 潛	289 小毖	297 駉	305 殷武

詩經篇名一覽

24 何彼襛矣	56 考槃	88 丰	120 羔裘	152 鳲鳩
25 騶虞	57 碩人	89 東門之墠	121 鴇羽	153 下泉
26 柏舟	58 氓	90 風雨	122 無衣	154 七月
27 綠衣	59 竹竿	91 子衿	123 有杕之杜	155 鴟鴞
28 燕燕	60 芄蘭	92 揚之水	124 葛生	156 東山
29 日月	61 河廣	93 出其東門	125 采苓	157 破斧
30 終風	62 伯兮	94 野有蔓草	126 車鄰	158 伐柯
31 擊鼓	63 有狐	95 溱洧	127 駟驖	159 九罭
32 凱風	64 木瓜	96 雞鳴	128 小戎	160 狼跋

小雅

161 鹿鳴	177 六月	193 十月之交	209 楚茨	225 都人士
162 四牡	178 采芑	194 雨無正	210 信南山	226 采綠
163 皇皇者華	179 車攻	195 小旻	211 甫田	227 黍苗
164 常棣	180 吉日	196 小宛	212 大田	228 隰桑
165 伐木	181 鴻雁	197 小弁	213 瞻彼洛矣	229 白華
166 天保	182 庭燎	198 巧言	214 裳裳者華	230 緜蠻
167 采薇	183 沔水	199 何人斯	215 桑扈	231 瓠葉
168 出車	184 鶴鳴	200 巷伯	216 鴛鴦	232 漸漸之石
169 杕杜	185 祈父	201 谷風	217 頍弁	233 苕之華
170 魚麗	186 白駒	202 蓼莪	218 車舝	34 何草不黃
171 南有嘉魚	187 黃鳥	203 大東	219 青蠅	
172 南山有臺	188 我行其野	204 四月	220 賓之初筵	
173 蓼蕭	189 斯干	205 北山	221 魚藻	
174 湛露	190 無羊	206 無將大車	222 采菽	
175 彤弓	191 節南山	207 小明	223 角弓	

詩経篇名一覧

国風

1 關雎	33 雄雉	65 黍離	97 還	129 蒹葭
2 葛覃	34 匏有苦葉	66 君子于役	98 著	130 終南
3 卷耳	35 谷風	67 君子陽陽	99 東方之日	131 黃鳥
4 樛木	36 式微	68 揚之水	100 東方未明	132 晨風
5 桃夭	37 旄丘	69 中谷有蓷	101 南山	133 無衣
6 螽斯	38 簡兮	70 兔爰	102 甫田	134 渭陽
7 兔罝	39 泉水	71 葛藟	103 盧令	135 權輿
8 芣苢	40 北門	72 采葛	104 敝笱	136 宛丘
9 漢廣	41 北風	73 大車	105 載驅	137 東門之枌
10 汝墳	42 靜女	74 丘中有麻	106 猗嗟	138 衡門
11 麟之趾	43 新臺	75 緇衣	107 葛屨	139 東門之池
12 鵲巢	44 二子乘舟	76 將仲子	108 汾沮洳	140 東門之楊
13 采蘩	45 柏舟	77 叔于田	109 園有桃	141 墓門
14 草蟲	46 牆有茨	78 大叔于田	110 陟岵	142 防有鵲巢
15 采蘋	47 君子偕老	79 清人	111 十畝之間	143 月出
16 甘棠	48 桑中	80 羔裘	112 伐檀	144 株林
17 行露	49 鶉之奔奔	81 遵大路	113 碩鼠	145 澤陂
18 羔羊	50 定之方中	82 女曰雞鳴	114 蟋蟀	146 羔裘
19 殷其雷	51 蝃蝀	83 有女同車	115 山有樞	147 素冠
20 摽有梅	52 相鼠	84 山有扶蘇	116 揚之水	148 隰有萇楚
21 小星	53 干旄	85 蘀兮	117 椒聊	149 匪風
22 江有汜	54 載馳	86 狡童	118 綢繆	150 蜉蝣
23 野有死麕	55 淇奧	87 褰裳	119 杕杜	151 候人

著者略歴

加納　喜光（かのう　よしみつ）

1940年6月　鹿児島県生まれ
1971年3月　東京大学大学院人文科学研究科修士課程修了
1976年4月　東京大学文学部助手
1977年4月　文部省初等中等教育局
1979年4月　茨城大学人文学部助教授
1985年4月　同　教授

主要著書・論文

1982年1月　詩経・上　学習研究社
1983年1月　詩経・下　学習研究社
1987年5月　中国医学の誕生　東京大学出版会
1987年6月　漢字の常識・非常識　講談社現代新書
1992年11月　漢字の博物誌　大修館書店
1998年7月　漢字の成立ち辞典　東京堂出版
2000年7月　似て非なる漢字の辞典　東京堂出版
2001年12月　風水と身体――中国古代のエコロジー
　　　　　　大修館書店
2005年5月　学研新漢和大字典（共編）　学習研究社

詩経・I
恋愛詩と動植物のシンボリズム

平成十八年三月十九日　発行

著者　　加納　喜光
発行者　石坂　叡志
整版印刷　富士リプロ
発行所　汲古書院

〒102-0072　東京都千代田区飯田橋二-五-四
電話　〇三(三二六五)九七六四
FAX　〇三(三二二二)一八四五

ISBN4-7629-2762-7　C3398
Yoshimitsu KANO ©2006
KYUKO-SHOIN, Co., Ltd. Tokyo.